昆明地坛记

余 斌 著

云南人民出版社

图书在版编目（CIP）数据

昆明地坛记 / 余斌著. -- 昆明：云南人民出版社，2024.1
ISBN 978-7-222-22414-8

Ⅰ.①昆… Ⅱ.①余… Ⅲ.①随笔—作品集—中国—当代 Ⅳ.①I267.1

中国国家版本馆CIP数据核字(2024)第004281号

责任编辑：吴　磊
责任校对：白　帅
封面设计：张　晴
责任印制：窦雪松

昆明地坛记
KUNMING DITAN JI

余　斌　著

出　版	云南人民出版社
发　行	云南人民出版社
社　址	昆明市环城西路609号
邮　编	650034
网　址	www.ynpph.com.cn
E-mail	ynrms@sina.com
开　本	889mm×1194mm　1/32
印　张	10.625
字　数	310千
版　次	2024年1月第1版
印　次	2024年1月第1次印刷
印　刷	昆明精妙印务有限公司
书　号	ISBN 978-7-222-22414-8
定　价	69.00元

云南人民出版社微信公众号

如需购买图书、反馈意见，请与我社联系
总编室：0871-64109126　发行部：0871-64108507　审校部：0871-64164626　印制部：0871-64191534

版权所有　侵权必究　印装差错　负责调换

作者简介

余 斌

昆明人,1936年生,1959年四川大学中文系毕业。云南师范大学中文系教授。曾在西北从事文化教育工作30年,《当代文艺思潮》杂志的负责人。有《中国西部文学纵观》《西南联大 昆明天上永远的云》《大西门外捡落叶》《西南联大的背影》等著作出版。系中国作家协会会员。

序

余斌老先生今年八十八岁了。我认识他,也有十几二十年了。能够认识,并长期交往,成为忘年交,对我这样的晚辈来说是一件特别值得庆幸的事情。为什么这样说呢?是因为像余先生这样的老派文化人已经不多了,甚而可以说是非常稀罕了。余先生这一代人是比较特殊的,生于20世纪上半叶,又在一个非常特殊的时代环境里做人、做学问,是很不容易的。我们知道,从民国走过来的一代文化人,一生的遭遇是很坎坷、很奇特的。他们身上既有旧文化的传承,又有新文化的因子,两种文化在他们这一代人身上塑造出了一种很奇特的人格气质。余先生笔下的西南联大人也多是这样一种人。有时候我会想,为什么余斌先生能够把联大人写得这么好,还原得这么到位?读他的书你会觉得他笔下的人物会从书里面走出来站在你面前,而且身上散发出来的是那个时代的气息、那个时代的味道。我会想,余先生究竟是怎么做到这一点的?后来我就发现了一点,那就是余先生也是那个时代的过来人。他懂那个时代,也懂那个时代的文化人。余先生笔下的西南联大人,一个跟一个不同,每个人都有每个人特立独行的脾气、性格、个性。通过余先生的文字,读者能够把他们中间的某一个人从一堆人里面辨认出来。但是如果他们站在一起,又是同一类人,属于那个时代所特有的一群人,骨子里有着那个时代的鲜明特征和印记。所以,我觉得余先生在这一点上是一个了不起的人。他既是一个了不起的人文学者,又是一个了不起的文章家。西南联大"考古",

让联大的那一群学人从文献典籍、从故纸堆、从历史的尘埃里复活，就需要具有余先生这样的本事。他的这个本事，归结起来：一个是考据的功夫，一个语言的功夫。这两个功夫，余先生都具备，是我们可以从书里面直接感受得到的。

余先生在西南联大这个事情上是下了大功夫的。有多大？少说也有三十年。他大概是从20世纪80年代中后期、从他自兰州调动回到昆明的那时候就着手做这个事情了。他有关西南联大方面的系列文章，三十年前就在报纸杂志上连载了。那个时候，全国还没有出现联大热，还没有出现民国热。到后来，我记得是2003年，余先生写西南联大的这一批文章，首次集结出版面世，然后又过了十年左右，联大热、民国热才真正地在全国、在海外热起来。进入21世纪，研究西南联大、研究民国文化的书籍才慢慢地多起来。从这个意义上讲，余先生是民国文化热的一个先行者，一个开风气之先的人。在这一点上，我很是敬佩余先生，他有这个眼光和这个远见，有这个情怀。像他这一代的老派文化人，在经历了无数次的从身体到灵魂的辗轧、禁锢之后，在文化知觉上、在良知上，可以说大多数人都反应迟钝了、沉默了。但余先生的免疫力强，他有这个心，也有这个底气，为一个被遮蔽的时代和那个时代的文化"叫魂"。一旦时机成熟，他就把过去的那些国故重新发掘出来，把中国文化的那一口微弱的气息接过来。这个并非小事情，也不是什么人都可以做的。今天我们读余先生的文章，我们私下闲谈中说到余先生，都觉得余先生为我们发掘了西南联大的那些故实，当真是功德无量，把这个当作余先生一生中最大的成就，但是如果我们把目光放远一点，余先生身上所体现出来的就不单是西南联大这个孤立的现象了。实际上，余先生留给我们的东西要多得多，他是身体力行，借西南联大这个故实，做文化传承上继往开来的大文章。

序

余先生的这本书，恐怕是他的最后一本了。他年事已高，且患眼疾，在电脑上看字写字都困难，他的腿脚也不再像以前那般利索。不过，我觉得余先生即便是今后一个字都不写，无论是对己还是对人、对家国、对社会，也没有留下什么遗憾；因为自他在20世纪80年代从兰州回到昆明，三十余年来，仅凭一己之力，在没有任何文化机构和社会资助的情况下投入所有的时间和精力，硬是将当年西南联大的故实一点点地挖出来了。这是很令人敬佩的。考据文章不好写，占有的资料要全、要厚、要实，所涉猎的档案、文章、书籍浩如烟海，而且还分散。西南联大时期与20世纪80年代之间，在国内，有一个长达三四十年的文化断层，这期间人们是几乎不提及联大往事的，即便是当事人，也很少撰文追述那一段岁月。20世纪80年代，我在西南联大故址（原昆明师院，现云南师大老校区）上了四年大学，也从来没有听人说起过联大往事。那时候我们这一代人对联大的了解仅限于闻一多先生和"四烈士"，再有就是那座刚毅坚卓的纪念碑和纪念碑前那一排据说是当年联大教室的铁皮房。那时候，大概所有的师大人都未意识到他们正守着一座巨大的文化宝库和一段影响力惊人的历史，其情形正如一大群城市贫民在一座隐藏的金山上捡垃圾。拿我个人来说，我是在2003年读了余先生的书以后才知道原来我上学的地方在几十年前生活着如此多的大学问家，如此有趣的人物。不过话说回来，20世纪80年代，我们这一代学中文的人大抵都在如饥似渴地啃食西方现代文学的翻译作品，而对老祖宗留下的遗产缺乏敬意。

有关西南联大和联大人的书籍，除了余斌的《西南联大：昆明记忆》（云南民族出版社，2003年）、《西南联大 昆明天上永远的云》（云南人民出版社，2015年，系《西南联大：昆明记忆》再版）、《西南联大的背影》（生活·读书·新知三联书店，2017

年),国内这些年也陆续出版了不少。但有关联大时期的老昆明,联大人在昆明的日常起居、生活状态、人际往来、人物掌故,以我的视野所及,大概还没有哪一个作者像余先生这样"接地气"。单在史料上下功夫是一回事,把史料契入特定的地域环境,以亲历的方式加以现场还原,余先生恐怕是唯一的人。在这一点上,余先生同时具备了天时和地利的条件。他是土生土长的昆明人,生于20世纪30年代。他的一些长辈和中学老师本身就是联大毕业生。因此,在余先生的一生中,在余先生的记忆里,西南联大时期是一个重要的时段,一个无法回避的存在。余先生把自己后半生全部的时间和精力投入这一时期,从某种意义上讲,也可以说是一种宿命。他十九岁高中毕业离开故乡昆明,在外地求学、工作了三十三年,等到1988年从兰州回到昆明,已经是五十二岁的人了。我想,回到昆明后的余先生心里一定有着诸多复杂的感受。说物是人非,可能轻了。实际上,那种由巨大的时空跨度所导致的身心的疏离感才是难以弥合的。也正是因为如此,我们才会理解为什么余先生总是将笔墨付诸那个逝去时代的老昆明,为什么在他的笔下我们总能嗅到那个时代的气息,感受到那个时代的体温。那些已然逝去的人与事,那些幸存下来的老街道,原本是与叙述者息息相关的。因此,与其说余先生想通过文字唤醒一个老昆明,不如说他在为一个时代"招魂"。

为了追寻此一时期老昆明的文化生态,他几乎将联大人当年的活动场所和自己年少时生活过的地方都重新勘察了个遍。有些地方,甚至还不只去看过一两次,有事无事,他都要去看看。他笔下的人物住在昆明的哪一条街,哪一个巷子里,门牌号是几号,周围的环境怎样,与哪些人经常来往,留下些什么故事,等等,他都做了实地的寻访。当我们在他的书里读到这些有名有姓、或高或矮、或胖或瘦、或身着长衫、或西装革履的人物,他们便立马鲜活起来,就仿佛他们还照旧生活在那些老宅子里一样。

探寻当年联大人的活动轨迹,我陪余先生去过几回。最近的一次是前年到团结乡龙潭老街,余先生文章里面写到的一个什么人在此住过,他想要实地考察一番,看看这个地址今天还能不能找到。当见到与史料记载完全一致的街道名称和门牌号码时,余先生很高兴。他说,有了这个,说法就坐实了。原来,他很担心史料上的说法不可靠。以实地勘察和田野调查来佐证史料,是余先生的一贯做派。也正因为如此,他的书里面讲到的事情才显得那么可信,那样"接地气",有现场感。为了找到古建筑学者梁思成、林徽因故居,余先生花了七年时间。在一次记者访谈时,他说:"寻找梁思成、林徽因夫妇的旧居,我花了七年时间。他们先后搬过几次家,我一直不能确定他们的旧居。我最终找到了它。它隐藏在昆明近郊的一个村子里,一进去就发现跟当地农民的房子不一样,有天花板和木地板,虽然破旧但很精致。再往里走,看到壁炉就基本确定了,我们这哪有人家盖壁炉?""历史叙事不能凭空想象,一定要亲临现场,看仔细了,有感受了才能动笔。"余先生经常这样说。

除了跟联大有关的人事钩沉,余先生的这本书里也写了不少那个时代的昆明往事,有一些还是亲历。如老昆明的京戏传承、剧院演出、电影院、西医医院始末以及当时发生的一些引起轰动的人物、事件,都是为今天的人们所不知晓的,读来饶有兴味,令人感慨唏嘘。余先生始终认为,研究西南联大不能把昆明和西南联大分开,要合在一起研究,因为它们是互为背景的。从昆明的角度看西南联大也好,从西南联大的角度看昆明也好,要把它们综合起来。他说:"一般的书写西南联大,可能会讲那段历史,但不会说那么细,所以读者还是没有印象。我就把云南、昆明、西南联大糅合在一起来研究，所以我写的书既有西南联大也有昆明。"余先生考证昆明有没有地坛。他回到昆明后一直居住在一个叫地台寺的地方，想知道地台寺为什么叫地台寺，怀疑"地台"是"地坛"的别称。五华山过去是昆明乃至云南的行政、文化中心，环五华山一带，有许多重要的历史文化古迹和名人故居。余先生为此专门实地考察，写了洋洋万言的《五华环山行》。收在这本书里的，当然也不光是讲别人，有几篇是说余先生自己经历的，余先生在外游学三十余年，遇到的人和事都不少。对余先生这一代人的命运感兴趣的读者，也不妨借余先生的私人经历感受一番那个风雨如晦的年代。

朱霄华

2023年春，记于丹霞斋

目 录

五华环山行 ………………………………………………… 1
昆明有条靛花巷 …………………………………………… 21
文化巷11号 ………………………………………………… 25
昆明有民权街、民生街,何以无民族街? …………… 32
呈贡:战时文化风景线 …………………………………… 39
陈香梅笔下的战时昆明 …………………………………… 78
关于"南京人"及其他 …………………………………… 86
"昆明像北平"考 ………………………………………… 90
昆明,京戏岁月 …………………………………………… 97
曹禺、闻一多联手推出《原野》 ……………………… 109
《野玫瑰》昆明出台前后 ……………………………… 114
海棠春·东月楼·艳芳 ………………………………… 118
昆明中西医百年往事 …………………………………… 123
昆明地坛考证寻访记 …………………………………… 140
光未然在昆明 …………………………………………… 153
李约瑟与昆明 …………………………………………… 159
冯至在昆明 ……………………………………………… 163
施蛰存《路南游踪》 …………………………………… 170
林徽因对昆明的最后记忆 ……………………………… 176
夏济安昆明往事 ………………………………………… 181

胡淑贞：一个特别的联大女生 ····· **186**
浪漫，影随寂寞
　　——云南第一位女博士施莉侠 ····· **192**
忆念闻黎明先生 ····· **203**
时间开始了
　　——昆明，1949年前后的一段回忆 ····· **206**
六七十年师生情
　　——记我的两位西南联大毕业的老师 ····· **214**
从天上回到人间
　　——追思昆一中老同学周钧先生 ····· **226**
背影，留在了不很远的远方
　　——我那三十年 ····· **229**
远去的九公里
　　——我的两位特殊同学 ····· **244**
云南现当代文学札记
　　——关于西南联大文学 ····· **249**
云南现当代文学札记（续篇） ····· **263**
沈从文、汪曾祺与一首民歌及其他 ····· **280**
响当当的大家徐嘉瑞 ····· **288**
怀念刘澍德老师 ····· **293**
战时东部高校西迁格局中的西南联大与西北联大 ····· **298**
西南联大时期的北大与清华 ····· **311**

后　记 ····· **326**

五华环山行

七十余年前,我进昆华中学读书。昆华中学(今昆一中前身)简称昆中,有校歌,其词云:

滇南首郡,桃李成荫;一堂师友,亲爱精诚。有昆水在旁,有华山坐镇。学和养,要真纯。练好我们的心,练好我们的身。此心此身,成己成人;复兴民族,猛进群伦。有昆水在旁,有华山坐镇。学和养,真且纯,我们昆华中学生。

这歌写得好,据说歌词是当时的省教育厅厅长龚自知写的,由音乐家张堉斋谱曲。歌中反复唱了两遍的"有昆水在旁,有华山坐镇",是校名"昆华"的由来。昆水指昆明湖,即滇池。华山即五华山,说不上巍峨,比滇池水面只高出六七十米,但山不在高。这不算高的五华山可是云南历史文化的象征。历史的风云变幻至少可以从南明永历帝的故宫、吴三桂的王宫,说到辛亥革命后的云南都督府,一直说下去。至于文化,说起来也许话更长。先从山上说起吧。

五华山上有座光复楼,赫赫有名。楼旁有座瞭望塔,那是老昆明的地标。抗战时期,日本飞机经常空袭昆明,城防部门发出警报,汽笛长鸣,同时在瞭望塔上挂上大大的红灯笼。这一楼一塔勾勒出五华山独特的天际线。此楼始建于光绪末年,原为云南省高等学堂的主楼,重九起义后为纪念云南"光复"才命名为光复楼。"光复楼"三字是蔡锷请周钟岳(1876—1955年)为都督府写的。周氏乃云南近现代史风云人物,剑川人,白族,曾留学日本,毕业于早稻田大学,做过唐继尧靖国联军总司令部秘书长、云南省省长,抗战爆发后当过国民政府内政部长和考试院副院长。周氏也是一位学者，做过云南通志馆馆长，主编《新纂云南通志》，著述甚多，有《惺庵诗稿》《惺庵回顾录》（周钟岳别号惺庵）等。他还是一位书法家，除"光复楼"外，"护国门"三字也是他的作品。龙云还请他代笔写了"石林"两字，连蒋介石的"总统府"三字也是南京政府请他写的，赠大洋三千，以示"一字千金"之意，但老先生婉谢了。

说来惭愧，五华山我年过半百才上去过，但五华山周围的东南西北路（我将圆通街视为华山北路）倒还经常去走走，觉得那是一种追寻历史记忆的文化散步。

一、华山东路

一般认为云南的艺术教育起步比较晚，其实不算晚，当然也说不上早。国立北京艺专创办于1918年，为今中央美术学院之前身。国立杭州艺专创办于1928年，是今中国美术学院之前身。比它们早的是上海美专，刘海粟等创办于1912年。音乐方面，以国立音乐院为最早，1927年成立，即今上海音乐学院的前身。云南艺术教育的起点可追溯到1927年挂牌的云南省立艺术专科学校（初名美术学校），校址在华山东路双塔寺（好些年前的省畜牧局宿舍）。据当年艺专学生程净泉（程自强）女士的回忆文章，校长李廷英（子俊）是晋宁人，留学日本专习绘画艺术，尤擅水彩画，兼作油画。他的夫人川田芳子是音乐家，小提琴拉得好。还有位教雕塑、油画的日本老师叫吉田保。中国老师较多，好几位都是去北京、上海学过美术、音乐回来的。前面提到的为昆华中学校歌谱曲的张堉斋就是艺专的音乐教师，主教钢琴。可惜艺专只办了三年，1930年校长病故后即停办，吉田保和川田芳子也先后回了日本。李廷英还在翠湖南路开过一个金碧照相馆，此为昆明早期为数尚少的照相馆之一，比后来的艳芳照相馆和国际照相馆早得多，可惜金碧照相馆没几年就关了门。

省艺专停办后，1936年省里又办了昆华艺术师范学校，校址在光华街云贵总督府旧址（今抗战胜利堂），设音乐美术科和戏剧电影科。可惜也只办了四年就合并到昆华师范学校了。1952年，昆明师范学院成立艺术科。1956年、1959年两年，云南省文艺学校（校址西山）和云南艺术学院（校址麻园）先后建立。到如今昆明好几所大学都设有艺术学院，有艺术系的就更多了。追本溯源，说华山东路双塔寺是云南艺术教育的发祥地，当不为过。

名校昆十中与华山东路也有渊源。

昆十中是昆明的老牌名校，其前身为私立求实中学，原址也在华山东路。1920年，滇省教育界知名人士苏鸿纲领衔发起创办求实小学，获本地教育界名流及社会贤达支持，其中有龚自知、徐嘉瑞、李荫村等。学校起初设在文庙，少年聂耳曾就读于此。1930年，学校迁华山东路双塔寺侧大德山，小学停办，更名为求实中学。在校任教的有本省著名科学家陈一得、著名作家徐嘉瑞（任教导主任）等。到抗战时期，闻一多、朱自清、李公朴、吴晗等知名人士均到过求实中学演讲。1952年，学校更名昆十中，1962年迁白塔路（与东风中学合并，用东风中学原校址）。前些年又在北市区新建求实校区。

这里要特别讲一下昆明士绅李荫村，他有故事。一是参与创办求实中学有重要贡献；二是其子段连城乃乡土俊彦；三是他与梁思成、林徽因夫妇还有点关联。

先说第一点。李荫村是求实的几位发起人之一。据滇省著名学者、长期任省图书馆馆长的秦光玉撰《云南私立求实小学记》称，昆明教育家苏鸿纲鉴于公立小学之不足，"乃立意欲以私人力量，创立小学，以资补助，商之李君壬林，李君允为臂助；复而之赵君树人……徐君嘉瑞……诸君咸表赞同，爰共发起成立求实学校"。苏氏的相商者有七八人，"李君允为臂助"，再与其余诸君相商，足见李荫村（字壬林）位居第一。而所谓"臂助"者当系经济赞助无疑。据此推想，其时的李荫村当是昆明一位热心地方教育且有相当财力的知名士绅，求实学校如果有董事会的话，李荫村当是董事长无疑。笔者对这位李先生无更多了解，仅据此推想，李先生对公子段连城尽心尽力教育成才也顺理成章。

李荫村老家在北郊棕皮营，有子段连城（三代归宗恢复段姓），十分了得。公子1942年考入西南联大机械工程系（与清华校长梅贻琦的公子梅祖彦同级），是否毕业不详。1948年与美国密苏里大学新闻学院女同学王作民（浙江人，年纪稍长，1938年毕业于清华大学外文系）结婚，1949年回国。夫妇两人都被安排在国际新闻局（今中国外文局前身）工作。在1951年的朝鲜停战谈判中，段连城任中方翻译组成员，晚年从中国外文局局长岗位上离休，另兼中国翻译工作者协会副会长等社会职务及北京大学国际关系学院国际交流专业兼职教授、南京大学和美国霍普金斯大学合办的中美文化研究中心客座教授。著有《对外传播学初探》（中国建设出版社，1988年），这是对外宣传界公认的一部传世之作，是我国对外传播事业的理论丰碑。

抗战时期的棕皮营卧龙藏凤，除西南联大教授外，还有以梁思成为首的中国营造学社的一众人物。他们都有长期抗战的思想，部分有条件的都在棕皮营自建住房。当年在棕皮营建了房的共六家。1948年，中央研究院第一批院士产生，共八十一人，其中人文组二十八人，在棕皮营建房的有七位（傅斯年、梁思成、梁思永、李方桂、李济、钱端升以及在梁宅添建耳房的金岳霖）当选，竟占了人文组院士总数的整整四分之一。

当年，梁思成、林徽因借李荫村家花园部分地皮建盖的房舍，依建房合同（应该是梁思成与李荫村签订，其字据可能尚存于世），建房者离开后房子归地皮主人所有。据此，梁林旧居后来自然成为李家花园的一部分。当年求实中学的"董事长"李荫村早已故去。公子段连城七十多年来一直在北京工作，与故乡已相当疏离。他在棕皮营老家的仅有家业即"梁思成、林徽因旧居"（李家花园）。1998年段连城离世，未能叶落归根。

星移斗转，沧海桑田。当年自北平南来的大师们在棕皮营自建的房舍，大多已毁，仅存的"梁思成、林徽因旧居"已先后被列入昆明市级、云南省级文物保护单位。

二、华山南路

从华山东路转到华山南路，文化积淀更加深厚。

首先要说的是华山南路的柿花巷，它在华山南路与华山东路（其南段旧名四吉堆）交汇处偏南。抗战时期，北平图书馆与北京大学的一个教授宿舍大院都在那里。

抗战时期，作为中国文化、教育第一标志的西南联大存在于昆明，加之国立中央研究院的部分研究所、国立北平研究院（院部驻翠湖东侧的黄公东街）以及国立北平图书馆等重量级文化单位迁昆，所以北京有位研究政治与文化的专家把昆明称作"战时中国的文化首都"。

这里只说北平图书馆（简称北图），其历史可追溯到1909年（清宣统元年）建立的京师图书馆。解放后，北平图书馆先后更名为北京图书馆、首都图书馆，1998年定名为国家图书馆，对外称中国国家图书馆。北图迁昆后起先叫北平图书馆办事处，后来大多数馆员都汇聚昆明了，办事处改称馆本部，在陪都重庆另设办事处。柿花巷馆本部（柿花巷22号）毕竟房舍有限，迁昆的图书多存放在北郊桃园村等地的寺庵中。

北图在昆明的重要任务之一是与西南联大合作建立中日战事史料征辑委员会，于1939年1月1日正式成立，地址在昆明大西门外的地坛（后以讹传讹叫成地台寺）。中日史料会事实上主要依托联大（尤其是历史系）。主席为主持北图的副馆长袁同礼（馆长为中央研究院院长蔡元培），副主席为联大文学院院长冯友兰；委员多为联大历史系教授，如陈寅恪等，其他系的也有，如外文系的叶公超。可谓极一时之盛。

发起成立中日战事史料征辑会的是袁同礼（1895—1965年），河北徐水人，图书馆学家和目录学家，美国哥伦比亚大学历史系硕士。袁同礼1924年回国，任北京大学图书馆馆长、北平图书馆副馆长，后任北平图书馆馆长。1949年，袁同礼应美国国会图书馆之邀任该馆中文部主任（主要是重订国会图书馆藏中国善本图书目录）。其著述主要有《永乐大典考》、《宋代私家藏书概略》、《西文汉学书目》（英文本）、《中国留欧各国博士论文目录》、《西洋文学中的中国》等。

再说柿花巷①（4号、3号）北大教授宿舍大院。西南联大时期，北大、清华均有相对集中的几处大院。清华有北门街先71号、后78号唐公馆两处房舍，玉龙堆24号、25号大院，西郊龙院村惠家大院。北大有青云街靛花巷3号、柿花巷大院（后迁财盛巷，巷内有财神庙，但联大人爱说才盛巷）和岗头村。两校教授散居的也不少，如北大的叶公超、清华的闻一多，等等。南开教授少，无聚居点。三校合一的西仓坡联大教授宿舍建得很晚了，也小，住户约二十家，与柿花巷大院差不多吧。在柿花巷的北大名教授有中文系的罗常培、魏建功，历史系的钱穆、郑天挺、姚从吾、毛准以及哲学系的汤用彤、容肇祖，等等，都是重量级学者。

20世纪30年代以前，华山南路叫书院街，因为这里有过一座五华书院，地点就在马市口西侧。那里前些年是省对外经贸厅，这些年盖了高楼，临街的一楼是中国农业银行。这所书院乃云南建立最早的全省性书院，从明嘉靖到清光绪近四百年间一直是全省最高学府。光绪末年，五华书院改为云南省高等学堂，这是昆明地区开办新学之始。没几年，高等学堂改为两级师范学堂，稍后即从华山

---

① 柿花巷之名实际上已消失，而路段还在，可谓名亡实存。从华山南路东口南行二三十米到十字路口，左转向东至兴华街丁字路口止，呈"⌐"形。第一小段今为如意巷的一部分。长长的第二段在如意巷与兴华街（南北向正街）之间，已成为兴华街的一部分。

南路迁走。再往后不知从哪年开始，那个地方变成了国民党的省党部。省党部有个礼堂，条件不错，位于马市口，位置又好，抗战时期有些重要的演出活动在那里搞，影响不小。据我看到的史料，1939年8月国防剧社演出抗战戏剧《岳家庄》《战临沂》。1940年7月，为募集捐款，慰劳前方将士，西南联大青年剧社演出四幕国防剧《前夜》。1943年10月，西南联大"山海云"剧社为本市建设中学筹备基金，举行第三届公演，剧目是曹禺根据巴金同名小说改编的四幕话剧《家》，连演七天，大受欢迎。下月（11月），华山剧社为筹募出征军人家属慰劳金，首次公演夏衍名剧《忆江南》。此次演出在灯光、布景、音响效果上均有特别的设计，全剧配乐演出，幕首有序诗朗诵，场内装有无线电播音机。据说这种话剧音乐化的演出，在抗战爆发后的中国剧坛可谓创举。其时天已寒冷（11月20日），但仍告满座。第二天的《云南日报》报道："昨晚演出精彩，配乐方面亦甚佳，唯第一、二幕因电力不足，音响强弱不易控制，至九时后电力渐强，始能按原定设计演奏。观众对此话剧音乐化之新尝试，甚感兴趣。"

不过华山南路省党部礼堂并非当年演话剧的唯一场所。新滇戏院和昆明大戏院（今新昆明影城）也常演话剧，且设施更佳。"新滇"以前叫群舞台，以演滇戏为主，地点在龙井街西端（现在叫云南艺术剧院）。1939年7月，国防剧社上演《原野》，剧场就选在"新滇"。那次演出极为隆重，特请闻一多担任舞台艺术设计，雷圭元（著名美术家，后任中央工艺美院教授）任服装设计。还特请曹禺（时在四川任中国戏剧专科学校教务长）来昆亲任导演，可谓阵容豪华。曹禺来后原住护国路西南大旅舍，其时闻一多住小西门福寿巷，女主角凤子（著名戏剧家、作家，1937年《日出》在日本东京首演，陈白露一角由凤子扮演）住青云街（其夫孙毓棠教授任舞台监督），相互离得远。为了方便，曹禺就搬到华山南路的南京旅社（省党部西侧，越南领袖胡志明旧居对面）来住。这位戏剧大师下榻于此，也为华山南路添上了戏剧性的一笔。

不仅演话剧，省党部礼堂还上演了一场别开生面的歌舞。这是彝族原生态歌舞首次从山野搬上舞台，值得一记。

1945年暑假，联大二十来个学生组成暑期服务队去路南县（今石林县）圭山进行宣传演出，担任向导和翻译的是撒尼青年毕恒光（中山中学学生，中共地下党员）。次年春，毕恒光来昆联系，希望在社会各界的支持下在省里搞一次圭山彝族歌舞晚会。他的想法得到联大学生自治会的大力支持，闻一多等教授也赞成。随后去路南、陆良、弥勒挑选演员组成"圭山区彝族音乐舞踊会"进行排练，来昆后又请闻一多、费孝通、楚图南、徐嘉瑞、尚钺、赵沨等担任顾问和编导。首次演出在联大草坪举行，观众三千，大获成功。

这年五月下旬，圭山区彝族歌舞以"圭山彝族旅省学会主办"的名义，在省党部礼堂正式公演。节目除一般歌舞外，还有表现爱情的《阿细跳月》和创世史诗《阿细的先基》（即《阿细人的歌》）等。这是云南原生态民族歌舞首次被搬上舞台。演出极为轰动，各界反响强烈，学术文化界给予高度评价。《时代评论》杂志对此特出一个评论专辑，闻一多的题词是："从这些艺术形象中，我们认识了这民族的无限丰富的生命力。为什么要用生活的折磨来消耗它？为什么不让它给我们的文化增加更多的光辉？"

七十多年过去了，如今彝族的大三弦舞（即《阿细跳月》）红红火火，已成为昆明的文艺联欢和迎宾仪式必不可少的节目了。

在抗战时期以及整个20世纪40年代，华山南路、马市口一带报馆林立，是昆明的报业中心。大报有《中央日报》《民国日报》《朝报》，还有《观察报》《中央晚报》《正论周报》《社会周刊》《龙门周刊》，等等。《朝报》馆址在华山南路的最西端（即前些年省高院隔壁的五层旧楼），那里是当年报贩、报童的集散地，批发的报纸并不限于华山南路发行的，还有《云南日报》（文庙街东口）、《正义报》（正义路中段艳芳照相馆对门）等。当时我家在正义路与文庙街交叉口，每天清早都见许多卖报的从马市口一路小跑着下来，一边跑一边叫卖，其中一个老者步子慢，喊声悠悠的，很有韵律："买朝报——，中——

央日报,正——义——报,观——察——报,社——会——周——刊——"那种韵味,七十多年过去了仍留在我的耳边。

　　那时人小还不会看报,不过偶尔好奇也翻着瞟上几眼。印象深的是《龙门周刊》,这是一种畅销型小报,内容五花八门,可读性强,每期印数近两万份,相当可观。该刊营业部在马市口(省府旧大门正对面,20世纪80年代"省招办"就在那个位置),每逢星期六报纸出版,那里熙熙攘攘,又挤又喊,看着好玩。"龙门"栏目多,最受欢迎的栏目是"云南民歌",图文并茂。那其实是文人小报记者编的竹枝词、顺口溜一类,配上漫画。再后,1949年初吧,有天见一份叫《新闻天地》的杂志,封面上有该刊广告语"天地间皆是新闻　新闻中另有天地",很吸眼球。那阵听说被蒋介石软禁在南京的龙云,化装成老奶坐陈纳德的飞机神秘出逃,路线是南京—上海—香港,到目的地后居住在很有名的浅水湾。《新闻天地》做了深度报道,标题很妙,叫《龙游浅水遭虾戏　虎落平阳被犬欺》,有味道,印象深。这《新闻天地》是香港办的,发行量超高,内地各大城市均有办事处,昆明办事处在马市口,对门是南京迁昆的国际照相馆——我记得。

　　现在的华山南路冷清多了。与原省高院为邻的那一小座《朝报》旧楼,虽说早已风烛残年,居然熬到了新世纪初,后来终归还是被拆掉了。

三、华山西路

　　华山西路历来都不像华山南路繁华,但人文掌故也不少。先说华山小学,地点在华山西路与武成路的夹角内,校门在华山巷的巷底。小时候我在这里读过两年,还记得。

　　这地方原来叫土主庙,据说是唐朝(南诏)时候建的。武成路东段在庙前面,所以明清时候叫土主庙街。民国年间老辈人改不了口,还喊老名字。到20世纪20年代中期，土主庙改建为市立电影院。这不算昆明最早的电影院，但也算比较早的。1895年是公认的世界电影史的开端，1907年翠湖水月轩就开始售票放电影，比欧美只晚十二年，据说这在全国算最早的，未知确否。不过水月轩只是逢春节才放电影，与正规的电影院毕竟不同。完全意义上的电影院要算劝业场的大众电影院（后改名五一电影院，已不存），时间是1934年。到20世纪20年代中期，昆明的电影院大大小小已有五六家，但规矩比较封建。就说市立电影院吧，银幕挂在场子的中间，男观众从武成路华山巷正门进出，看正面；女观众从登华街（今妇幼保健院南侧）后门走进场，看的是背面。这有些像露天电影，正面、背面两边看，但露天电影不兴男女分开，今天说起来觉得很滑稽。

市立电影院停办后改成华山小学。因为离省政府、省党部近，省里有些活动像演讲会、培训班什么的有时也借华山小学举行。

还接着说华山西路。从《朝报》馆朝北走到登华街口有座医院。别看这地方不太起眼，也有点不吉利（往下走就是南明永历帝殉难的逼死坡），它可是云南西医的滥觞之地。这与法国人有关。1897年法国在昆明开设领事馆，地点就在逼死坡下面西边的青莲街。1901年又在登华街口设立大法施医院（习称法国医院），这是昆明的第一家外国医院，它比万钟街圣约翰堂（尚存）内的英国医院（后名惠滇医院）要早十五年。不过这家法国医院在华山西路的时间并不长。1910年滇越铁路通车后，法国领事馆迁到尚义街、兴仁街那边。铁路管理人员（法国人和越南人）也住在火车站一带，也就是今天德胜桥外塘双路铁路局那一片地方，所以法国医院也随之迁到巡津街，更名甘美医院，今为昆明市第一人民医院。当年甘美医院的主楼今天还在使用，观其外貌，法国情调，风韵犹存。至于法国医院的华山西路旧址，今为市妇幼保健院。我进去看了几回，医院大门上标有"百年品质/世纪传承/1901年始建"字样，当据此。

再往下走就是翠湖宾馆了，七八十年前那里原是一座大宅院及零星房舍，抗战时期赫赫有名的同济大学理学院及同济附中就在那里。

同济是我国的名牌大学，历史悠久。其前身为德国人于1907年在上海创办的同济德文医学堂（仅设德文、医学两科），1927年正式定名为国立同济大学，学科增多，以医学、建筑学为王牌。其医学院与北京协和医学院相抗衡，其建筑系比清华建筑系（系主任梁思成）早得多。抗战爆发后，同济由沪辗转西迁，于1938年底来到昆明。他们比联大晚来近一年，校舍难找（一度打算在滇池海口自建校舍），所以就比较分散。校部设临江里，后迁富春街与工学院一起合用富春中学（今昆二中）校舍，医学院在兴隆街昆华小学旧址。诗人冯至的夫人姚可崑教授当时在同济附中任教（1949年后一直在北京外语学院任教）。同济附属高级工业职业学校在五华山省政府背后的大梅园巷八省会馆（前些年为省检察院宿舍）。

同济大学留昆仅两年，1940年底即迁四川南溪县李庄。

四、圆通街

顺华山西路走到底又是一坡，叫大兴坡，圆通街和翠湖东路靠此坡相连，是圆通街的西段。在大兴坡与华山西路的夹角内是清代的提学使署（教育管理机构），所以大兴坡旧称学院坡。20世纪40年代初，旧学署改建为省立志舟图书馆（龙云字志舟），国学大师姜亮夫做过一任馆长。

姜亮夫（1902—1995年）是昭通人，北师大毕业后考入清华研究院，师从王国维学声韵学。其后又赴巴黎大学专攻考古学，加之读清华时深受王国维、梁启超和陈寅恪的影响，对文化史料的整理有极高的造诣，且研究范围极广，于声韵学、敦煌学及楚辞均有精深之研究。其早年在上海任夏大、暨南、复旦多所大学教授，20世纪40年代任云南大学文法学院院长及省教育厅厅长，20世纪50年代初调任浙江师院（后改名杭州大学）教授。据我所知，在国内学术界占有相当地位的云南籍学者中，理科首推熊庆来，文科就数纳忠（国际著名阿拉伯学权威、联合国教科文组织首届沙迦阿拉伯文化奖获得者)、姜亮夫、方国瑜。像姜亮夫这样的大学者兼任一个不算大的图书馆馆长,确实难得。

大兴坡的这个省立志舟图书馆后来与昆华图书馆合并为今天的省图书馆。

姜亮夫不仅在"志舟"兼职时间短,在家乡云南工作的时间总共也不过十年左右(这与熊庆来很相似),后半生一直在杭州工作,1995年去世,享年九十三岁。

紧挨着图书馆,坡脚还有个圆通小学,此校虽名圆通,校门却开在华山西路这边。圆通小学不算有名,借其校舍办学的私立五华中学却名气不小。此校为李希泌1942年创办,自任校长。他是云南近代名人李根源第五子,西南联大历史系1942年毕业(后为国家图书馆研究馆员)。他为五华中学聘的老师大多是联大的老师或毕业生,如朱自清、潘光旦等名教授,还有些青年教师如王瑶、季镇淮、李赋宁、朱德熙等,后来都是北大的名教授。现在的中科院院士吴征镒、北京外国语大学名教授王佐良,也都在五华中学任教过。

朱自清1944年还为五华中学写了校歌的歌词:"邈哉,五华经正流风,余韵悠长。问谁承先启后?年轻人当仁不让!还我河山,四千年古国重光,责在吾人肩上。千里英材(才),荟萃一堂;春风化雨,弦诵未央;坚忍和爱,南方之强。五华万寿无疆!"写得多好,我看可以作为乡土教材给今天的学生讲讲。开头提的"五华经正"指五华书院和经正书院。经正书院创建于光绪年间,历史比五华书院晚一点,院址在今翠湖北路袁嘉谷旧居南侧。朱自清以五华、经正两书院代表云南的文化传统,很精当。

五华中学在圆通小学仅两年,1944年迁华山东路那边的大绿水河,到1952年与峨岷中学合组为昆十二中才离开五华山脚。

李公朴是大家熟悉的民主人士,1946年7月在大兴坡脚小巷内遭国民党特务刺杀,紧接着闻一多遇害,震惊全国,史称"李闻惨案"。

李公朴遇难的小巷今已不存，但在大兴坡翠明园门前重建有"李公朴殉难处"纪念碑。

往上走到北门街口即李公朴办的北门书屋及对面的北门出版社，两者实为一体，是20世纪40年代昆明以出版和销售进步书刊而闻名的革命文化据点。北门书屋旧址尚存，北门出版社旧址则已消失。

这里要说到著名诗人光未然（本名张光年），他是《黄河大合唱》的歌词作者（冼星海作曲），当年任北门出版社编辑，住在北门书屋楼上。

从北门街口起，往东就是正版的圆通街了。这条街虽以圆通寺而闻名，宗教文化气息浓厚，其实学校也有好几所，最有名的数偏东的云南大学附中和中段的上智女校。云大附中的历史可追溯至1927年创办的东陆大学附中，校址为贡院考棚（尚存），但只办了三四年。1936年又重建云大附中，校址在圆通街的前清昆明县署，俗称县衙门（后为昆七中，再后为一职校），三年后疏散到路南县，以后再未回圆通街。

昆明的教会学校不多，最早的是1913年成立的云南基督教青年会（鼎新街）补习学校，培养英文翻译。比较正规的是上智学校，早先是法国人办，1936年改由意大利天主教慈济会接办。上智学校规定男女分校，男生部在拓东路（德胜桥东，后为昆六中，校址今已不存），女生部在圆通街（圆通寺右前方）。学生除史、地、自然这些课程外要学法语。上智女校的历史要比拓东路的上智男校还早十多年，其前身为1923年办的女子法文学校。但这个女子法文学校并非外语学校，虽然学生要学法语。

真正的外语学校是在圆通寺的法语学校，而且更早。据有关史料，我国的新式外语学校以清政府设立的京师同文馆为最早，时间是1862年。云南晚三十多年，到1899年（光绪二十五年）才有，但这一年一下子出现三所外语学校。一所是附设在云南武备学堂（讲武堂前身）里的方言学堂，设日、英、法三科，是云南第一所官办的外语学校，熊庆来即该校毕业生。另一所是电报局办的英语学堂，再一所就是法国人在圆通寺里办的法语学堂。到抗战中期（20世纪40年代初）

昆明办了两所高等外语学校：一为省立英语专科学校（兴隆街），校长水天同（水均益的伯父）；一为国立东方语文专科学校（呈贡斗南村），开设有印、缅、泰、越等语种专业。后来英专并入云大外文系，东方语专并入北大东方语言文学系。追溯历史，圆通寺还是云南外语教育的发源地之一呢。

除以上诸校外，圆通街还有过一所外国医校，鲜为人知，名为德国护士学校（German Sister's School）。清末民初，法、英、日、美四国先后在昆明建立领事馆，知道的人多些。民国初年昆明曾有过一个德国领事馆，馆址在金牛街对岸的临江里，晓得的人少。由于一战后期中国参加以英、法为主的协约国对德宣战，德国驻昆领事馆随即关闭。馆址后为龙云买断，划入新公馆震庄，名"乾楼"，今尚存。护士学校情况有所不同，据说创办较早，何时结束待考。其址后来成为外籍人士杜伦孟德的寓宅，抗战后期联大外文系罗伯特·温德教授曾一度寄寓于此。20世纪30年代初钱锺书、杨绛两先生在清华求学时，温德先生是他们二位的老师。

除了圆通寺，圆通街最显赫的自然是连云宾馆。此地原为忠烈祠，唐继尧时期在此建云南陆军军医学校，并有附属的东陆医院（此医院据说在东寺街，待考）。云南陆军军医学校1924年停办，1931年恢复。抗战时期军医短缺，该校1940年升格为军政部军医学校，习称昆明军医大学。抗战胜利后，昆明军医大学与设于贵州安顺的中央陆军军医学校合并，迁至上海，改为国防医学院。医院1949年被解放军接收，改造为新型学校，先后更名为上海军医大学、第二军医大学，2017年改为海军军医大学。

抗战时期圆通街有过一位侠女——名施剑翘，住在圆通街连云巷口，很传奇。

话说民国军阀混战时期，东南五省联军（司令部驻南京）总司令孙传芳派兵北上与奉军争夺地盘。奉系将领、山东省军务帮办兼第二军军长施从滨兵败被俘，孙传芳下令将施斩首于安徽蚌埠车站，时1925年。年方二十的施剑翘闻父如此惨死，立志为父报仇。1928年北伐军横扫中原，孙传芳兵败如山倒，后居天津，信佛，经常去城南清修禅院居士林。施剑翘侦悉一切，终于混入居士林，用勃朗宁小手枪连开三枪击毙孙传芳，然后将数十张事先准备好的《告国人书》传单撒向众人，高声大喊："我是施剑翘，为报父仇，打死孙传芳，一人做事一人当。"署名"报仇女施剑翘"。随即自首。时1935年，已三十岁。之后，地方法院、最高法院先后判她徒刑十年、七年，入狱。未料此案惊动冯玉祥、李烈钧、于右任等国民党元老，他们同情施剑翘的遭遇（且冯玉祥早年曾与施剑翘的叔父施从云一起参加辛亥革命之滦州起义，施从云时任营长，起义中牺牲，冯玉祥当时为营副），联名呈请国民政府明令特赦。经多方努力，南京国民政府委员会经过反复研究，不敢冒天下之大不韪，国民政府最终于1936年10月14日以主席林森的名义向全国发布公告，明令赦免施剑翘。次日，施剑翘获释。

抗战时期施剑翘辗转来到昆明，任云南航空学校附小的校长，并做西南联大旁听生，主要听大一国文。我读昆一中时的黄清老师，当年读西南联大历史系。黄老师的父亲黄毓成（斐章）乃云南近代史名人，曾任护国第四军军长，倒袁胜利后晋升上将，后来还任云南驻广州护法军政府的军事代表和孙中山大元帅府高级军事顾问。黄府在连云巷底（今省政府办公厅圆通幼儿园）。我1988年回昆工作后与黄老师多有联系，常请教西南联大问题。有次问及施剑翘事，黄老师说她就住在圆通街连云巷口，在联大很有名，几乎无人不知，三十出头的样子，有点胖，缠过脚，想不到少女时即玩过手枪，更想不到卧薪尝胆十年为父报仇。她在联大听课很认真，且善交往，谈笑风生。黄老师还说施剑翘想见龙云，龙云不见，可能对她有什么看法。

抗战胜利后施剑翘去北平。1957年起她被聘为北京市政协委员，1979年因病去世，享年七十四岁。

五、平政街

接下来就是平政街了。

当年的昆明市辖区仅后来说的五华、盘龙两区，市政府位于光华街与福照街（今五一路北段）的夹角内，前些年的省公安厅那里即当年市政府的旧址。其东有市府东街。郊区（官渡、西山两区）为昆明县。昆明县无县城，县政府（前清叫县署）设圆通街东端北廊，具体位置即后来的昆七中，现如今好像成了停车场。县政府对面那段路（华山东路的北延线）就叫平政街。"平政"，意思有了。

平政街有西南联大的故事。

先讲陈梦家、赵萝蕤夫妇。先生是古文字学家。太太是翻译家，一度在云大任教。抗战初期他两位到昆明后就住在平政街68号。

陈梦家（1911—1966年）早年是著名的诗人，属于以徐志摩为首的新月派。后来不写诗了，成为重量级的考古学家和古文字学家，经金岳霖推荐，1944年赴美讲学。他来昆明时在西南联大中文系任教授，归国后任中国科学院考古研究所研究员。近代甲骨文研究有公认的四位开山老前辈，即所谓"甲骨四堂"（四人的字或号均有一个"堂"字）：王国维（号观堂）、郭沫若（字鼎堂）、董作宾（字彦堂）和罗振玉（号雪堂）。陈梦家是新一代甲骨学家的杰出代表。他在甲骨文研究方面的代表作为《殷墟卜辞综述》（科学出版社，1956年）。陈梦家不仅研究甲骨学，他在殷周铜器铭文、汉简和古代文献的综合研究方面也有极重要的贡献。他还是明代家具的收藏家和鉴赏家。

赵萝蕤（1912—1998年）是大翻译家，在燕京大学读书（主修英美文学，副修钢琴）就应约翻译了《荒原》，是此一作品的第一位中文译者（译作1937年在上海出版）。《荒原》是西方现代派诗歌鼻祖艾略特的一首长诗，被认为是西方现代派诗歌的里程碑。1944年，赵萝蕤与夫君陈梦家一起赴美，获芝加哥大学博士学位。归国后任北大教授，晚年翻译出版《惠特曼全集》，影响极大。赵萝蕤因此登上了美国《纽约时报》的头版，令外国人惊讶不已。1990年芝加哥大学百年大庆，赵萝蕤应邀回到母校，以"研究和翻译惠特曼"为题发表演讲并获芝加哥大学百年"专业成就奖"。获此殊荣的校友共十人，赵萝蕤名列首位。

陈梦家、赵萝蕤两位均为学者，年轻时均一表人物，陈梦家是美男子，赵萝蕤是燕京大学校花。钱穆教授早年曾在燕京大学兼课，是陈梦家的老师，来滇后师生为联大同事。钱穆晚年回忆陈梦家，顺笔提及赵萝蕤，说"有同事陈梦家，先以新文学名。余在北平燕大兼课，梦家亦来选课，遂好上古先秦史，又治龟甲文。其夫人乃燕大有名校花，追逐有人，而独赏梦家长衫落拓有中国文学家气味，遂赋归与"。校花受人追捧乃至追逐，不奇怪；陈梦家被校花"独赏"可是难得，凭的是"中国文学家气味"，即中国传统文人的那种特有的风度和气质。来昆明后赵萝蕤在云大教英文，从平政街去云大上课多少也有点辛苦（其时，她还要去近郊给一位能说一口昆明话的越南美人、中国军官太太教钢琴）。她走之前得先弄饭，将饭煮熟再放在小火上慢烤，然后才匆匆经螺峰街、大兴坡转青云街赶去上课。这时间是有些紧张，而且云大会泽院前那九十五级台阶等着要爬。"可恨学校又在山上，还要爬几百步台阶，三升晋级而升大堂。"回家更累。"回家烈日当空，或者骤雨倾盆，或者警报忽传……（从）学院坡大兴街的坡爬到螺峰街已经气喘如牛了。"（见赵的散文《一个忙人》）

在平政街住了一年左右，两夫妇迁居北郊桃园村、棕皮营。1944年陈梦家离昆赴芝加哥大学东方语言文学系讲授中国古文字学。赵萝蕤同行，在芝加哥大学攻读比较文学，获博士学位。

平政街有个天主教堂，这教堂的名气虽远不及圆通寺，但在天主教云南传教史上亦占相当地位。据《马可波罗游记》记载，云南早在元代就有天主教徒出现。另据有关文献资料，18世纪初法国教会开始委派云南（教区）主教，但未到任。1840年云南教区从四川教区划出，设主教府于盐津县。1883年主教府迁昆明，地址就在平政街（遗址在省卫校内，该校今名昆明医科大学平政校区）。抗战前主教府再迁太和街（今北京路南段），但平政街教堂仍占重要地位。一部在台港及海外华人中影响甚大的长篇小说《未央歌》，就多次写到平政街这座教堂。

《未央歌》的作者吴讷孙（1919—2002年），笔名鹿桥，祖籍福州，生于北京；1942年毕业于西南联大外文系（读大三时曾考入昆明广播电台打工兼做播音员），后留美获耶鲁大学博士学位，居美任教，是国际知名的艺术史学者。《未央歌》是一部写西南联大的校园小说，长达六十多万字，对联大、对昆明都有相当充分的描写。全书十七章，前十章1943年底写于重庆，后七章1945年夏在美国写完。在中国现代文学史上，以昆明为题材的小说极少，具体描绘昆明街景、市风的更少。《未央歌》里此类描绘相当多，并且充分，昆明人读尤感亲切。试看第十五章女主人公伍宝笙连夜去平政街天主教堂找蔺燕梅一节。蔺小姐是外文系学生——校花，因受流言包围，精神痛苦，萌生了做修女的念头。恰好教育部在联大征募学生去云南几个边区调查研究边民语言，并编制字典。蔺小姐背着最亲近的几个同学悄悄报了名，离开学校去平政街天主教堂，准备第二天乘教堂的汽车去文山县天主教堂一边学习一边工作。师姐伍宝笙知道后心急如焚，连夜冒雨从文林街"昆中南院"（联大女生宿舍）赶去平政街天主教堂劝阻小师妹。这一节是鹿桥在美国写的，看他怎么写。

　　伍宝笙还没有走出南院（女生宿舍）操场，头发已经被水湿透，（略）她到了文林街上，只能看见路灯远远的，一盏一盏在街心里明亮，街上全没有一个行路人。（略）一路上全没有一处可以躲了雨走，她只得沿了街边的墙，不管脚下踏在什么垃圾上，往前一步高一步低地抢。文林街快到小吉坡的地方，路灯特别亮，照见小吉坡弄堂里还洁净些，她便半滑半跑地顺了小吉坡一口气冲到玉龙堆（注：今翠湖北路省群艺馆一带的旧名）。

　　这里地势低了，水不但是自每一个坡上流下来，并且还从石板缝里冒上来，她两脚都没在水里，每一步踏下去都把水溅起来冰凉凉地打到膝盖那么高。她等于是蹚河那样到了青云街同丁字坡口。

　　青云街地势更低，一眼看去，汹汹涌涌，竟起了波涛，她便在大雨中不觉怔住了。呆了一下，她看只有决定不走青云街，就忙忙赶上了丁字坡。这坡口上完全没有灯，路又陡。（略）

　　她爬完丁字坡，到了北门街，这里好走了，就咬紧牙，不顾身上多冷，多痛，极快地赶到了圆通街口，心上好过了一点，前面不远便是平政街了。

　　伍宝笙终于到了平政街了，一个落雷正打在街心，闪电里现出天主堂那个金字黑木牌来，她便直奔过去。门是开着的，她便向里走。闪电之后，一条街的电灯全熄了，她只见教堂那五彩玻璃的长长窗子里，烛光十分明亮。

　　这正是晚祷的时候……

鹿桥在昆明生活不过四五年，在美国那边写昆明的街巷居然写得这么熟、这么自如，不仅街巷走向准确无误，连地势的高低都说得明明白白。还有那"一个落雷正打在街心"的一笔，把昆明的雷写绝了。小说里写的平政街天主教堂，20世纪50年代初已被省卫生学校改建为校舍，如今又过去六十多年，遗址或许还在吧。

鹿桥的《未央歌》在港台及海外华人中的影响确实大，许多读者来昆明旅游，主要目的是来感受《未央歌》所写的昆明风情，寻访西南联大遗址和伍宝笙、蔺燕梅们的足迹。作者鹿桥更是怀念在联大、在昆明的青春岁月。有旅美友人将作昆明游，鹿桥托他带一小包联大泥土回来给他。

据云南师大校友江琳女士赠我的研究《未央歌》的重要参考书《鹿桥歌未央》（台湾商务印书馆，2006年）讲，女主人公伍宝笙的原型为祝宗岭，依作者鹿桥本人的说法："伍宝笙当然是照了宗岭写的！"祝宗岭1939年西南联大生物系毕业，留校任助教，解放后任中国农业大学生物学院教授；2001年逝世，享年八十四岁。第二年，鹿桥逝世，享年八十三岁。

绕着五华山走了一圈，又到华山东路了。《五华环山行》，止。

昆明有条靛花巷

翠湖边的小巷是很多的，这里说的是靛花巷，就在丁字坡下首南侧，两三分钟就可走到水边。巷浅，不过二十多米，门牌只有四个。据传民国初期有位人称"王靛花"的老板在此操浆染业，是以得名。这名字取得好。抗战时期老舍在巷里住过一小段时间，后来在一篇散文中还专门为小巷写了几笔，说靛花巷虽不过是条"只有两三人家的小巷"，但"巷名的雅美，令人欲忘其陋"。

老舍住过的地方是靛花巷3号，这是一座三层楼的小院。别看院子小，在里面住过的大学者、大作家可不少。抗战初期，这里先是中央研究院历史语言研究所的驻地，后来是北大文科研究所和西南联大教授宿舍。

1938年春，中央研究院史语所由南京经长沙、桂林迁来昆明，初驻拓东路，旋即迁入靛花巷3号。这史语所可不简单：当年清华大学国学研究院的四位导师，梁启超、王国维两位已作古，健在的陈寅恪、赵元任两位均被聘入此所，分任历史、语言两部主任。小小靛花巷等于半个清华研究院，实属美谈。

先说赵元任。这是一位享有国际盛誉的语言学大师，人称中国现代语言学之父，著名语言学家王力（了一）即出其门下。这位大师还是哲学家、文学家、物理学家、数学家和音乐家。1918年他在哈佛大学取得哲学博士学位时才二十六岁，次年回到母校康乃尔大学当物理学讲师。1921年英国哲学家罗素来中国讲学，这位哲学博士担任翻译。1925年赵元任从欧洲归国后在清华大学是教数学，第二年才在研究院教语言学。在20世纪20年代，赵元任谱写了许多歌曲，他那首《教我如何不想她》（刘半农词）一流行就是好几十年。还写了一些有关音乐的论文,如《中国派和声的几个小试验》。语言学著作就更多了,《现代吴语的研究》《中国话的文法》《语言问题》,等等,都被学界认为是不朽的。但诚如王力先生所叹,赵先生是中国学者,可惜他在中国居住的时间太少了。在靛花巷的时间当然是更短,不到一年就离昆赴美任教。赵元任在美国很风光,1945年出任美国语言学会会长,后又任美国东方学会会长。

陈寅恪既是史语所研究员,也是西南联大教授。史语所一年后迁北郊棕皮营(龙头村北侧),陈氏仍住靛花巷。他在昆明时间长,名气又大,知道的人更多,流传的逸闻也多。据说陈氏对"十三经"不但大部分能背诵,且每字必求正解。不仅精通英、德、法文,还掌握蒙、藏、满、日、波斯、突厥、西夏、梵、拉丁、希腊等十多种语言文字,以此作为研究中国古代政治史、宗教史的手段。怪不得吴宓教授有这样的评语:"谓合中西新旧各种学问而统论之,吾必以寅恪为全中国最博学之人。"陈氏的同学傅斯年更认为:"陈先生的学问近三百年来一人而已!"

当时日本飞机常来昆明轰炸,警报一响,人们争先恐后往院子里的防空洞跑。陈寅恪住三楼,又有睡早觉和午觉的习惯,警报响了,住一楼的傅斯年怕陈寅恪听不见警报——加之陈视力弱、行动不便,总是连忙跑上三楼将陈搀扶下来送进防空洞。据说傅斯年是大胖子,爬三楼也不轻松,能那样做绝非一般的关心,而是对陈由衷敬佩、爱护的表现。

傅斯年本人的学术成就与地位,较之赵元任、陈寅恪两位,尚不能等量齐观,但也是一位给靛花巷增辉添彩的人物。傅氏早年就读北大,与几位同学创立新潮社,任《新潮》杂志主编。这新潮社非同寻常,是我国新文学史上第一个大学生社团,得到陈独秀、胡适的支持;时任北大图书馆主任的李大钊也鼎力赞助,将红楼的一间房腾出来给他们作社址。《新潮》杂志配合《新青年》开展新文化运动,高举"文学革命"大旗,在文学创作上也有相当的贡献。由于新潮社的地位和影响,傅斯年成为五四运动中北大的学生领袖之一。运动落潮后傅斯年转向学术，1928年中央研究院历史语言研究所成立。傅斯年以专任研究员任所长职务，抗战末期任北大代理校长（校长胡适）及西南联大校务委员，1949年后任台湾大学校长。

作为史学家的傅斯年在学术上独树一帜，是中国现代史学史料学派的旗手，"史学便是史料学"是他的名言。殷墟发掘是20世纪30年代中国史学界的辉煌壮举，虽然具体挖掘由著名考古学家李济和古文字学家董作宾负责，但整个工作是由这位所长领导进行的。1935年国际著名汉学家伯希和去安阳视察殷墟挖掘情形，对出土文物之丰富深表惊叹。

史语所驻靛花巷仅一年，该所迁往北郊后，北大文科研究所又迁入靛花巷3号。其人员都是联大教授（个别人不属文研所），他们中有哲学系主任汤用彤，国文系主任罗常培，总务长郑天挺（北大文科研究所副所长、史学家，所长由傅斯年兼任），统计学家许宝騄，研究英国文学的专家袁家骅，等等。这些教授都相当了得。汤用彤清华毕业留美，1920年入哈佛大学研究院攻读西方哲学及梵文和巴利文，立志以新方法整理国故，弘扬中国传统文化。他与吴宓、陈寅恪以此共勉，人称"哈佛三杰"。汤用彤回国后在东南大学、南开大学、北京大学等校讲授西方哲学、中国哲学和印度哲学，1948年被选为中央研究院院士，1955年被选为中国科学院哲学社会科学部委员。郑天挺是清史专家，参与整理明末清初大内档案。20世纪40年代初在昆明撰写《清代皇室之氏族与血系》等论文，用大量史料证明满汉民族之间密不可分的联系，有力地驳斥了日本为占领我国东北而制造的"满洲独立论"。三校复员后，郑天挺任北大史学系主任和北大秘书长，后调任南开副校长。许宝騄先生也很不简单，但社会知名度不算高，别说一般市民，学文科的知道的人也不多。当年联大师生有个曲社（爱好昆曲的人的小团体），不定期聚会活动。许宝騄是高手，会唱三百多出昆曲，每次聚会都少不了他，唱够了就在翠湖边找个馆子吃一顿。等结账，伙计还未算好，许教授就脱口而出，吃惊的伙计哪里晓得，这位客人是中国数理统计学的开创者和奠基人呢。许在剑桥深造，先后获哲学博士和科学博士学位，回国后就来联大，在我国首次系统地开设数理统计学课程。算个饭钱，那连小菜一碟都说不上。

中文系的罗常培教授是北大毕业的语言学家，曾任中山大学教授和中央研究院历史语言研究所的专职研究员，与赵元任、李方桂合译瑞典高本汉的名著《中国音韵学研究》，后任北大和联大中文系主任。他带头调查云南方言和云南少数民族语言，1949年以后负责筹建中国科学院语言研究所，任第一任所长。罗是满族，与老舍是小学同学，联大请老舍来讲学就是由他负责联系和安排的。他住靛花巷，老舍来了也就住靛花巷。

文化巷11号

文化巷很有名,在大西门内,南通文林街,北通云大后门,巷很深,房舍一般,看不出有什么特别之处。令人注意的是巷内的过往行人不管老的小的,几乎清一色是教师和学生,因为巷内有许多云师大的教工宿舍,师大附中、附小的后门也开在那里。真是一条文化巷。

但文化巷这名字并不是新取的,早在抗战以前就这么叫了。再早是叫荨麻巷,那里是北城脚的偏僻荒凉地段,荨麻丛生。荨麻的茎和叶都有细毛,皮肤接触会引起刺痛,野地里到处都有,小孩子见了都怕。

但20世纪30年代末这里已有四五十户人家,景象大不相同了。联大初到昆明无校舍,一些联大教师住在这里。内中以11号最是人文荟萃。

11号住了好些位西南联大教授:外文系的钱锺书、教育学系的罗廷光、数学系的杨武之,还有云大文史系的施蛰存和吕叔湘。

钱锺书在文化巷写过一些诗,都是旧体,内有《昆明舍馆作》四首,其二云:"屋小檐深昼不明,板床支凳兀难平。萧然四壁埃尘绣,百遍思君绕室行。"[①]

1938年上半年,时任清华大学文学院院长的冯友兰写信给在巴黎留学的钱锺书,请他回母校任外文系教授。钱氏夫妇思念战火中的祖国和亲人,于同年秋启程回国。到香港后,夫人杨绛带着幼女回上海,钱锺书则转道奔赴昆明任教。由巴黎一下子来到昆明,又一下子

---

① 钱锺书:《槐聚诗存》,生活·读书·新知三联书店1995年版。

住进了文化巷陋室,反差太大,不适应是难免的。何况一家三口又两地分居,情绪波动一下也属正常。此诗写于1938年,钱锺书刚到联大没多久,外文系的人事摩擦估计尚未发生。但不论怎么看,诗所流露的情绪明显欠佳,难怪这位年方二十八岁的教授要将自己住的房间名为"冷屋"了。

当时联大办了若干刊物,其中一个叫《今日评论》,是教授们集资筹办的。钱锺书为刊物写了几篇文章,总称"冷屋随笔",后来都收入他的散文集《写在人生边上》,共四篇:《论文人》《释文盲》《一个偏见》和《说笑》。这些文章属知识密集型杂文,读多了也难免觉得作者有故意卖弄之嫌,但仔细品味,其嬉笑怒骂又似乎都有相当的针对性。就说《一个偏见》吧,开头有一小段:

> 偏见可以说是思想的放假。它是没有思想的人的家常日用,而是有思想的人的星期日娱乐。假如我们不能怀挟偏见,随时随地必须得客观公平、正经严肃,那就像造屋只有客厅,没有卧室,又好比在浴室里照镜子还得做出摄影机头前的姿态。

其思想之深刻和文笔之幽默于此可见一斑,其中,"偏见可以说是思想的放假"一句当即广受赞赏,一时传为美谈。读末段又觉似有所指。钱锺书引用叔本华"思想家应当耳聋"的话认为有理,"因为耳朵不聋,必闻声音,声音热闹,头脑就很难保持冷静,思想不会公平,只能把偏见来代替"。哪来的声音?"人声喧杂,冷屋会变成热锅,使人通身烦躁",以致"你忘掉了你自己也是会闹的动物,你也曾踹过楼下人的头,也曾嚷嚷以致隔壁的人不能思想睡眠"。据施蛰存回忆,在文化巷11号他与吕叔湘同住一室,与钱锺书同住一楼,与罗廷光、杨武之同住一院。不过我也没吃透《一个偏见》,也可能只是泛泛而论并无特定的所指。如作者在序中所言,"人生是一部大书",他的杂文只是"写在人生边上"的"零星随感"。

施蛰存来昆明之前已是有名的文坛新锐,是中国新感觉派的代表作家之一,对我国心理分析小说的发展作出了重要贡献。此前已出版短篇小说集《上元灯及其他》(1929年)、《李师师》(1931年)、《将军底头》(1932年)、《梅雨之夕》(1933年)、《善女人行品》(1933年)和《小珍集》(1936年)等。来昆明后,施蛰存参与筹备中华全国文艺界抗敌协会昆明分会,比较活跃。但施蛰存对"抗战文学"有些看法,与文艺界渐渐有点若即若离。除在云大文史系教大一国文、历代诗选、文选外,主要精力、兴趣似乎转到了云南古代史文献方面,写了一些札记。在西南联大历史系教授、著名敦煌学家向达的影响下,看了许多敦煌学文献资料,还校录了十多篇变文。施蛰存对云南大学的历史也留心过,1941年写过一篇《怀念云南大学》,从贡院说到唐继尧回国创办东陆大学,再到云南大学,来龙去脉说得清清爽爽。对东陆大学缘何以"东陆"名之也讲得一清二楚,说"省立云南大学的前身是私立东陆大学——这是唐继尧省长出资创办的,唐自署东大陆主人,故学校即名'东陆'"。如今云南省有些文化人却将"东陆"当作云南的代称、别名来用,施老在上海如果闲翻、浏览云南报刊见到,想必会莞尔一笑。

施蛰存起初与吴晗、李长之等从北平来的青年教师一起住在云大校门斜对面的王公馆,之后才迁到文化巷11号,1940年学期结束后离开昆明回了上海。

当时云大校长熊庆来聘来的外地教师,素质、水准都相当高。文史系教师除上面提到的吴晗、李长之、施蛰存外,还有一位吕叔湘。大家都晓得吕叔湘是语言学家,不过他在云大文史系是教英文的,后来才加了一门"中国文法"[1]。吕氏原本就是学外文的,早年毕业于东南大学外文系,1936年赴英国留学,先读牛津大学人类学系,后入

---

[1] 吕叔湘:《悼念王力教授》,载吕叔湘《语文近著》,上海教育出版社1987年版,第270页。

伦敦大学读图书馆学科。1938年归国任云大文史系副教授，教英文未免屈才，因为吕叔湘的主要精力都投入到了汉语研究，尤其是汉语语法。但这位学者既重视高深的专业研究，也不忽视"科普"性的工作，普及语文知识的文章写了不少，这一特点在国内一流的语言学家中尚不多见。

想不起是什么书里读过还是听哪位老师讲过的笑话，印象很深，一直记得，后来见吕叔湘的《从改诗的笑话说起》，才知这是正版。头一个笑话讲有人说"清明时节雨纷纷"这首诗太啰唆，每句的首二字都应去掉，理由是：随便什么时候都可下雨，何必清明？行人总在路上，不言而喻。"酒家何处有"已是问话，"借问"多余，路上的人都会指点杏花村，不光是牧童。因此此首七绝应改为五绝："时节雨纷纷，行人欲断魂。酒家何处有？遥指杏花村。"又一个笑话说有人嫌"久旱逢甘雨"一诗太平淡，每句头上应加两字："十年久旱逢甘雨，千里他乡遇故知，和尚洞房花烛夜，童生金榜题名时。"

笑话只当笑话，听过并未深思。而吕叔湘却能指出：虽然改诗的依据大多数是歪理，但也不能说没有一句改得有三分道理，"千里他乡遇故知"就不一定不如"他乡遇故知"。仔细一想也对，不过前一首减字我以为纯属歪理。"清明"与"断魂"是相联系的，去掉"清明"，何来"断魂"？

吕叔湘还是著名的翻译家。早在20世纪30年代初（留学之前）他就翻译过好几本书，都是人类学方面的。其中一本是美国学者罗伯特·路威的《文明与野蛮》，1984年三联书店重印，在文化界风行一时。据译者的《重印后记》可知，这本译作当年的出版可谓一波三折。书1932年译毕，送去商务印书馆（前两本分别译作《人类学》和《初民社会》都是商务出的），结果被退回。吕氏分析原因：一个可能是商务在"一·二八"战事中遭受重大损失，暂时将力量放在重版书上，不急着出新书；另一个可能是这本书的写法有点"亦庄亦谐"，从吃饭穿衣说到弹琴写字、从中亚土人一分钟捉八十九个虱子说到法国国王坐在马桶上见客、从马赛伊人拿太太敬客说到巴黎医院里活人和死人睡一床，内容、写法都不太像一本教科书或准教科书。正在此时有个小出版社在筹建中，托人找书稿，结果将这本退稿拿去并且排校完毕，但等了一年却不见出版。一打听，原来是资金周转不灵，何时付印难说。但索要原稿却不给，出版社说要付排版费才给。出版合同是签订过的，但未订明交稿后多长时间内出版，"于是法律就允许他千年不印，万年不还"，后来闹到租界（上海）的洋法庭仍未得到解决。最后是生活书店代付部分排版费才把原稿赎回来，由生活书店另行排印。从1932年译完到1935年才出版，拖了整整三年。由此来看，从前出书也不是那么容易的。

  在昆明的几年，吕叔湘写的文章似乎不多。当时王力为昆明一家报纸编副刊，约他写稿，但只写过一两篇。据他本人回忆文章中说是因为实在"写不好"这类稿子（指报纸副刊文章），这可能是谦辞。但专业文章也不多，我查了查，只见《中国话里的主词及其他》《未知称代和任指称代》和《全体和部分》三篇，都发表在联大教师自办的《今日评论》和联大办的《国文月刊》上面。

  吕叔湘1949年后担任过中科院语言研究所所长、《中国语文》主编、中国文字改革委员会副主任等要职。那本被中国人广泛使用的《现代汉语词典》，第一任主编也是吕叔湘。可惜云大当年没留住这位学者，1940年他就去了成都，任华西协合大学中国文化研究所研究员。如今回头来看，引进人才不易，留住人才更难。当年云大文史系引进的几位人才：李长之、吕叔湘先后去了四川，施蛰存去了香港、厦门，在云大的时间都未超过三年。吴晗虽仍在昆明，却也活动到联大去了。

  文化巷11号的另两位学者我所知不多。杨武之是数学家，在芝加哥大学获博士学位。我知道这位数学家的名字很晚，比知道其公子杨振宁的名字晚了二十多年，也知道他是联大数学系主任。说数学我是一点不懂，但前两年见到一条关于数学系的史料却引起我的兴趣。当时各高校系名不统一，有的叫算学系，有的叫数学系。

以联大为例:"查本校原系北大、清华、南开三校联合而成,北大于数年前改数学系为算学系,清华及南开自始即名为算学系,本校今名,亦为算学系。"①名称不统一也确实是个问题,正如当时《教育部关于讨论"数学""算学"二词的训令》所述:"查我国各大学对于'数学''算学'二名互用,由来已久。在组织上,有'数学系'或'算学系';在学科上,有'数学'或'算学',内容本属一致。徒以一字之歧,致滋观念混淆。"这份"训令"接着引经据典:"依历史言,二字俱有本源。盖'数'为六艺之一,由来甚早,清初编印《数理精蕴》卓然巨著,是'数学'一名,有其根据。但《周髀算经》书亦甚古。'算学'一名,亦有其价值。"讲得很有水平。"然为学术便利计,似应予以统一",因责成各大学"召集数学系或算学系教授对于'数学''算学'二名,决定其一,呈报到部。以凭汇案核办。各该系教授总人数及赞成总人数并仰一并具报"②。

想不到半个多世纪前的人于名物如此之较真,而今天的人们却未免太过随意。如今高校自我升格成风,专业改称系,系改称学院,学院改称大学,名词膨胀,不着"边际",越大越好。原来的生物系一下变成"生命科学学院",地理系变成"地球科学学院",皆大欢喜,不亦乐乎。但也有例外。听说某广播学院增设电视学院,却宁肯大学院套小学院也不愿改称广播电视大学,令圈外人好生纳闷。后来才听说,校方是怕与"电大"相混而降格也。

话头收回来。名称后来统一了,都叫"数学""数学系"。联大结束,原联大师范学院留下,成为国立昆明师范学院,杨武之任数学系主任,两年后离校。

文化巷11号还有一位联大教育学系的罗廷光教授,早年留学美

---

① 《关于"数学""算学"二名呈复教育部之代电》,载《国立西南联合大学史料》(总览卷),云南教育出版社1998年版,第135页。
② 《国立西南联合大学史料》(总览卷),云南教育出版社1998年版,第136页。

国，先后就读于哥伦比亚大学和斯坦福大学教育研究院，回国后在中央大学、河南大学等校任教，来联大时间不长，仅三年。这样，钱锺书、施蛰存①、吕叔湘、罗廷光四位房客都在1940年左右离开文化巷11号（钱氏早一年），而且都离开了云南，只剩下一位杨武之教授仍在昆明，但稍早已迁往小东城脚（今青年路北段"红会"医院巷口一带），随后又领着家人疏散到西郊龙院村惠我春家居住。这惠氏乡宅如今虽已破旧，毕竟还在，而文化巷11号则片瓦无存、了无遗痕。

---

① 施蛰存先生2003年11月19日在上海逝世，享年九十八岁。

昆明有民权街、民生街，何以无民族街？

2005年台湾连战、宋楚瑜两位接踵来访大陆，不知怎的我一下子联想到昆明的两条老街，都在抗战胜利堂背后。这两条相互垂直的街道，横的叫民生街，直的叫民权街，显然都是辛亥革命以后改的新名。孙中山创建同盟会时提出"三民主义"，即民族、民权和民生三大主义。以民生、民权为街名，当本于此。民众没有咬文嚼字的习惯，大家喊的老名字叫二徒街、三徒巷，前指民生街，后指民权街。民生街铜匠铺多，制作铜锅、铜盆、铜壶，还有铜做的种种生活用品和装饰品，以及民间常用的锣呀镲呀那些打击乐器。铜匠铺外也有零零星星的若干家鞋铺。后来读了点书，慢慢养成咬文嚼字的习惯，以为"二徒"指铜匠和鞋匠。再后来才晓得，"二徒"实为"二纛"之讹读。"纛"音"道"，意为军队的大旗。原来胜利堂那地方早先是清朝时候的云贵总督府，二纛街位于督府之后（北），街西有纛旗庙，里面竖旗二，是以得名。辛亥革命以后革故鼎新，自然要破纛砍旗，至于何以从"民族""民权""民生"中挑出"民生"以为名，或许与铜锅、铜盆这些生活用品有关吧。

那么民权街——三徒巷当作何解？依前例，"三徒"自然是"三纛"的讹读。至于那"三纛"的来历，想必也与总督府竖旗有关，只是何以是"三"而非"二"，我至今仍未明白。那个"巷"字嘛自然表示在"街"之下了。民生街原本极窄，与二十多年前尚存的兴隆街（老福照街东廊背后。老福照街今为五一路北段）一模一样，20世纪40年代末拓宽（昆明话叫退街）了才是后人见到的样子。而三徒巷之所以定位为巷而非街，想必是更狭更窄了。我未见过三徒巷的"巷"样，它的拓宽应该早于二徒街。

我感兴趣的是三徒巷何以改名民权街？民生街之所以叫"民生"毕竟还可以找铜锅、铜盆作注脚，"民权"呢？我想来想去，想到民权街的北端有一个法院摆在那里，那是民国初年建立的，叫作云南省高等地方法院（前些年省高院亦驻此地），这大约就是"民权"的注脚了吧。

我的问题还没完。那是民国年间，三民主义天天讲。有些地方以"三民"更改街道名，比如重庆就有民族路、民权路和民生路，武汉亦然。奇怪的是，昆明街道的新名，"民生""民权"都有了，却独独缺了一个"民族"。不光是缺，缺的还是第一。三民主义的顺序是民族主义、民权主义和民生主义。后两个都落实到位了，就第一个却没着落。

我想来想去，琢磨着这究竟是怎么一回事。慢慢地，一个假想在我脑子里浮现了。我不是很有把握地猜想，觉得"民族"之所以空着，是那时的当局刻意地回避。当局是指哪一级我弄不清，晓不得那时候是否有专管地名的"地名办"，有没有这样的职能机构不要紧，这里只说问题。

那么，为什么要回避呢？我想到敬节堂巷。这条巷在钱局街西廊背后，巷口有眼井，从那里朝东北方向看就是西仓坡的西口。巷的西北端与石牌坊巷和金鸡巷相通。这是一条相当古老的巷，其历史少说也有一百五六十年。清光绪以前叫大井巷，因为巷口有眼井。后来改名叫敬节堂巷，因为巷里建起一座敬节堂。为什么要建敬节堂？因为咸丰、同治年间，也就是19世纪60年代前后，云南发生了一次以回民为主的多民族起义。起义队伍最主要是两支，一支以杜文秀（回）为领袖，声势最大，另一支以李文学（彝）为首。这次长近二十年的民族起义由于清政府的残酷镇压而失败，旧史称为"咸（丰）同（治）反正"，或"十八年反正"。光绪初年，云贵总督和云南巡抚在大井巷内建敬节堂，收养在此次战争中丧命的清军官兵的遗孀。民国年间，敬节堂改为一所女子职业学校。二十多年前那校址还在，坐西朝东，正对着钱局街，不过早就又变成一个什么单位的大杂院宿舍了。再后来旧城改造，那一片地方被开发，敬节堂巷也就从昆明地图上彻底消失了。

清政府对云南这次多民族起义的镇压，在云南各民族间造成巨大的心理创伤，从起义失败到辛亥革命清王朝被推翻，时间才三十多还不到四十年，蒙在上面的阴影短时间难以抹去。

孙中山的民族主义以"驱逐鞑虏，恢复中华"为要义，将"鞑虏"置于中华之外，应该说民族观念还比较狭隘。这就叫历史局限性。直到1924年初中国国民党召开第一次全国代表大会，国共合作，孙中山对三民主义作出新的解释，民族主义才有了"对外反对帝国主义，对内求得民族平等"的新内涵，视野开阔，观念为之一新。

如果注意到历史的这一关节，注意到民族问题在某一特定时期的敏感性，我们或许就会找到昆明何以有民权街、民生街而无"民族街"的答案了。看来，在某些情况下，刻意的回避无可厚非。

抗战初期昆明有家报纸叫《益世报》，社址在圆通街，是1938年底从天津迁来的。这是天主教教会民国初年在中国办的中文报纸，由罗马教廷指派天津教区一位副主教负责。该报五四运动前后一度同情学生运动，周恩来在法国勤工俭学期间写的《旅欧通讯》就是在这家报纸上连载的。1931年九一八事变以后，该报聘请罗隆基、钱端升（昆明时期二人均系西南联大政治学系教授）任社论主撰，主张抗日，反对国民党政府的不抵抗政策。1937年七七事变后继续发表抗日言论，两月后被迫停刊。

《益世报》迁昆复刊后的举措之一是聘请顾颉刚为该报办《边疆》周刊，组织学术界朋友就边疆、民族问题进行讨论。顾颉刚是应校长熊庆来之邀，于1938年10月来云南大学任教授。顾氏为中国现代著名历史学家、民俗学家，古史辨学派创始人，现代历史地理学和民俗学的开拓者、奠基人。1935年，由于当时民族危机深重，顾颉刚逐渐侧重边疆地理研究，并于1936年创立边疆研究会，同时宣传抗日。傅斯年当时也在昆明，任西南联大历史系教授。云南是多民族省份，傅斯年知道问题的敏感性，劝顾颉刚对"边疆""民族"两词，"在此地用之，宜必谨慎"。傅斯年也是大学者，但与政治的关系比较深，他从1928年起就一直担任中央研究院历史语言研究所的所长（该所1938年迁来昆明），1937年又兼任中央研究院总干事（相当于主持日常工作的秘书长）。抗战爆发后傅斯年又以社会名流身份参加国防参议会，后又参加国民参政会任参政员。这就不难理解傅斯年何以对政治比较敏感。顾颉刚接受傅斯年的劝告，马上写了一篇《中华民族是一个》发表于《边疆》周刊。他在1939年2月7日的日记中写道："昨得孟真（注：即傅斯年）来函，责备我在《益世报》办《边疆》周刊，登载文字多分析中华民族为若干民族，足以启分裂之祸，因写此文以告国人。此为久蓄于我心之问题，故写起来并不难也。"他后来在《自传》中对写这篇文章的动机还有进一步的说明，他说此前在西北考察："到西宁时，一路上看见'民族自决'的标语，这表示着马步芳的雄心，要做回族的帝王。我觉得如果不把这种心理改变，边疆割据的局面是不会打破的，假借了'民族自决'的美名，延迟了边民走上现代文化的日期，岂不是反而成了民族的罪人？"

顾颉刚是大学问家，但有政治头脑。他联想到西北大军阀马步芳的野心，觉得傅斯年的告诫很对，接受批评。数十年后回头来看今日世界各地民族分裂主义的抬头，我们既佩服傅斯年这位学者政治上的敏锐，也不能不佩服顾颉刚这位从三皇五帝研究到现实问题的史学家的远见。但毕竟，民族问题也是个学术问题。当时也在云南大学任教的社会学家费孝通，见解就有所不同，他认为中国境内不仅有五大民族，而且还有许多人数较少的民族。费孝通在1993年写的《顾颉刚先生百年祭》中回忆及此，说自己当时"并没有去推敲顾先生为什么要那样大声绝呼中华民族只有一个"，就给顾写了一封信表示异议，信也在《边疆》周刊刊出，题为《关于民族问题的讨论》；稍后，顾撰《续论中华民族是一个，答费孝通先生》，也发表了。辩论很是热烈。费孝通回忆，"后来我明白了顾先生是激于爱国热情，针对当时日本帝国主义在东北成立'满洲国'，又在内蒙煽动分裂，所以义愤膺胸，极力反对利用'民族'来分裂我国的侵略行为。他的政治立场我是完全拥护的。虽则我还是不同意他承认满、蒙是不同民族就是作茧自缚或是授人以柄，成了引起帝国主义分裂我国的原因"，但毕竟"这种牵涉政治的辩论对当时的形势并不有利"，所以费孝通也就再未写文章辩论下去。

尽管在学术上有不同看法，但总的说，顾颉刚《中华民族是一个》发表后的反应是正面的，各地报纸转载的很多。顾颉刚在《自传》里还提道，他当时"听说云南省主席龙云看了大以为然，因为他是夷族人，心理上总有'非汉族'的感觉。现在我说汉人本无此族，汉人里有不少夷族的成分，解去了这一个症结，就觉得舒畅多了"。云南虽是多民族省份，而民族关系历来就比较融洽、和谐，这与云南大多数民族都有共同的历史渊源，有强烈的同根意识和维系中华的向心力、凝聚力，是分不开的。龙云的心理反应恰为一例证。

顺便一说，龙云是彝族，但这里讲的"夷"不等于"彝"。"夷"泛指少数民族，司马迁《史记》里的"西南夷"即泛指西南少数民族及部落。报刊上常见文章将"夷"释为彝族，欠妥。顾颉刚说的"夷族"即龙云讲的"非汉族"，而非专指彝族。云南以前讲的"走夷方"及"夷娘汉老子"，那个"夷"字均泛指云南少数民族，改成"走彝方"及"彝娘汉老子"欠妥。"走夷方"的"夷"甚至还包括与滇西、滇西南相邻的东南亚部分地区。

下面接着讲当年对"民族"的刻意回避。

我认为，民族问题也要正面看，辩证看，全方位看。在云南，尤其应该这样。

纵观云南历史，各民族之间，尤其是汉族与少数民族之间的关系是相对融洽的。云南的大多数民族都有共同的历史文化渊源，有强烈的同根意识和维系中华的向心力、凝聚力。之所以如此，与内地汉族不断向云南移民，与云南各民族间的尤其是汉族与少数民族间的深度融合，有极大关系。拿白族来讲，其汉族成分占相当比重。据专家研究，白族是僰、汉两族经过长期融合而形成的，尤其在汉晋以后有越来越多的汉族人口融入，使白族中的汉族成分不断增加。文明街的马家大院如今十分有名，其主人马鉁早年做过昆明市第一任市长。我读到一本叫《云南洱源白族马氏文史资料汇编》的书，知道马氏祖籍为江南省（今江苏、安徽）句容县。明嘉靖年间始祖马合牟被委任为云南省浪穹县（今洱源县）主簿，娶妻生子融入白族，至今已传十九世。马家大院主人为第十五世孙。类似的情形并不罕见。在云南，人们常听说某些少数民族人士自称其祖先来自南京或内地某省。此话猛一听或感诧异，细思之，其实这正是汉族融于少数民族之例证。云南少数民族大多有较强的中原认同，具体表现为对"南京人"的认同。抗战初期西南联大曾昭抡教授赴滇西考察，他发现芒市一带的许多土司都说自己是"南京人"，并有历代家谱可查。（洱源马氏的那本《汇编》其实也是家谱。）好些年前读《丽江日报》见一篇文章讲，世居中甸古城独克宗的藏族中，有不少人是汉族后裔。他们讲藏话，穿藏衣，从生活习俗到心理特征，已与藏族没有区别。而一说到祖籍，一些上年纪的老人都说是"南京应天府"。据说，已谢世多年的藏族爱国侨领马铸材先生（藏名茶坤·次仁桑主），生前也说过他的老家在"南京应天府大坝柳树湾"。

看来在云南，汉族和部分少数民族中的"南京人"情结，可谓源远流长。

这当然不是说民族之间不存在任何问题。既然在一起生活，矛盾、纠纷总难免，弄不好还会上升为军事冲突，有时还是大冲突。值得注意的是，一旦冲突发生了，胜的一方总是尽量淡化胜利，姿态低调。对孟获"七擒七纵"的诸葛亮是个范例，不讲谁胜谁败，强调的是民族团结，致使这位蜀汉丞相成为云南许多民族共同敬仰的人物。人类学家江应樑教授20世纪五六十年代曾就此问题进行专门考察，写出一篇《诸葛武侯与南蛮》，里面讲少数民族对诸葛亮的敬奉超过汉族，而且边地更甚于内地；还说在中缅边境地区，某些民族甚至视诸葛亮为人类世界的创造者，称之为"孔明老爹"。又如唐代的天宝战争，唐军两败于南诏，而且均为全军覆没。但南诏将唐军阵亡将士

"祭而葬之",并立《南诏德化碑》,表示叛唐实不得已,对悲剧的发生感到遗憾;而且向前看,殷殷寄希望于未来:"我上世世奉中国累封赏,后嗣容归之。"

以上这些,难道不是基于共同的历史文化渊源,而表现出来的同根意识和维系中华的向心力和凝聚力吗?我看,就民族间的和睦共处而言,云南堪称典范。所以我觉得,当年的昆明地方当局,只有民权、民生两条街的命名而独独少了一条"民族街",其行事之谨慎周详十分难得,却又未免过虑了。

附笔:

在20世纪末的旧城改造中,民权街、民生街面貌均有变化。民权街西廊已被拆除,新建了巍峨的五华办公大楼;尚存的东廊已更名为华山西路。民生街尚存靠西的半条,街名未变,面貌一新。

呈贡：战时文化风景线

抗战时期，作为中国文化、教育第一标志的西南联大存在于昆明，加之国立中央研究院的部分研究所、国立北平研究院以及国立北平图书馆（今国家图书馆前身）等重量级文化单位迁昆，所以北京有位研究政治与文化的专家把昆明称作"战时中国的文化首都"。

抗战前的中国，高等教育资源大多分布在面临战争威胁第一线的东部发达地区。华北、华东高校西迁（亦称内迁）势在必行。

迁昆高校为九所，除合为西南联大的北大、清华、南开三校外，还有中法大学、同济大学、上海医学院、国立艺专、中央体专、江西中正医学院，加上本省的国立云南大学和新建的国立东方语专、省立英专，共十二所。

抗战时期云南是大后方，环境相对安稳。当然不绝对，滇西抗战就很前线了。昆明虽非战场却经常遭日机轰炸。呈贡呢，机场的赶建，为适应东南亚及南亚战局而兴办东方语专，远征军的一个团开赴缅甸前驻龙街，团部设在杨家大院后楼的楼下，与沈从文他们为邻，都表明战争与呈贡相伴。但总的讲，呈贡是后方的后方，那些赫赫有名的院校，那些文化名人，那些外省人，就是在这样的背景下来呈贡的。

从北京、杭州及昆明迁来呈贡的高等学校及科研机构，如由北平艺专与杭州艺专合组的最高艺术学府——国立艺术专科学校（呈贡安江村）、国立东方语文专科学校（斗南村）、国立云南大学农学院（在呈贡新建，校址在滇越铁路呈贡站附近）、国立清华大学国情普查研究所（呈贡文庙）、国立云南大学社会学系研究室（呈贡魁阁）。此外尚有若干中等学校，如：国立第一华侨中学呈贡分校（原名育侨中学，校址龙翔寺），西南联大校友胡淑贞、王家璋分任名誉校长和校长的私立建国中学（跑马山桃源新村），由昆明迁来的昆华女中（海晏村）、南英中学、昆华工校（可乐村），还有本地的呈贡县立中学，等等。此外，抗战初期曾迁澄江县的中山大学，将其工学院、医学院的部分设备、仪器及尸体置放于呈贡县归化镇（今马金铺街道办事处驻地）城隍庙，作为两学院的实习基地。呈贡在历史上人文荟萃，极一时之盛的当数抗战时期。那些迁居呈贡的学者、作家及艺术家们，他们在呈贡为报国而献身文化教育，日后总忘不了这一段呈贡岁月。

一、院·校·所

重点讲六单位。

◎ 国立艺术专科学校（呈贡安江村）

迁昆的高校，整体再迁呈贡的首推国立艺术专科学校，简称国立艺专或艺专。它是今中央美院、中国美院（杭州）与中央工艺美术学院（今清华大学美术学院）三校之前身。

1937年七七事变，全面抗战爆发。当时的杭州艺专和北平艺专内迁湖南沅陵，合组为新的国立艺术专科学校，成为抗战时期全国最高艺术学府。该校先迁昆明文林街昆中北院，继迁兴隆街昆华小学旧址，再迁呈贡县安江村。安江村为当年呈贡最大的村子。据清华国情所的呈贡人口普查（1939年），呈贡三个最大的村子为安江村（含子村，七百七十二户）、斗南村（五百二十户）及上可乐村（五百一十户）。据此，安江村为"呈贡第一村"（陈达：《浪迹十年之联大琐记》，商务印书馆，2013年）。这个"第一村"，解放后从呈贡划出去归晋宁县了。为尊重历史，我们不能忘记全国最高艺术学府曾经存在于"呈贡第一村"的一段往事。

两个艺专各有特色。北平艺专1918年成立，历史较久。杭州艺专晚十年，1928年才建立，其教授多有留法背景，如林风眠、林文铮、刘开渠、雷圭元等。新的国立艺专成立，教育部取消两校校长，任命林风眠、赵太侔、常书鸿三人组成校务委员会。

也许是因为学艺术的人个性强，门户之见更深，从并校起就存在隐患。这里插说一事。杭州艺专原有一对教授夫妇。丈夫林文铮是巴黎大学毕业的美术理论家，回国后一直在杭州艺专任西洋美术史教授兼教务长。太太蔡威廉是民国时期与潘玉良齐名的女画家，父亲是被称为"北大之父"的大教育家蔡元培。她从八岁起先后三次随父亲出国，在巴黎读教会学校，在比利时布鲁塞尔美术学院和法国里昂美术专科学校学油画，1928年回国任国立杭州艺专西画教授，年方二十四岁。抗战爆发，二人随校西迁湘西沅陵。在北平艺专与杭州艺专合组国立艺专并作人事调整的过程中，两夫妇处境困难，被迫"辞职"，随之失业。来到昆明后与沈从文等西南联大教授住在北门街一个大院里。1939年，因贫病交加，蔡威廉分娩住不起医院，病逝于家中，年仅三十六岁，走得很凄凉。丧事后过了一段时间，林文铮才在西南联大外文系谋得一教职。

林、蔡夫妇的事属个案，艺专的人事问题不限于此。艺专毕业的著名画家吴冠中后来回忆说："南北两校的师生跋涉来到沅江之滨，但未能同舟共济"（见吴冠中著《生命的风景》）。之后，教育部任命滕固为校长，林风眠（原杭州艺专校长）、赵太侔（原北平艺专校长）相继离开学校。国立艺专就是这样来到昆明的。

国立艺专在昆明的几处地方，最早一处是文林街昆一中北院，今为云南师大附中教师宿舍，尚存——外貌当然早变了。那里有间简陋的浴室，有个女生名刘仁慧——工艺美术的研究生，洗澡时不小心触电身亡，被草草葬于郊外。十多年后著名诗人公刘（刘仁勇）来昆明寻找姐姐刘仁慧的坟茔，遍寻未得。艺专在文林街及兴隆街时间都不长，最后到呈贡安江村才算落了脚。

安江村离昆明不算太远（近三十公里），有些活动也常回昆明搞，如画展、木刻展。除迁往安江村之前的义卖画展（展出部分师生作品，售款捐献抗日）外，迁往安江村后还搞过常书鸿画展。艺专有剧社，1939年演出作家吴祖光写的大型抗日话剧《凤凰城》，1940年演出法国名剧《茶花女》（演出地点均为马市口省党部礼堂），反响很大。

安江村的艺专旧址不难找，1978年吴冠中先生去过。他找到当年的男生宿舍所在地即今昆明晋宁区安江村地藏寺，但潘天寿等几位老师合住的旧址未能确认。

大概1999年吧，我与太太李梅香去了一趟安江村。此缘于五十年前常书鸿任甘肃省文联主席时我是他的下属，李梅香是兰州艺术学院的学生（见后，本义"人物·常书鸿"），所以想寻访常书鸿老师住过的地方，可惜未找到。我们找到年已七十的老支书李成明，他对这些情况很熟，但不熟悉具体的人名，只晓得吴冠中的大名。他热情地陪了我们几小时，告诉我们此地有"九寺绕安江"之说。安江村比著名的斗南村大得多，但一个村子竟有九座庙宇，实在想不到。我想也幸亏有这么多寺庙，不然艺专不会来这里安家。寺庙多破旧、变样，所幸"校本部"及观音寺、地藏寺尚相当完好，令人欣慰。观音寺是艺专学生绘画习作、画裸体的地方，大门上的"观音寺"及大殿上的"典范人伦"两块匾尚存。老书记说这两块匾曾被人取下当作两扇门使用，边框被锯掉，匾面缩小。我仔细一看，户枢的形状都还在，幸未伤及文字。地藏寺很大，墙很高，比观音寺保护得好。寺内有耳房两排，男生就住在耳房楼上。这里前些年做过粮管所，后又成为村里办红白喜事宴客的地方，村人叫作"客厅"，听着倒也新鲜。

老支书安排我们在他儿子家吃午饭，我们也想再了解些艺专旧事，就没客气。据吴冠中先生的回忆，艺专学生要画裸体，请过好几位模工。他重访安江村时，老乡们还记得画裸体时如何用炭盆生火，画一阵还歇一歇，并说出好几个模工的姓名。其中一位女模工，人称李嫂，还健在，可惜那天吴冠中先生没见到，深感遗憾（《生命的风景》）。我问老支书李嫂的情况，他说李嫂是他三姑奶，只比他大七八岁，但辈分高。试探着问画裸体的事，老书记说上岁数的人都晓得。这时正端菜上桌的亲家母掩嘴笑道:"听说李嫂脱呢精骨碌碌呢,哪样也不穿,碜死人啦。"(碜:cèng,土语,羞之意)老书记也笑了笑。我说李嫂算开放的了。老书记说李嫂是算开放了,她年轻时去昆明帮过工、做过事,见过世面。

老书记的父亲在艺专做过校工,烧水。李嫂在艺专也帮人洗衣物,也算校工,1980年左右过世,其时将近六十岁。

国立艺专在昆明/呈贡两年多,时间不算长,后迁往四川璧山、重庆。

附记:

2017年笔者陪几位文友专访艺专旧址,见安江村正开发,村民已迁走,到处一片废墟。所幸"校本部"尚存,并立碑保护。

(另详本文"人物·常书鸿/滕固")

[小考据:国立艺专初到昆明,校址为文林街"昆中北院"。"昆中"即昆华中学(今昆一中),旧址在文林街,昆中北院、昆中南院位于文林街南北两侧。另,"昆中北×"字样右侧有"第六十军×"字样,其地可能驻有滇军第六十军属下某办事机构。]

◎ 国立东方语文专科学校(斗南村)

与国立艺专不同,国立东方语文专科学校是抗战时期新建的高校,起先在大理,不久后即东迁呈贡在斗南村落脚。

国立东方语文专科学校简称东方语专或语专。这是为抗战时期南亚及东南亚战局变化而成立的专门学校。1942年开始筹办。教育部聘贵州大学校长张廷休(历史学家、教育家)及西南联大语言学家罗常培、王力等七人组成筹委会,张廷休为主任委员。同年4月,东方语专选定原设在大理洱海边才村的民族文化书院(院长张君劢,徐志摩第一位夫人张幼仪的二哥)旧址为校址。同年5月滇西告急,东方语专奉命东迁呈贡,先在龙街华侨第一中学(原育侨中学)。后定址呈贡斗南村,落脚水月庵,时1942年7月。东方语专先后设立八个语科:印地语、缅甸语、暹罗语（泰语）、马来语、越南语、朝鲜语、菲律宾语和阿拉伯语。学制两年，后改为三年制，并开设东南亚史地、经济、社会、文化、政治等课程。

在东方语专任教的有东方艺术学家常任侠，杭州艺专教授孙福熙，联大社会学系教授吴泽霖，人类学家、云大教授许烺光，原天津《益世报》副社长霍济光（晚年任美国芝加哥大学中国文化学院院长），民族学家、云大教授江应樑，经济学家、云大教授沈来秋，以及诗人兼翻译家魏荒弩、英语讲师夏济安（后转西南联大），等等。越语、缅语、泰语、马来语等语种教师由东南亚华侨教师担任。西南联大师范学院的汪懋祖教授，也曾于1944年兼任东方语专校长一年。

常任侠（1904—1996年），安徽颍上县人。杰出的东方艺术学家。1935年赴日本东京帝国大学文学院，研究东方艺术史和丝绸之路的文化交流。1936年底返国回中央大学任教。1938年春到武汉从事抗日文化宣传工作。1942年转任国立艺术专科学校教授。1945年应印度大诗人泰戈尔之邀，赴印度国际大学讲授中国文化史。1949年应周恩来总理电召返国，任国立北平艺术专科学校（后名中央美术学院）特级教授，兼图书馆馆长。其艺术史研究著作有《亚细亚之黎明》《民俗艺术考古论集》《中国舞蹈史话》《美学与中国美术史》（与朱光潜、黄药眠合著）等。

孙福熙（1898—1962年），浙江绍兴人，现代散文家，美术家。1920年赴法，通过勤工俭学考入法国国立美术专科学校学习绘画与雕塑。1925年回国后协助其兄孙伏园编辑《京报副刊》。1928年在杭州任国立艺术学院（后名杭州艺专）教授。1930年再度赴法，在巴黎大学攻读文学和艺术理论，次年归国，仍任杭州艺专教授。抗战爆发后到武汉参加中华全国文艺界抗敌协会，展出大批抗日宣传画。1940年赴滇，应聘任昆明友仁难童学校（呈贡乌龙浦垂恩寺）校长，同时兼东方语专教授（教法文）和教务长。1940年与西南联大、云大陈达、费孝通等教授编纂《呈贡县志》，任主编。解放后任人民教育出版社高级编辑、编译所高级编译。其作品主要有散文集《归航》，小说集

《春城》，散文、特写集《早看西北》等。20世纪末仍有出版社推出《孙福熙散文选集》（百花文艺出版社，1990年）等。

东方语专1945年迁重庆沙坪坝，1946年迁南京。1950年并入北京大学，组建为新的多个语种的东方语言文学系。

◎ 国立云南大学农学院

国立云南大学农学院于1938年8月创办于呈贡（滇越铁路呈贡站附近），抗战胜利后迁回云大校本部。1958年独立建校，名昆明农林学院。1971年与云南农业劳动大学合组为云南农业大学（寻甸），1980年迁回黑龙潭。

云南大学农学院首任院长是农学家汤惠荪教授，第二任院长是林学家张海秋（福延）教授。云大农学院先后吸引了一批优秀人才，除汤惠荪、张海秋两任院长外，还有汤佩松、陈植、金善宝、徐天骝、余树勋等著名学者。战后云大农学院回昆，人去楼空，呈贡"农学院"成了地名、乡村公交车站名。

云大农学院的头两位院长值得一说。

汤惠荪（1900—1966年），上海人，著名农学家，农业经济学家。1921年日本鹿儿岛高等农业学校毕业。1926年被聘为国立北京农业大学教授兼农场主任。1930年秋被派往德国留学，初入柏林农科大学农业经济研究院，后转往丹麦、比利时、荷兰等国考察农业。1932年回国后，重返国立浙江大学农学院执教。1938年初，汤惠荪在云南主持建水县羊街坝垦区，并应聘为云南大学农学院首任院长，在农学院主讲地政学。1947年2月被聘为国民政府行政院地政署副署长，6月又担任国民政府地政部常务次长。1949年赴台湾。1950年2月兼任台湾省土地银行董事。汤氏是台湾"土地改革"的主要设计者。

张海秋（1891—1972年），云南剑川人，白族，著名林学家、农学教育家。日本东京帝国大学农学部林科毕业。历任北京农业专门学校、江西农业专门学校、国立中央大学（南京）农学院林学系教授及中央大学农学院副院长兼林学系主任。张海秋不仅是科学家，而且是语言学家，尤精于文字学、音韵学。其白语与汉语之比较研究受到语言学界关注，著有《剑属语音在吾国语言学上之地位》《应如何正确的认识白族语并解决其系属途径》等。

说来也巧，张海秋的公子张赣生先生（已故）曾任云南农大党委书记，离休后住云南教育学院院本部（今师大西院；夫人毕婉女士其时任云南教院党委书记），我与张先生同住一院时经常交谈。他谈及白语与汉语比较问题，认为白语是从古汉语"变"来的，并举词汇为例，如白语不说"筷"而说"箸"、不说"柴"而说"薪"。诸如此类，确实有点古汉语味。张先生给了我若干资料让我看，都是他令尊海秋先生之作，很专门，而自己很门外，读起来费劲。但有一点，海秋先生认为"白语为汉语之一支"的观点在学界恐不易推广。

西南联大中文系主任、著名语言学家罗常培，抗战时期对云南的民族语言进行过调查研究，讲到白族（当时称民家族）语言的系属，说"照我看是夷汉合语"，其汉语成分"差不多百分之七十，已经汉化了"（《语言学在云南》）。著名学者徐嘉瑞（白族）认同此一说法，而且从白族语言历史演进的角度作了进一步的发挥（见徐著《大理古代文化史稿》）。顺笔一说，罗常培对白族语言作调查时，任翻译的云大文史系白族学生赵橹（诗人，笔名土弩）先生是诗人晓雪的舅舅，也是我在昆一中读高中时的语文老师。任罗常培翻译之事是数十年后赵老师告诉我的，顺笔记下，借此纪念老师赵橹先生。

◎ 国立清华大学国情普查研究所（呈贡文庙）

抗战时期，清华大学为适应国防需要先后成立了农业、航空、无线电、金属、国情五个特种研究所。前四个均设于昆明西北郊大普吉镇，国情普查研究所设立于呈贡。陈达为所长，李景汉为调查主任，戴世光为统计主任，所址在文庙。国情所以昆明环湖（滇池）地区一市四县为实验调查对象，运用现代人口普查方法进行了有益的尝试和探索（另详本文"人物·陈达"）。

◎ 国立云南大学社会学系研究室（呈贡魁阁）

应云南大学校长熊庆来邀请，吴文藻自北平来滇任教，随即创立了社会学系，任系主任，还主持由英庚款资助而设置的社会人类学讲座，并主持成立了社会学研究室，正式名称为云南大学—燕京大学社会学实地调查工作站。1940年10月，为避日机轰炸，工作站迁呈贡县魁星阁（习称魁阁），由费孝通主持工作。抗战胜利后，工作站迁回昆明云大校本部。工作站在呈贡历时六年，其间，产生了一大批有重要影响的学术成果，开创了中国社会学、人类学发展历程中的"魁阁时代"（另详本文"人物·费孝通"）。

◎ 私立建国中学（跑马山桃源新村）

迁呈贡的中等学校五所，下面只说私立建国中学。

建国中学创建于抗战初期，校址呈贡跑马山桃源新村。创办人李吟秋，校长王家璋，名誉校长胡淑贞。

王家璋资料有限，只知是云南弥渡人，联大教育系毕业后留任助教。胡淑贞有说的。她1915年生于天津，祖籍云南省石屏县。她祖父胡商彝，清末光绪年间进京考取进士，从此落籍天津。胡淑贞中学毕业后进入私立南开大学英文系，三年级的时候因全面抗战爆发而学业中断。次年秋天她随丈夫龙绳武自香港到昆明，生于天津、长于天津的胡淑贞这才第一次踏上了故乡云南的土地。她后来随丈夫在香港生活了七年，再后迁台湾定居。但胡淑贞仍不忘自己的祖籍。虽然说起话来毫无乡音，但她在接受采访中仍然说"我是石屏人"。

胡淑贞进南开念到三年级放暑假时发生七七事变，全面抗战开始。西南联大1938年春迁到昆明，总办事处初设绥靖路（后名长春路）财盛巷（联大人喜说才盛巷）2号。胡淑贞同年在西南联大外文系复学，次年毕业。

笔者的大哥余光抗战时期在建国中学读高中，校长王家璋的名字早听他说过。大哥说还有一位女校长，但说不上名字。当时我一个小学生能知道什么，如今史料接触多了才知那"女校长"应该就是名誉校长胡淑贞。至于胡淑贞为什么被请去当名誉校长，推测起来，李吟秋认识龙云，又知道龙家这位大少奶奶联大毕业，且与自己一样，也来自天津——正好。再说呢，学校也需要一位有背景的人。不过，我见到一张建国中学毕业师生合影：坐头排者十三人，居中的是李吟秋及西南联大闻一多、吴晗两教授，校长王家璋居左起第四，胡淑贞居右起第一——最边上了。由此似可看出胡的行事低调与谦和。

桃源新村距昆明市区十二三公里，通火车。那里新建了一排排平房供若干学校和单位使用，里面除建国中学外还有一个教会学校恩光小学。村长是地方士绅李沛阶，村里有他的一个酒厂。那里还有一座美军通讯营的营房，他们以此为基地曾开赴滇西及缅甸八莫等地执行军务，学校师生合影也请那通讯营的军官来参加。

建国中学师资力量不弱，教师中有西南联大中文系的萧涤非副教授。沈从文一家原住呈贡龙街，后来迁居桃源新村，毕业于上海中国公学大学部外语系的夫人张兆和在该校兼课，教英文。学校还邀请西南联大教授闻一多、吴晗以及著名出版家、社会活动家李公朴等知名人士来演讲。桃源新村距呈贡县城不远。听我大哥讲，他们建国中学常与呈贡县立中学（简称县中）比赛篮球，建国中学技高一筹，总占上风。

附记：

建国中学抗战胜利后迁回昆明北门外新校舍。1952年，由1924年建校的护国中学、粤秀中学及抗日战争时期建校的建国中学、长城中学、云秀中学、布新中学等八所学校，合组为昆八中，校址如安街，前些年迁北郊岗头村。

二、人物

◎ 沈从文

抗战时期，中国文化重心南移，文化界许多名家、大师云集昆明（包括呈贡），声名赫赫的作家沈从文（1902—1988年）就是其中的一位。他一家先后在呈贡龙街和跑马山桃源新村居住，一起算，在呈贡生活了八年。

沈从文是1938年4月到昆明的，1946年7月离滇，在昆明八年。这八年是沈从文生活艰困的八年，也是大师风采另样展示的八年。他既是大作家、名教授，也是对昆明、对云南一往情深的"外省人"。

沈从文1925年开始发表小说，之后五年共有作品两百多篇问世，出版集子二十多个，被誉为"多产作家"。20世纪30年代是沈从文的创作喷发期，不但量多，而且有《边城》和长卷文化散文《湘行散记》等经典闪亮出手，从而确立了他在中国现代文坛的大师地位，日后被有的学者誉为"中国的大仲马"和"短篇小说之王"。来昆明后的沈从文风采依旧，在战争条件下继续在文学各领域作出自己独特的贡献。

对于抗日，沈从文的态度是积极的。沈从文的不少亲友，包括三弟沈荃（任湘西士兵组成的一二八师七六四团团长，淞沪战役中负伤），都直接投身抗日前线。沈从文一家在呈贡龙街杨家大院前院二楼住了五年多。远征军的一个团开赴缅甸前驻龙街，团部设在杨家大院后楼的楼下，院坝里安下成排军灶，许多士兵在那里用餐，与沈家成了亲密的邻居。沈从文每周在昆明上课三天后回到龙街家里，都要去拜访团长和参谋，亲切交谈，十分投契。

沈从文有四部代表作，即《边城》《湘行散记》《湘西》和《长河》，前两部写于抗战前，后两部写于抗战时期。沈从文此期还创作了一些人物心理朦胧、暧昧的探索实验性小说（多以呈贡为自然背景），发表后即引起争议。1948年郭沫若发表重磅批判文章《斥反动文艺》,第一个被点名的就是沈从文,说他的《摘星录》《看虹录》等作品是"意在蛊惑读者"的"文字上的裸体画"(余注:郭氏此言与作品实际出入过大,估计郭氏并未看过作品)。1949年后沈的命运与此沉重打击有相当关系。2009年以来,随着小说《梦与现实》及《摘星录(绿的梦)》的发现和释读,沈从文小说重新引起文学界、学术界的广泛关注。这些作品具有明显的精神自传性,有位女博士就此进行考证,认为若干篇作品中女主角的原型或主要原型是张充和(沈有"情感发炎"一说)。未知确否。可否这么看,这些朦胧小说可视为沈从文不满足于此前的成就而作跨文体的创作探索,他的笔既向社会深处掘进(如《长河》),同时也观照个体生命体验,在创作中注入新的文化心理元素。

另一点可注意的是,当时旅居昆明的名作家、名教授不少,他们关于昆明、关于云南的文章也写过不少。但就数量讲,就笔涉的宽度和思考的深度讲,沈从文无疑是相当突出的一位。

沈从文的家人承续了他对昆明、对云南的情缘。1995年冬,夫人张兆和女士在当年桃源新村村长李沛阶的女儿李兆恩女士的陪同下故地重游,找到龙街杨家大院。也算来得巧,那房子第二天开拆,幸得在消逝前留下它最后的遗影。

注:沈从文说:"我住云南乡下整整八年。"按:沈从文说的"云南乡下"指呈贡(龙街与跑马山桃源新村),未住过别的"乡下"。见沈氏散文《记忆中的云南跑马节》全文。西南联大在昆时间为八年零四个月。

◎ 常书鸿

常书鸿(1904—1994年),生于杭州,著名画家、敦煌学家。1927年赴法,毕业于里昂美术专科学校,并以考试成绩第一入读巴黎高等美术学院。1936年奉命归国,先后任国立北平艺专和国立艺术专科学校(昆明)教授。1940年离开艺专赴渝任职。1943年3月到达敦煌。1993年8月,常书鸿在北京完成《九十春秋——敦煌五十年》回忆录。由于大半生对敦煌文物艺术保护、研究、宣传所作的杰出贡献,常书鸿被誉为"敦煌学的开拓者"和"敦煌守护神"。

说来也巧,国立艺专这学校我是听常书鸿先生说才知道昆明有这么一个学校。

那是五十多年前,常书鸿兼任甘肃省文联主席,我在文联做编辑(之前他任兰州艺术学院院长,我太太李梅香是该院学生,她还给常老的次女常嘉蓉教过钢琴)。有幸与他同住一座俄式小楼,所以还是有机会见到这位大画家,但也仅仅是见到而已。那时张治中将军(抗战胜利后任国民党政府西北行营主任兼新疆省主席)的公馆归甘肃文联使用,常书鸿将家安在一楼带储藏室、大阳台的大间(张治中的主卧)。他还任敦煌文物研究所所长,兰州、敦煌两头跑。但他似乎并不管文联的事,文联也似乎只是用他那块牌子。我住在二楼一个单间,楼上楼下见面的机会当然是有的。那时,文联、作协系统还没怎么行政化,不兴喊张主席、李主席。直呼其名加同志,自己又没到那份儿上,所以见上面了也只能放慢脚步点头表示敬意,他呢大约也仅仅晓得我是住在楼上的一个年轻人。一直到"文革"中,我才得机会与常书鸿近距离接触。当时他成了"反动权威",我呢有时像是"革命群众",有时又不像。终于有一回革委会布置大家在文联围墙的临街一面用红漆刷"万岁"标语,常书鸿也与群众一起刷。偏巧我与他相邻,而且当时的阶级斗争弦也松了些,彼此东拉西扯地说点轻松话。他突然说,你们昆明气候真好,我去过。我有点高兴,原来这位一年只有半年在兰州的领导还晓得我是昆明人,他去过昆明则未想到。一问,原来是抗战时期的事,"国立艺专"这名字我才第一次知道。不过他刚说了一些却戛然止住,我也未再问。

关于常书鸿随国立艺专迁昆明的一段往事,我是从书本里才慢慢知悉,逐渐形成较为清晰的印象线。

1938年,国立北平艺专与国立杭州艺专两校内迁,在湖南沅陵合并为新的国立艺术专科学校；校长滕固，常书鸿任造型艺术系、西画系主任。1939年初国立艺专西迁昆明，再迁呈贡安江村，其间一度任代理校长。同年夏，常书鸿去越南河内购买油画颜料、画布、画笔等。1940年秋，在早年曾任北平艺专教务长的闻一多和云大校长熊庆来的欣赏和促成下，在昆明举办了一次常书鸿个人画展。展出作品三十余幅，主要是来云南后创作的油画、水粉画，内有人物画《家庭像》《沙娜像》《梳妆》，风景画及静物《平地一声雷》《丁香花》《云南腊肝菌》《仙人掌》《葡萄》和《安江村溪》，等等，引起很大的反响。昆明时期，常书鸿与夫人陈芝秀（留法雕塑家）、长女常沙娜一起度过了一段美好时光。至于学校，艺专由南北两校合并而成，矛盾重重。"杭州艺专的人马多，北平艺专的画具多。因为各种关系和矛盾，两校的人合不来。我是杭州人，又在北平艺专执教，所以有关人士想让我起一个团结和缓冲的作用。但是，由于派别及许多复杂的原因，我左右为难，而且吃力不讨好。"（《九十春秋——敦煌五十年》）

1940年秋常书鸿离开艺专赴重庆，任教育部美术教育委员会常委，兼秘书。1942年9月国立敦煌艺术研究所筹委会成立，任副主任。1943年3月到达敦煌。1944年元旦，敦煌艺术研究所正式成立，任所长。1945年，妻子陈秀芝（1908—1979年）私奔。常书鸿闻讯夜骑追妻到戈壁，幸被救回，知陈秀芝已在兰州登报离婚。他默默地承受着这意想不到的打击，思绪万千。常书鸿仍坚守敦煌。解放后的1951年，敦煌艺术研究所更名为敦煌文物研究所，常书鸿任所长，并先后兼任兰州艺术学院院长和甘肃省文联主席。

1946年，经张大千介绍，常书鸿与国立艺专西画系刚毕业的李承仙相识，1947年在兰州结婚，育有一女两子。常沙娜1931年生于法国里昂，后赴美留学，1950年归国。生母陈秀芝晚景凄凉，丈夫因国民党军官身份，刚解放就被抓，病死狱中。后来她改嫁一位工人，生活仍苦。常沙娜去杭州看望母亲，母亲一见到女儿就掉眼泪，连声说"对不起"，说"沙娜不要怪我"。离开时常沙娜给母亲一点钱，此后再未间断。"文革"中批判她为什么与反革命家属不划清界限？她只答了一句"她是我母亲"。

20世纪50年代初，常书鸿负责在故宫太和殿城楼举办敦煌文物展览。常沙娜为父亲的助手，她临摹的敦煌壁画成为展品的一部分。清华大学建筑系林徽因教授看了展览，既替常书鸿在艰苦环境中作出的成绩感到钦佩，也为老友十四岁女儿展现的艺术功底大为赞赏。梁思成对常沙娜说"你来清华吧"。二十一岁的常沙娜成了清华最年轻的助教。在林徽因指导下，常沙娜设计了许多带有敦煌装饰特色的景泰蓝，1955年被周恩来带到万隆会议上作为国礼赠送给各国领导人。1983年至1998年，常沙娜任中央工艺美术学院（今清华大学美术学院）院长，曾任中国美术家协会副主席。中国共产主义青年团团徽是她设计的。

◎ 冰心

冰心是1938年秋来到昆明的。之所以来，是因为吴文藻应云南大学校长熊庆来的邀请为该校创办社会学系，夫人冰心及幼女吴青随行。吴文藻是著名社会学家、人类学家，清华毕业赴美留学，获哥伦比亚大学博士学位。他的工作主要在云大，同时也在西南联大社会学系兼课，讲授人类学。

一家人到昆后当然是先住旅馆。冰心的第一印象是："记得到达昆明的那夜，我们都累得抬不起头来。我怀抱里的不过八个月的小女儿吴青忽然咯咯地拍掌笑了起来，我们才抬起倦眼惊喜地看到座边圆桌上摆的那一盆猩红的杜鹃花！"（《我的老伴——吴文藻》）

随后，冰心一家将家安在螺峰街。未想没住多久即赶上日本飞机首次轰炸昆明，时1938年9月28日，只好迁维新街（盘龙江西岸，德胜桥附近，今已不存）。但仍不得安宁，干脆迁远郊呈贡。呈贡不仅安全，自然环境优越，交通便利，而且人事环境好。在呈贡的好些教授都是来自北京的熟人朋友，云南大学呈贡"魁阁"的同事们更不用说了，费孝通读燕京大学时还是吴文藻的学生呢。

冰心将她住的县城三台山寓楼（华氏墓庐）叫作"默庐"，既是与"墓庐"谐音，亦寓新主人（房客）沉潜之意。

冰心好客,加之呈贡环境好,每到周末常会有朋友从昆明来小聚,而罗常培更是一位"周末常客"。冰心还住在昆明维新街的时候,自称"三剑客"的郑天挺、杨振声和罗常培几位联大教授常去做客。罗是北平人,对冰心家的北方饭食,比如饺子、烙饼、炸酱面等都很感兴趣。这让冰心"总觉得他不是在吃饭,而是在回忆回味他的故乡的一切"。如今冰心迁到呈贡,思乡的罗常培照样要去呈贡会"老乡"(尽管冰心原籍福建),那情形冰心也写下来了。

> 在每个星期六的黄昏,估摸着从昆明开来的火车已经到达,再加上从火车站骑马进城的时间,孩子们和我就都走到城楼上去等候文藻和他带来的客人。只要听到山路上的得得马蹄声,孩子们就齐声地喊:"来将通名!"一听到"吾乃北平罗常培是也",孩子们就都拍手欢呼起来。

抗战时期的呈贡虽说大师云集,名人众多,而论在呈贡影响之大、之持久,自然是早已享誉全国的作家冰心,几近家喻户晓,尤其当年呈贡中学的老学生,更是引以为荣,念念不忘。冰心在呈贡中学教书(教的是文章作法),系义务任教(无报酬),更备受尊崇。冰心还受托为该校的校歌作词,开头几句是:"西山苍苍滇海长,绿原上面是家乡。师生济济聚一堂,切磋弦诵乐未央。"

1940年底,吴文藻、冰心夫妇离开呈贡、昆明到重庆去了。以《默庐试笔》而为世人所知的默庐,从此也就真的"默"下去了。

星移斗转,沧海桑田。八十多年前冰心住过、写过的那个默庐还在吗?20世纪90年代初我打听过。据一位原籍斗南的华姓人士说,可能还在,在县城三台山公园内或附近。怀着对这位五四老作家的崇敬,怀着希望,1994年夏我去了趟呈贡,寻访默庐。

一到呈贡就直奔三台山公园。入得园内,左察右看,找不到一点痕迹。正徘徊纳闷,忽见园旁有一大院,想着不妨去看看。出了公园绕到院门前,见是县武装部,进去绕了一圈,见办公楼后有一处旧房，心中一喜，绕到跟前一看，感觉告诉我，这就是默庐了。旧式庭院，坐西朝东，两层、楼上楼下各三间，二楼有前廊、土木结构、油漆剥落、老态龙钟，幸好未被改建。

找到县武装部何成龙部长，一提冰心他就频频点头，这证实了我的判断。何部长告诉我，这祠堂在新中国成立后分给一户贫农，但也没怎么住。1987年政府以一定代价收回产权，拨给县武装部。目前本单位有几户暂住在那里（楼前续建半圈简易平房，形成一个小院）。何部长还说，这里已被列为县级文物保护单位，有关人士建议照原样修复，他也认为应该这样。这是个好消息。一位管"武"的领导干部对"文"事如此重视，尤令人肃然起敬。我请何部长在默庐前合影，何部长欣然应允。

在那以后我又领学生去过几次。但很失望，颓败之象一次甚于一次。好在后有佳音传来，说县上这回是真下决心要维修保护了。更巧的是，2000年9月28日电视中再传喜讯，说法国梅兰德国际花卉公司负责人魏特默先生在昆明国际花卉节上宣布，将该公司培育、呈贡斗南花乡引进种植成功的一种花朵硕大、猩红浓艳的玫瑰新品种正式命名为"冰心玫瑰"。由北京专程赶来参加命名仪式的吴青女士就是当年初到昆明就对着杜鹃花拍掌笑的冰心的那个小女儿。

冰心默庐终于修缮一新，我去了几回，旧貌变新颜。

愿冰心默庐永存。

◎ 李广田

李广田与呈贡斗南村有一段不同寻常的缘分，是在抗战时期。

李广田是诗人，也是散文家，作品很多。1936年卞之琳编的现代新诗集《汉园集》相当有影响，内收何其芳的《燕泥集》、李广田的《行云集》和卞之琳的《数行集》。《行云集》有诗作十七首，不算多，但写得精致；主要抒写20世纪30年代前期知识分子的忧郁、苦闷情绪，部分作品表现出浓重的乡土气息。李广田的散文更多，仅20世纪30年代就出了《画廊集》《银狐集》和《雀蓑记》三本，乡土气息更重，是地道的乡土文学；而在格调上也是淡淡的哀愁，与他的诗参照着读,更能感受那一时代知识分子思想、情感的脉动。李广田于1962年春写的散文《花潮》也饮誉一方。

相比之下,李广田的小说较之他的诗歌、散文要逊色些,尤其是他那唯一的长篇小说《引力》,可以说并不成功。但这部作品有其特殊价值,而且是在昆明写的,很值得一说。

《引力》共十九章,1941年7月动笔。但只写了三章,因忙于教学工作便停顿了,而且一停就是四年。直到1945年7月7日,"乘暑假之便,才在距昆明不远的呈贡县斗南村重又拾起了旧业"(《引力·后记》),一口气总算写完。

这个斗南村,如今是响当当的花卉之乡,闻名遐迩了。当年的名声虽不像现在这般显赫,却也是藏龙卧虎、人文荟萃之地。1949年以前,斗南村子弟已有多人进入香港大学、日本东京高等矿业学校及美国哈佛、斯坦福等名牌大学学习,其中一人获伊利诺理工学院博士学位。如果往前再数,斗南村还出过一位进士,时清光绪三十年(1904年)。至于这七十余年的高校毕业生,实不胜枚举。

还说李广田。《引力》的内容是写抗战背景下普通知识分子的离乱和艰辛,女主人公是青年女教师梦华。她不甘心过亡国奴的屈辱生活,冒着极大的危险,带着幼子从沦陷的山东济南逃出,去四川成都与丈夫孟坚团聚。但到了成都却只见到丈夫留下的信,说他走了,"寻到一个更新鲜的地方,到一个更多希望与更进步的地方",希望妻子"不要因为见不到我而悲哀,但愿我们能在另一个天地里得到团聚"。小说写的那个"更新鲜的地方","更多希望与更进步的地方",隐指延安,它是"引力"。

梦华以作家夫人王兰馨为原型。读《引力》,对了解那一段特殊的生活,对了解作家李广田那一辈知识分子,均有助益。

李广田对斗南村不熟,他能在斗南村愉快地生活和写作,与几位友人的帮助分不开,其中一位是诗人、翻译家魏荒弩。其时魏在设立于斗南村的国立东方语文专科学校任教,李广田也在昆明从事文艺界抗敌协会工作。是朋友,又都是作家,魏荒弩对李广田多加关照很自然。得了魏荒弩等友人的帮助，省事不少，写作还算顺利。李广田"很喜欢在村子的街巷中走走，看看农人的满是辛苦的面孔，听听他们那些诚恳忠厚的言语，觉得无限亲切"。斗南村去滇海很近，他几乎每日必到海边游玩，"我大半是上午写作，下午休息，并思索明天所要写的东西"（《引力·后记》）。

特别有意义的是《引力》的写作最后成了与"胜利"的赛跑。小说写到结尾的时候传来了日本无条件投降的消息，但还差两千字。作家1945年8月11日的日记记得详细，说"昨晚本想把最后一章写完，因为觉得困乏，就睡下了。但睡下之后，却又不能入睡，整整一夜都是在苦思中"。接着是下面这一段具有文献价值的文字：

> 自从苏联参战，美国使用原子弹以后，就知道日本可能投降，于是只希望把小说快写完，最好是完成于"胜利"之前，不料昨晚未写，而昨晚就有了日本投降的消息。今天十一点，有人来说：昨晚广播，苏联四路出兵，美国的原子弹炸光了长崎，六十余万人被炸死。日本已由中立国向中美英苏提出投降，条件是只保留天皇。昆明全夜未睡，满城鞭炮声，就是斗南村也已经贴出报告来了。这时候我的小说还差两千字不曾写完。等到下午两点，才写完了最后一句话。（《引力·后记》）

《引力》出版不久就在日本引起相当强烈的反响，接连出现过几种日文节译本，1952年更出版了冈崎俊夫的全译本，这个译本至1959年竟一连再版达十一次之多。一部中国现代小说在日本出现此种情形，极为罕见。

李广田在抗战胜利后返回北平。1952年全国高校进行院系调整，李广田受命又回到昆明，任云南大学校长，后来还兼任中国作家协会昆明分会副主席。20世纪50年代末，他还重新整理并修订撒尼人长诗《阿诗玛》，任影片《阿诗玛》的文学顾问。

李广田和许多知识分子一样未能逃脱"文革"的厄运。1968年11月2日夜,这位为昆明留下脍炙人口的散文《花潮》的作家,使昆明莲花池附近的沙塘成了他生命的终点。

◎ 陈达

陈达(1892—1975年),中国社会学家,现代中国人口学的开拓者,籍贯浙江省余杭县。1912—1916年在北京清华学校留美预备班学习。1916年赴美留学深造,在哥伦比亚大学先后获硕士、博士学位。1923年回国,长期执教于清华。1929年清华学校改为清华大学后,负责创办社会学系并任教授兼系主任。抗日战争时期随清华南迁昆明,任西南联大社会学系主任和清华大学国情普查研究所所长。在呈贡,以陈达、戴世光、李景汉为代表的"文庙学派"和以吴文藻、费孝通为代表的"魁阁学派"交相辉映。1948年,陈达被选为中央研究院院士。先后任世界人口学会副会长、国际统计学会会员、太平洋学会会员兼东南亚部负责人。

抗战前期日本飞机经常轰炸昆明,联大不但校舍受到破坏,教学秩序也被打乱。跑警报(也叫躲警报)中,留下了陈达教授"坟地上课"的佳话。此非"八卦",陈达在1940年12月3日的笔记中作了记录:

> 昆明北门外联大新校舍18甲教室内,学生陆续来到,准备上人口问题课,时为晨十时三十五分。忽闻空袭警报。有人提议到郊外躲警报兼上课,余欣然从之,向北行,偏西,过苏家塘及黄土坡,见小山充满树林,前面海源寺在望,此地离北门约六里。学生11人即在树林中坐下,各人拿出笔记本,余找得一泥坟坐下,讲C. Gini氏及R. Pearl与A. M. Carr-Saunders氏的人口理论,历一小时半有余。阳光颇大,无风。在旷野树林中,烈日下讲学,大家认为难得的机会。其他疏散人等,路过此地,亦站片刻听讲。有些人是好奇,有些男女乡人,更不知其所以然。小贩吆喝声,叫卖糖果与点心,

稍稍扰乱思路，不然，此露天学校可以调剂屋内上课的机械生活与沉闷。（陈达：《浪迹十年之联大琐记》，商务印书馆，2013年）

抗战时期陈达在国情普查研究所（以下简称国情所）的贡献更引人瞩目。

这个国情所可不简单，它是西南联大旗下的清华大学，为适应抗战需要而先后建立的五个特种研究所之一。它们都是应用型的学术研究机构。前四所都集中于昆明西北郊大普吉，只有国情所设立于呈贡。之所以选择呈贡，是因为呈贡及环湖晋宁、昆阳各县是该所的主要调查区，并考虑兼顾联大教学，而呈贡离昆明近（县城至昆明塘子巷仅十七公里），乘火车、汽车、马车乃至滇池轮船（可从大观楼直达昆阳、海口）均感便利。当然，呈贡当时也比昆明安全。

作为所长，陈达的作用自然是至关重要。呈贡的人口普查与研究从1939年持续到1946年，历时八年，一直未有间断。在此过程中，为保证工作的顺利进行，国情所得到地方省、县两级政要及基层人员（小学教师及乡保甲长）的支持。据此，由清华大学出面，聘请省民政、教育、财政及建设各厅厅长为名誉顾问，并成立所、县合作的呈贡县普查研究委员会，陈达所长与李晋笏县长为常务委员，其他委员包括清华的李景汉、戴世光、陈岱孙（清华大学法学院院长）、潘光旦（清华大学教务长）及邓迪民（县党部书记长），共七人。

呈贡县人口普查于1939年结束后，随即在呈贡县二十七个村庄开始人事登记，即针对动态人口的连续不断的登记统计，比如出生与死亡、婚姻与迁徙，包括生育率、死亡率、普通生育率、特别死亡率等。所有这些人事登记数据，为研究近代中国人口问题提供了有意义、有价值的史料。

清华国情普查研究所在抗战时期所做的呈贡县人口普查，是我国历史上第一次以县为单位，利用当时世界上最先进、最前沿的模式和手段所进行的最完整、最细致、最深入的真正意义上的人口普查，为此后我国人口普查建立了方式方法的模式。

1952年以后，陈达先后在中央财经学院、中国人民大学、中央劳动部劳动干部学校任教授。他与著名学者、北大校长马寅初一起在全国政协会议上提出了节制生育、控制人口的建议。1957年他在《新建设》杂志发表《节育、晚婚和新中国人口问题》一文，指出："从1953年人口普查以后，新中国的人口每年在增加一千万以上，必须认真解决人民就业和降低出生率问题。"可惜未受重视并遭遇坎坷。后恢复名誉，骨灰存放于八宝山革命公墓。

◎ 费孝通

费孝通（1910—2005年），江苏吴江人，中国社会学和人类学的奠基人之一，1938年获得伦敦大学博士学位，1982年被选为伦敦大学政治经济学院院士，1988年获美国不列颠奖。

费孝通在其导师马林诺夫斯基指导下完成了博士论文《江村经济》，被誉为"人类学实地调查和理论工作发展中的一个里程碑"，成为国际人类学界的经典之作。

1935年12月，在广西瑶山的调查中，费孝通误入瑶人设下的"虎阱"，被木石压住。妻子王同惠奋不顾身地把石块逐一移开，但费孝通足部已受重伤，不能站立。王同惠赶紧跑出森林求援，从此一去不复返。次日傍晚，才有人发现了费孝通，第七天在湍急的山涧中发现了王同惠的遗体。此时，他们结婚才一百零八天。

1939年，经大哥费振东介绍，费孝通与孟吟在昆明结婚。

"燕京—云大社会学工作站"在呈贡魁阁开展工作八年（1938—1946年）。此团队以费孝通为核心，包括陶云逵、许烺光、林耀华、张之毅、田汝康、谷苞等。他们深入禄丰、易门、玉溪等县进行社会调查，成果丰硕，尤以《云南三村》（与张之毅合著）最为重要。

抗战时期，费孝通在云南工作、生活了八年，与云南结下了深厚的感情。他后来感慨地说："云南是我学术生命、政治生命和家庭生活的新起点，所以我把云南当作我的第二故乡。"

费孝通晚年开始进行一生学术工作的总结,提出并阐述了"文化自觉"的重大命题。名言"各美其美,美人之美,美美与共,天下大同"被广泛引用。其著作结集为《费孝通全集》(群言出版社,1999年至2003年),计二十卷约七百万字。

◎ 滕固

滕固(1901—1941年),上海宝山人,早年毕业于上海图画美术学校,留学日本获东洋大学学士学位。1921年加入文学研究会,并与创造社成员关系密切,有不少作品发表于《曙光》《创造》等杂志,1924—1926年先后有小说集《壁画》、《银杏之果》(长篇)及《迷宫》出版,是现代文学史上早期的一位不应被遗忘的作家。后又赴德国柏林大学研究艺术史,获博士学位。1929年商务印书馆还出过他的《中国美术小史》。先后任教于上海美专、金陵大学和杭州国立艺专。国立北平艺专与杭州国立艺专合并为新的国立艺术专科学校(昆明)后,滕固出任校长(1938—1940年)。艺专迁安江村后,滕固似乎常往昆明跑。滕固与西南联大教授吴宓友善,据吴宓日记,滕固其时正与女诗人徐芳相恋。徐芳是无锡人,北大中文系毕业,被称为北大校花。徐芳所发表作品不算多,除写诗外还发表过一个独幕剧《李莉莉》。抗战爆发前,以北大、清华教授为主体的一些北平作家定期在美学家朱光潜教授家聚会,名为"读诗会",参加的人有周作人、朱自清、俞平伯、林徽因、冯至、叶公超、沈从文、卞之琳等。徐芳资历尚浅,但也参加了。滕固来昆明的时候她二十四五岁,任职于万钟街耳巷(今百货大楼老楼西侧)盐政局,住玉龙堆(旧名,今翠湖北路靠云大校门一带),也曾在云大短暂任教。由于在北平时已小有名气,所以她刚到昆明,联大的文学圈中即互相转告"徐芳来了"。滕固这场婚外恋的结局是悲剧,吴宓很同情,在日记中说滕固妻某日"直到校中探查,肆意喧闹而去",又说滕固如何"毅然牺牲其对徐芳小姐之爱,而与其愚而妒之太太维持始终,顾全道德"。后迁重庆即得病,半年后出院回家,不意"途中复遭其太太预先布置之流氓毒打一顿，受重伤"。再住院，其妻又来医院"与固争吵，固气愤，脑晕而死"（《吴宓日记》）。吴宓笔下的这位太太也未免太过强势了。滕固在昆明的这段罗曼史肯定对他的校长工作有相当大的影响。吴宓说滕固撰有一篇自传式小品文《离开安江村》，他读过，此文不知今在何处。以滕固的学术、艺术背景，他理应大有一番作为的，却没有，可惜。

说起来，左联五烈士之一的革命作家殷夫与徐芳还有点关联。徐芳1940年离昆赴渝在中国农业银行任职，三年后与时任国民党陆军大学教育长的徐培根结婚，徐还做过航空署长。这徐培根正是左联作家殷夫（小名徐柏庭，学名徐祖华）的大哥。殷夫（另有笔名白莽）1929年写过一首很有名的诗《别了，哥哥》，曾收入高中语文课外阅读诗歌精选，读过的人很多。里面的句子："别了，哥哥，别了，/此后各走前途，/再见的机会是在，/当我们和你隶属着的阶级交了战火。"殷夫于1931年被国民党政府杀害，年仅二十二岁。鲁迅先生为了纪念"左联"五烈士，于1933年写下了《为了忘却的记念》这篇著名杂文，主要写殷夫与柔石。

殷夫早逝，徐芳当年并不知道有这位小叔子。殷夫译的匈牙利爱国诗人裴多菲诗"生命诚可贵，爱情价更高；若为自由故，二者皆可抛！"更广为人知。

◎ 张天虚

张天虚是本土作家，但长期在省外、国外，与故乡呈贡有点疏离。

张天虚（1911—1941年），呈贡龙街人，读过东陆大学预科班。1930年到上海，加入中国左翼作家联盟。1931年到北平，与同乡陆万美共同提出"活路文学"的口号（活路为"普罗"的谐音，即无产阶级之意）。1933年初，张天虚全身心投入五十万字的长篇小说《铁轮》的创作。《铁轮》是左翼文学的重要作品之一，郭沫若欣然为之作序。该书出版于1936年，是中国现代文学史上第一部描写工农武装革命的长篇小说。1935年3月，为躲避敌人的追捕，张天虚东渡日本，在东京参加了郭沫若创办的大型文艺刊物《东流》的编辑工作。

1937年，张天虚奔赴延安，参加了丁玲为主任的第十八集团军西北战地服务团。1938年初，中共中央派张天虚等人到滇军第一八四师工作。张天虚随部队参加了台儿庄战役及徐州会战。其间写了不少报告文学，如《征途上》《行进在西线》《狂风暴雨中的夜袭》等。诗作《我是放出了一星燃烧世界的火种》很有影响。1940年，张天虚辗转至缅甸仰光，参加当地华侨报纸《中国新报》的编辑工作。1941年1月因病回国在昆明疗养，并积极参加昆明文协活动，多次到各校作抗战文艺的演讲。半年后病逝于车家壁，墓在西山。

另有一事人们不应忘记：1935年7月17日，聂耳在日本藤泽海滨游泳时不幸遇难。其时也在东京的张天虚听闻噩耗，悲痛万分，赶赴聂耳遇难现场料理后事。张天虚带着聂耳的骨灰回到东京，与同住的留学生召开了一个小型追悼会。1936年初，张天虚在几位在日留学生的协助下，把聂耳的骨灰、小提琴、日记、衣服等遗物护送回上海，由聂耳的三哥聂叙伦带回昆明，安葬在昆明西山。

龙街张天虚故居尚存，已列为县级文物保护单位。二十多年前我去龙街寻访，印象与一般人家无大异。近些年呈贡区已对张天虚故居作了进一步的维修、保护，对外开放。

三、名人笔下的呈贡风情

抗战时期居呈贡的名人多，他们留下不少笔涉呈贡风土人情的文字，很珍贵。

◎ 冰心

在呈贡，知名度最高的人物首推冰心。抗战时期在过呈贡的名人，绝大多数都是改革开放后经传媒而渐为人知。冰心却早，当年即广为人知。呈贡是个小地方,但这位在烟台长大、在美国留学、视北平为第二故乡的女作家,一住下就喜欢上了这个地方。1940年初,她有一篇题为《默庐试笔》的散文在香港《大公报》上发表,一开头就说:"呈贡山居的环境,实在比我北平西郊的住处,还静,还美。"又说她住的寓楼,"前廊朝东,正对着城墙,雉堞蜿蜒,松影深青,雾天空阔"。还说:"后窗朝西,书案便设在窗下,只在窗下,呈贡八景,已可见其三,北望是'凤岭松峦',前望是'海湖夕照',南望是'渔浦星灯'。"冰心还将国外的伍岛(Five Islands)、白岭(White Mountains),国内的芝罘(烟台)、海甸(北平西郊)与呈贡作了一番比较后说:"论山之青翠,湖之涟漪,风物之醇永亲切,没有一处赶得上默庐。我已经说过,这里整个是一首华兹华斯的诗!"华兹华斯是十八九世纪英国浪漫主义诗人,以擅写大自然著称,冰心将呈贡山水及新居"默庐"的环境比为一首华兹华斯的诗,其印象之佳非同一般。当然,作家的文字有时难免夸张一点,浪漫一点。老舍1941年去过一趟喜洲,一到镇里就感觉"仿佛是到了英国的剑桥"(《滇行短记》),正与冰心讲呈贡之美像一首华兹华斯的诗相仿佛,同趣。但冰心对呈贡,老舍对喜洲,印象之佳,当无疑。

◎ 费孝通

费孝通写过一篇散文叫《在滇池东岸看西山》。开头两段如下:

> 我从没有到过西山。可是这几年来疏散在滇池的东岸,书桌就安放在西窗下,偶一抬头,西山就在眼前。尤其是在黄昏时节,读懒写倦,每喜倚窗远眺。逼人的夕阳刚过,一刹那间湖面浮起了白茫茫的一片。暮色炊烟送走了西山的倦容,淡淡地描出一道起伏的虚线,镶嵌在多变的云霭里,飘渺隐约,似在天外。要不是月光又把它唤回,我怎敢相信谁说它没有给夕阳带走?

西山是不会就这样容易带走的吧！你看它峭壁下这堆沙砾，堆得多高，快到半身。它这斑驳多痕，被神斧砍过的大石面，至少也可以使我们不再怀疑它是个无定的游脚。它是够坚定的了。承担着这样久的磨折，忍耐着这样深的创伤，从没有说过半个不字，多舌的绝不是它。恕我没有近过它，不知有没有自作聪明的人，在它额上题过什么字句。即使有，我想它也不致置怀。石刻能抵住多少风雨？一刹那，水面的波纹，天空的云霞，人间的离合，谁认真了，何况这沉着的西山。

被费孝通"远眺"的那西山峭壁，"承担着这样久的磨折，忍耐着这样深的创伤"，许是自况？最后一段是：

我在滇池东岸，每天对着西山。这样的亲切，又这样的疏远。隔水好像荡漾着迷人的渔歌，晚风是怪冷的，我默默地关上了窗。

◎ 查阜西

查阜西（1895—1978年），古琴演奏家、音乐理论家和音乐教育家。江西修水人。1931年，中德两国在南京成立欧亚航空公司，总部设在上海，查阜西任秘书主任。抗战爆发后总部西迁昆明。查氏原居城里，后迁呈贡龙街杨家大院（此前曾暂居龙街张宅）。1949年10月，时在上海任中央航空公司副总经理的查阜西，受周恩来派遣，前往香港参与策划和领导了著名的"两航起义"。解放后，查阜西任中国民航总局顾问。后任中央音乐学院民族器乐系主任、中国音乐家协会副主席。在龙街时期，存在着一个由查阜西、杨荫浏（中国民族音乐学的奠基者。解放后任中央音乐学院教授、音乐研究所所长。著有《中国音乐史纲》《中国古代音乐史稿》等）、郑颖荪、张充和等组成的古代音乐文化圈子，相当活跃。1943年，国立礼乐馆在重庆北碚成立，郑颖荪调任礼乐馆编纂兼乐典主任，张充和任副编审。

查阜西有写呈贡的文言小品《龙溪幻影》，除小序外，正文共九篇，包括《话眉坪记》《锄月桥记》《突梯坟记》《马缨桥记》《流花桥记》《白龙潭游记》等。《龙溪幻影》中所涉各处原无名，均为查阜西等为之命名，内容以记述小圈子活动为主，亦多有呈贡风情之描述。

> 乐人词家，朝夕晤对，渐访得瓮泉、鹭林、缨桥、后坟诸胜，留连日久，乐而安之，不复知身在乱离中矣。诸君风流自赏，行止多足记者，湖山胜境，亦因四时朝夕而变。（小序）
>
> 此地背山面湖，光昌开朗……咸安而乐之。尤爱此坪，旁依锄月桥，外接平畴及湖，上有古柏如幢，下激流泉成韵。晨夕坐此，山色湖光与夫朝烟暮霭，［或撅］（严晓星按：据文义补二字）笛酬歌，或援琴弄响，可以忘怀乱离。乡老张君为三宅其右，感诸君漂泊寄顿是邦，因葺治其地以供行乐眺赏。予等复斥资琢石为几座，供乡人过客休憩之需。初夏上弦某夕，同人咸集之坪，新月初上，恰似蛾眉，湖光闪灼如瞳，湖外卧佛诸山趁烟浮动，有如其睫。充和谓："是坪为揽胜赏月之极致，今日禊此，宜锡以嘉名，谓之话眉如何？"众善之，遂以"话眉坪"名。（《话眉坪记》）

> 村人罢耕，多把锄坐桥阑休憩。……（颍孙）伴狂共儿女憨嬉。每上弦月出，辄徜徉桥上，与村妇长话桑麻。（《锄月桥记》）

> 龙山之阴有"后土碑"，文曰"山神土地墓龙之神"。儿辈呼作土地坟。独翁（颍孙自号独幽馆主）、龙女（充

自号云龙庵主）常聚诸客坐此，听龙潭诸溪自东西流；外瞰农田千顷，接望滇池如带，西山如屏；北瞻三台雉堞，环抱如莲冠；梁王在南，若隐若现。其地有杂树数章，荫覆如幕；碧草柔浅，布地如茵。自云龙庵北行数百步即达。停午醉饱欲眠，以绳床系树，仰卧飘摇。看浮云倏起倏灭，可以栩然仙矣。（《突梯坟记》）

古藤杂树，依附堆砌，绿浓阴翳，缀成圜拱。枝叶缤纷，苍翠欲滴，令人过此，留连不忍去。桥之东，水积为潭，可以驻骖洗马。其上有悬崖，不能攀及。溪之北有平冈，高如桥之半，地可三席，浅草如茵，可以坐地鼓琴。此为龙街诸胜之最幽者。（《马缨桥记》）

余从独翁、龙女至古城。女摘花盈握，将怀归供之瓶，而半途即萎。女熟视，谓是名"碎心花"与断肠草俱恶名，殆不吉之物，欲弃之。余止之曰："宜令泛溪流去。"遂折回至印心亭左之石桥上，释手下溪，花朵朵随流激荡而下，皆目睨而送之。独翁曰："龙山花坞，为呈贡十景之一，花落，宜使尽入溪流。此桥无名，今当花坞至湖之半道，宜以'流花'名也。"名遂定。（《流花桥记》。独翁指郑颖荪，龙女指张充和。）

读查阜西写呈贡风情的文言小品，别有一番风味。

［关于《龙溪幻影》的文字，据查阜西《旅滇杂记》（《云南文史》2000年第4期）与严晓星《往事分明在，琴笛高楼——查阜西与张充和》（中华书局，2021年）。两文互校，从善。］

◎ 沈从文

沈从文在呈贡八年，时间比冰心长很多。

沈从文写呈贡的文字很多，面也广（小说不算）。

沈从文一家起先住在呈贡龙街。沈从文要两头跑，三天在昆明上课，另外几天回呈贡团聚。从昆明先坐火车到呈贡站（离县城还有七八里路），然后骑马即可到达龙街，不很费事。沈从文对这种常年奔波式的生活还挺适应，且常有好心情。他从龙街骑马去呈贡站别有一番风味：

> 由呈贡赶火车进城［昆明］，向例得骑一匹老马，慢吞吞地走十里路。有时赶车不及还得原骑退回。这条路得通过些果树林、柞木林、竹子林和几个大半年开满杂花的小山坡。马上一面欣赏土坎边的粉蓝色报春花……一面就听各种山鸟呼朋唤侣，和身边前后三三五五赶马女孩子唱的各种本地悦耳好听山歌。

骑着马一路鸟语花香，多爽！沈从文家后来迁跑马山下桃源新村，跑马山有火车站，来回都坐小火车，免掉骑马，更方便了。

沈从文来滇不久即对昆明印象极佳，在给大哥的信中说他住的地方（北门街）离北门较近，"一出城即朗敞原野，十分美观。云南地方虽高，但就城周光景来看，却平坦如江浙地方"。关于呈贡，又讲那里"乡下风景人情均极优美"，后来还说结婚九年来最近两年在呈贡住，"真是最值得记忆"。1946年7月，沈从文离开昆明，8月即在上海、天津两地《大公报》同时发表《怀昆明》。

沈从文当时及晚年写的昆明散文除《怀昆明》外，还有《昆明冬景》（此为单篇散文，又名《在昆明的时候》）、《忆呈贡和华侨同学》、《过节和观灯·记忆中的云南跑马节》等多篇。也有诗，如《想昆明》《昆明村中过春节后景象》。至于一般事涉昆明、事涉呈贡、事涉云南的那就更多了，连书名都有两本叫《昆明冬景》和《云南看云集》。这些散文除表现出一个"外省人"对呈贡、对昆明、对云南这个"异乡"的爱以外,还有着深厚的、接地气的、第一手的民俗学史料。例如那篇写呈贡跑马山风情的《记忆中的云南跑马节》,不单写跑马(即赛马),还写了男男女女的赛歌。且看这段:

> 原来跑马节还有许多精彩的活动,也可以说是"情绪跑马",热烈程度绝不亚于马背翻腾。云南本是个诗歌的家乡,路南和迤西歌舞早著名全国。这一回却更加丰富了我的见闻。这种生面别开的场所,对调子的来自四方,各自蹲踞在松树林子和灌木丛沟凹处,彼此相去虽不多远,却互不见面。唱的多是情歌酬和,却有种种不同方式。或见景生情,即物起兴,用各种丰富比喻,比赛机智才能。或用提问题方法,等待对方答解。或互嘲互赞,循环无端。也唱其他故事,贯穿古今,当事人照例心中一本册,滚瓜【烂】熟,随口而出。……那次听到一个年轻妇女一连唱败了三个对手,逼得对方哑口无言,于是轻轻的打了个呃喝,表示胜利结束,从荆条丛中站起身子,理理发,拍拍绣花围裙上的灰土,向大家笑笑……拉着同行女伴,走过江米酒担子边解口渴去了。(注:江米即糯米。江米酒是两湖叫法,四川叫醪糟,江淮叫酒酿,昆明、呈贡叫甜白酒。)

这个"情绪跑马"写得太传神了,绝!
接着还有一段专写呈贡跑马山一带的女人:

> 这种年轻女人在昆明附近村子中多的是。性情明朗活泼,劳动手脚勤快,生长得一张黑中透红的脸,满口白白的牙齿,穿了身毛蓝布衣裤,腰间围了个钉满小银片扣花葱绿布围裙,脚下穿双云南乡下特有的绣花透孔鞋,油光光辫发盘在头上。不仅唱歌十分在行,大年初一和同伴各个村子里

> 去打秋千，用马皮作成三丈来长的秋千条，悬挂在路旁高树上，蹬个十来下就可平梁，还悠游自在若无其事。

多美的呈贡乡间民俗风情画呀。

至于昆明山水，沈从文不止于一般赞美，而且早有国际眼光。他在给大哥的信中说滇池如何"清澈照眼"，气候如何"四时如春，滇池边山树又极可观，若由外人建设经营，廿年后恐将成为第二个日内瓦。与青岛比较，尚觉高过一筹。将来若滇缅车通，滇川车通，国际国内旅客，久住暂居，当视为东方一理想地方"。沈从文说此话是1939年，看问题眼光竟如此超前。提出昆明应发展旅游，且以日内瓦为目标，沈从文恐为国内第一人。

岂止沈从文，他那有名的小姨妹张充和对呈贡也留有美好的印象。她随姐夫一家来昆。她在美国写的回忆文章《三姐夫沈二哥》中说"后来日机频来，我们疏散在呈贡县龙街。我同三姐一家又同在杨家大院住前后楼"。

> 由龙街望出去，一片平野，远接滇池，风景极美，附近多果园，野花四季不断地开放，常有农村妇女穿着褪色桃红的袄子，滚着宽红边，拉一道窄黑条子，点映在连天的新绿秧田中，艳丽之极，农村的女孩子、小媳妇，在溪边树上拴了长长的秋千索，在水上来回荡漾……

女人写女人，多么细致，多么有色彩。

沈从文有子龙朱和虎雏。次子沈虎雏先生已八十出头，对在呈贡度过的童年记忆犹新。他在散文《沈从文的从武朋友》里一开头就说："抗日战争时期，我家在呈贡县龙街149号，一住五年多。"接着讲——

> 凡是爸爸的朋友、西南联大同事、同学第一次从昆明来

玩，他常兴致勃勃，领人家观看杨家建筑，指点精致的木雕彩绘，如数家珍。

跟客人聊天的时候，他爱谈到龙街顽童的游戏，常叫我跟龙朱哥哥用呈贡土话原汁原味表演一番。

"哼哼哼。""什么人？""过路人。""难为过路君子莫偷我家呢（的）瓜——告！""你家呢瓜有多——大？""有个饭碗大。""呸！瞧不起！"顿一下，又是"哼哼哼"，饭碗大的瓜，依次变成筲箕大、水缸大、风车大……爸爸欣赏孩子们抑扬顿挫的问答腔调节奏，欢喜表示叮嘱的那一声"告"。

想不到当年龙街的顽童游戏如此天真烂漫。沈从文喜欢的那个"告"尤为有趣，它是官渡、呈贡一带口语"可好"即"咯好"的合音gào（咯，调同普通话字调第四声，音gè），意为"好吗"，含请求、叮嘱之意；用在如此这般的儿童游戏中，多了一份滑稽，更显童趣天成。

更想不到的是虎雏先生对呈贡一条河的思念。前些年在与虎雏先生交流中他突然询问，说他记得龙街附近有条河经江尾村流入滇池，但在卫星地图上未找见，问那条河还在不在。我很感动，忙查资料回信，说那条河还在，长十三四公里，叫东大河，也叫洛龙河，正在治理、美化中。

附告：

当年在龙街与哥哥一起用呈贡土话做顽童游戏的沈虎雏先生已于2021年元旦在北京逝世，享年八十三岁。他从20世纪80年代开始一直有意识地在搜集和整理父亲的手稿，多年来致力于《沈从文全集》的编辑出版工作。

◎ 陈达

陈达关于呈贡风土人情的记录，见他的《浪迹十年之联大琐记》。他在作人口调查时顺便也作了不少民俗学的记录，社会学与人类学、民俗学原本就关系密切。

鉴于人口调查涉及面广，困难不小，除官方的支持外，国情所还希望得到呈贡地方绅士的协助。斗南村人毕近斗是昆华工业学校校长（也是云大教授），联大迁滇初期校本部设昆华工校。为国情所事，"余与工业学校毕近斗（仲垣）先生接洽，并托介绍呈贡县绅士，以利工作的进行"。果然就联络上了。三岔口（村）的缪团长就是一位热心协助的绅士。1944年8月18日，国情所在龙街开会研究调查问题。闭会后，户籍主任昌某、户籍干事张某等人"与余往访三岔口绅士缪让卿团长，拟请其便中劝告，以便改进村中人事登记工作。缪留余等晚餐，归呈贡[县城]时约在六时三十分"。

不仅是工作，一来一往的互动也增进了双方的情谊。缪让卿为北伐时期滇军将领，解甲归田后任县参议会议长。陈达记：

> （1944年11月25日）今日下午县城南三里三岔口缪让卿团长为其次子完姻，余因缪来约，再度往贺（今日不是正酒。吴泽霖、戴世光与余合送喜联一幅，计一千三百八十元）。

所谓"再度往贺"，是因三天前陈所长与该所几位同事已经在缪家吃过"正酒"了，并送喜联与礼金。缪团长热情再邀，陈达等教授只好再去吃一次酒席。一起赴喜宴的吴泽霖是留美博士、西南联大社会学系教授、民俗学家。

请客的当然不止缪团长一位。比如李县长请陈达和夫人去吃年夜饭：

> （1944年）一月二十日为旧历除夕，李悦立县长夫妇约余夫妇在县政府度岁。正房地上铺松毛，堂前供佛手，大

者约三斤,又供米花糖,圆形,径约一尺,米炒好,和糖做成福喜寿等字。是夜有客两桌,大部分是县府外籍职员,在呈贡无家属者,余家小妹妹亦去……汤圆用白酒及梨同煮,味甜。李夫人云南姚安县人,用冷荤四盘。其中一盘,系姚安土产,内有腌猪肉一碗,已去油,味甚佳。餐后有人拉胡琴,唱西皮二黄,又有人说故事,最难得者是一位秘书,广西人,曾在杭州服务,唱杭州小调,用孟姜女寻夫歌原调。

国情所在呈贡八年历经两任县长,前为李晋笏(右侯),这次请客的是后一任,名李悦立。陈达是杭州(含余杭)人,在异乡听到故乡小调,其心情之愉悦可想而知。西皮二黄代指京剧,京剧在云南城镇相当普及。文中"径约一尺"并标有福喜寿等字样的米花糖当系昆明、呈贡人说的米花团儿。"白酒"当系甜白酒。汤圆与甜白酒及梨同煮应该是呈贡特有的风味小吃,旧时昆明有煮梨、煮桃加冰糖的吃法。

这些见之于陈达以西南联大为主要内容的抗战笔记《联大琐记》中的文字,既是国情所与呈贡地方人士互动与情谊的反映,也是特定地域民俗学的记录。民俗学与社会学、人类学关系密切,国情与民情(包括风土人情)亦然,所以陈达才会如此津津有味地作记录。

普通人家过年,陈达亦有记录:

除夕的晚餐,大致吃素,素菜中用青菜(如苦菜)及白菜,表示清清白白的意思。送灶君上天后,有些人家即吃荤。……自元旦起,有些人家吃"松毛饭"。用新鲜的松毛铺地,吃饭时各坐于松毛上,不用凳椅,如此吃法自三日至八日不等。元旦日男女俱穿新衣,其男子带[戴]黑缎帽,以黑线绒为帽边,上身穿竹布薄棉袄,上加黑缎背心,下穿白条单裤,脚穿"皮拉脱"。……某已嫁妇年约二十五岁,上身穿红色棉袄,腰围巾,巾上绣花……下身穿白单裤,裤脚间有黑色绣花。红色纱袜，荷色鞋，鞋前端绣花，后跟用绿布鞋拔。

此处"元旦"俗称大年初一。"皮拉脱"一般写为"皮拉它"，与"皮"无关，是官渡彝族支系撒梅人语词，当时这种绣花且带亮片的布凉鞋在官渡、呈贡乡村流行。"腰围巾"即围腰。

美国黄桃出自云南峨山？

今午李悦立县长请客，席间有法国园艺专家M.Gralan及本省农林处黄处长，黄处长云美国运来的罐头黄桃，每罐内仅有三桃，共六片，其桃种据说系三十余年前由云南峨山某教士携返美国者。此事黄处长于峨山调查时曾问过本地人证实，此事并在美国农业年鉴某版，见其叙述。

近两年，昆明市场的黄桃突然多起来了。以前呈贡产的黄心离核（hú）桃，很可口，或许就是黄桃。黄桃是否原产峨山而传美，或传内地，记上一笔，待考。

更绝的是陈达把呈贡人做鱼吃鱼法也记下来了。

下午三时在小学内吃面。大司务在海晏买些白鱼，不去鳞，不去内肠，整条鱼用青水煮熟，食时助以醋及酱油，随手去鳞及鱼肠。

海晏是滇池东岸一渔村，亦名石子河。此法不限于呈贡，数十年前笔者去过嵩明，做鱼吃鱼法亦如此。

呈贡的"使鞦"陈达亦有记录：

少年男女，自妙龄至二十岁左右，都喜欢"使鞦"，正月初一至十六为使鞦期，普通的鞦用一根长牛皮绳，两端分系于两树,中间下垂,离地约三尺处,成一个弯,使鞦者足踏此弯,全身摇动,技精者能荡得高出地面一丈半左右。不养牛的人家自然没有牛皮绳,可向别家租用,使鞦一次国币五分,另一办法不用牛皮做鞦,改用粗索,索不如牛皮之长,坚性亦差,较小的儿童往往喜用之。

"使鞦",普通话叫荡鞦。鞦韆今简作秋千。
再如呈贡舂饵铗。

每到旧历年边,呈贡人几乎家家都要舂饵铗,其法可简述如下:在空场用席支棚,棚长约一丈六,宽亦如之。内掘圆孔,周两尺,置石臼其中,臼四面用草席围之。木碓一,长约八尺,三人用足轮流踏之,如江南车水入稻田的光景。一人坐于石臼旁,照顾石臼,舂[饵]铗者拿煮熟的米置于臼中,踏碓者徐徐踏起。散于草席上的米,由看守者或饵铗主妇随时拨回臼中。饵铗舂成后,成大团的米糕,另一人携入棚内门板上,用手做成长方的饵铗,每个约重一斤半。……呈贡饵铗只用粳米,新年元旦家家如此,亲友馈赠亦用此。

此为笔者首次见到的关于云南乡村春节舂饵铗的文字记录。舂饵铗活动必须全村合作,单门独户做不成。这是一段云南乡村的春节民俗图画,很珍贵。文中的"新年"本地人习称"老年",所谓"新年元旦",本地人习称"大年初一"。

时代变,民风也会变。陈达记下了1945年呈贡的一次新式婚礼。新郎是县合作金库会计员,新娘是位营长的女公子。结婚典礼在县党部举行。先是合作金库经理证婚,接着——

新郎新娘交换礼物,有演讲。美空军某君参观典礼,并来照相，参加典礼者书其名于粉红缎面作纪念，内中有空军翻译员二人（华人）用英文签名。酒席系旧式……新郎用蓝色西装。新娘兜纱，着红色上衣，用裙，行礼后放鞭炮。

实际是中西结合，却也够新派。风习的变化总有个过程，过于标新，舆论会有反映。1941年某日，陈达与人往访中卫乡一位小学教员，因走错了路，在一家门首叩门——

一壮年自院内奔出。此人服西装衫裤，架新式眼镜。余曰：此人和其社会环境，显然不称。他的房屋是习惯式的，家人的生产方法是习惯式的，但此人的生活方式，一部分赶得上巴黎人。事后打听，知此君在昆明入师范学校，村中人对于他的洋化，或羡慕或讽刺，因各人的观点而异。但无论如何，不能与此君过共同的生活。

在特定环境不能过于超前，特立独行。此文中的"习惯式的"指传统式的。

陈达关注的并不限于呈贡的风土人情，地方的非农业经济及交通情形也作记录。例如，从昆明近日楼到呈贡太平关的公共汽车（现在叫公交车）是修呈贡机场时开通的。当时呈贡机场旁的松华铺一下子出现了许多商店、饭馆、茶馆，热闹得很。一公里外的乌龙浦还有个中国农民银行（当然是支行）。

（1943年）离呈贡县城约十里有松华铺，近来建飞机场，自昆明湖边起，由西南趋东北……经太平关、松花铺，绕山后，在山后亦有飞机场……松花铺人口骤增，仅工人约有两万人，临时店铺林立，俱在汽车路两旁。……茶铺甚多，每碗茶卖两元。饭馆亦到处皆是，客饭二十元，据说难以果腹。

> （1944年）七月二十日（星期四）余被约赴本县松华铺美空军团演讲。此处美军约有一千七百余人，包括飞行、运输、工程各部分。
>
> （1943年）自松花铺飞机场开工以来，自昆明至呈贡，添设两公共汽车公司……自近日楼至呈贡计十九点四公里，须时约一小时半。

陈达领导的清华国情普查研究所在呈贡八年，为国情调查研究作了许多科学性、实践性和示范性的学术贡献。同时，他的散文体日记记录了呈贡当年许许多多独具乡土特色的民俗风情。两者互为表里，相得益彰。

从上述文字中不难看出，那些曾在呈贡度过或长或短岁月的"外省人"对呈贡的感情有多深。费孝通说"我把云南当作我的第二故乡"。孙福熙对呈贡念念不忘，离滇后写过一篇《呈贡颂》（忆编纂《呈贡县志》事），开头就很别致："呈贡是我儿子的故乡，因为住久而且有感情之故，可以成为我的第二故乡。"沈从文长子龙朱离滇数十年后，凭记忆绘制了一幅呈贡杨家大院图。他对呈贡的思念尽在那无声图画中。

抗战时期的呈贡，为人们留下了永远的文化记忆。

陈香梅笔下的战时昆明

在中美关系中,陈香梅是个重要人物,知名度很高。邓小平讲过:"美国有一百位参议员,但只有一个陈香梅。"评价极高。陈香梅是一位著名的社会活动家和杰出的女性代表,而就本色讲,陈香梅是记者和作家。2000年河北人民出版社出过她的全集,共九大册。除关于飞虎队和陈纳德的战地通讯外,还包括长篇、中篇、短篇小说以及散文、随笔、诗歌,旁及政界、文化界、教育界的一些回顾,等等,涉笔极为广泛。大陆北京、浙江、安徽、辽宁、山东、武汉、山西的出版社都出过她的书,台湾省出的也不少,美国出了她的七本英文书,影响之广不难看出。

陈香梅(1925—2018年),祖籍福建,曾祖父迁入广东南海,本人1925年生于北京,幼年长住东总布胡同外祖父家中。先后就读于北平、香港、重庆等地,1944年岭南大学(渝)中文系毕业。之后进入中央通讯社昆明分社工作,是中央社的第一位战地女记者。1945年她二十岁出版了第一本散文与诗集《遥远的梦》。同年秋调往中央社上海分社任记者。1947年冬与陈纳德在上海结婚。

陈香梅的父亲是中国驻旧金山领事,希望女儿到旧金山去团聚。陈香梅违抗父命留在昆明,她要与祖国、与同胞共患难。

陈香梅虽身为中央社记者,但住房得自己找。她住在西坝的西坝桥附近,那一带抗战期间兴建了不少新式建筑,最上档次的是弥勒寺的金碧别墅(新中国成立后那里长期为云南省委驻地,今为弥勒寺公园),蒋介石、宋美龄夫妇及重庆政要来昆明均在此下榻。陈香梅住在西坝一家富户家中,在那里既做家教(为两个小男孩补习功课),也是房客。她有自己的房间和洗浴室,居住条件算是不错的。

当时的西坝算是近郊，距金碧路不远，中央社的办公地点就在金碧路附近。陈香梅的主要任务是跑飞虎队和陈纳德新闻，但相关地点比较分散。西坝离西站的飞虎队总部不算很远，距巫家坝机场那边的飞虎队营地和陈纳德官邸就相当远了。（巫家坝机场战后一度更名为陈纳德机场，由市区通往机场的公路今名民航路，当年亦一度命名为陈纳德路。）飞虎队军官俱乐部位于篆塘新村偏东，具体位置在今国防路与瓦仓路夹角（东北角）内省人大机关宿舍小区内。那里原为爱国归侨、富商、云南鹤庆人李岳嵩的花园式别墅（老宅在大观路/白马庙），占地数十亩。十年前实地考察飞虎队军官俱乐部旧址时，李岳嵩的哲嗣、我的同学李源先生告诉我和昆明《都市时报》记者李国豪先生，李家的商号在昆明、上海、汉口、香港及缅甸均设有分号；此别墅建成于1943年，房子很新；从院子的大铁门走进去，左前是一座小花园——里面有假山、池塘、竹林和网球场，右前是游泳池、菜园和凉亭，中间有一个大停车场。李源先生说，是陈纳德听说那里条件不错，托熟人找到他父亲才"租"给飞虎队的，只象征性地收了一美元的"租金"。此别墅既是飞虎队的军官俱乐部，也是陈纳德将军在市区的寓所。别墅早变样，今仅存主楼。

陈香梅跑这些地方有远有近，好在中央社有一辆吉普车供大家使用。

说起吉普车尚有奇事一桩。1944年底，省府某机构为了庆祝新年，送给中央社一部吉普车，指定由中央社员工摸彩，谁摸到幸运号码吉普车就由谁领用。这可了不得，"当年在战时的昆明有一部吉普车多神气，而且价钱也非常惊人"，偏偏陈香梅是幸运儿，摸到了头彩！"但中央社总编辑却做了一个不公平的决策。吉普车由全体采访员使用，司机和汽油由中央社负责。"陈香梅认为自己亏了："我个人没钱雇用司机，当然也无法买到汽油，但我可以把吉普车转卖，大赚一笔。但我是个小职员，又是个女的，当然没权说话。吉普车被抢走了，根本没有人帮我抗议，若在今日，这种情况一定会被女权组织来个制裁。"这是陈香梅的女权主义感想。不过还好，陈香梅原做晚间编辑工作，不久就被调到采访部外事组采访援华美军及中美空军共同抗日的一些消息，算升了。笔者想不明白的是，省府什么机构怎么这么有钱，居然给中央社这么重的摸彩奖品，不就是过个新年嘛。或许省府某机构原本就是要给中央社拨一辆车，偏巧赶上新年就玩了这么一个噱头让大伙乐一乐罢了。

我感兴趣的是陈香梅对战时昆明的印象，她观察的角度与一般作家、文人有所不同。她是1944年到昆明的，其时已是抗战后期。她的身份是中央社记者，除采访飞虎队战地新闻外，同时也对昆明进行观察。她对战时昆明的印象，见之于她晚年写的回忆录性质的《陈香梅自传》（山东人民出版社，2003年），收文百余篇。给她最深刻的印象是昆明的战略地位及对昆明社会生活的影响。

先看市区交通："街道上来来往往的各式各样的交通工具，纷然杂陈眼前，构成了一幅混乱的画面。……男男女女老老少少骑着自行车在人缝中穿梭；大卡车、小包车、中国的美国的许多橄榄色军用汽车，全都急速地鸣着喇叭；堆满木材和其他货物的大马车、小平车，马拉人推，熙熙攘攘。"（《昆明之春》）

再看国际交通："昆明是大后方的上海，是中国西南的花都，四季如春，更因大后方的一切空运都以此地为要冲，所以虽然在战时仍是一片繁荣。每天军机、民航机自昆明起飞，越过险阻的驼峰，到印度的加尔各答和孟买。"国际交通的便利对昆明社会生活产生的影响是："这条空中走廊不但运输军用物品，也空运一些外来货，因此战时的昆明太太和小姐们若是有钱有势或有关系仍然可以打扮入时，并且也能享受。我是穷学生，后来做小公务员，当然不能和那些幸运儿相比。"她具体是什么状况呢？"四年内除了穿阴丹士林布做的旗袍和布鞋外，没有任何引人回味的少女妆饰。难得友人从印度飞过驼峰带来一两双丝袜和一两支口红，那就如获至宝。从香港逃难入内地时带的面霜、口红和一些首饰，都是等钱用时送到拍卖店来换钱的，四年下来也典当殆尽了。记得有一位美国朋友离开昆明时把一大包化妆品送给我，其中包括香水、面霜、胭脂、口

红和眉笔。我真是喜出望外，不知道如何投桃报李。"（《我和中央社》）

战时昆明上层社会的生活情形一般文章很少提到，或语焉不详。陈香梅却涉笔于此，这当然与她的记者身份有关。她说她与陈纳德将军除专访外还有过"许多非正式的交谈"，场合呢，"绝大部分是在云南省龙云省长和昆明市裴市长举办的舞会上。因工作需要，我常常应邀前往"。常常参加这种舞会，可见这种舞会不是偶尔举行。龙云是省主席，知晓的人多。裴市长即裴存藩，云南昭通人，黄埔军校第三期步科毕业，云南省党务指导委员会书记长、军事委员会云南行营政治部中将主任、国民党云南省党部代理主任委员。抗日战争爆发后，任云南省政府委员兼社会处处长、昆明市市长，抗战胜利后任云南省驻南京办事处主任，确为云南政界一位要员。陈香梅说陈纳德是"裴市长府上的座上客"，并说"当时著名的云南美人首推裴存藩市长夫人，中美人士一致公认她是出色的丽人"。从这些闲笔中不难想象战时上层社会奢华的一面。

民国初期，昆明有法、英、美、日、德五国驻昆领事馆，外事活动不少。

龙云的公馆有新、老两处。老公馆为旧式庭院，在旧城区的威远街，今已不存，外事、社交在新公馆举行。新公馆由内外两院构成，中式园林与西洋建筑兼融，地点在太和街（今北京路偏南的一段，东风广场北侧），名曰震庄——舞会一类活动在此举行。震庄正中有座带大晒台的西式建筑，风格比较古典，坐北朝南，名曰"乾楼"。此楼原为德国驻昆明领事馆，开馆于1914年5月。稍后一战爆发。1917年3月，中国宣布加入协约国与德国断交，德国人撤走，该领事馆随之关闭。1936年龙云在盘龙江东岸临江里建新公馆（历时五年），将此领事馆建筑买断划入。推想起来，"乾楼"二字当系新主人命名。

裴存藩的市长公馆在盘龙江西岸的巡津新村，门牌5号，那一带是1940年左右兴建的比较西式的住宅区。裴公馆二十多年前我去探访过，纯然花园洋房。那里已成为市级干部住宅，但花园已拆除新建了几座六七层的楼房。带客厅和大晒台的主楼尚存,已显老态龙钟,干部们装修房子时那里是临时堆放旧家具的场所。裴存藩的舞会当在大晒台下面的大客厅举行。

上层有舞会,市民有舞厅。据文化部门统计,当时正义路及以东地区有十家舞厅,长约两百米的晓东街有咖啡舞厅如华达、波士登等三家。晓东街是昆明当时最时尚、繁华的街市,大后方最现代化的南屏大戏院即坐落于此。据抗战后期曾在昆明任美军译员的作家黄裳文章讲,晓东街舞厅是美国军人时常光顾的地方,那里舞女很多。她们中有些是从香港、上海来的,会说英文,而且是"行家",自然得心应手。"降至末流即是一批专做洋人生意的女人,她们并不懂英文,不过也多少会说两句洋泾浜,讨价还价的本领是有的。头发烫得奇形怪状,而且都穿了'洋服',不过那'洋服'是用最蹩脚的印花布制成,剪裁得也十分奇异,穿在身上令人有一种特异的感觉。当她们被揽在洋人的手里在街上走的时候,搔首弄姿大有不可一世之势。在昆明的晓东街上的南屏戏院门口,咖啡室内,几乎全是她们的世界。"舞厅里也有大学女生的身影。据黄裳说,由于北大校长、西南联大常委蒋梦麟夫人陶曾谷的倡导,西南联大和云南大学的部分女生"都起而慰劳盟军参与伴舞"。黄裳认为"那初意倒是并不为错的,不过后来竟弄得计时论钱,如每小时四元美金,则大为失策,与普通的舞女没有什么分别了"(《美国兵与女人》)。黄裳抗战时期常在重庆、昆明、成都各地游走,其所见所闻可与陈香梅写的回忆录互为印证。

另据语言学家王力的一篇文章讲,跳舞的事当时就有争论。王力是西南联大中文系教授,当时常写杂文见诸报端,其中一篇叫《跳舞》。里面讲昆明近两年流行跳交际舞,有些人根本反对国难期间跳舞;有些人并不反对中国人和中国人跳舞,只反对中国女子尤其是大学女生与外国人跳舞,认为"有伤国格"。这些议论显然与昆明当时"老美"多多有相当大的关系。如今事过七八十年回头来看,也是有价值的社会观念史料和抗战史料。

接着再说陈香梅。

虽说跳舞风盛，但与中上层相比，普通市民仍偏于保守。陈香梅举例："昆明当年是个非常保守的地方，我有时被派去采访社会新闻，多数人都以为我是哪家人的眷属，等我自我介绍之后他们都非常惊讶地说：'现在有女性来采访了？'在这种情况下我只好大而化之，不予计较，努力做好自己的工作。"但情况毕竟也在变。陈香梅是中央社的第一位女记者，可见就全国来讲女记者仍然比较稀罕。而云南地方却也出现了女记者。"当时《云南日报》也雇用了一位女记者，她是本地人，名字叫方丹。我们后来成为好朋友，在当时大家作伴去采访，算是轻松多了。"

另举一个烫发的例子。陈香梅回忆说："我也曾学时髦，到昆明一家理发店去烫发。记得当时在昆明烫发是违法的，于是被安排到理发店的楼上一个小房间，让理发师摆布。记忆中我用了月薪十分之一。可是不到两三天烫过的头发全部仍是清汤挂面，只好自叹倒霉，于是又把两条小辫子梳起来——我从小学、中学到大学一直都是梳着两条辫子，真是道地的黄毛丫头。"不过陈香梅这里说的"违法"可能回忆失真，这是我头一回听说。陈香梅在昆明的时间毕竟仅有一年。据我的童年记忆，烫发在当时的昆明确实不普及，却也说不上多么稀罕。一般时髦女性，以及做新娘的，差不多都这样。黄裳说舞女们"头发烫得奇形怪状"的话就更不用说了。陈香梅被请到楼上的小房间应该就是小包间，算享受贵宾待遇了，这从收费之高也可以看出来。技术不高，烫过的头发两三天又变成清汤挂面的模样倒是完全可能的。

在陈香梅的文章中，涉及龙云的地方不少，首先因为抗战中的龙云是非同小可的人物，通常称他为"云南王"，而陈香梅却称其为"西南王"（《我在中央社的日子及其他》）。这么叫或有夸张，却也不无道理。陈香梅的说法是："龙主席是西南王，权力很大，而且有军权，为了抗日才同意和蒋介石合作。蒋、龙之间貌合神离，你不信任我，我也不信任你。但四川和云南当年是抗战大后方的重地。陪都设在四川的重庆，和印度、缅甸的交通孔道就非要经过云南的昆明。"又说："昆明是中国对外唯一的交通孔道，因为海陆空都要经过昆明到印度的新德里和加尔各答。从印度可再乘船或飞机飞美。"由此看来,是昆明的战略地位将龙云抬高了,其地位和影响已不限于云南。这是第一点。第二点呢,龙云与陈纳德的关系非同一般。飞虎队的总部不设重庆而设昆明(重庆设的是分部),飞虎队在云南多方面地得到云南的照顾。据有关方面提供的资料,美军在昆明的招待所有五十个,床位约五万张。此所谓美军当然不限于飞虎队,但飞虎队无疑是其中的一部分。另外,飞虎队的总部设昆华农校主楼。这是昆明中等学校最好的西式建筑,相当现代,而且是1936年才竣工的新楼(西南联大迁昆初期新校舍尚未建好时,此楼曾为该校图书馆馆址),其恢宏仅次于云南大学主楼会泽院。龙云对飞虎队如此关照(当然不止于此),陈纳德心中有数,所以陈香梅说"龙云是陈纳德的战友,八年相处,当然有感情"。既称为"战友",确实非比寻常。1945年9月底昆明政局突变,国民党第五集团军司令官杜聿明奉蒋介石之命发动昆明事变,统治云南近二十年的龙云下台,被送到重庆、南京任军事参议院院长,实际被变相软禁,龙云想办法出逃还得靠这位老战友。但"蒋介石的话也不能不考虑"。权衡再三,老战友还是伸出援手。陈香梅说:"后来几经商议,陈纳德还是营救了龙云,把他从南京送到香港。"在《掌声起处　掌声落时》一文中,陈香梅的回忆对援救龙云一事讲得更具体。她说龙云被从重庆带到南京后,"龙云知道若不设法逃走那就只好坐以待毙了"。

  龙云私下派人到上海来找我和外子(引注:即陈纳德)。我们对他的际遇非常同情,但外子因为和蒋氏的密切关系甚感困难,也可以说是两难。我除了同情龙云之外也觉得蒋氏未免太过心胸狭窄,更何况龙云对于抗战是有功的,我劝外子不要犹豫,也无碍于蒋氏的不满,救人要紧。于是外子才决心采取行动,也派了两名飞行员到龙云居处问好。当晚神不知鬼不觉就用汽车把龙云秘密地接了出来,再去上海,由上海飞香港。龙云就此脱险,安全到达香港。

这就讲得比较具体了。其时为1948年底。真实细节很富戏剧性，确实是神不知鬼不觉。龙云在港寄寓浅水湾，香港《新闻天地》以《龙游浅水遭虾戏》为题报道龙云新闻，与该刊宗旨"天地间皆是新闻，新闻中另有天地"倒也吻合。

1989年，中国上映了一部电影叫《龙云与蒋介石》，讲的就是1945年抗战胜利后蒋介石和龙云之间的矛盾冲突及龙云最后走向光明的转变过程，其中就包括陈纳德、陈香梅夫妇援救龙云逃往香港的戏剧性事件。制片方特请陈香梅担任这部电影的顾问。

关于战时昆明，陈香梅的文字提供了好些别有史料价值的东西，她有她自己的角度。

陈纳德是1958年病逝的。陈香梅2018年刚走，享年九十三岁。

关于"南京人"及其他

中国的古老姓氏，大多起源于甘肃、陕西两省交界地区，即今天水、宝鸡、西安一带。不过，中国姓氏源流上下几千年，越古远越难弄清，许多问题难有定论，让历史学家、谱牒学家（研究族谱、家谱源流的专家）继续研究吧。而千年以下，尤其是明、清两代六七百年以来的事，倒是可以作更多的关注。具体讲，昆明，包括呈贡、晋宁，汉族人是从何处迁来的？

许多云南人，尤其汉族，大多数都说老家在南京。这种说法有一定的历史根据。据史料，洪武十四年（1381年），朱元璋为了平定云南边界叛乱，派傅友德、蓝玉、沐英率兵三十万征云南。征南战争很顺利，不到一年云南战乱就被平定了，但是朱元璋仍然不放心。他知道云南是南蛮之地，虽暂时平定，但恐将来再反，必须派一大将长期驻守。朱元璋于是派自己的养子沐英回南京征集移民迁滇，以达到巩固边疆，促进云南发展的目的。迁滇移民一是官兵，二是工匠，他们都可以带家属。另一种是犯人，但犯人的比例不会很大。这次沐英从内地移民入滇，是云南移民史（从庄蹻开滇算起）上规模最大的一次。

关于南京柳树湾高石坎的说法在云南流传很久，算起来已有六七百年。专家查阅南京古籍并实地访察，确认南京是有个柳树湾。高石坎之名则传讹了，应是石门坎。此地原为演兵场，类似现今尚存的地名教场（校场，校音jiào），地方不大，不可能有成千上万之众移民云南。合理的解释应该是，此次移民按军队建制进行，柳树湾石门坎是人员集中和出发的地点。移民来源并不限于南京，还包括江苏和安徽的许多地方。江苏、安徽历来关系密切，习惯上合称"江淮"。

清朝初年设江南省，省会南京。①到雍正年间江南省才拆分为江苏、安徽两省。

我对"南京人"的说法也有浓厚兴趣。听老辈人讲，我们姓余的老家在南京水西门，不一定是明洪武年间来的，要晚一些。我为此专门跑了一趟南京，果然有个水西门，确感欣慰，但未找到老家的感觉。

在明朝沐英率江淮人移民入滇之后，云南还有过几次值得注意的移民潮。

一是太平天国失败后，太平军部分官兵逃往云南以及缅甸、泰国（已被缅甸、泰国同化）的部分华人实为太平军官兵后裔。四川大学图书馆报纸很多，缅甸爱国华侨办的中文《新仰光报》我常翻阅。有篇文章说当时的泰国总埋銮披汶为流亡的太平军后裔，我好奇就记住了。

二是1910年滇越铁路通车，不少广东、广西人以及越南人来到昆明居住在火车站及德胜桥、金碧路一带。金碧路原名广聚街，缘此。

三是抗日战争时期，许多"下江人"来到昆明。下江人指长江下游人群，以南京、上海、杭州一带居多。浙江人移民昆明值得特别一说。

浙江省最大的河流叫钱塘江，因其下段弯弯曲曲，故亦称曲江、之江、浙（折）江。富春江本为钱塘江流经富阳、桐庐两县那一段的专名，后来也可代指钱塘江。昆明旧城改造以前，武成路中段有之江巷，巷内有浙江先贤祠。该祠堂建于清光绪年间，20世纪50年代初建有之江小学，后为五华区教师进修学校，再后为五华区教育电视台。另，武成小学对面有大富春街和小富春街（今统称富春街）。那一带浙江人后裔多，他们虽移民云南却不忘老家的富春江、之江。富春街一带的浙江移民可能清末就来昆明了，比抗战早五六十年。

四是1949年以后，解放军第二野战军第四兵团进驻云南，许多官兵从此留下定居，尤以昆明为多，其中干部通称"南下干部"，多数是北方人。

---

① 江南省的前身为明朝的南直隶。今河北省明朝叫北直隶。直隶即直辖，南北两边都有京城。按：明朝开国定都南京，后迁都北京，南京改称江宁。

由于这样的移民史，移民原居地越来越多元化，不能都说是从南京来的。

但毫无疑问，明朝沐英率众移民是云南历史上最大的一次移民，影响也最大。

不只昆明，也不只汉族，滇西德宏傣族、香格里拉藏族、丽江纳西族，都有一些土司自称"南京人"并有保存的家谱为证。不能说这些都是冒称。可以这么看：云南少数民族很多，除昆明、保山、昭通、曲靖等地的城镇外，许多地方都是汉族与少数民族杂居，通过婚姻融合，有些少数民族人融入汉族，也有汉族人融入少数民族。融入少数民族的汉族人，因以男性为主，原有的"南京人"家谱一代传一代，以确认"南京人"是自己的根。

还有一点。六七百年前的沐英移民入滇，是以军队垦边的形式进行，其性质类似现在的新疆生产建设兵团。时间长了，就地"军转民"，原来的军队番号名称用的字，比如"所"呀"营"呀就演变成地名、村名，如盘龙区的金刀营、司家营和西山区的棕树营以及呈贡区的左所、吴家营、回回营，都是例证。这是一段历史在地名、村名上留下的痕迹。

少数民族改用汉族姓氏也可一说。

由于漫长历史中的民族融合，好些少数民族改用汉族姓氏，比如改姓张王李赵。尤其是元代和清代，蒙古族、满族先后入主中原、建立新朝，与汉族融合的程度相当深，说汉语、用汉字、改用汉姓。清末民初的大学者梁启超在1920年左右写的一篇文章就讲到汉满融合问题。另据说，现如今，除了研究满族的专家，已经没有人会说满语了。关于蒙古人，据2010年数据，蒙古国人口二百三十万，中国蒙古族人口六百五十万。中国蒙古族大多生活于内蒙古（四百三十万）及东北、新疆等地区。生活于内地的蒙古族，一是数量少，二是相当分散，三是汉蒙融合程度深（说汉语，改用汉姓）。云南蒙古族人口约一万五千人（1992年），多集中于通海，五六千人（又多集中在兴蒙乡）；次为文山州，约四千人。玉溪市其他县以及曲靖市，也有一些，全省其余州县则是星星点点。另外，随忽必烈南下渡金沙江（"元跨革囊"）征大理国而留驻的元兵，好些并非蒙古人，而是色目人（色目人是对西北少数民族的统称）。元朝将人分为四等，依次为蒙古人、色目人、汉人（北方的）和南人（南方的汉人）。女真族的完颜氏，金朝亡后，改姓完（音皖）、颜和王、汪、高、顾等汉姓。富民县有个完家村，村民自称祖宗为"完颜大元帅"，据此可确认为女真族后裔，今属满族。我去完家村作过考察，其地离明熙苑宾馆不远。保山市施甸县自称"本人"者，即为契丹人后裔，已与当地各民族融合，改姓蒋、李、杨、赵等汉姓。

为什么要专门讲散居内地的蒙古族呢？因为他们改用张、王、李、赵这些大姓。云南蒙古族最有名的人物是艾思奇，原名李生萱，腾冲人。他是著名的马克思主义哲学家，所著《大众哲学》一书曾风行全国数十年，解放后任中央党校副校长。据李氏家谱记载，其先祖名叫里黑斯波，是成吉思汗大军南下时的一名将领。到艾思奇这辈已是第十八代后，早就改姓李了。

民族融合是一个漫长的过程，但毫无疑问，全国人口的绝大多数仍为汉族。许多少数民族在民族融合过程中改为汉族姓氏了，但传统的汉族仍可辨认。怎么辨认？仔细看自己左脚的小拇指就知道了。

几百年来一直流传着一种说法，凡是明朝从山西省洪洞（读音为洪同）县大槐树迁移到全国各地的人（指汉族），脚的小拇指上多长出一小片指甲（即双层）。我读过的有些书，比如民国年间的胡适（安徽人）的书就讲过这个问题，陕西作家贾平凹的长篇小说《高老庄》（1998年出版）也写到此一问题，这问题并非近些年才在网上热传。验看我的左脚，果然如此（据说多为左脚，但有的是右脚）。所以有"谁是古槐迁来人，脱履小趾验甲形"的说法。南方许多人都认同这种说法，到洪洞大槐树寻根祭祖。不过此一说法尚未得医学和生理学的证明。

"昆明像北平"考

抗战时期不少作家、教授来到昆明，他们对昆明的第一印象是：昆明像北平（即北京）。[①]试举数例。

"昆明很像北京，令人起无限感慨。"这是闻一多在给妻子的信（1938年4月30日）中说的。[②]

冰心的印象是："喜欢北平的人，总说昆明像北平，的确地，昆明是像北平。第一件，昆明那一片蔚蓝的天，春秋的太阳，光煦地晒到脸上，使人感觉到故都的温暖。近日楼一带就很像前门，闹哄哄的人来人往。"[③]不光讲得形象、具体，而且许多人都这么觉得，有代表性。

冰心在昆明生活了两三年，闻一多生活了八九年。老舍不同，是来联大讲学，也说昆明像北平，特别是建筑："昆明的建筑最似北平，虽然楼房比北平多，可是墙壁的坚厚，椽柱的雕饰，都似'京派'。"不但讲同，而且说异，认为论花木、山水，昆明比北平好。[④]老舍还将成都与昆明对比，说："我很喜欢成都，因为它有许多地方像北平。不过，论天气，论风景，论建筑，昆明比成都还更好。"还说："昆明的城外到处像油画。"[⑤]

在许多作家、教授的书信、散文或回忆录中，类似的文字很多，

---

① 1928年，国民政府将北京改称北平，1949年新中国成立后复称北京。20世纪三四十年代的文章一般称北平，但也有称北京的。本文不求一律。
② 《闻一多书信选辑》，《新文学史料》1985年第1期。
③ 冰心：《摆龙门阵——从昆明到重庆》。
④ 老舍：《滇行短记》。
⑤ 老舍：《八方风雨》。

不必一一摆出。我想讨论的问题是：昆明到底在多大程度上像北京？前面引的那些说"像"的话里有没有水分？

我看，水分肯定是有的。这些人长期在北平生活，每到一处，都要与北平比，找出与北平相同或近似之点，以作为心理上的安慰。冰心说喜欢北平的人总说昆明像北平，老舍说他喜欢成都是因为成都像北平。这都说明，所谓像不像，人的主观心理因素起着很大的作用。这种主观因素就是水分，因为它与客观、科学的比较是不同的。这样，像北平的城市就不止一处两处了。1938年西南联大文法学院暂时在蒙自上课（一学期），这些教授、学生一看蒙自不错，又说蒙自像北平了。看政治学系浦薛凤教授的这段话，说的是作为联大蒙自分校教学区的原蒙自海关："海关旧址花木颇多。一进大门，松柏夹道，殊有些微清华园工字厅一带情景。故学生中有戏称昆明如北平，蒙自如海淀者。"[①] 当然，这是"戏称"，而陈寅恪的诗可是正经八百写的。联大分校就在蒙自南湖之滨，陈作《南湖即景》一首，首二句为"风物居然似旧京，荷花海子忆升平"，所像之处不是海淀，而是"旧京"。

走到哪里哪里就像，心理因素在起作用，这是很显然的。细读冰心的《默庐试笔》，所写亡国之痛跃然纸上，说呈贡如何美、默庐如何好，不过是借题发挥。"北平死去了！我至爱苦恋的北平，在不挣扎不抵抗之后，断续呻吟了几声，便恹然死去了！"其实呢，越是说北平死去了便越是想北平，越想，越需要找一个心理上的替代物。所以，文章的开头才这样写：

> 我为什么潜意识的苦恋着北平？我现在真不必苦恋着北平，呈贡山居的环境，实在比我北平西郊的住处，还静，还美。

---

① 浦薛凤：《蒙自百日》，载蒙自师范高等专科学校编《西南联大在蒙自》，云南民族出版社1994年版，第57页。

读陈寅恪的蒙自诗作，沉郁之气更觉袭人。"无端来此送残春，一角湖楼独怆神"，"家亡国破此身留，客馆春寒却似秋"（《残春》）。"天际蓝霞总不收，蓝霞极目隔神州。楼高雁断怀人远，国破花开溅泪流。"（《蓝霞》）"南渡自应思往事，北归端恐待来生。"（《南湖即景》）"南朝一段兴亡影，江汉流哀永不磨。"（《七月七日蒙自作》）等。

爱国从爱家乡（泛指长期居留地）开始，何况北京还不是一般的家乡，而是国家和民族历史的象征。说昆明（以及别的地方）像北京，怀念北京，实际是那一辈知识分子爱国情怀的表现。

但话又说回来，作家、教授们说昆明像北京，也不能认为全是主观心理的外化。抗战时期老舍在重庆，冰心也由昆明去了重庆，还有不少北平文化人在重庆，如梁实秋等人似乎就没见谁说过重庆像北平的（也许是我孤陋寡闻没见到）。说昆明像北平，总还是有客观依据的。老舍说昆明的建筑景似北平，冰心说近日楼一带像前门，这些"像"都是实实在在的。

还有些同一历史时期的材料可以印证老舍、冰心的说法非谬。

先看1939年中国图书编译馆出版的《旅途随笔》："昆明的东门——绥靖门，它的气势和格式，金碧路上的'金马''碧鸡'，以及正义路上的'三牌坊'，这三个牌楼的朱漆和雕龙刻凤，一见便使人联想起喧嚣的古城北平，而最令人惊奇的，莫过于这两个城市中民房结构的巧合，除了北平和昆明，全中国哪里再找得这许多的四合房。"

文中提到的绥靖门习称大东门，位于今"西南大厦"（今西南百盛商场）与"仟村百货"（今苏宁电器商场）间路口。"三牌坊"在正义路中段，两边是威远街和光华街。牌坊位置偏北，不影响十字路口的交通。早年还有"四牌坊"，位于正义路上段南端，东为绥靖路（后改名长春路），西为文庙街。从金马、碧鸡坊算起，经忠爱坊、大南门（近日楼）、三牌坊到四牌坊，一条直线正对五华山，这是昆明老城的中轴线。可惜，这些城门（近日楼）、牌坊都消失了，要在，何等辉煌。要说像北京，那才真像呢。如今虽然恢复重建了金马、碧鸡、忠爱三坊，在原四牌坊的位置又新建了个"灯光牌坊"，但与周围环境终究不太协调，缺少那种传统的人文氛围和韵味。

再看1939年商务印书馆印行的《滇越游记》："昆明有许多街道很美丽，有古色古香的牌坊，也有高大而油绘彩色门神的大墙门，不少人对我说，这里有些像成都和北平。"

再看稍早的《西南旅行杂写》（1937年中华书局印行）："关于住房形式，近日楼一带，俨然似北平的前门，大街小巷，多有类似北平的，尤以各胡同里的民房，简直与北平的民房装饰一模一样，偶然走进胡同里，几有置身北平之感。"①

这位作者观察得仔细，大约是位北京（或北方）人，南方各地是不兴说"胡同"的。昆明的民居（在小巷里）叫"一颗印"，一般为两层房，正房是三层的也不少，而北京的四合院一般均为一层平房。昆明的天井一般都铺石板（铺砖的不多），并且都有一口水井。另外，昆明的"一颗印"通常都比较小，即使大些的一般也都是单门独户，有小国寡民之遗风。北京的四合院小的少，一般都比较大，当年的王府自不用说（原先威远街龙云的公馆类似），像骆驼祥子住的那种大杂院昆明大概没有，至少我未见过。

要细比，差异还是存在的，不过这里主要讲相同或相似的一面。

昆明的建筑何以如此像北京？这问题美国的陈纳德将军也留意过，他在回忆录里说清朝年间，云南的许多官员是从北京流放来的，"对云南的省府所在地昆明来说，这些流放者带来了北京华美的建筑风格，至今皇室的遗风犹存"②。这算一解。也有人将渊源追溯至明末，那本1939年出版的《旅途随笔》的作者说：

---

① 以上三本书本人未得见，所用材料均转引自王水乔《漫话民国时期昆明风情》，载《五华文史资料》第6辑（内刊）。

② 孙官生：《陈纳德与陈香梅》，云南人民出版社2002年版，第24页。

初到昆明的人，尤其是在北平住过的，总觉得昆明太像北平了。民情的朴实，生活程度之低，尤其是建筑，两地相隔万里，何以曾如此相似呢？据一般的推测，大概是明永历帝在云南三年，明末士大夫流落入籍者颇众，蓄意想把昆明模拟成北平，遂有此结果。

这又算一解。不过永历帝在昆三年未免太短，怕成不了什么气候。要算或许还应连吴三桂的割据一起算，加起来二十多年。吴三桂从山海关来到昆明，又想称帝（终于也称帝半年而亡），昆明模拟北京，吴三桂或许也起了某些作用？待考。

但我还想到另一方面。建筑是文化传承的载体，同时建筑本身也是文化的表现。但建筑毕竟是"硬件"，而文化氛围的营造，"软件"是少不了的。我想到京剧在昆明（以及云南）的相对盛行。据专家研究，京剧入滇演出始于1906年，并于十年后在昆明呈压倒滇剧之势，以致出现以京剧为主的"京、滇合演"方式。抗战时期，偏僻的保山竟也兴建保山大剧院演出京剧（和滇剧），昭通的悦乐大戏院也改演京剧。①在昆明，云南大戏院（今西南大厦西侧的"长春剧场"）和西南大戏院（今东寺街云南省滇剧院）都是演京剧的主要场所，专业剧团有杰华国剧社、杜文林剧团等。外地京剧团也常来昆明演出。著名的厉家班1939年来昆演出，地点就在昆明大戏院（西南联大教授为昆明建筑公司设计的，其址即今"新昆明影城"），轰动一时。

京剧票友组织（当时称票房）的众多更能反映京剧在昆明的流行与普及。据有关资料，开京剧票房先河的是著名律师谭少卿，此公工老生，学谭鑫培，有"昆明谭老板"的雅号。早在民国初年，每当

---

① 据杨明、顾峰《滇剧史》，中国戏剧出版社1986年版，第115、154、166页。又，遥远的丽江早在20世纪40年代也有过京剧演出，纳西族画家周霖为黄山幼稚园设计排演。现今丽江仍有一个古城京剧社，由五十多位离退休干部职工组成，很活跃。

华灯初上，谭家即丝竹管弦，或引吭高歌，或浅唱低吟。20世纪30年代初，谭律师更喜交游。喜京剧者不论风雨晦明，每夕必到，盛极一时。此后有"公余雅集社"，票友们均为地方军政大员，如云南省宪兵司令兼防空司令杨如轩、第五十八军十一师师长鲁道源等。他们不但聚会清唱，还发展到粉墨登场，并派专人赴京、沪购买崭新考究的全部行头和守旧（戏曲舞台上用的绣有图案的幕），活动地点在长春路头道巷通海会馆的大礼堂。抗战开始，滇军六十军和五十八军出师抗日，公余雅集社为欢送出征将士接连演了几晚京剧，身为师长的鲁道源也参加演出，演的是《霸王别姬》。公余雅集社风流云散后，龙绳曾（龙云第三子，人称龙三）等又出面组织"云社"京剧票房，活动地点在庆云街庆云剧场，社员基本上是原雅集社的老票友，阵容坚实，可演《群英会》《玉堂春》等大戏，折子戏更不在话下。一些单位也有自己的京剧票房，如云南省电话局、邮政局、广播电台、云南大学、海口五十三兵工厂等都各有票房。到了抗战胜利前后，又有"华社"崛起，由公教人员和小工商业者组成，社员八十余人，每周聚会三次，且正式备案，采理事监事制，每年选举一次。其他票房还有"德社""聊社""昆社""复社""杰社"等，大大小小共有十余个之多。①我在昆明一中读书时的萧祝久老师就是一位著名的小生名票，是当年昆明电台票房的主要负责人，只要学校开晚会，萧老师都要露一手。萧老师戏路宽，我印象深的是《打渔杀家》。我的同学马登融君（旦角）曾与萧老师配过戏。

到了20世纪五六十年代，京剧在云南更进入一个黄金时代，一提关肃霜哪个晓不得？在全国也是响当当的。

当然，就云南全省而言，京剧的覆盖面要比滇剧、花灯这两种地方戏要小得多，但专业京剧团的分布会让省外人士惊讶。那时昆明除省、市两级各有院、团外，还有一个昆明军区京剧团。昭通、曲靖、

---

① 以上据杨其栋、赵宗朴两先生关于昆明京剧的文章，载《昆明历史资料》第8卷（内刊），第288—295页。

红河个旧、文山、玉溪、大理下关等地也都有专业京剧团。到20世纪90年代初，云南全省尚有四家专业京剧团。[①]当然，如今是一年不如一年了，全国皆然。

京剧在一个省如此普及（省与省之间横向比较），不但西南没有，在整个南方也属罕见。是什么原因呢？

云南是一个移民省，云南汉族住民都是内地移民的后裔。京剧是戏曲的代表，云南人喜爱京剧，会不会是思念故土的潜意识表现？云南地处边疆，关山阻隔（内地历来有"万里云南"一说），唱京剧，这里面是否也隐含有一种缩短边疆与内地心理空间的渴望？就抗战时期而言，喜欢京剧是否还折射出一种民族的向心力？

不扯远了，还说昆明像北京的问题。昆明的建筑（当年的建筑）像北京，看来是没问题的。昆明的人文环境和氛围（爱唱京剧是这种氛围的重要标志），可能也是让那些来自北京的作家、教授产生"像"的感觉的重要原因。当然，思念故都是他们自身的主观因素。

---

① 据云南省文化厅1991年编印的《云南省文化事业统计资料（1990）》。

昆明，京戏岁月

现今的戏曲，包括京剧在内，不是很景气。剧团似乎闲待着，很少见他们的演出广告，海报就更别提了。记得以前，我说的以前是五十来年前，那情形可是大大的不同。印象最深的是关肃霜的海报，当时她和于素秋唱对台戏，盛况空前，五十多年后想起来还记忆犹新。

早在关肃霜、于素秋她们来之前，京剧在昆明已相当盛行了。京剧的叫法文绉绉的，昆明人习惯上还是叫京戏。当时昆明专演京戏的剧场有三处：一处叫云南大戏院，在绥靖路（后改名长春路）；一处叫西南大戏院，在东寺街；还有一处叫春明戏院，在民生街。那时我年纪不大，看京戏就喜欢看武打戏。我家住在正义路文庙街口，离云南大戏院近，常去看有"活美猴王"之称的武生朱英麟的连台本戏《石猴出世》，对朱英麟佩服得很。加上杜老板杜文林妙趣横生的猪八戒，还有那海派的机关布景，太对一般市民和少年人的胃口了，一连接着演了好几个月。除孙猴子外，朱英麟的《铁公鸡》《恶虎村》，短打功夫了得，很有看场。后来听说朱英麟是抗战初期从上海那边辗转来到昆明的。戏院的厕所在后台的东侧，观众去上厕所就能看见演员从后台口上上下下、进进出出，虽然那片地方味道难闻，看演员的本相毕竟也是一道风景。我就想瞧瞧朱英麟，还真瞧见了好几回。

后来兴趣转移到春明大戏院的武生李毓麟、李幼麟了。我家也住福照街。福照街是老名字，后来改叫五一路。"春明"在民生街与福照街交会的丁字路口，离我家不超过两百米，看戏更方便。原先只喜欢朱英麟，对"春明"二李有些生，后来听说二李是两兄弟，或师兄弟，武打了得，便也去试看了一两回。一看还真不错，他们的《挑滑车》和《三岔口》确实出手不凡，《四杰村》和《金钱豹》也让人爱看。弟兄俩长靠、短打样样来得，尤其李毓麟，更让少年人迷醉。

二李属于剑佩平剧团，初到昆明驻祥云大戏院。平剧是三四十年代对京剧的叫法，当时北京改称北平，京剧也就跟着改称平剧了，也有称国剧的，不过口头上还是叫京剧、京戏的多。剑佩平剧团的台柱是花旦筱毛剑佩，记得还有李荣威、筱毛剑秋、钱美云、曹百岁等，阵容整齐，总体上虽比"西南""云南"两家稍逊，但勉强说也算鼎足而三。稍后祥云大戏院改为电影院，这一干人马迁驻"春明"，接着名红生刘奎官又来加盟，实力大增，完全可与"西南""云南"两家抗衡了。不过对年少的我来说，当时的兴趣全在两位武生，对花旦、红生尚未特别留意。

自从关肃霜、于素秋一来，我的兴趣一下子就转过去了。那是1949年夏秋间，"西南"从汉口请来关肃霜，"云南"从香港请来于素秋。关肃霜是多面手，文武花旦都行，青衣也拿得起，兼擅小生。此前除汉口、长沙外，还跑过上海大码头，初步展示了自己的实力。一来昆明就推出《大英节烈》《红娘》和《金山寺》，好像还有比较海派的《新十八扯》和《新盘丝洞》。"西南"在东寺街那边，离我家太远，去的次数不多，起先印象也不很深，当时最深的印象来自关肃霜的巨幅海报。那海报贴在近日楼背面的大墙上。近日楼是昆明的南城门，今已不存（不是东寺街那边新弄的假近日楼），具体位置在近日公园的北侧。关肃霜的"肃霜"两字右边都带鸟字旁，写作"鹔鹴"，一般人都认不得，查字典才晓得那是一种水鸟。加上当时还没简化汉字，关字写作"關"，三个字的笔画都多得很，反倒一下子就过目不忘。过几年"鹔鹴"的鸟字旁去掉，写为"肃霜"，再后"關"简化为"关"，笔画更少，以后就一直写作"关肃霜"。

于素秋比关肃霜来昆稍晚——好像晚了一两个星期，又都是花旦，所以自然形成唱对台戏的局面，这让昆明戏迷好兴奋。听说抗战中期昆明来过一个厉家班，十分轰动。这个厉家班是实力雄厚的国内知名大剧团，成立于南京，拥有文武老生厉慧良、文武花旦厉慧敏等一系列名角大腕，听说他们是兄弟姊妹，更增加了兴奋点。我那时尚幼，虽能恭逢却未能亲睹其盛。不过我设想，厉家班的盛况肯定不及于、关两位花旦的对台戏那么让戏迷兴奋。于素秋也是文武花旦，一来就拿《斩经堂》《盘丝洞》亮相。据当年的资深戏迷议论，两人各有千秋，比较而言：关的功底更为扎实，唱、做俱佳。于擅做戏，也更海派、更摩登，何况于的搭档有名丑梁次珊、名净裘世戎，阵容上更显声色。另一重要原因是于素秋拍过电影，当时"大光明"（今星火剧院）同步推出于的片子，在声势上占了上风。印象中梁次珊在性感影星白光主演的《荡妇心》里也演过一个角色，片子在那前后也在昆明上映。这可见于素秋是很会造势的，在市场运作上很有一套。而关肃霜虽能凭自己的实力征服正宗戏迷、票友，在造势上却差了一环，风头上自然就弱了。不过于素秋在昆明时间不长，只有几个月，好像是在卢汉宣布云南起义的头一两天就神秘地回了香港。而关肃霜没走，她后劲大，凭自己的艺术辐射力赢得越来越多的观众，声誉日渐飙升，最终在昆明站稳脚跟，并且落地生根，渐渐形成中国京剧的一个流派，从昆明走向了全国。

  于素秋、关肃霜的对台戏正唱得热火朝天，老生泰斗马连良应邀从香港来昆明作短期演出。马连良的大名如雷贯耳，其唱片已在云南风行多年，如今能一睹泰斗风采，戏迷、票友兴奋异常，一时间将两位花旦的对台戏都几乎忘了。由于马连良的演出地点是在"云南"，让于素秋、裘世戎、梁次珊等组成为马氏配戏的班底顺理成章。于素秋等能有机会与大师同台演出，其兴奋的程度恐怕也不在戏迷、票友之下，所以十分卖力，在《龙凤呈祥》《四进士》和《法门寺》那些戏里均有上佳表演。就于素秋来讲，单从与关肃霜唱对台戏的角度看，事实上也沾了马连良很大的光，等于借了马连良的力。关于这一层，戏迷们说起来眉飞色舞，兴味无穷。不过戏迷们也倒不是只拿两花旦的对台戏开心，他们对马连良崇拜得五体投地，说马的拿手戏《借东风》如何拿手、举手投足如何如何，津津乐道；讲马氏如何前演鲁肃后饰孔明,讲得头头是道,那个劲头,那个兴奋,是绝不亚于数十年后昆明球迷侃"皇马"、侃世界杯的。

在此盛会之前,昆明演京戏的地方虽说有三四处,实际上是以"西南"为重镇;而在马连良闪亮登场以后,昆明京戏的重心就很自然地转移到"云南"了。没多久马连良、于素秋先后返回香港,关肃霜移师"云南"升帐,历数十年长盛不衰。

马连良之后一两年吧,另一老生名角唐韵笙率团来昆演出。关于京剧老生,当年有"南麒北马关外唐"之说。麒即麒麟童,也就是周信芳,为南派老生之代表。马连良不用说。唐韵笙雄踞东北,在全国也是叫得响的人物。我弄不明白的是,唐韵笙在昆时间大概也有年把,与实力不俗的刘奎官、筱毛剑佩还合作过一段不短时间,虽说也博得正宗戏迷一片赞誉,但与马连良在昆引起的那种震撼式轰动确实不好比,应该说落差不小。他们开头在"云南"演,后来却去正义剧场将就。那地方原本是个舞厅,在长春路往马市口走的拐角处,也就是前几年新建牌坊的东侧。那场子太小,从人行道走过都听得见里面锣鼓响,在那里演实在有些掉价,后来转到"春明"那边与刘奎官他们合作,境况才好了一些。我去看过几回,印象较深的是《四郎探母》《徐策跑城》和《武家坡》。不过那时太过年少,哪晓得人生况味?耳朵听着"一马离了西凉界……薛平贵好一似孤雁归来",或杨四郎那几句"我好比":"我好比笼中鸟有翅难展,我好比虎离山受了孤单,我好比南来雁失群分散,我好比浅水龙困在沙滩。"听是听着,长辈人说北马如何,关外唐又如何,其实能懂得什么?那个年龄段的人已经觉得武打没意思,要看花旦了,听老生嘛还嫩了点。

程砚秋也来过,时间似乎比唐韵笙略早。程砚秋与梅兰芳、荀慧生、尚小云齐名,世称四大名旦。事过五十多年,我至今不明白自己何以对程砚秋印象不深,也许是自己弄不到票,一场也未看过吧。不过程砚秋名气太大,看不上戏也晓得程砚秋来昆明这回事。

那时候我是筱毛剑佩的小戏迷。这有点偶然。筱毛剑佩来昆明要比关肃霜、于素秋早一两年,只是一直不很得势。刚来没多久就碰上个金素秋。金素秋早有名气，1927年就应邀赴日本，在福冈博览会上表演京剧三个多月，成为我国京剧女演员出国演出的第一人。而且金素秋不光能演，还能编能导，人家在"云南"献艺，筱毛剑佩和她那个团就只能待在"祥云"了。南强街、祥云街那地面早年叫南教场，由兵营演变为市井，三教九流乱糟糟的，有些像北京的天桥。后来关肃霜、于素秋来了，红红火火地唱起了对台，筱毛剑佩被晾在一边，更没戏了。再后来"祥云"要改放电影，只好再迁到民生街的"春明"。这边靠近劝业场、武成路，也不算冷清，场面档次毕竟又下了一层楼。不过这对我却有利，一是离家最近，二是票价低。

筱毛剑佩唱做俱佳，扮相俊美，虽未大红大紫，却也有自己的一角天地。记得文明街小银柜巷口有家照相馆，临街的橱窗里就摆放着筱毛剑佩的时装玉照，惹得过往行人都少不了要瞟上几眼。迁到民生街"春明"这边后，剑佩平剧团的这位当家花旦，几乎天天都要从我家门前走过，成了福照街一道亮丽风景。隔壁邻舍的街坊和我们家都是不买票的看客。

去"春明"看戏自然是要买票的。与"云南""西南"不同，"春明"有楼厅。听说外国剧场包厢特贵，"春明"的楼厅却便宜，去早点买着楼厅第一排，也等于平民价位贵族享受了。

筱毛剑佩的戏路比较对青年观众的胃口。《玉堂春》《红娘》和《思凡》这些传统戏码自然拿手，演《大劈棺》《纺棉花》更是她出彩的看家节目。不过筱毛剑佩总是不得意，20世纪50年代初就离开了昆明；但不是去上海、香港那些大码头，而是去的下关，也有人讲是个旧，反正还在云南。以后再无消息。说来也巧，前些年市政协开会认识资深报人陈尚云先生，知陈君也是一位戏迷，得闲就讲起昆明梨园旧事，东说西说扯到筱毛剑佩，陈君居然晓得这位女伶如今在山东济南，说休自然早退了；他前几年去济南旅游时曾去拜访过，筱毛剑佩对数十年前的昆明戏迷居然还记得她，甚感欣慰。连我也觉得欣慰，挺感动的。

这些都是五十年前的旧事了，一鳞半爪的。人到一定的年纪难免回眸想往事，旧影浮现了也要沉思一下问个生活为什么会是这样。是啊，昆明为什么会有那么多的人喜欢京戏？其实岂止昆明如此，在一定程度上讲，云南也大体上是这样。前几年我写过一篇东西叫《"昆明像北平"考》，说20世纪30年代及抗战时期不少作家、教授如冰心、老舍、陈寅恪，他们在昆明生活过一段时间——或来讲学或来旅游，在他们写的诗、文里都说昆明像北平（北京）。我就此作了一点小考证，说老舍他们的印象主要来自昆明的建筑和街景，但那只是"硬件"。我补充的是，昆明之所以像北京，与昆明的文化氛围这种"软件"也有相当的关系，具体说就是京戏在昆明的盛行。

京戏在昆明的盛行比前面讲的20世纪40年代末要早。据专家研究，京戏入滇可追溯到1906年，至今已整整一个世纪。奇怪的是京戏来了十年就对本乡本土的滇戏呈压倒之势，在昆明稳稳地占了上风，而不仅仅是占一席之地。到了抗战时期，连保山、昭通都出现专演京戏的剧场。此一趋势到解放后更有进一步的发展。当然，就全省而言，京戏的覆盖面要比滇戏、花灯这两种云南地方戏要小得多，但专业京剧团在全省的分布确实让省外人士感到惊讶。那时昆明除省、市两级各有院、团外，军区还有一个国防京剧团。省会之外，昭通、曲靖、个旧、文山、玉溪、下关，还有东川，都有专业京剧团。到了20世纪90年代当然不能和以前比了（全国皆然），但全省尚有四家专业京剧团。一个远离北京的省份有如此之多的京剧团，实为整个西南、西北所仅见，即使在华东、中南，此种情形恐怕也不会很多。可以这样讲吧，京戏在云南，尤其在昆明的长期盛行，虽说与抗战时期外省人的大量涌入有相当关系，但这不是唯一的原因。我之所以这么认为，根据是抗战之前京戏就在昆明盛行，那时候外省人并不多；日本投降后外省人绝大部分都回老家去了，而京戏在昆明的热度不但未降，反倒升了。其实云南的汉族以及部分少数民族（如瑶、苗、壮等族），从根子上讲，都是先先后后从内地或者说从中原（广义的）迁来的移民，都是"外省人"，"中原情结"很强，换个说法就是向心力强。因此，外省人来到昆明不觉得陌生，像老舍、冰心那样见多识广、感觉敏锐的作家还觉得昆明像北京,而所谓"像"绝不仅仅是房子像、牌坊像、街道像。单就抗战时期那个特定时段而言,作为"国剧"的京戏在昆明的盛行,实际上也是昆明人、外省人中华意识和爱国情怀的一个投影。

接着说京戏的票友和戏迷。他们是京戏赖以生存和盛行的土壤。想当年,昆明京戏的戏迷和票友实在是多。过远的情形就不说了,只讲抗战前后。京戏票友组织习称票房。参加票房的多为军政人士和社会公教人员。当时最有名的票房是公余雅集社,人员以军政上层偏多,他们在"公余"之际也要"雅集"一下。这些"雅集"之士中有好些都是厅长、师长什么的。专家型的票友也有一位,叫陈豫源。陈毕业于北平大学艺术学院戏剧系,系主任是大名鼎鼎的戏剧大师熊佛西。陈应召回滇任省教育厅艺术专员,与另一位专员王旦东负责筹办艺术师范和金马剧社,艺师成立后任戏剧电影科的班主任。陈豫源学的是话剧,造诣深厚,是云南省第一位科班出身的现代戏剧教育家。同时陈也喜京剧,青衣、小生都拿得起,是一位口碑极佳的票友,他加盟雅集社,贡献良多。

"厅级"票友中缪云台很可注意,这位票友京滇两栖,既喜京剧,更爱滇戏。缪氏美国明尼苏达大学毕业,龙云时期任地矿厅厅长和富滇新银行行长等要职,见多识广,爱好广泛。这些上层票友经济条件自是优裕,他们不光聚会清唱,还发展到粉墨登场,角色不齐就请专业演员来配戏。他们还派专人赴京、沪购买崭新考究的全部行头和守旧(戏曲舞台上用的绣有图案的幕),活动地点在长春路头道巷通海会馆的大礼堂,那地方在今天的长春小学对面。另一个可注意的人物是龙绳曾。他是龙云第三子,世称龙三,是相当典型的衙内式花花公子,不务正业,唯热心玩票,自号凌霄馆主,据说他学谭派老生已达相当水准。

抗战后期,"西南"请来了色艺双全的花旦金素琴,颇受观众欢迎。有一回云南省新闻记者公会在"西南"举行京剧晚会,西南联大吴宓教授等名流应邀前往观赏。那晚演的是全本《王宝钏》,由金素琴与唱老生的女票友觉云馆主联袂主演,由此可见金氏在昆明剧坛之地位,这也从侧面反映出那一时期票友喜与名伶同台献艺的风气。

当时来昆明的外省人相当多,京戏票友里面就有一些是上海或平、津那边来的,有些还是名票。如前面提到的觉云馆主,姓杨,来自上海。她唱老生不让伶人,《辕门斩子》中饰杨延辉,得行家首肯。江小鹣也是一位上海名票,早年留法学美术,回国后任上海美专西画教授和教务主任,是中国现代雕塑的先行者之一。江小鹣20世纪20年代后期在上海组织沙龙式的天马剧艺会,他是世家子弟,不缺钱花,沙龙开支全包了。江氏与诗人徐志摩、陆小曼夫妇及"第三者"翁瑞午都很熟,在他组织的一次票友演出中,他们四位还演了一出《玉堂春》。陆小曼自然是女主角苏三,翁瑞午饰男主角王金龙,徐志摩演红袍,江小鹣饰蓝袍。结果闹成绯闻,上海小报大炒特炒。抗战初期江小鹣来昆明建了一个铸铜厂。他热心复制古铜器,同时应请为龙云设计、塑造铜像,工作很投入;还要搞国画展览,不时也参加义演。江氏住在东寺街昆福巷,那是一条小巷,在"西南"斜对面。江氏住宅叫平安第,条件不错,艺术、学术界友人常去他家聚会,像是上海沙龙搬来昆明。令人惋惜的是,这位艺术家辛劳过度,1939年在昆明去世,年仅四十五岁。

风气中也有不好的东西。举个例。龙三与他大哥龙绳武(师长)同时垂涎金素琴。金素琴演过欧阳予倩编的新剧《潘金莲》,声誉颇佳。龙氏兄弟为争夺这位女伶,闹得醋海风波发展到两人的侍从间恶语相向,闹得满城风雨。这可苦了夹在中间的金素琴,据说曾打算在教育界找个人嫁了算了,未果。最终还是离开昆明,实质上等于逃离。

但正气还是有的。抗战开始,滇军六十军和五十八军出师抗日,公余雅集社为欢送出征将士接连搞了几次京戏晚会,身为新编十一师师长的鲁道源也参加演出。鲁是滇西昌宁县人,讲武堂毕业,喜京戏,工铜锤花脸。那晚演《霸王别姬》,饰项羽,据说他学花脸泰斗金少山颇得韵味二三。鲁师长率部奔赴前线转战湘赣间,战绩颇佳。

更难得的是他还将自己的爱好带入军中，组织了一个春秋剧团，下分京剧、话剧两队。为表重视，团长还由他自己兼任。剧团经常在战斗间隙为军民演出，以鼓舞士气民心。

一支滇军部队的"文工团"有话剧队不难理解，话剧擅长宣传众所周知，有京剧队就不容易了。这除了说明这位将军（后升任五十八军副军长、军长）懂得以文艺为武器的宣传之道外，还说明京剧在云南的影响确实是大，它已经传播并渗透到了军队。这是很可注意的一点。

还接着说票房。公余雅集社后来散了，龙三等又出面组织"云社"，活动地点在庆云街庆云剧场，社员基本上还是雅集社那帮老票友。陈豫源和几位上海名票也参加了，阵容坚实，可以演《群英会》《玉堂春》等大戏，折子戏更不在话下。在上层的影响下，一些机关单位和工厂、学校也纷纷成立了自己的票房，如昆明广播电台、云南大学、邮政局、电话局、海口五十三兵工厂等，都各有自己的票房。到抗战胜利前后，又有"华社"崛起，由公教人员和小工商业者组成，社员达八十余人，每周聚会三次，且正式备案。其他票房还有"德社""聊社""昆社""复社""杰社"等，大大小小共有十余个之多。名票萧祝久先生是当年广播电台票房的负责人，同时也参加"云社"活动。

西南联大是否有比较正式的（有名称的）票房，我不清楚，但师生中戏迷和行家可是不少，他们经常聚会清唱，在外文系吴宓教授的昆明日记中不难看到这方面的记录。试举三例。1939年4月某日，云南大学法国教授邵可侣在北门街私宅举行法文谈话会，"会中北大诸男女生唱京戏"。1940年8月某日，又有联大若干师生在南通街（俗称羊市口，连接顺城街与东寺街）某宅楼上聚会唱京戏，操琴的是外文系毕业留校的杨周翰（后来任北大西语系教授，主编《欧洲文学史》），中央电工器材厂的颉某与著名女票友啸天馆主清唱。1941年7月某日，若干联大师生在北门街张维翰的私宅螺翠山庄举行茶话会。张是大关县人，留日，20世纪20年代任昆明市市长，晚年任台湾"监察院"副院长。当时张氏在重庆任内政部政务次长,螺翠山庄部分房舍租借他人,西南联大历史系毛準教授(留德)及他们的中德学会都在那里。那天的茶话会上,徐某操琴,某夫人唱《钓金龟》和《武家坡》,李赋宁(清华研究生,后来任北大英语系教授)唱《法场换子》。

联大师生不仅唱京戏,还唱昆曲。昆曲是中国戏曲最古老的声腔之一,源远流长,数百年来对京戏及许多地方戏曲都有深而且广的影响,京戏中的许多传统剧目均源于昆曲。十多年前昆曲被联合国教科文组织列入"人类口头和非物质文化遗产代表作"名录,得到了极高的评价。抗战时期在昆明的不少文人学士喜欢昆曲,十分珍视古代戏曲音乐的这份遗产,不时聚会品味,一唱三叹。其中最让人佩服的是数学系的许宝騄教授。许氏系留英博士,中国数理统计学的开创者和奠基人,令人意想不到的是,这位日后成为中科院院士的科学家会唱的昆曲竟有三百多出之多。无论许氏住青云街靛花巷,或疏散到北郊龙头村,他周围都有一些昆曲爱好者和研习者,其中包括中文系的罗常培、浦江清两位教授,还有沈从文的小姨妹张充和。据浦江清日记,1943年元旦之夜,昆明广播电台(潘家湾)邀请几位联大师生去演播昆曲,节目有联大同学的《南浦》、张充和的《游园》和吴晓铃的《夜奔》等。浦江清那晚也去了,是"帮腔吹笛"。浦氏在中文系专讲"词选""曲选"等课程,研究昆曲相当精深,所以对唱曲的要求就比较高。他对那天演唱的评语是"不甚佳"。联大学生中喜欢京戏昆曲的不少,这一点很可留意。反观今日之学生,以唱几句外文歌曲为时尚,老祖宗的东西还有多少存留于他们的"文化记忆"之中?

到了20世纪50年代,票友、票房那一套渐渐不兴了,但群众性的业余京戏活动还在继续。我这个初级戏迷呢,1955年也离开昆明去外省就学、工作,一去就是三十多年。虽说人在外省,对昆明京剧界的新闻、旧闻时不时也还留意一下:晓得关肃霜多次率团出国访问演出,还在莫斯科世界青年联欢节上获得金奖;也知道军区的国防京剧团拥有高一帆、刘美娟等一流演员——阵容可观,后来转业地方,不久又与地方上原有的两个京剧团合组为云南省京剧院，下分三个团。再后弄现代戏，京剧院的《黛诺》《多沙阿波》上北京接连打响，滇派京剧进一步巩固了在全国的地位。作为云南京剧界的首席艺术家，关肃霜的地位也如日中天，不仅任云南京剧院院长，还做了中国戏剧家协会副主席。不过，这些对我不过是信息罢了，我曾经深受熏陶的昆明那段京戏岁月，离我是越来越远了。

少小离家老大回。回来后到处转转，瞧瞧那些唱京戏的地方还在不在。在是在的，只是难认了。云南大戏院改名长春剧场，门面小得没个样子，渐渐报废，好在演出大厅的遗址还在老地方。西南大戏院后来不唱京戏，唱滇戏，连新盖带翻修变成省滇剧院。民生街的"春明"听说早就变了，新门开朝福照街（五一路）那边，变成适应市场的"新潮歌舞厅"；前两年再变，又成了"福照街家常菜"。为省京剧院新建的昆明剧院原本蛮好的，无奈市场不景气，剧院已变成多功能，弄不懂里面在做什么。

1992年关肃霜逝世。昆明京戏的一个时代落下了帷幕。

我继续寻找过去岁月留下的遗痕。在一些戏迷同学的身上，我找到了。这与昆一中的传统有些关系。

昆一中创建于1905年，是昆明历史最悠久的中学。昆一中的体育运动是有传统的。早在1948年，昆华中学（昆一中前身）足球队就与球王李惠堂的球队比赛过，虽败犹荣。20世纪50年代前期，昆一中又出了杨伯镛（中国男篮主力，中国女篮主教练）、马克坚（中国足球队守门员，中国足协秘书长）等一系列球星，广为人知。昆一中学生喜欢体育，并且形成传统，可能与学校历来不兴招女生有些关系，没有女生分散男生的注意，下了课都去打球。20世纪50年代末一开禁，招了女生，体育传统不彰，是否可作反证？这是戏说校史，不必较真。其实昆一中的学生也不是只会打球，许多学生还喜欢京戏，会拉会唱的很不少，形成一个戏迷群。这与名票萧祝久先生有相当关系。

萧祝久先生就是前面提到的那位名票，他后来离开电台来昆华中学任教。我有幸进入这所中学读书，萧老师教过我们班的生物课。

学校每逢开晚会萧老师都要露一手，印象最深的是《打渔杀家》，萧老师唱萧恩，我的同学马登融君唱桂英。昆一中找女角比较困难，马登融爱唱京戏，擅演花旦，宝贝得很，后来他与萧老师还去胜利堂演过。

萧老师是昆明人，生于1912年，抗战前就读于山东大学生物系。听说萧老师在济南时常与当地名票交往，这段经历想必与他日后的票友生涯有极大的关系。萧老师唱小生享誉昆明票界乃至梨园，他的《贩马记》听过的人无不叫绝。其实萧老师早先学的是青衣，宗程派，后来才唱小生，之后再改攻老生，唱什么是什么，在昆明票界无人能及。萧老师还擅昆曲，听说常有行家登门求教。不独此也，萧老师绝对是多面手，样样来得，文场（戏曲乐队的管弦乐）、武场（打击乐）都拿得起，此所谓"六场通透"。我对这些其实外行得很，都是从深谙此道的老同学白如锡那里听来的。

人生如戏，戏如人生。2003年，高寿九十有二的萧老师在云大医院度过了他的最后一段时光。据同室病友讲，萧老师在病房中仍不忘西皮、二黄，不时浅唱低吟，回味人生。但毕竟人生苦短，萧老师终于驾鹤西归，带着他的票友时光，带着他的京戏梦幻。

曹禺、闻一多联手推出《原野》

抗战时期昆明话剧舞台活跃，与1939年夏天曹禺的来访有相当大的关系。曹禺与闻一多联手将《原野》推上昆明舞台，在昆明话剧运动史上有着里程碑的意义。

《原野》是继《雷雨》《日出》之后曹禺的又一力作（三者被合称为"曹禺三部曲"），创作于1936年，主题是复仇与反抗。1937年8月首演，但未引起轰动。而闻一多很看重曹禺的这个剧本，他在1939年7月给曹禺的信中表示希望《原野》在昆明上演，说"现在应该是演《原野》的时候了"，并说演出《原野》就是要斗争、要反抗，还表示自己要为该剧做舞台美术设计。①

闻一多原信今佚。抗日战争爆发后，作为诗人和学者的闻一多，其思想正处于新的转变之中。无论是艺术还是学术，他观察与思考问题的视角都在调整之中。他在为《西南采风录》写的序文中赞颂"原始"和"野蛮"，说："我们文明得太久了，如今人家逼得我们没有路走，我们该拿出人性中最后、最神圣的一张牌来，让我们那在人性的幽暗角落里蛰伏了数千年的兽性跳出来反噬一口。"这篇序写于1939年3月，比给曹禺的信早四个月。相互印证，就明白闻一多为什么说"现在应该是演《原野》的时候了"。

而曹禺也有想法。他晚年对人讲过："对一个普通的专业剧团来说，演《雷雨》会获得成功，演《日出》会轰动，演《原野》会失败，因为它太难了。"②的确难，首先是人物性格特点能否准确把握，这对

---

① 闻黎明、侯菊坤：《闻一多年谱长编》，湖北人民出版社1994年版，第575页。
② 同上书，第575页。

导演和演员都是考验。另外是舞台美术、环境气氛的营造，神秘、象征的意味，荒漠、森林的灯光，都不是一般人能胜任的。而昆明条件好：由闻一多出马设计舞台美术，那是求之不得的；还有联大副教授孙毓棠加入，他既是史学家，又是优秀的诗人和导演；著名女演员凤子（孙毓棠夫人）也在昆明，金子一角非她莫属。

不过正式邀请却是由国防剧社出面。该社隶属滇黔绥靖公署（主任龙云）政训处。据该处第二科科长李济五先生（主管宣传）回忆，当时在国防剧社任戏剧艺术指导员的凤子和她丈夫孙毓棠找过他，说国防剧社底子厚，有经费，有人力，为了多做抗日宣传，开展话剧活动，他们可以请曹禺来昆明导演几场话剧。李济五很惊讶地问凤子："当真吗？你们确有把握把万先生（即曹禺）请来吗？"凤子说："我们和曹禺是很好的朋友，只要你同意，以我和闻一多、吴铁翼三人的名义写信给曹禺，他就会来的。"后经李济五请示政训处副长龙秉灵（龙云的表弟），事情就定下来了，由闻一多等三人给曹禺（时在四川江安国立剧专任教）发电报，同时由国防剧社正式发出邀请电报，并汇去从重庆到昆明的飞机票款。①

7月13日，曹禺来到昆明。起初住在护国路西南大旅社（其址即今盘龙区人民医院）。当时闻一多住在武成路福寿巷（靠近小西门），凤子、孙毓棠夫妇住在青云街洋槐巷（西通翠湖东路），为便于联系、工作，曹禺又迁到华山南路的南京大旅社（其址在今"吉庆祥"斜对门，已毁）。经商定，演出剧目定了两个，一个是《原野》，另一个是《黑字二十八》（老舍等多人集体创作，原名《总动员》，经宋之的、曹禺修改，改名《全民总动员》；后又改名《黑字二十八》，署名宋之的、曹禺编著）。《原野》由曹禺亲自执导，孙毓棠任舞台监督，闻一多任舞台设计，国立艺专雷圭元教授任服装设计；凤子饰金子，李文伟饰焦大星，汪雨饰仇虎，樊筠饰焦大妈，孙毓棠饰常五爷，黄实饰白傻子。

---

① 闻黎明、侯菊坤编：《闻一多年谱长编》，湖北人民出版社1994年版，第575—576页。

曹禺、闻一多联手推出《原野》

作为剧作家的曹禺,大名鼎鼎,但知道曹禺还会表演、导演的人比较少。南开中学是北方著名的话剧活动中心,青年周恩来是南开话剧活动的奠基人之一,广为人知。曹禺进南开比周恩来晚十年,入校三年后即加入南开新剧团参加演出,在《压迫》(丁西林)、《国民公敌》(易卜生)两剧演女角获得成功。接着又在名剧《娜拉》中演女主角娜拉,备受称赞。曹禺的朋友们甚至认为他的表演才能高于他的创作才能。在清华读书时他还导演过《娜拉》等好几部戏。1936年曹禺在南京与马彦祥等戏剧家组织中国戏剧学会,该会首演的剧目是曹禺的《雷雨》,曹禺导演并饰演周朴园一角,相当成功,马彦祥甚至认为:"在他所见过的十几个周朴园扮演者中,曹禺是演得最成功的。"①

闻一多的美术才华也被他作为诗人和学者的声誉遮蔽了。闻一多留美就是学美术的,就读于芝加哥美术学院和纽约艺术学院,归国后在北京国立艺专任教务长,并讲授美术史。1925年初,闻一多在美国还参与发起组织"中华戏剧改进社",成员有余上沅(1935年任国立戏剧学校校长)、梁实秋、梁思成、林徽因、顾毓琇、熊佛西等。归国后,又与余上沅、孙伏园等共同草拟《北京艺术剧院计划大纲》。②从这些都可以看出,闻一多对美术和戏剧的热心。到昆明后,闻一多又参与联大的戏剧活动。1939年2月(即给曹禺写信之前五个月),联大剧社在新滇大戏院(原"群舞台",其址即今云南艺术剧院)上演话剧《祖国》,闻一多应邀担任舞台设计和服装设计(孙毓棠任导演,凤子参加演出)。③演出很成功,观众对闻一多设计的布景和灯光给予很高的评价。如今要演《原野》并请作者曹禺来昆亲自执导,闻一多不仅是参与者,更是策划者。

---

① 田本相:《大胆创造,勇于探索》,载中国艺术研究院话剧研究所主编《中国话剧艺术家传》第2辑,文化艺术出版社1986年版。
② 闻黎明、侯菊坤:《闻一多年谱长编》,湖北人民出版社1994年版,第251—277页。
③ 龙显球:《抗战期间昆明话剧活动大事记》。

担任舞台监督的孙毓棠是新月派诗人,早年考入南开,后转清华历史系。论本职是联大师院史地系副教授,但积极参与话剧活动,是昆明很有名气的导演,也能表演。风子多才多艺,集写作、编辑和表演于一身,很是难得。早年就读于复旦大学中文系,参加复旦剧社,洪深是她的启蒙老师。1935年复旦演《雷雨》(欧阳予倩导演),扮演四凤的风子一炮打响。毕业后任上海《女子月刊》主编,1937年应留日学生邀请,赴东京参加留日学生演出《日出》,扮演陈白露。这是《日出》在日本首次演出,在日本戏剧界引起不小的震动。郭沫若也观看了那次演出。1938年风子来到昆明,除在国防剧社任职外,并接编《中央日报》副刊"平明",也是《原野》的策划者之一。

阵容虽然如此之强大,艺术家们仍然勤奋工作、一丝不苟。据李济五先生回忆,闻一多与雷圭元虽然分别负责舞台布景和服装,但不分彼此、密切合作,雷圭元住在左哨街(今青云街的一部分),闻一多常跑去雷的住所研究服装设计。决定以后,又领着联大剧社的几个学生去商店选购衣料,陪演员去服装店量尺寸。《原野》的舞台设计,由闻一多与曹禺共同研究,绘出平面图后,先制成模型征求大家的意见。制作布景的地点在三转弯(地名,两头通如安街与小富春街,今昆明二中附近)岑公祠内的空地上。有一天李济五去看望,只见"闻一多先生正在撩起长袍,蹲在地上生炉子熬胶水,面前铺着一大张布,旁边摆着绘画用的各种颜料。我看了很不过意,劝他休息,我替他熬胶"[1]。闻一多还为演出写说明书,其中说这剧"蕴蓄着莽苍浑厚的诗情,原始人爱欲仇恨与生命中有一种单纯真挚的如泰山如洪流所撼不动的力量,这种力量对于当今萎靡的中国人恐怕是最需要的吧"[2]。

这次演出是国防剧社(实际以联大剧团为班底)首次亮相,日期定于1939年8月16日开始,又登广告又贴海报。但除了演出班子极富号

---

[1] 闻黎明、侯菊坤:《闻一多年谱长编》,湖北人民出版社1994年版,第579页。
[2] 同上书,第576页。

召力这一基本条件外,另外一条也很要紧。据云南文坛耆宿马子华先生讲,还"有一个最微妙的条件,就是国防剧社的社长是'表老爷'龙秉灵,这个名字一抬出来,什么国民党省党部、昆明市政府、警察局、军统、中统特务、流氓地痞、帮会等,不惟不敢干预,还来维持剧场秩序","凡是服装道具之类,只要需要,打着龙副处长的牌子,要什么有什么,甚至可以到达官富商家里去搬来借用"①。

真是天时地利人和,《原野》如期在新滇大戏院正式公演。果不其然,演出成功。起初演了九天,虽连日大雨,但仍天天满座;又加演五天,连同《黑字二十八》,两剧共演三十一场,轰动春城。艺专剧社原本与国防剧社是合作的,后来退出另打锣鼓。但艺专的两位要角后来在回忆文章中也认为,国防剧社请曹禺和联大师生上演《原野》和《黑字二十八》,"当时虽然和我们唱了对台戏,但却由此而掀起一个昆明的话剧高潮"②。朱自清的评价更高,说:"这两个戏先后在新滇大戏院演出,每晚满座,看这两个戏差不多成了昆明社会的时尚,不去看好像缺了些什么似的。这两个戏的演出确是昆明一件大事,怕也是中国话剧界的一件大事。"③

演出相当圆满,票房也很可以,除去各种开销,尚有剩余,用今天的话讲算是社会效益、经济效益双丰收。闻一多陪曹禺游西山,去温泉洗澡。恰逢昆明文协"暑期文艺讲习班"在云大举办,曹禺应邀去讲戏剧,然后高高兴兴地回四川去了。

---

① 马子华:《国防剧社的诞生》,载《昆明历史资料》第8卷(内刊),第209—210页。
② 邱玺、沈长泰:《国立艺专在昆明》,载《抗战时期内迁西南的高等院校》,贵州民族出版社1988年版。
③ 闻黎明、侯菊坤:《闻一多年谱长编》,湖北人民出版社1994年版,第579页。

《野玫瑰》昆明出台前后

《野玫瑰》是西南联大外文系教授陈铨写的一个剧本，从一问世就引起争议，直到数十年后的今天。

陈铨在联大外文系讲授现代戏剧和德国文学，兼事文艺创作。早在1929年新月书店就出过他的长篇小说《天问》，抗日战争时期主要写剧本，除《野玫瑰》外，还有《蓝蝴蝶》《黄鹤楼》和《金指环》等，影响最大的要数《野玫瑰》。

一般人对《野玫瑰》不太了解，但根据它改编的电影《天字第一号》，看过的人就很多了。记得六十多年前南屏电影院放这部片子时很轰动。那时我还是小学生，也去看了，政治背景看不清爽，但至今仍记得男女主角是陈天国和欧阳莎菲。后来读了剧本《野玫瑰》才弄明白，写的是抗战初期女间谍夏艳华受政府派遣打入沦陷区卧底，与北平汉奸头目王立民结婚。三年后，汉奸王立民前妻的侄儿刘雪樵露面，住在王家，与王的女儿曼丽谈上了恋爱；而刘是夏艳华当年在上海的老情人，于是成了三角恋。随着剧情的发展，原来这年轻人也是重庆方面派来的特工。他们不但窃取了敌伪情报，而且利用敌人的内部矛盾，致使汉奸头目将伪警察厅长击毙，自己服毒自杀。最后，夏艳华指挥众间谍撤离。情节大致如此，地下斗争穿插三角恋爱故事。

西南联大原有一个联大剧团，可能是由于1941年春皖南事变的关系，同学中壁垒渐明，剧团趋于瘫痪。思想进步的同学组织了联大戏剧研究社，另一些同学组织了青年剧社和国民剧社——分属三青团和国民党系统，却也合不来，相互竞争。正在此时，陈铨写出了《野玫瑰》初稿，两家都争着要，结果国民剧社占先，马上油印出来排练，地点在翠湖东路9号楼上——条件相当好，"卧室面对翠湖，风景极美，客厅铺花砖，备钢琴，适于作排戏之用"①。导演是史地学系的孙毓棠副教授。演员除一人外，都是联大学生。经过两个月的课余排练，于1941年8月在昆明大戏院（今新昆明影城前身）正式上演，共七天。

剧本《野玫瑰》共四幕，1941年6月至8月在《文史杂志》（重庆）正式发表，分三期连载。1942年3月在重庆上演，接着由重庆商务印书馆出版。同年6月，联大的青年剧社也在昆明上演《野玫瑰》，演了三天。

国民剧社的社长是翟国瑾。据他的回忆，反响不错，如不受合同限制，还可再演两三天。话剧不比电影或戏曲，能演一星期确实不容易了。那么有没有批评呢？我未查到有关资料，只见到龙显球编写的《抗战期间昆明话剧活动大事记》有如下文字：1943年"八月三日：国民党省党部所属国民剧社演出陈铨编剧的《野玫瑰》，孙毓棠导演，演员有姜桂侬、汪灼烽、李文伟、劳元干等，遭到舆论反对"②。怎么"反对"则语焉不详。这次演出得到地方实力派的帮助。据翟国瑾说，《野玫瑰》演出经费拮据，按预算，演出约需经费一万四千元，而党部连一万元都垫不出，只好"临时由书记长写了一封信，由我到富滇银行去找缪云台先生借用五千元，条件是演出结束的第二天，即全部归还"③。另外，皖南事变（1941年1月）刚发生不久，校园及社会上都相对沉寂。据当时联大地下党负责人熊德基《我在联大从事党的地下工作的回忆》讲，当时"中共云南省工委按照党中央'长期埋伏，隐蔽精干，积蓄力量，以待时机'的方针，把联大几十个比较暴露的共产党员和群社骨干暂时撤出，有的转移到其他省份，

---

① 翟国瑾：《忆一次多灾多难的话剧演出》，载《云南文史资料选辑》第34辑，云南人民出版社1988年版。
② 《昆明历史资料》第8卷（内刊），第166页。
③ 翟国瑾：《忆一次多灾多难的话剧演出》，载《云南文史资料选辑》第34辑，云南人民出版社1988年版。

有的疏散到云南边远州县隐蔽工作"[①]。群社是地下党的外围组织,联大剧团原有的群社同学既未参与属于国民党系统的国民剧社活动,也未对他们的演出作出反应。

对《野玫瑰》作出强烈反应始于重庆。重庆的政治环境与昆明有些不同。《野玫瑰》发表后,当年即获教育部学术审议委员会评定的文学类三等奖(1941年度文学类无一、二等奖,三等奖共四名,剧本占二,另一为曹禺的《北京人》),教育部部长陈立夫、国民党中宣部部长张道藩均公开出面为之宣传。次年3月5日,《野玫瑰》在重庆开始演出。半个多月后,《新华日报》发表批评《野玫瑰》的文章,题为《读〈野玫瑰〉》,作者颜翰彤(刘念渠),认为剧本将"卖身投靠的奴才"王立民美化成"英雄豪杰",整个剧本"隐藏着'战国策'思想的毒素"。四川的《新蜀报》、延安的《解放日报》等也相继发表一系列文章,联系陈铨、林同济(云大教授)、雷海宗(联大教授)等在昆明办的《战国策》杂志(围绕《战国策》杂志的一些昆明教授被称为"战国策派",此不赘)的理论思想进行批判。随后,重庆戏剧界两百多人联名致函陈立夫提出抗议,要求撤销奖励,禁止演出。接着,昆明戏剧界五十余人也响应重庆反对《野玫瑰》得奖,联大校内的左派同学也作出反应。结果,青年剧社的《野玫瑰》只演了两三场。

数十年后回头看当年对《野玫瑰》的批判,显然过于上纲上线了。说剧本有些美化那个汉奸头目,大致不差。他自杀前还在对尚未最后亮出间谍身份的夏艳华说他从小就如何自负,不容许有任何人在他头上。"后来长大了,从事政治,我还是一样的脾气:凡是拥护我的人,我都要支配他;凡是反对我的人,我就要谋杀他。"还说这有他的"理想主义",等等。这的确与"战国策派"所宣传的"权力意志论""争于力"的强权政治和"超人"哲学相通,联系起来作有分析的批判是对的。但另有一些文章批判《野玫瑰》是从另一角度,说剧本"歌颂国民党特工人员",宣传"国家至上"等,这就值得商榷

[①] 《云南文史资料选辑》第34辑,云南人民出版社1988年版。

了。抗日战争时期国共合作,共同对敌(日伪)。当时谍报战线斗争复杂尖锐,女作家关露就是中共谍报战线的无名英雄。对于国民党的特工人员则要区分,小说《红岩》里写的那些是反革命,《野玫瑰》里写的那些则是抗日民族统一战线的一员。时代背景不同,不应混为一谈。由中国社会科学院文学研究所策划、编撰的八卷本《中国文学大辞典》(天津人民出版社,1991年),其相关词条仍沿袭数十年前的观点,未免滞后。此前一年,上海文艺出版社推出《中国新文学大系(1937—1949)》,其《戏剧》卷一终于选收了陈铨的《野玫瑰》,这说明选家的眼光到底还是有了变化。但该卷署名陈白尘(别人代笔)的那篇《序》,仍然沿用"陈铨美化国民党特务的《野玫瑰》"的传统提法,让人费解。说不定这可能透露出编委会的意见尚未完全统一罢。

已故熊德基先生长期从事党的地下工作,1939年秋转学入西南联大师范学院史地系,历任中共师院支部书记和联大总支组织委员、书记等。新中国成立后担任过厦门大学、福建师院的领导工作和教授,中国社会科学院历史研究所的副所长等。他在关于联大的那篇《我在联大从事党的地下工作的回忆》中,对当年参加过国民党、三青团的一些老师和同学,有一个基本估计,他当年就认为:"联大师生不论政治见解如何,都是满怀爱国主义的赤诚,不畏艰苦,跋涉来到昆明的。"又说:"联大的校领导和教授中,确有不少国民党员,但他们更主要的是学者、教育家。"还说:"学生中也有不少是国民党员和三青团员,对他们也要实事求是地进行客观分析。抗日战争促成了第二次国共合作。1938年,三民主义青年团成立,为了巩固抗日民族统一路线,团结御敌,中共对此是赞成的,许多爱国青年参加了这一组织。"[①]

我觉得这些看法立论持平,有历史感。对《野玫瑰》的编剧陈铨、导演孙毓棠、参加演出的联大同学,都应这么看。

---

① 熊德基:《我在联大从事党的地下工作的回忆》,载《云南文史资料选辑》第34辑,云南人民出版社1988年版。

海棠春·东月楼·艳芳

"老字号"即老招牌,它的意义一是老,即历史的悠长;二是品牌价值,广而告之。老字号产生于特定的乡土文化和历史文化环境,是一个地方的历史记忆和乡土文化符号。

拿饮食文化来讲。昆明是一座典型的移民城市。历史上内地移民不断进入昆明。如忽必烈征滇及赛典赤·赡思丁治滇,元末明初"南京人"入滇,还有南明永历帝及吴三桂,都带来大量中原的、江南的以及北方少数民族的移民,这几次移民潮对昆明(以及全云南)饮食文化的形成、融合有很大的影响。中国人的口味有"东甜西酸,南辣北咸"之说(东指东南沿海)。北方的酸(山西的醋多好),四川、湖南的辣,江南、广东的甜淡,都被带到昆明来了。昆明的醋有酸醋、甜醋之分,酱油有咸酱油、甜酱油之别。这种调料全国独一无二。西北吃酸辣,四川讲麻辣,昆明却有甜辣。以前老昆明有油炸辣子拌白甜酱的吃法。正宗的烧饵块除芝麻酱外,甜酱油和辣子是少不了的。火腿月饼则是甜咸一体。这些都是移民文化在饮食上的表征。

据徐演先生专书《老昆明合香楼》讲,昆明做糕点的老字号以合香楼为最老,其创始人为光绪年间来昆的一位姓胡的满族厨师。相传这位胡师原在巡抚衙门(如安街东,前些年的昆八中)做事,擅长北京糕点,后来离开衙门在三转弯开糕点铺,叫合香楼。(注:三转弯南起如安街,北至小富春街。今大、小富春街统称富春街。三转弯之名很有特色,今尚存,很难得。类似情形还有五里多。)他将北京宫廷糕点的做法与云南火腿揉为一体,制成了久盛不衰的火腿饦,即火腿月饼,成了合香楼的主打产品。六十年前搞公私合营,合香楼并入吉庆祥。吉庆祥比合香楼晚,吉庆祥的拳头产品也是火腿饦。他们两家的回饼也不错，那原是西北回族点心，椒盐味，入滇后改成了甜味。

冠生园比合香楼、吉庆祥要晚些，那是广东人开的。1910年滇越铁路开通后，广东及沿海各省入滇移民骤增，金碧路、同仁街一带是老广的大本营。冠生园的创办者是位旅居上海的广东人，他在上海设冠生园食品股份有限公司。金碧路的冠生园是它的昆明分公司，那是1939年开的，经销广式糕点和西点。西南联大几位教授夫人做的"定胜糕"就是送到冠生园代销的。但冠生园与合香楼、吉庆祥不同，它是餐馆而非单纯的糕点店，其粤菜及西餐在昆明首屈一指。当年西南联大几位校花都是先在锡安圣堂举行婚礼，然后去巡津街（德胜桥头）商务酒店举行婚宴。这商务酒店可是当年昆明的顶级外资酒店。冠生园稍逊，时尚人也有去冠生园办婚宴的，都很风光。

关于餐馆、酒店，抗战时期的昆明可谓极一时之盛。西南联大外文系吴宓教授经常请客、做客，并在其日记中作了详细记录，招牌、门牌均有。下为举例（括号内为街巷）：蝶来（晓东街）、国泰（华山南路）、伊甸（府甬道）、如春（钱局街）、先春园（绥靖路，今名长春路）、简而洁（青云街）、兴和园（小西门）、榕园（护国路）、老正兴（金碧路）、南国（近日楼）、曲园（同仁街）、同福居（五华巷）、荳蔻（华山南路）、东月楼（绥靖路）、映时春（万钟街）、天香（近日楼）、圃园（万钟街）、潇湘（文林街）、日月新（劝业场）、味雅（联大校门外）、京沪（万钟街）、大三元（金碧路）、大红楼（福照街）、湘黔（大富春街）、平津美的（福照街）、故乡村（西站）、海棠春（万钟街）、欧罗巴（巡津街）、好来坞（南屏街）、青鸟居（青云街）、华南（螺峰街）、八百春（大兴坡）、五湖春（威远街）、华北（金马坊），等等。

滇味餐馆、酒家的老字号不少，当年风头最盛、最上档次的要数万钟街的海棠春（今省美术馆斜对面，五一路、东风西路口人行道位置）。万钟街原在景星街背后，拆南城墙建东风西路（初名近西路）时毁。海棠春不但庭院宽敞，而且附设舞台，省外来的歌舞团曾在该餐馆演出，餐饮与艺术观赏交汇。剧场演出也可单独举行，一天好几场。我随长辈去过一两次，未碰着歌舞演出，但印象仍深。西南联大三百多师生组成的湘黔滇旅行团从湖南步行来到昆明，写下了中国教育史的辉煌篇章。旅行团到昆明后，护送旅行团的黄师岳团长（湘军）曾在海棠春举行告别宴会，为旅行团全体师生洗尘，一大半师生都醉了。

　　云南师大（大西门外地坛）今有一家餐馆亦名海棠春，口味不错，据说与当年万钟街的老海棠春还有点关联。

　　东月楼、共和春两家名声也不小。东月楼这名真好，它在大东门（护国路与绥靖路交会处。绥靖路后改名长春路），东月升起来喝酒。也有招牌菜，其中有一种叫"锅塌（注：书上印的是火字旁）乌鱼"，这是国际著名历史学家何炳棣的写法。汪曾祺也去东月楼吃过这名菜，他说叫"锅贴乌鱼"。应该是汪曾祺写得对。何炳棣讲，他读西南联大（清华学籍）时去东月楼吃过这道菜，知道它的做法：先将宣威火腿最精嫩的部分切成薄片，裹以粉浆，做成像北方软炸里脊那样，但不知何以叫作"乌鱼"。他在昆华中学（今昆一中前身）兼过课，后留美，1948年获哥伦比亚大学博士学位，成就斐然，任芝加哥大学讲座教授，并当选美国亚洲学会会长。到底是大学者，对东月楼这道名菜的做法都很了然（以上据何炳棣的学术回忆录《读史阅世六十年》，广西师范大学出版社，2005年）。共和春起先在金碧公园（其地后为昆华医院），后迁三市街靠碧鸡坊处。共和春的招牌菜是炖鱼翅、海参鸽蛋。共和春今已不存，其址后来是五华区文化馆。

　　东月楼、共和春两家口味都很地道正宗，只是店面偏狭，天地不宽，硬件比海棠春差远了。

　　鸿庆园也是滇味，特点是专办婚宴，地点在洪化桥与翠湖南路交口处，今省图书馆左前方。那里旧名承华圃，老辈人才记得。

　　昆明的回族餐馆一般称牛菜馆，以小西门月城内的兴和园最为有名。老板马兴仁祖籍玉溪，菜主要是汤片与冷片，也有炒菜和米饭。食客不分回、汉。我家不常去小西门马家牛菜馆,但只要天冷就说走,去吃小西门马家牛肉。要汤片,滚烫的汤浇在冷片上,洒点葱花、芫荽,非常可口。天不冷就吃冷片,蘸甜酱油吃,不仿现在,牛菜馆里已改为蘸蜂蜜吃了。当年西南联大学生汪曾祺也光顾过小西门马家牛菜馆,后来成了作家,写文章赞不绝口,说他一辈子没有吃过昆明那样好的牛肉(汪曾祺:《昆明菜》)。马家牛菜馆还有一绝,会让牛游街做广告。有回老板派伙计从贵州买到一头特好的菜牛,决定给这头牛披红挂彩当主角,再选若干也不错的黄牛,组成一支牛队,由伙计们牵着在城里主要道路游街,广而告之,效果极佳。这事汪曾祺肯定不知道,不然他更有说头了。

兴和园后因拆城门而外迁大观街与庆丰街交口处,生意照样兴隆。20世纪50年代初,我读昆一中时有回族同学马品言,他因学校无回族食堂而走读。他家在三市街、金马坊那边,中饭在小西门马家牛菜馆吃,顿顿吃牛肉汤片、冷片。老板是马的舅舅。学校伙食差,同学们对马羡慕得很。

照相馆要多说说,它与饭馆不同,昆明人有事才去照相馆。

昆明有照相馆始于清末民初,超过百年了。据说最早的照相馆在翠湖南路,叫水月轩,我未见过。只听说郭子雄在那里开的照相馆叫西湖或昆湖(记不太清了),郭子雄开的,两层小楼,半中不西的模样。后迁马市口改名维纳斯。我记得他还开过一个子雄照相馆,地址原在福照街(今五一路北段)与民生街交口处,距我福照街家约百米,店面不大,后迁胜利堂那边的云瑞西路。

据说郭子雄拥有可拍纪录片的电影摄影机,拍过一些昆明风景片,如大观楼,是云南第一位电影人。更了不起的是,这位摄影师同情学生运动,听说他藏在华山西路一家商铺二楼窗口,拍摄了西南联大为"一二·一"死难四烈士举行出殡大游行的纪录片,时1946年3月17日。那天的送殡队伍由联大及昆明各大中学师生组成,共三万多人。我站在福照街家门口目睹了出殡大游行的全过程,气氛极为肃穆、悲愤。一位老太太坐着黄包车,缓缓地跟在李鲁连烈士的灵车后。后来知道，她是昆明学联专程从省外远方请来参加四烈士公祭仪式的李鲁连的母亲，她儿子牺牲时才十八岁。

郭子雄开的照相馆多，而且早，但其社会影响远不及后来的艳芳与国际。

人们的印象是，昆明早年的照相馆大多与广东人有关。当然，郭子雄是例外。晋宁人李子廷也是例外，他开的金碧照相馆也相当早（另见拙作《五华环山行》，此不赘），昆明最有名的照相馆首推正义路的艳芳。据说昆明的艳芳与民国初年创立的广东艳芳有血缘关系。

马市口的国际照相馆要晚些，但就社会影响而言可谓与艳芳旗鼓相当。国际是1938年从南京迁来的，其建筑之巍峨，看着洋气，胜过艳芳。

当年照相不外两件事。一是照全家福。民国时期有照相机的人少，有照相机的也拍不了全家福。二是办学生证、毕业证书要相片。我的印象，照全家福的多半找艳芳。艳芳在正义路中段，距我家不过有十来间铺面的距离，离三牌坊不远，人气旺些。我家离艳芳近，全家福就是在艳芳照的，时1949年春。父亲着长衫，母亲着老式旗袍，大哥西装革履，其余弟兄均为学生装，小妹们穿小学生旗袍。学生办证照相常去国际照相馆，大家感觉国际洋气，上档次。国际有一绝，照相不给底版（即底片），底版存在国际，要洗相片就得来国际，霸气。老派人照相喜欢艳芳可能与此有关。

今天的小照相馆多如牛毛，真正上档次的大照相馆还是艳芳、国际两家。艳芳不在正义路了，迁到大西门新建设电影院对面，人气远不如老艳芳。国际还在马市口老地方，房子为新建，依然巍峨。

综合来看，老字号的乡土文化和历史文化内涵的确十分丰富，它代表着一个城市的历史文化记忆，也可以说，一个老字号就是一个文化符号，就是一张亮闪闪的名片；我们应当珍惜，而不仅仅是为了商业上的利益。

昆明中西医百年往事

一、中医名家

老昆明说的医院指西医医院。无论全国还是云南，西医普及的速度都比较快，以致医院单指西医医院，中医的医院则要加"中医"两字以示区别。中医医院的出现普遍较晚，无论全国还是云南都这样。

我幼时昆明尚无中医医院，中医只有医师诊所。1947年省中医医院成立，名为云南大学附设医院分院，1960年才正式成立云南省中医医院。市中医医院早一点，1956年成立。

中医名家各有特长，个体形象鲜明。记得老昆明最有名的中医是戴丽三、吴佩衡、姚贞白三位。曲焕章以中医外科闻名。魏述徵原为西医后转向中西医结合。

戴丽三（1901—1968年），昆明人，名气大，尤擅内科、妇科、儿科，先后任教于省中医学校和省中医院。曾任云南省卫生厅总门诊部主任。其著作《中医学辩证原理》《戴丽三医疗经验选》等先后由云南人民出版社出版。人说戴丽三不光看病看得好，且有"帅才"，大约指他有管理、领导才干吧。后来还做过省卫生厅副厅长，任命书由周恩来总理签署。

昆明戴氏乃中医医学世家，戴丽三的父亲戴显臣系清末云南名医。戴丽三的女儿戴慧芬（1925—2004年）也是名医。她以内科、妇科为主，有相当的知名度。1982年起任省中医学院院长，后任名誉院长，还做过省中医学会副会长。

我对戴丽三印象较深，因为小时候（20世纪40年代末）长辈领我去看过病，地点在万钟街，门口挂有"国医戴丽三医师诊所"的招牌。进门是前厅，有专人挂号收费，挂了号等候、休息。坐等的有七八位。里面有单间，门上挂有白布帘，一看即知是戴医师的诊室。出来一个，进去一个，很文明。数十年后才晓得这规矩叫"一医一患"，戴医师早就走过这一步了。万钟街与景星街平行，背靠南城梗脚，20世纪50年代后期拆城墙新修近西路（今名东风西路）时消失。

吴佩衡（1888—1971年），四川会理人，大师级名家。他以擅用附子妙手回春而被称为"吴附子"，社会声誉甚隆。吴氏最具全国性影响的亮点，是他在20世纪20年代末反对"废止中医案"事件中所发挥的重要作用，因此而闻名全国。此废止案由南京国民政府提出，引起全国中医界一片哗然。吴氏作为云南代表参加中医界上海会议，被选为赴南京请愿团五位发言人之一。"废止中医案"风波终于不了了之，中医界取得一定程度的胜利。在"废止中医案"平息后的1930年，南京国民政府为缓和与中医界的关系想建立中央国医馆，筹备时欲聘请吴佩衡任馆长，吴婉拒；改聘吴为名誉馆长，吴仍婉拒。此种大气十分难得。回滇后先后当选省、市两级中医师公会的理事长。

吴佩衡是我省备受尊崇的中医医学教育家，他在1948年开办了云南省私立中医药专科学校（此为云南中医学院的前身），开创云南中医办学之先河，可谓桃李满滇。今天的云南中医药大学设有佩衡馆、佩衡班。他是我国中医扶阳学派的重要代表人物，出版著作有《中医病理学》《伤寒论条解》《附子的药理及临床应用问题》《吴佩衡医案》等多种。由当代中医药发展研究中心编撰的《中华中医昆仑·吴佩衡卷》2011年已出版，云南入选此套丛书的仅吴氏一人。2018年，昆明隆重举行吴佩衡先生诞辰一百三十周年纪念会，纪念这位著名中医学家、中医教育家、中医经方大家。

我未见过吴佩衡先生，却与其公子吴生元（1937—2016年）是昆一中同级同学。这位老同学也是名医，做过省中医院院长，未想2016年就先走了，几乎所有的同学都去油管桥殡仪馆参加遗体告别仪式。前往吊唁的人满满的，去晚了只能站在大礼堂门外致敬。

昆明姚氏为医学世家，五代名医，且文脉代代相传；加之与国内名人有渊源，影响更不同寻常。

姚贞白（1910—1979年），昆明人。姚氏医家第五代传人，公认他是姚氏医家的集大成者。著有《姚贞白医案》，医案精详、理论透彻、处方独具特色，充分展现了姚氏医学流派的诊治精华，被医界公认为传世之作。早年曾任昆明市中医师公会负责人，解放后做过昆明市中医医院首任院长。姚贞白曾为陈毅看病事广为流传。那是20世纪五六十年代，昆明是中国极为重要的航空枢纽，周恩来、陈毅多次出访都要途经昆明。其中一次，周恩来曾指名请姚贞白为陈毅治病。姚贞白的女儿姚克敏也是名医，曾任昆明市中医医院院长、云南省中医学会副会长。

姚蓬心（1910—1987年），昆明人，也是名家。与姚氏中医世家诸名医有所不同的是，他留学东洋、西洋，赴美国约翰·霍普金斯大学医学院深造，昆明医学院教授——消化疾病专家。他是西医，是位有深厚中医家学背景的西医。这可见姚氏中医世家视野之开阔。1945年田汉、杜宣、瞿白音率领新中国剧社来昆开展戏剧活动，某次演出俄罗斯名剧《大雷雨》，票已售出而女主角的嗓子突然哑了。救场如救火，幸得姚蓬心及时治疗才得以救场。田汉为此赠诗："晨鸡嘎哑不能歌，昂首东方可奈何。一唱雄鸡天下白，昆明争谢小华佗！"（《赠姚蓬心医生》）姚蓬心之女、翻译家姚曼华女士，外交学院毕业，20世纪末曾在中国驻波兰大使馆从事文化艺术工作，有《肖邦与波兰音乐家》《如何演奏肖邦》等著作在国内出版。2011年姚曼华获波兰的总统十字骑士勋章，由波兰总统在北京波兰大使馆亲自颁发（另有四位中国专家学者同时获此勋章），以表彰她多年来致力于中波文化交流以及肖邦钢琴艺术在中国的推广。弟姚钟华特作画一幅，以示祝贺。享誉国际的"钢琴诗人"傅聪早年曾就读云大外语系，与姚曼华是同学。她写的《少年傅聪在云南》一文，近因傅聪2020年底逝世而为国内多家媒体转载，影响不小。傅聪曾于1983年、2012年两次回昆举行钢琴独奏音乐会。在1983年云南艺术剧院那一次，傅聪演奏前致辞，说昆明是他的第二故乡，台下掌声雷动。

姚钟华先生，中央美院毕业，著名画家。我所知有限。

我因研究现代文学，知道闻一多、闻家驷昆仲抗战初期曾在武成路福寿巷3号姚府住过，那是经诗人陈梦家与学者、作家徐嘉瑞（姚家亲戚）联系才安排的。联大、云大刘文典、沈从文、罗庸、唐兰、胡小石等教授都是姚府的座上客。大约八九年前吧，姚曼华女士与我有了联系，知我留心西南联大事，前些年将她忆父母一文的相关段落电邮传我。内说联大一些教授常来看病、聊天，姚家人对沈从文印象尤深，因为父母亲早就是沈先生的"粉丝"了。沈从文曾邀请她全家去呈贡玩了一天，他夫人张兆和辛辛苦苦地做饭招待。闻一多先生更不用说，原本就在姚府住过，曾赠送她父亲一枚印章。20世纪90年代初我曾去探寻福寿巷姚府，找到后还拍了照，未想到五六年后武成路及福寿巷即已消失。

中医突出名家形象，这与西医略异。西医名家亦多，尤其外科，主刀医师那把刀很关键。但西医治疗环节多，而中医如作家写作，一人独力完成，中医的名医如明星，社会知名度高，口碑佳。中医有世家也是一大特色。不过，中医的此二特色如今已日趋淡化了。

曲焕章（1880—1938年），云南江川县人。行医比前几位都早，老前辈了。他是中医骨科名家，云南白药创始人，以白药神效闻名全国。1922年在昆明南强街开设伤科诊所，稍后唐继尧赠"药冠南滇"匾额。民国初期唐继尧曾创办以西医为主的云南陆军军医学校及附属东陆医院，校址圆通街忠烈祠（今连云宾馆），曲氏被聘为东陆医院滇医部主任。1931年在金碧路开设"曲焕章大药房"，建筑巍峨，路人瞩目。1938年曲焕章受国民政府聘请赴重庆任中央国医馆馆长。随后，官方以抗战需要为名，要他将云南白药秘方交给中华制药厂（官僚资本控制），曲氏因拒绝而被软禁（另说入狱）。后忧愤成疾，终死重庆，年仅五十八岁。蒋介石曾赠曲焕章"功效十全"匾额，未几年"党国"即下此毒手。我怀疑那国医馆馆长事很可能是一个圈套。"白药王"的命运悲惨如此，令人不胜悲愤唏嘘。

据2018年网上新闻，在省中医学院举办的一次全国高校博物馆研讨会中医手札专题展览上，一张疑似朱德青年时期在云南陆军讲武堂当中队长时看病的中医处方被展览出来，来自全国九十多所高校的两百多位参加研讨会的来宾目睹药方真容，引发关注。此文物现由呈贡中峰书画院收藏，但据主办方省中医学院介绍，该处方尚未经文物专家鉴定。这方面我很外行，但感觉被确认的概率还是很大的。开处方的是位军医，我猜想可能就是云南陆军军医学校附属东陆医院滇医部的医生吧。退一步讲，这张民国元年（1912年）中医药方至少有助于证明百年前东陆医院及其"滇医部"的存在，仍有相当的文物价值。"滇医部"其实就是中医部，突出了一个"滇"字，有意思。

曲焕章曾任职的云南陆军军医学校1924年停办，1931年恢复。1940年升格为军政部军医学校，习称昆明军医大学。抗战胜利后与设于贵州安顺的中央陆军军医学校合并，迁至上海改为国防医学院。1949年被解放军接收改造为新型学校，先后更名为上海军医大学/第二军医大学/海军军医大学（2017年）。

二、从外国医院到本土医院

昆明的医院（西医医院），最早的当数法国医院和英国医院。

1897年法国在昆明开设领事馆，地点在连接翠湖与华山西路的青莲街。之后才有法国医院。法国医院的正式名称叫大法施医院（附设昆明西医学校），时1901年，地点在华山西路/登华街口，它可是昆明西医之滥觞。这是昆明的第一家外国医院，它比万钟街圣约翰堂内的英国医院要早十五年。就全省而言更早的可能是蒙自的法国医院。不过昆明这家法国医院在华山西路的时间并不长。1910年滇越铁路通车后，法国领事馆迁到尚义街，铁路管理人员（法国人和越南人）住在火车站一带，也就是今天德胜桥外塘双路铁路局那一片地方。所以法国医院也随之迁到巡津街，更名甘美医院，其旧址今为昆明市第一人民医院。甘美医院当年的主楼今天还在使用，观其外貌，其建筑的艺术性装饰早被人为去掉不少，但法国风韵多少还有一些。法国医院华山西路旧址今为市妇幼保健院。此保健院大门上标有"百年品质/世纪传承/1901年始建"字样，当据此。

英国医院创建于1916年，地点万钟街圣约翰堂内。万钟街今已不存（见前述），但圣约翰堂还在（吉祥巷原址新建，在东风西路中国银行背后）。英国医院后迁金碧路/书林街口，更名惠滇医院，此为今昆明市儿童医院之前身。顺便一说：1944年冬有个女婴出生于惠滇医院，取名李滇惠，后改李谷贻，二十岁后再改李谷一，20世纪八九十年代红得发紫的歌唱家。惠滇和滇惠，其意涵之不同，颇可玩味。

德国护士学校（German Sister's School）。据西南联大外文系吴宓教授的日记，该校旧址在圆通街。资料有限，情况欠明，待考。其址后为外籍人士杜伦孟德的寓宅。抗战后期，联大外文系罗伯特·温德教授也曾一度寄寓于此。

本土医院最有名的当首推昆华医院和云大医院，它们于20世纪三四十年代先后建立。

昆华医院的创立据说与龙云首任夫人李培莲还有些关系。1932年，龙夫人因产后流血失治身亡，临终前嘱夫君为云南建一个好医院。龙氏悲甚，依嘱捐资为地方建个像样的医院以纪念亡妻。随即开始筹建。起先建于潘家湾胜因寺，大部房舍已建成后，考虑到其地有些偏远不宜作医院，重新选址于东寺街西侧的金碧公园建设，于1939年正式开业。（1935年昆华师范学校从光华街云贵总督府旧址迁入潘家湾昆华医院已建房舍，昆师路之名缘此。云贵总督府旧址即今抗战胜利堂。）这是云南省最早由国人自办的省立医院。当年的昆华医院一建成就上档次，好像是昆明的"协和"。据说冰心、林徽因两位的孩子都是在北京"协和"生的，且均由"万婴之母""生命天使"林巧稚大夫接生，未知确否。昆明有人爱说自己是在"昆华"出生的。人问我真伪，我怎么会晓得？告以查"昆华"开业的年份即可辨知。

常有人问"昆华"二字什么意思？答案在昆华中学（今昆一中）的校歌里，内有"有昆水在旁，有华山坐镇"之语。昆水指昆明湖，即滇池；华山指五华山，此山周围的几条路均冠以"华山"之名可证。这校歌的词是时任教育厅厅长龚自知写的。龙云执政时期，省立院校均以"昆华"冠名，昆华女中、昆华工校、昆华农校、昆华商校、昆华医院、昆华图书馆（后以它为主体组建成今省图书馆）均此。

昆华医院的建筑比较现代，学科比较齐全。1949年后改称云南省人民医院（若干年后又加"第一"两字），多年来一直是昆明最有信誉和影响力的医院。1955年我们昆一中毕业生的高考体检就是在昆华医院，觉得体面。

云大医院建于1941年。这与抗战急需西医人才有关。云南大学将北门外的工学院的部分实习工厂改建成附属医院，病床仅二十多张。据闻一多年谱，1946年7月18日，"先生遗体在云大医院前广场火化"。"云大医院前广场"指云大操场。云大医院后迁巡津街甘美医院旧址。稍后，又在云瑞西路设分院。1958年1月，云大医院由巡津街迁至今西昌路/大观路口新址，直到现在。

云大医院从正式建立起即设有外科、内科、五官科、皮肤花柳科、泌尿科、小儿科等，医生均由云大医学院的教授们兼任，他们基本上都是海归博士（以留法的为多），阵容可谓豪华。记得1948年，我在兄长余光陪同下曾去抗战胜利堂西侧的云大医院分院包扎手部外伤。这是我首次进入西医医院，一直记得。既感特别洋气、讲究，又觉得陌生，这与进万钟街戴丽三诊所的感觉是很不一样的。另外，记忆中的那个云大医院分院，医生、护士都不多，病人更少。后来才晓得，西医收费比较贵，一般人有病都找中医。今天可不同：西医非常普及，已无所谓西医不西医，有病都找大医院，到处都人满为患。今天的昆明医科大学附属医院，除被习称云大医院的第一附属医院外，还有第二附属医院（曾名工人医院）和第三附属医院（肿瘤医院），规模之大，今非昔比。

除昆华医院、云大医院这两家最负盛名的大医院以外，还有市立医院和红十字会医院（简称"红会"医院），它们创办的时间都比昆华医院、云大医院早得多。

市立医院,开初叫警察医院,是1914年开设的,院址起初在南城梗脚一座旧庙——大致在前些年云南饭店那位置。1921年朱德(1886—1976年)出任云南省警务处处长兼省会警察厅厅长,不仅对警察医院有所贡献,而且消防队的消防设备得以完善、提升,与他重视消防也有相当关系。消防队在宝善街,听说都是些"老广"。〔1922年朱德为探索革命新路,与滇军入川时相识而成为挚友的孙炳文(话剧艺术家孙维世之父)约定在北京会面,经李根源(时任北洋政府农商总长)帮助办好出国手续赴德国留学,由周恩来、张申府介绍加入中国共产党,开始了新的征程。新中国成立后,朱德于1957年(春)、1962年、1965年三次重回第二故乡云南。〕警察医院后因对市民开放而更名为宏济医院。1922年再更名为市立医院。1955年定名昆明市人民医院,1958年由靖国新村迁巡津街甘美医院旧址。也就是说,云大医院从"甘美"迁出后市人民医院紧接着就迁入了。当时够条件做医院的地方确实少,"甘美"毕竟是个好地方。

警察医院改名市立医院后规模、档次均有所提升,院内分中医、西医两部。西医诊治内、外、儿、眼、皮肤、神经、传染、花柳等多种疾病,看得出西医是主角。医院有如此的变化与时任市长(当时叫市政公所督办)的张维翰有相当关系,他不仅对市立医院进行整顿、提升,而且对全市医生实行资格考试。鉴于西医一般均有学历证书,实际主要针对一般中医,尤其是庸医。张维翰(1886—1979年)是昭通大关县人,早年留学日本东京帝国大学,选修宪法及市政等科。抗战初期曾任国民政府(渝)内政部政务次长,1949年受聘任香港新亚书院文史教授。该书院系原西南联大历史系钱穆教授及若干内地学者联手创办,是今香港中文大学的前身。张维翰既是学者,也擅市政建设尤其园林,翠湖公园等园林的改、扩建均有张维翰的贡献。张维翰是法学家,除《法制要论》《行政法精义》等外,尚有《都市计划》《田园都市》等著作出版。北仓坡有私宅螺翠山庄,西南联大吴大猷等多位教授均在里面住过。螺翠山庄后划入连云宾馆。

红十字会医院（简称"红会"医院），1916年创建于翠湖南路肴美居巷，创建人刘锦堂（？—1953年），生于西昌。肴美居巷是旧名，后改称肴美巷，在洪化桥与中和巷之间。"红会"后迁武成路丝线会馆。抗战时一度迁北郊白龙潭，回城后驻平政街。起先大门朝平政街开，后来在青年路新开大门，平政街老门仍用，成了后门。20世纪20年代末，一位四川青年流浪到昆明在武成路"红会"医院打杂，扫地倒痰盂什么都干。谁能想到这位曾在"红会"医院当工友的青年后来成了大作家，叫艾芜，他的代表作《南行记》广为人知（其自传性作品《我的青年时代》对此有所记述）。抗战时期，"红会"医院与迁昆的上海同济医院有些合作（见后）。今天的"红会"与当年翠湖那边的"红会"已不可同日而语。今天的"红会"只挂两块牌子，一为省第二人民医院，一为云南大学附属医院。此医院的眼科（挂牌省眼科医院）社会声誉特佳，胡竹林教授一号难求。几年前我请作家黎小鸣先生帮忙沟通才得由胡教授做了一个手术，感觉很好。胡教授是华中科技大学同济医学院毕业的眼科博士，果然盛名不虚。

三、西医名家

西医有很多名家。此举五例。

范秉哲（1901—1993年），河北任丘县人，毕业于法国里昂大学，获医学博士学位。云大医学院（今昆明医科大学）是1937年范秉哲主持创办的，是云大医学院和云大医院的首任院长。可谓云南现代医学和医学教育的元老。他主攻外科，兼任云大医院的外科主任。

王承烈（1896—1977年），浙江杭县人，1927年毕业于国立同济大学医学院，曾任上海德国宝隆医院医师。1935年入德国柏林大学医学院眼耳鼻喉科学习，1937年获柏林大学医学博士学位。后获匈牙利布达佩斯大学眼科博士学位。曾任德国汉堡大学医学院眼科医院医师。1939年归国，任（西迁昆明的）同济大学医学院教授。同年创建昆华医院眼科。1944年在昆明自行开业行医。新中国成立后任云南省人民医院（昆华医院）主任医师。

蓝瑚（1915—2014年），河北昌平县人，法国里昂大学医学博士。1945年回国后先在天津工作，后任云大医学院副教授，1949年后历任教授、副院长和附二院主任医师，省科协副主席和中华医学会云南分会副会长。蓝瑚主外科，有"云南外科第一刀"之誉。

民国时期云南的公派留学生，早期留日的多，后期留美的多。学医的略异，主要是留学德、法、日三国。听说这些海龟由于留学背景不同，多少还有点门户之见。德、日、法三国中以留法的为多，这与法国在云南的影响有关。数学家熊庆来、艺术家廖新学是留法的，龙云的长子龙绳武、次子龙绳祖均毕业于法国圣西尔军校。至于留法学医，有的并未去法国本土，而是去安南（越南）河内法国办的医学院学习，此种情形好像蒙自、个旧那边的有些，昆明似乎也有。

徐彪南（1903—1984年），江苏宜兴人，毕业于上海圣约翰大学医学院获博士学位，内科专家，曾任南京中央医院主治医师。1933年，徐彪南鉴于边疆地区缺医少药，毅然辞去舒适的工作，把妻子和女儿留在江苏老家，只身赴滇，十分难得。他创办了昆明第一个面向广大老百姓的"昆明市第一卫生所"。后任云南大学医学院教授、昆华医院第一副院长，解放后做过省卫生厅副厅长，任命书由周恩来总理签署，还做过云南省人大代表、全国政协委员。（昆华医院首任院长为秦光弘，上海同济大学医学院毕业。）

徐彪南家文艺气也旺。长女徐飞飞，资深表演艺术家、教授，毕业于上海戏剧学院，先后在云南省话剧团和云南艺术学院工作。她抗战时期即参加昆明儿童剧团（后来成为女作家的刘绮也是此团成员），该团由其时迁来昆明的同济大学董林肯、徐守廉等几个学生发起组建，并获擅长舞台艺术的西南联大史学教授孙毓棠的指导（孙氏其时夫人为女作家凤子，也是话剧表演艺术家）。徐守廉可不简单，他是昆明抗战音乐活动的重要组织者之一。战后赴缅，曾组织伊洛瓦底江合唱团三百人在仰光市政厅演唱《黄河大合唱》，相当轰动。这也许是《黄河大合唱》第一次走出国门。解放后徐守廉在云南省歌舞团工作，后调西山省艺校任教。昆明儿童剧团的老师阵容如此，十分活跃，其贡献已载入抗战文艺史册。徐飞飞弟徐振东，小提琴家，师从上海音乐学院、中央音乐学院（天津）两位中外名师学小提琴。他与傅聪同属1949年前后活跃于昆明的一个西洋音乐文化圈子的朋友。1948年，徐振东考入云南大学文史系，1952年毕业。之后还读过东北师大音乐学系。1960年省群艺馆（今省文化馆）成立，徐振东由德宏州歌舞团（任小提琴演奏员）调回昆明，任该馆主办的《云岭歌声》编辑。

姚碧澄（1905—1966年）也不能忘了。他是广东人，法国里昂大学医学博士。1937年应熊庆来邀请由粤来云大任教授。姚碧澄也是云大医学院的创建者之一。后在南屏街设立诊所，该诊所于1941年扩大为碧澄医院，口碑甚佳。1947年离滇回粤。

另说两位在云南鲜为人知的大家。

朱锡侯（1914—2000年）祖籍浙江绍兴，生于吉林市。他是中国心理学会的五位创始人之一，是生理心理学家、美学家、作家。原本是云大教授，后来去杭州了，可惜。其经历颇有传奇色彩。在吉林毓文中学读书时，后来成为朝鲜领袖的金日成是其同学。在北平中法大学读书时与多位文友组织"泉社"，并一起出版诗集《剪影集》，朱氏以朱颜为笔名。其文友中有贾芝，后来成为著名的民间文学学者，其夫人李星华是李大钊的女儿。还有覃子豪，后来成为台湾著名诗人。1937年，朱锡侯在几位友人帮助下与中法大学教授范希衡（安徽桐城人，译有卢梭的《忏悔录》及凡尔纳的《格兰特船长的儿女》等）的妹妹范小梵在北平举办婚礼，那几位热心帮助的友人中有一位叫浦琼英（即邓小平夫人卓琳），是范小梵在北平第一女子中学读高中的同学（张瑞芳也是同窗）。参加婚礼的来宾不少，内有著名学者朱光潜、金克木。1937年，朱锡侯赴法国求学——历时八年，先获里昂大学生理学博士学位，后获巴黎大学心理学博士学位。其后参加了抗击法西斯德国占领军的解放巴黎的巷战。1945年8月与日后成为同事的蓝瑚同机回国。

其时留在国内的范小梵,历经抗战时期,四处奔波、东躲西藏,从浙江一直流亡到昆明。其间曾任昆明版《中央日报》(马市口)记者,与陈香梅是同事,她们都是当时昆明罕见的女记者(1946年夏后,范小梵也在国立昆明师范学院图书馆工作过三年)。后经法国驻昆明领事馆的帮助才与朱锡侯取得联系,他们分离整整八年之后终于在昆明团聚。这之后没几天日本投降,抗战结束。应云大校长熊庆来之聘请,朱锡侯任云大医学院生理科主任、教授和实验室主任,并兼任文法学院心理学、美学教授。要追溯云南心理学、美学研究之源头,怕要追到朱锡侯。1949年后不久,心理学被视为"资产阶级伪科学",他只能教生理学。1956昆明医学院独立建院,朱氏任生理教研组主任、教授。再后挫折不断,1979年才得平反。同年调杭州大学任教,为该校开创心理学系,以七十五岁高龄退休。还要一提的是,他们夫妇回杭州后,有一天突然收到从昆明医学院寄来的一只大木箱,里面全是范小梵的日记。那是"文革"中被抄走的东西。让他们万万没想到的是,在战火中没有丢失的东西,却会在和平年代遭到劫难。虽然最后失而复得是件幸事。有了这些残破不全的日记,终于形成了一本特别的书:《风雨流亡路:一位知识女性的抗战经历》。稍后朱锡侯的《昨夜星辰昨夜风》也出版了。朱、范夫妇的这两本珍贵的回忆录都是长女朱新地整理的。她曾在德宏州盈江县插队,后读南京医学院,毕业后在浙江某医院做牙科医生。其妹朱新天改革开放后赴法国留学,获巴黎大学国家博士学位,后任法国东方博物馆副馆长。

另一位是做过北京协和医学院院长的李宗恩(1894—1962年),江苏武进(今属常州)人,中央研究院院士,热带病理学家及医学教育家。早年入上海震旦大学学习法文。1911年夏季赴英国留学,初入预备学校,后进格拉斯哥大学医学院,1920年毕业。1921年参加英国皇家丝虫病委员会赴西印度考察热带病,1923年回国,1923年至1937年任职于北京协和医学院。1937年秋南下筹办贵阳医学院担任院长。1947年5月赴北平担任协和医学院的院长,这是该校有史以来首次由中国人任院长。1948年中央研究院第一届院士产生。此届院士共八十一人，其中医学家六位，内有李宗恩。中华人民共和国成立后，他留任协和医学院院长职务。1957年受挫，1958年来昆明医学院工作，据说先在云大医院门诊部，后调医学院图书馆查、译外文资料，1962年病逝，享年六十八岁。家属来昆将其骨灰带回北京安葬。

四、同济医学院·上海医学院抗战时期迁昆

抗战时期有两所名牌医学院迁来昆明。

据史料，抗战前全国共有医学院、医专及各种医科专门学校三十多所，大多集中于沿海及长江中下游，特别是上海、北平及广州三地。抗战迁校的目的地主要是四川，尤以重庆、成都为多，昆明、贵阳、西安少些。迁来昆明的是上海的同济大学医学院和上海医学院，还有江西的中正医学院。

同济医学院是随同济大学一起迁来的，在昆历时两年（1938—1940年）。同济是德国人1907年在上海创办的，原名同济德文医学校，仅设德文、医学两科。1927年正式定名为国立同济大学，学科增多，以医学、建筑学为王牌，其医学院可与北京协和医学院相抗衡。这可见医学在同济的分量。（诗人冯至和夫人姚可崑两教授原在同济教德文，迁昆后冯至转西南联大）同济的校本部先设临江里（该地有德国驻滇领事馆旧址，后龙云买断归入震庄。同济校本部设临江里或与此有关），后迁富春街的富春中学（今昆二中），医学院在兴隆街昆华小学旧址。兴隆街原在五一路中段（福照街）背后，二十年前"退街"拆除，大致讲在光华街今省中医院名医馆背后。

同济医学院在昆与本地"红会"医院有些合作。其时"红会"医院院长是魏述徵，他毕业于同济医学院，"红会"医院有手术之类的事常去兴隆街请同济师友帮忙。魏老晚年任省中医院院长。

1940年底因战争形势有变,同济医学院随同济大学迁往四川南溪(今属宜宾)李庄。抗战胜利后迁回上海。1952年同济医学院从母体分出迁武汉与武汉大学医学院合组为中南同济医学院,今名华中科技大学同济医学院。

上海医学院原为南京中央大学(今南京大学与东南大学之前身)的医学院,1932年迁上海,更名为国立上海医学院(简称"上医"),院长朱恒璧教授。1939年秋迁昆明北郊白龙潭。

江西的国立中正医学院(简称"中正")是抗战初期的1937年9月在南昌新建的,稍后即迁本省永新县。"中正"与"上医"两医学院的院长商定在昆明联合办学。"中正"1938年春先到白龙潭,"上医"后到。该地距昆明市区六七公里,虽有公路可通(终点茨坝,那里有内地迁昆的中央机器厂等几家大企业),但仍感不便。所以"上医"又在市区找地方,将四年级以上学生安排在北门街租的房舍上课,还开设了一个门诊部(隶属"上医"的中山医院的部分医生、护士也随"上医"迁昆),既可上临床课又可实习和为社会服务。

但"中正"与"上医"两学院的合作问题也不少。两院相比,无论师资、设备、生活等,"中正"都有不小差距。总的来看,"上医"较洋较富,"中正"较土较穷,"中正"学生难免心理失衡。1940年底因战争形势有变,"上医"辗转迁至重庆歌乐山,"中正"迁至贵州镇宁县。"上医"1946年回到上海,1952年更名上海第一医学院,今名复旦大学上海医学院。说来也巧,昆医附二院的李海皓医生是复旦大学上海医学院毕业的博士,我一听说就去挂号(泌尿外科),未挂上,请李医生补了个号。果然看病认真,诊断准确、负责,答询耐心。虽年纪轻轻挂号却紧,可见口碑之佳。(另有由圣约翰大学医学院、震旦大学医学院及同德医学院合组的上海第二医学院,今名上海交通大学医学院。)"中正"解放后更名南昌医学院,后迁重庆辗转归入第三军医大学。

白龙潭位于今龙泉路昆明烟厂之北,昆明师专附小正对面小巷中,标志为白龙寺,寺门前立有"白龙潭"石碑。"上医""中正"

两学院迁走后,"红会"医院短期迁此,暂名白龙潭医院,后迁回(见前述)。1958年那里又建过一个昆明啤酒厂,产品叫白龙潭啤酒。啤酒厂已迁出,旧址今为昆明彩印厂。"上医""中正"两学院八十年前的校舍或许就位于今天的"昆明彩印"吧,我去找过。

五、中西医结合

魏述徵(1907—2012年),昆明人,我国著名的中西医结合的眼科专家,1934年毕业于上海同济大学医学院。他是云南省中医药学会的创始人之一,也是省中医医院的首任院长。2012年逝世,享年一百零六岁。昆一中老同学魏群智君(魏述徵的大公子,也行医)告诉我他家早年住平政街节孝巷11号并开诊所,正巧与闻一多家相邻(闻一多在昆搬家八九次,节孝巷为其中一处)。2008年闻一多次子闻立雕来昆作旧地重游,笔者陪游节孝巷。其间闻先生说起他记得那时在相邻诊所曾请德国医生看过病。我告诉闻先生,那位医生姓魏,上海国立同济大学医学院毕业,该校原系德国人所办,故毕业生可称"德医"。魏氏诊所挂牌"德医魏述徵医师诊所",非德国人。闻先生笑笑,说他正想写篇回忆涉及于此,未想"德医"的事竟这么弄清爽坐实了。此事我让老同学转告魏老了,老人说这事他记得。在老同学的帮助下我还找到了翠湖北路的周钟岳公馆(魏、周两家是亲戚),李政道、杨振宁的老师吴大猷教授在周家住过一段时间。

魏述徵确实是云南中西医结合的重要先驱者。从特定角度看,姚蓬心也是一位先驱者。晚一辈的名中医吴生元也是中西贯通,他是昆明医学院毕业。但还有一些西医更早就作过类似的摸索。就此而言,创办于1912年的能仁医馆值得特别一说。此为中国人自己办的昆明第一家医院,系私立,地点在南城梗脚,约在今"老百大"偏西一点。这是一家中西医联合医院。该医院发布的广告中有这样的话:"中国古医法,失传久矣!西人于内、外科,精研考究,列为专门,吾华则瞠乎其后。本馆有鉴于此，特集合在外洋医学毕业数人，创设能仁医馆。用欧西最新法以治外科，用中国旧法以治内症。"创意并主事的是若干位有留洋背景的医生（可惜尚未查出诸先贤的姓名），他们有如此眼光，非常先进。虽然细究起来，中西医联后并不等于中西医结合，诸先贤讲的是中西医分工。结合是有机的，联合是无机的。但联合、分工之举已显出中西医的相互包容而非相互拒斥。百年之前已有此等观念并落地实施，这可是历史意义上难能可贵的了。

市立医院分设中医、西医两部，东陆医院以西医为主并设滇（中）医部，也都属中西医联合性质，前述不赘。

现今的云南省中西医结合医院是严格意义上的"中西医结合"医院。该院创建于1974年，曾名云南省林业医院、云南省林业中西医结合医院。院址原在北郊岗头村，后迁白云路/颐华路口。该院为全省在中西医结合道路进行探索不断发挥着特殊的作用。除社会服务外，该院还承担着云南省中医学院、云南医专（前身为省卫校，今为昆明医科大学平政校区）等多所院校的临床教学工作。

说来又是一巧，昆一中老同学赵元良君曾任该院副院长多年，贡献良多。赵院长20世纪六七十年代曾在腾冲县医院及中缅边境一个乡村卫生所工作过。本来专擅内科的赵君却做了全科医生，什么都干，包括妇产科。他有时做接生，西医技术和中医针灸一起上，剖腹产都能做。乡亲们既感恩也敬佩。我想，赵院长之所以热心"中西医结合"，当与他下沉基层多年的切身感受有相当关系。

老同学从医者众，多数都有云大医学院/昆明医学院的背景，也有几位成都"华西"的。做过院长的除吴生元、赵元良两位外，还有李学一，长期任省建工医院院长。李君主外科，三十年前我从省外回滇即闻老同学有"昆明一把刀"之誉，让人企羡。还说他敢为亲友开刀手都不软，厉害。有次闲聊，我问李院长怎么看中西医？他未提中医，只说西医也不能包医百病，医不好也会死人，但能讲明白人是怎么死的。含蓄，幽默。我笑笑，他也笑笑。

二十年前大家都退了休，半年一年常相聚，各位医师均是主角给老同学讲讲医疗保健养老知识。健在的都八十五上下了，一起安然变老，老而又老。

说明：

本文民国早期事，主要参考万揆一《昆明掌故》中《昆明西医的发轫》及《昆明第一家医院》等文。该书1998年由云南民族出版社出版。关于朱锡侯的经历，主要依据朱锡侯回忆录《昨夜星辰昨夜风》（人民文学出版社，2011年）和范小梵回忆录《风雨流亡路：一位知识女性的抗战经历》（山东画报出版社，2008年）。关于王承烈的经历，主要依据《浙江民国人物大辞典》（浙江大学出版社，2013年）。关于徐彪南及子女事，关于姚曼华获波兰勋章事，均据老一辈医学家徐彪南的长孙女、自由撰稿人徐洁女士提供的电子邮件。专此说明，并致谢忱。

昆明地坛考证寻访记

一、昆明有没有地坛？

有。这，我是读西南联大史料才知道的。昆明本地人说的地台寺，西南联大人，主要是教授，他们称地坛。地坛是每年夏至祭祀土地神的地方，京师有，地方也有。

开初我未怎么在意，觉得许多来自北平（京）、天津的作家、教授，他们普遍感觉昆明太像北平了。甚至说得很具体，如老舍说"昆明的建筑最似北平"（《滇行短记》），冰心说"近日楼一带就很像前门"（《摆龙门阵——从昆明到重庆》）。他们甚或依自己的语言习惯说昆明的地名，说金马碧鸡坊，他们要叫"金碧牌楼"（1998年三联书店出版的民国时期《吴宓日记》第七册第248页。吴宓另有1949年后日记十本出版），正义路、光华街口的三牌坊，他们要叫"三牌楼"（同上，第283页）。因有这种印象，所以读《吴宓日记》时，见该书多次提到"地坛"，就以为可能是联大教授的北平用语习惯；故仍未在意，更未因"地坛"而与"地台寺"发生联想。直到在前两年出版的《郑天挺西南联大日记》里又多次见到"地坛"，才感到这个"地坛"应该留意：从地理位置看，无论是《吴宓日记》还是《郑天挺西南联大日记》里面说的"地坛"，应该就是今人说的"地台寺"，但他们为什么都不叫"地台寺"而只说"地坛"？有点奇。

《吴宓日记》与西南联大（昆明、蒙自）有关的三四本，我都读了，第七、第八两册出现"地坛"尤多，仅第八册即有第55、67、94、101、153、293页等多处。例如：

"王曼明赴地坛图书馆办公"（第七册第32页）。王曼明是外文系女生，在联大图书馆打工。地坛图书馆即西南联大图书馆。女生宿舍在文林街"昆中南院"（今五华区第一幼儿园）。从文林街"昆中南院"到"地坛"，说"赴"也可以。

（午饭后）"预行警报，偕至城北苏家堂［塘］坐避。"（下午返途中）"至地坛中日史料会观书"（第八册第55页）。此句"地坛"是地名，北平图书馆与联大合办的"中日史料会"设在"地坛"，联大教师查阅专题史料很方便。（详解见后）

抗战时期国立北平图书馆（今国家图书馆的前身）迁昆明，馆本部驻柿花巷（位于前些年尚存的人民电影院东北方）。《吴宓日记》中以"柿花巷图书馆"（第七册第200页）指代北平图书馆，与用"地坛图书馆"指代联大图书馆相同。

二十年后，2018年，中华书局出版《郑天挺西南联大日记》精装两厚册。郑天挺教授是西南联大总务长、历史学家，其日记内容丰富，有许多鲜为人知的史料，学术价值极高。其中笔涉"地坛"的文字记录亦多，仅上册第324、345、411、563、622页即多次出现"地坛"名。例如：

（跑警报出城门）"循地坛石路北行，遇××、××，同至红［虹］山山峡，席地而坐。"（第324页）
（警报结束回城）"行至苏家潭［塘］，大雨，避于树下，稍停，乃至地坛。"（第411页）
"至地坛史学系。"（第622页）西南联大史学系和"中日史料会"都设在"地坛"。（详解见后）

这里，"地坛"纯粹作地名使用。

从吴宓、郑天挺两位联大教授的日记资料看，从"地坛"与苏家塘、虹山的地理位置关系看，两教授所记的"地坛"，可以肯定就是今天大家说的地台寺。但"地坛"之名尚有待本土史料证实。

2020—2022年查史料很不方便，费事。好在我终于在一本《昆明文史资料选辑》第22辑里见到了"地坛"，书是1994年2月出的。这是一本医疗卫生方面的专辑，原本不太在意，随便翻翻，见有一篇《昆明红十字会创始人刘锦堂》（作者陈天民）。我前年在省"红会"医院做过手术，就看了。文章讲到民国时期北门街发生火药库爆炸，伤亡惨重，红十字会"劝捐购买"数十亩地"为红十字会义地和寄柩所"，那块地就在"大西门外地坛"，并加括号注说明"大西门外地坛"即"现在昆明工学院附近"。而所谓"现在"，当指这本文史资料的出版时间1994年2月以前，昆明工学院改名昆明理工大学是1995年。

北门火药库爆炸惨案发生于1929年。这表明：不但当时（1929年）民众仍在使用"地坛"之名，更要紧的是，作者把"昆明工学院"和"地坛"连在一起说事，表明数十年后，在昆工改名的1995年之前，作者还没忘记"地坛"这个地名，还记得其位置在"大西门外"。

大西门位于昆明旧城正西，城门内是文林街，城门外是龙翔街。当年的城门位于今新建设电影院门前十字路口。西南联大是1938年初迁到昆明的，联大师生的回忆性文章常常提到"大西门"和"大西门外"。

《昆明红十字会创始人刘锦堂》的作者是刘锦堂的学生，称"吾师刘锦堂"，且是刘氏临终（1953年11月某日）的守候人之一，其文所述当有所本。里面关于"地坛"的说法不可能是受《吴宓日记》（1998年出版）和《郑天挺西南联大日记》（2018年出版）这两本书的影响。此文写作时间未注明，从逻辑上讲当不晚于那本文史资料1994年2月的出版时间，比那两本联大教授日记的出版时间都要早。

但一篇文章毕竟是孤证，不够硬。我希望在政府相关部门编的地方史志类书籍里找到更有力的证据。不巧适逢疫期，查找图书困难重重。只好向云南师大图书馆杨雨涵硕士求助，请她在昆明文物、地名类图书里查寻线索，关键词：昆明/地坛/地台寺。

没几天信息传过来了，杨女士称查阅了《云南省昆明市五华区地名志》《云南省昆明市地名志》二书，书中"建设路"条提到"清光绪年间（1875—1908年），在此建地台寺（寺于1955年拆毁），这片地区便俗称地台寺"。更重要的是，这两本"地名志"中都附有一张名为《昆明市县界域图》的老地图，杨女士说图上在"大西门外不远处"标注有一地名为"地坮"。

那张昆明市的老地图可是难得一见，尤其是图上在"大西门外不远处"标注有"地坮"二字，让我眼睛为之一亮。忙回复杨女士，说这张地图太重要了，请复印给我，我要仔细看。

稍过些天，请师大龙美光先生将杨女士给的相关复印资料（包括《盘龙区地名志》和苏国有著《昆明密码：滇池区域地名探秘》两书的复印资料）从呈贡（师大）带过来了。用放大镜看昆明老地图，果然在"大西门外不远处"看到了"地坮"二字！那个"大西门外不远处"正是人们平常说的"地台寺"的位置！

这张老地图太重要了。仔细搜索，信息量极为丰富。

老地图不但在大西门外标有"地坮"之名，而且在正东盘龙江外标有"先农坮"之名。

那个"坮"字我未见过。忙查辞书，说此为俗字，同"臺"。1956年国家公布《汉字简化方案》，"臺"简化为"台"。那张昆明市的老地图应该是民国年间绘制的，当时虽未正式简化汉字；但许多字，民间在使用中早已自行简化，包括那个"臺"字，民间早就写成"台"了。据此，如果是"地臺"简写为"地坮"，"先农臺"简化为"先农坮"，那不合理。因为"坮"比"台"笔画多，说不过去。而且，细看老地图还发现，图上有"南天台"和"三台山"两个地名。这两个"台"字的出现，就把绘图者以"坮"代"台"的可能性排除了，唯一的可能是绘图者以"坮"代"壇"。"地坮"即"地坛（坛）"，"先农坮"即"先农坛（坛）"。当然，这是一种猜想（我希望如此），有待证实。现在的问题是，"地坛（坛）"的地名词条查不到，得去找"先农坛（坛）"的地名词条。北京的先农坛（坛）早就知道。20世纪50年代，先农坛体育场为北京最重要的体育场所，经常见报，知名度相当高。假如昆明也有一个先农坛，那么除了老地图上标出的"先农坮"这三个字外，还应该在其他史志类图书上出现"先农坛"这名目才算数。

从老地图所标"先农坮"的位置看，该处在昆明老城外正东方向，离盘龙江不很远。按行政区划算，那里属盘龙区。该查昆明市或盘龙区的文物、地名资料。

一查《盘龙区地名志》，果然有。

> 先农坛：在明通巷省电讯局仓库。一名五谷庙。清雍正四年（1726年）奉旨创建，坛高二尺一寸，广二丈五尺，祠三楹，左右斋房各二，左贮农具籍谷，右为辨祭所，籍田四亩九分，每岁仲春，由部颁定日期致祭，毕行耕籍礼。咸丰七年（1857年）兵毁。同治十三年（1874年）重建。清末民初，云南最早的广播发射台设其内。1949年解放后为省电讯局仓库。①

老地图上的"先农坮"在昆明老城外正东方向，离盘龙江不很远，这与《盘龙区地名志》词条讲的明通巷位置相当吻合。"先农坮"即"先农坛（坛）"，可以认定了。

再说"地坮"，既然与"先农坮"出现在同一张地图上，认为两个"坮"字均代"坛（坛）"字是符合逻辑的（虽然是错用）。"地坮"即"地坛（坛）"，也可以认定了。

---

① 昆明市盘龙区人民政府：《云南省昆明市盘龙区地名志》，1986年12月内部刊印本，第165页。

之后，再查《国立西南联合大学史料》（北大、清华、南开、云南师大编，云南教育出版社，1998年），其六为"经费、校舍、设备卷"（以下简称《联大史料六》）。内有与地坛相关的史料多条，如：1939年1月，联大与地方有关部门签订地坛房屋租约，内称联大"租到第四寄柩所（即地坛）"房屋（《联大史料六》第197页）；地方有关部门为地坛房屋租用事致函联大官方，内中提到"地坛房屋"此前曾"租与市立医院作为隔离医院及警察医院"（同上，第198页）；下页联大公函中再次提及地坛，内称"地坛房屋，本校各部分迁入已久"云云（同上，第199页）。

紧接着，以收藏西南联大文物闻名，并主编西南联大史料丛书《民国书刊上的西南联大记忆》的龙美光先生，又用电子邮件传给我关于地坛的三件原始史料：一是1947年6月22日昆明《中央日报》的一篇报道的版面图片，二是抗战时期迁昆的国立北平图书馆与西南联大合办的中日战事史料征辑会的两则启事，三是疑似地坛或三分寺的图片一张。其中最珍贵、最重要的是《中央日报》的那篇报道，竖排标题为"建厅今在地坛 举行植树典礼 并请卢主席亲临训话"。建厅即云南省建设厅，植树典礼由该厅主持。卢主席即云南省主席卢汉。正文字小，有的字迹模糊难辨，但关键的文字"今日为夏至节，下午二时，将假西郊地坛举行植树典礼"仍可辨认。

选择夏至节举行植树典礼，恰合地坛"夏至之日祭地"之传统，虽改植树而古风犹存。

昆明《中央日报》是官办地方报纸，白纸黑字，其权威性当无疑。

中日战事史料征辑会的两则启事也很重要。启事内容此略，要紧的是该征辑会留下的地址："本会会址·昆明大西门外地坛"。

材料够了。铁板钉钉。

二、地坛的具体地理位置在哪里？

先农坛所在的地理位置已经很具体了，在明通巷省电讯局仓库，讲得相当精准。而地坛呢，已知的文字材料还停留在方位描述上。但毕竟一步一步靠近了。

地坛的地理位置线索整理如下。

《昆明市县界域图》在大西门外不远处标出"地坮"（地壇）二字。

经细察，该地图上标有"省政府""省党部""宪兵司令部""市政府""东陆运动场""民众教育馆"（文庙）等字样。1928年，昆明市政公所改组，成立昆明市政府；1934年9月，省立（初为私立）东陆大学改校名为省立云南大学。据此可推测该地图的绘制时间为20世纪20年代末至30年代初。

陈天民说，地坛在"大西门外""昆明工学院附近"（《昆明红十字会创始人刘锦堂》）。

西南联大教授日记：跑警报出大西门，"循地坛石路北行……同至红［虹］山"；警报结束回城，"行至苏家潭［塘］……乃至地坛。"据此可知地坛与苏家塘及虹山的地理位置关系。

《五华区地名志》无"地坛"之名，称"地台寺"。词条名为"建设路"，所讲该路的位置及走向，正与上条西南联大教授跑警报，出大西门"循地坛石路北行"至苏家塘、虹山之走向相吻合。

《五华区地名志》"建设路"词条称，此路"位于市区北部，南起环城北路，与凤翥街北口相对；北至苏家塘，接军用公路。长600米，宽8米。南北走向。……原是崎岖小路，无名。"

词条说的"位于市区北部"欠准确，应是西部或西北部。但总的看，其所描述的建设路走向相当准确（环城北路今名一二·一大街，军用公路今名学府路）。据此可知，地坛位于今天的建设路某处。但词条编撰者显然不知地台寺本名地坛。

本土学者罗养儒（1879—1967年）20世纪50年代写的昆明掌故资料，与外地作家黄裳1945年底所写的游记相互参照，"地坛"的地理位置新信息又出现了。

罗养儒说地坛附近有陈圆圆之梳妆台："大西门外近地坛处，有大土堆，高丈余，名曰梳妆台。传说是处为……陈圆圆之梳妆台……究未知确否？"（罗养儒：《传说中之梳妆台》）

来昆旅行的作家黄裳找到了这个"梳妆台"的具体位置。当时黄裳顺铁路寻访有关陈圆圆的"遗迹"，说在距莲花池不远处见到两块石碑。"其一是'明永历帝灰骨处'"，另一块是陈圆圆的，上面除陈圆圆的画像外，另有一段值得注意的"小记"："明陈圆圆梳妆台遗址，在铁路左侧，联大校址内。"又说："铁路北面是一片荒冢……南面则是联大的校舍，一座碉堡矗立在一个大大的土堆子上面，这个土堆子就是所谓陈圆圆的梳妆台。"（黄裳：《昆明杂记》）黄裳与罗养儒一样不肯定是否真有这么一个陈圆圆梳妆台，但找到了那个"土堆子"。黄裳说的"土堆子"，其实就是今云南师大校园里的烈士陵园处。

那里是不是"陈圆圆梳妆台"不重要。黄裳与罗养儒提供的重要信息是，今云南师大校园里的烈士陵园（"梳妆台"）离"地坛"不远。

罗养儒文见他的《云南掌故》，云南民族出版社，1996年出版。书稿历时十年，于1959年写成。黄裳是作家、记者，抗战时期做过美军翻译官，1945年任文汇报驻重庆特派员。黄文见《黄裳自选集》，人民文学出版社，2008年。此文写于1945年12月30日。

关于"地坛"更准确的地理位置信息终于出现了。

一是海内外知名史学家何炳棣的学术回忆录《读史阅世六十年》（广西师范大学出版社，1998年）。何氏1938年清华史学系毕业（蒙自）后留任联大历史系教员（并在昆华中学兼课）。他在回忆录中多次提到历史系办公室在地坛，并说去历史系办公室"照例要先穿过联大新校舍大院"（第167页）才能到，据此可知地坛在"联大新校舍大院"西侧。

二是戚志芬的专题回忆录。我从"百度"查到一篇关于中日史料会的文章，忙请龙美光先生下载传我细读。作者戚志芬当年就在地坛的中日战事史料征辑会工作，她在回忆录中说："北平图书馆与西南联合大学合组中日战事史料征集委员会，于1939年1月1日正式成立，地址在昆明大西门外地坛。"又说："当时史料会设在西南联大后门外的地坛，历史系和史料会同在一院，遥遥相对。地坛地处偏僻，四周都是荒丘野坟，旁边只有一条羊肠古道。"当年就在地坛小院上班的人回忆地坛，其准确可靠性是毋庸置疑的。何炳棣说的"穿过联大新校舍大院"才到地坛，与戚志芬说的地坛在"西南联大后门外"相当吻合。

> 何炳棣（1917—1912），享誉世界的史学大师。1952年获美国哥伦比亚大学英国史博士学位，后任中国台湾"中央研究院"院士、美国艺文及科学院院士、中国社科院名誉高级研究员。20世纪70年代曾被选为美国亚洲学会会长，是该会的首任亚裔会长。何氏长期研撰中国史，成就卓著。代表作有《明初以降人口及其相关问题》《明清社会史论》《黄土与中国农业的起源》等。
>
> 戚志芬（1919—2013），女。1943年毕业于西南联大历史系，之后即在中日史料会任职。1949年后任北京图书馆研究馆员。曾任中国图书馆学会第一届理事会学术委员会副主任。专题性回忆录《战火中的抗日战事史料征集委员会》刊于《百年潮》2011年第3期。

明确指出地坛位于"穿过联大新校舍大院"到"后门外"已经相当可以了，极为难得。但联大后门（今云南师大原校本部西门）外的那条"羊肠古道"被铁路隔断，地坛旧址是在铁路的北侧还是南侧？要精准到位，还差一步。

沉睡六七十年的一段记忆被激活了。我早就知道师院旁边有个火葬场。1952年我在昆一中读初三，有个星期天就去看（当时尚不知道地坛、地台寺之名）。从昆一中到西站，顺环城北路走过去，左转一条小路。这是一条古驿道（即戚志芬说的"羊肠古道"），路右是师院，路左是一大片菜地（今云南师大西院）。前行过铁路，朝左前方走四十来米即到火葬场。见一院子，坐北朝南的门开着。走进一看，有几排很普通的平房，样子颇旧，也不见人管。显眼的是院子中间置放着一个大汽油桶，无盖，里面有未及清理的炭屑及灰烬，桶外地上也残留着一些。看样子这就是火化炉了。所谓火葬场，大致如此。

    当年火葬尚未普及，还没有油管桥、跑马山那种正规的殡仪馆、火葬场。据史料，1946年7月18日，闻一多"先生遗体在云大医院前广场火化"（《闻一多年谱长编》，湖北人民出版社，1994年）。按：其时云大医院尚在校内。据目击者称，"云大医院前广场"指云大操场。

    油管桥殡仪馆于1961年建成。

如今随着接触史料的增多，感觉告诉我，六十多年前看到的那火葬场，应该就是地坛的遗址。

    近期我几次去"地台寺"师大教工宿舍察看。据我六十多年前的印象推测，地坛遗址的位置大约是7栋/8栋那里。

    回头看，今"地台寺"师大老住户中尚有人传说该地曾是停棺材的地方，"闹鬼"。此恰与陈天民《昆明红十字会创始人刘锦堂》提到的地坛"停柩所"和《联大史料六》中关于联大地坛房屋租约提到的"第四停柩所"，以及戚志芬说的"地坛地处偏僻，四周都是荒丘野坟"相关联，而非空穴来风。

三、地坛之名演变的时间推测

据民国年间绘制的《昆明市县界域图》（以"地坮"代"地壇"）、《吴宓日记》、《郑天挺西南联大日记》、《联大史料六》、何炳棣的《读史阅世六十年》、戚志芬的《战火中的抗日战事史料征集委员会》、昆明《中央日报》关于在地坛举行植树典礼的报道，均可证明，20世纪20—40年代末，社会使用的地名为"地坛"，"地台寺"之名尚未出现。到了50年代，"地台""地台寺"之名开始出现，但"地坛"之名仍有少数人在用（证据见下，此不赘）。经"文革"而至80年代，"地坛"之名已淡出，说销声匿迹也可以，人们只说"地台寺"了。最能说明问题的证据就是昆明市、五华区的两种《地名志》均无地坛之名。地名学专业书籍尚且如此，遑论其他。

"地坛"之名仍有少数人在用的例子有二。一是罗养儒，他在《传说中之梳妆台》一文提到"地坛"，其书稿成于20世纪50年代。但在《昆明市五华区地名志》附录八《文献史籍地名资料摘录》中有"大西门外地台"一语，编者称此据"夏光南、罗养儒等口述资料"。多人口述材料，无法弄清"地台"一词出自谁人之口。却也正好说明，其时正处于"地坛—地台—地台寺"多名并用的过渡期。

另一例为《昆明红十字会创始人刘锦堂》，作者陈天民到了20世纪90年代回忆民国旧事，仍未忘记并继续使用"地坛"此一旧名，以存史料之真。

这下清楚了。地台寺本名地坛。变化出现于1949年之后。20世纪50年代"地坛""地台""地台寺"多名并用。之后"地台寺"之名逐渐普及。到20世纪80年代，"地坛"之名已从本土各种地名志上消失（幸亏还夹有一张标有"地坮"的民国地图）。

《云南省昆明市五华区地名志》及《云南省昆明市地名志》先后出版于1983、1986年。

地坛建于晚清光绪年间,历史不算久远,其人文气最浓厚的当为西南联大时期,联大历史系办公室和中日战事史料征辑会都在地坛。史学家钱穆、傅斯年、雷海宗、郑天挺、刘崇鋐、姚从吾、向达、吴晗等一批大师及一流学者云集地坛。中日史料会系北平图书馆与联大合作,事实上主要依托联大(尤其是历史系)。主席为主持北图的副馆长、著名图书馆学家袁同礼(馆长为中央研究院院长蔡元培),副主席为联大文学院院长冯友兰,委员多为联大历史系教授,如陈寅恪等,其他系的也有,如外文系的叶公超。可谓极一时之盛。

陈寅恪1941年离校。陈氏居青云街靛花巷。因眼疾,去地坛历史系办公室的可能性不大。当时尚未成名的历史系教员何炳棣常去地坛。

地名是历史,是文化,是记忆。不尊重地名,没必要的改名,或以讹传讹,等同于修改历史文化记忆。人们应该留住城市记忆,记住乡愁。

下图为1947年6月22日昆明《中央日报》版面图片。建厅指当时的建设厅；卢主席指云南省主席卢汉。

建厅今在地坛举行植树典礼 并请卢主席亲临训话

【本报讯】植树节原订为三月十六日，因故展期以来，时用水滴沙，树苗往往致枯以死，昆准改于年夏季节举行，兹定本日。今日以夏季节，下午二时，将假座郊地坛行植树典礼。建厅繆厅长担任大会主席，并拟恭请卢主席亲临训话一番，刻已通知并於今日欢迎当地民众加入。

光未然在昆明

光未然（1913—2002年），本名张光年，湖北省光化县（今老河口市）人，在中国现代诗歌史上占有不容忽视的地位。他不仅是诗人，也是文学理论家。晚年对《文心雕龙》作了别开生面的研究（著有《骈体语译文心雕龙》，上海书店出版社，2001年），任全国文心雕龙学会首任会长。当然，为他争得更大荣誉的作品是《黄河大合唱》（冼星海作曲）。这里要说的是光未然抗战后期在云南度过了三四年时光（1942年5月至1945年10月），不算长，但很值得注意。一是他整理了彝族阿细人的民间长篇叙事诗《阿细的先鸡》。二是他在昆明创作并出版了自己的第一本诗集《雷》。偏偏这本诗集长期以来不被看好（虽然其中的一首《午夜雷声》入选《中国新文学大系1937—1949》），一开始好心的友人就劝他不要出这样的诗集。自己经过一番思想斗争，书还是要出，但在跋文中却作了自我检讨，话很重。实际上这本诗集根本不存在什么问题，而是很有特点，很有个性，值得研究。

早在抗战前夕，光未然就创作了以抗日救亡为主题的独幕剧《阿银姑娘》。其序曲《五月的鲜花》（阎述诗作曲）在该剧公演（汉口）后大受欢迎，随着抗战烽火而唱遍全国，影响广泛，成为抗战歌曲的经典作品之一。1939年，光未然在延安创作的《黄河大合唱》更广为人知，被公认为20世纪全球华人的艺术经典。1941年皖南事变后，经周恩来亲自安排，光未然与几位同志一起由重庆转移到缅甸开展工作。一年后缅甸战局变化，光未然等冒死率领缅甸华侨青年战时工作队近百名旅缅文化战士和华侨青年，越过中缅边境，步行二十余日回到昆明。在昆明，光未然先在云南大学附中教书两年，后任李公朴主办的北门出版社编辑,并兼任昆明民盟刊物《民主周刊》的编辑工作,积极投入昆明的爱国民主运动和文艺活动。

在这段时间里,光未然写了一些诗。一为政治色彩浓厚的朗诵诗,一为极富个性的抒情诗。先说第一类。据光未然回忆,闻一多、李公朴对组织革命的群众集会都特别热心。"往往在开会的前一天,闻先生写短信来,或亲自到我住的小楼上,笑着督促我:'怎么样?明天的会很重要啊!来一段吧!'"(《〈五月花〉后记》)其时李公朴、光未然均住在昆明北门街"北门书屋"楼上,李公朴居里间,光未然在靠楼梯口的外间。其址尚存。

后一类抒情诗仅五首,即《午夜雷声》《野性的呐喊》《颂歌》《镇魂曲》和《月夜竞赛曲》。1944年,光未然将这五首诗编为诗集《雷》由北门出版社出版。对这本诗集,学术界历来评价不高。在很有影响的《中国现代文学史》(唐弢、严家炎主编,1980年版)里,无一句话提到这本《雷》。有的著作虽然提了一下,所依据的却是光未然的自我批判。臧克家编《中国新文学大系1937—1949》选了光未然四首诗,前三首是《黄河大合唱》里的《黄河颂》《黄水谣》《黄河怨》,当然没说的;诗集《雷》里挑出《午夜雷声》可能费了点推敲,毕竟这一首的调子还是相对高昂的。

但诗的调子总不能一直处于高昂的战斗状态,有时也可以调整一下,迂回一下,将笔伸向较为私密的情感世界。直说吧,写写爱情可以不可以?按说,应该是可以的,尤其是在暂时离开战场的时候。

云大附中为避日机轰炸,曾疏散到路南县(今名石林县)和昆明北郊龙头村,光未然当然也跟着去的。这与诗集《雷》的跋文(共两篇,一篇叫《跋文》,一篇叫《再跋》)所讲的"离群索居"相吻合。作者更具体讲,"这个诗集是我离群索居之日心灵一度迷失的产物"(《再跋》)。对那一辈革命作家而言,"迷失"一词是比较重的,虽然不过是"一度"。由火热斗争的前线一下子转为"离群索居",又刚刚进入而立之年,结果:"离开了督促和鞭策,便一任寂寞和烦躁把自己带进一个可怕感情的暴风雨中。"其实没那么严重,是写爱情,写得很克制的。从两篇跋文看不出相关女性的具体线索,但有提示。读者会注意到诗集的扉页上有"献给一个纯真的灵魂"的题词。《再跋》里还提到"一个纯真的孩子"。这么看,题词说的"一个纯真的灵魂"与《再跋》里说的"一个纯真的孩子",应该是同一个人,一个很具体的人。试看这一节:"搜索了一天又一天。/爬过了一座山又一座山。/焦渴使我瘫软。/我渴望见到/像幻想一般丰满/像眼珠一般明漱的/一湾清泉。"(《野性的呐喊·焦渴》)不过,有些话也可能不指具体的人,而是泛指爱情。比如在《颂歌》里,"从不同的时代/不同的种族和人民/以各式各样的语言/亲昵地呼唤着你",这个"你"指的就是爱情。"你"是"一切美丽中最美丽的/一切神奇中最神奇的"。

但诗人心中不能只有爱情。他"无法把怒放着的心花/全部地呈献给你"。

  宽恕吧我是/尘世间流亡的诗人/苦难的尘世向我招手/尘世的罪恶使我心惊/一个信念征服了我/我答应她为她献身/因此我无法以全生命的勇毅/摆开一切地/奔向你而且/摘下你/高空的彗星

这有什么问题?没有。既写了情感的波动,又表白更高的信念(革命)对自己的征服,他不会将爱情放在首位("以全生命的勇毅摆开一切地奔向你"),所以请求"宽恕"。

七八十年后的今天回头来看,很清楚,光未然这些诗是十分个性化的诗,也是十分健康的诗。一个革命诗人写惯了"大我"、呐喊惯了,偶尔涉笔"小我"、浅唱低吟,别人听不惯,视之为问题。其实,诗人已经把"大我"与"小我"的关系处理好了,很自然,很真挚;而且,在某种程度上讲,也够规范了。但,作者为什么在两篇跋文里要作自我批判、自责、忏悔,而且话很重,将自己的诗视之为"小我感情的瘟疫"呢?

因为"有些十分关心我爱护我的友人,劝我切勿印出这集子"。

友人们认为,"把这些抒写个人感情的不健康的诗章公之于世,不但有损于一个进步诗人的严正立场,而且是一个文艺战士的永远的羞辱"。批评相当尖锐,也有高度,很像数十年后的上纲上线。

我推测,这些友人可不是一般的"友人",而是革命队伍里的同志,"十分关心"他、"爱护"他的同志。① 这些同志之所以要这么做,劝他不要印出这集子,应该与革命文化队伍里正在形成的、革命文艺对革命作家的要求,有相当大的关系。诗人何其芳在延安被批评可作为例子。

何其芳(1912—1977年)与光未然是同辈作家。光未然参加革命早,入党也早。何其芳是四川万县人,1935年北京大学哲学系毕业,是诗人和文学理论家。他成名早,散文集《画梦录》在文坛影响很不小。1938年赴延安,历任鲁迅艺术文学院的文学系教员和系主任,朱德秘书。(解放后长期任中国科学院文学研究所所长和《文学评论》主编。其时中科院包括人文、社会科学,到1977年5月才建立了中国社会科学院。)他自觉要摆脱那些旧的情绪和趣味(比如孤独呀,唯美呀,现在叫"小资味"),写出面目一新的作品,也果然写出来了。像散文《我歌唱延安》、诗《生活是多么广阔》,光明、昂扬、清新,确实洗去了《画梦录》里那些旧东西。但何其芳也写了《叹息三章》(刊于1942年2月27日延安《解放日报》)与《诗三首》(刊于1942年4月3日延安《解放日报》),写法和调子有些不同。其中有一

---

① 当时在昆明的尚有革命音乐家李凌和赵沨,他们与光未然一起受命赴缅甸开展工作,后返昆。赵沨与光未然同在云大附中任教。李凌在昆短暂停留即受命赴桂林主持新音乐社工作。光未然在《雷》的《再跋》提到,由于桂林印刷成本低,他曾托桂林一位友人帮忙《雷》的出版。据此推测,那些劝光未然不要印那集子的"十分关心我爱护我的友人"中,应该有李凌和赵沨。新中国成立后,李凌曾先后任中央乐团(今中国交响乐团)团长、中国音协副主席、中国音乐学院院长。赵沨曾先后任中央音乐学院党委书记、院长。以上关于李凌、赵沨的资料均据余晓夕《试论抗战大后方音乐潮的兴起及其历史文化特点——以重庆、昆明为例》(《中国文艺评论》2018年第1期)。

首《我想谈说种种纯洁的事情》引起争议,被几位激进的同志抓住,发文在《解放日报》上加以批判,时为同年6至7月。

何其芳在诗中写:"我想谈说种种纯洁的事情。/我想起了最早的朋友,最早的爱情。/……我曾经和我最早的朋友一起坐在草地上读着书籍,/……我又曾经沉默地爱着一个女孩子,/我是那样喜欢为她做着许多小事情。/没有回答,甚至于没有觉察,/我的爱情已经和十五晚上的月亮一样圆满。/呵,时间的灰尘遮盖了我的心灵,/我太久太久没有想起过他们!/我最早的朋友已睡在坟墓里了,/我最早的爱人已做了母亲。/我也再不是一个少年人。/但自然并不因我停止它的运行,/世界上仍然到处都有着青春,/到处有着刚开放的心灵。/年青的同志们,我们一起走到野外去吧,/在那柔和的蓝色的天空之下,/我想对你们谈说种种纯洁的事情。"在致青春的几分惆怅中,也透着阳光与希望。这有什么问题?有。有人写文章批评何其芳诗"是字里行间的小资产阶级知识分子的幻想、情感和激动的流露"(贾芝:《略谈何其芳同志的六首诗——由吴时韵同志的批评谈起》)。缓和一点的没扣小资产阶级的帽子,只说何其芳与工农大众之间存在"间隔",是一个"在河边徘徊的诗人"(金灿然:《间隔——何诗与吴评》)。我猜想,这里说的"河"很可能指有革命象征意味的"延河"。说诗人在延河边"徘徊",够温和、委婉了。这与对丁玲(《三八节有感》)、王实味(《野百合花》)的批判毕竟还不一样。这是1942年7月间的事。

光未然本来就在延安。革命队伍里的文艺论争他不会不知道,虽然他(以及那些"十分关心我爱护我的友人")当时在昆明。他明白,他在"离群索居"日子里写的那些"感情的暴风雨",那些"心灵波动的记录",是不合时宜的。

不过,诗人心有不甘。他在诗集的跋文里坦诚,自己原本是同意这个劝告的,但他"终于没有接受那善意的劝告",因为:"我爱这些诗,我舍不得撕毁它们,只是因为它们是我某一时期心灵波动的记录,诚实、坦白而无所隐饰。"还有一点,"这诗集是为了献给一个纯真的孩子当作预定的礼物而编印的,我不忍让那好心的孩子太失望"。纸型做出来之后仍无决心去销毁纸型，他深深地自责："我究竟还是一个弱者啊！"

光未然在昆明出第一本诗集的前前后后，大致如此。

云大附中有个女学生叫黄腾惠（后改名黄叶绿），1944年高中毕业。抗战胜利后，云南政治形势陡变，光未然面临国民党的迫害。1945年10月，他在李公朴夫妇的协助下逃离昆明，几经波折惊险，于同年底辗转到达北平。1946年5月西南联大解散，黄腾惠随北大、清华人到了北平。同年11月，光未然与黄叶绿在北平结婚。其时内战已全面爆发，延安、张家口相继沦陷。两位好友为新人热心操办婚礼，借此冲破一下这个文化界集会的沉闷空气。诗人新郎有感而发，自撰自写了一副对联悬挂在会客室。联云：

> 不怕秋风动地来　　回头定教黄叶绿
> 试看曙色从天降　　放眼何愁光未然

光未然（原名张光年）解放后长期担任文艺界领导职务，曾任中国作家协会党组副书记、书记，副主席。《文艺报》主编、《人民文学》主编。

附记：

云南师大图书馆杨雨涵女士为作者查寻并复制延安《解放日报》若干原版资料。特此说明，并致谢忱。

李约瑟与昆明

李约瑟（1900—1995年）博士是中国人民熟悉、尊敬的国际友人，他那部洋洋数十册的《中国科学技术史》在中国广为人知，但知道李约瑟来过昆明的人不多。他来中国的第一站就是昆明，恐怕晓得这个人就更少了。

《李约瑟与中国》是一本被李约瑟认可的长篇传记。据此书讲，1942年秋，正值二战进入关键阶段，英国政府决定派两位科学家和学者前去访问和支援战时的中国。当时，在英国学者中懂中文者寥若晨星，初通中文并对东方文明怀有强烈兴趣的李约瑟被选中了。他的英文姓名本应译为约瑟·尼达姆，但他模仿许多西方汉学家为自己取了个中文名"李约瑟"。"约瑟"是他的本名，姓则略为变化，以"李"代"尼"（只变了汉字的声母），不但看起来像汉姓，且有深意存焉，表示他对中国道家、道教之始祖李聃（老子）的尊崇。他还取字"丹耀"，"丹"是道家炼丹之结晶，且又与李聃之名同音。"李约瑟"这名字融合中西文化，珠联璧合，表现出他对中国文化的感情和素养。

1943年2月下旬某日，李约瑟取道印度，飞越"驼峰"来到昆明。他是以英国驻华科学使团副团长兼驻华使馆科学参赞的身份来访问的。

李约瑟对昆明的印象很好。在巫家坝机场，他看到许多美国飞行员。在给友人的信中他细致地叙写了对昆明的第一印象：

> 乘汽车进城，沿途树木成列，水渠纵横。流行的色彩是蓝色的天空，蓝色的平民所着长衫，及农夫的短衫裤，以

及黄色的泥土。……石铺的街道,但人行道大半是泥土的,房屋多数是两层,一切都稍有偏窄的感觉。市容粗糙但很清洁,一切令人淡然回忆起英国村镇的街道中的乡村店铺,但是这里所有的门多数是敞门。十字路口有交通警,但来往的大多数是人力车和徒步者,另加少数大卡车。经翠湖公园,一切多少未经管理,但具有吸引力。

文字相当具体,所写昆明市容与我的童年记忆相吻合。那时的翠湖确实"多少未经管理",比较本色,游人自由出入。李约瑟下榻的英国驻昆领事馆,地址在翠湖北路云南大学现在的校门正对面,一座黄色的花园洋房。他在信中说领事馆:"有可爱的花园一座,其中美丽的花木,树干拗成美妙书法的曲线。在我的卧室窗外有美丽的竹林,隔邻的屋顶在竹林上面……天气极像剑桥春季及秋季,无数的白嘴鸭使人心悸,倘使闭目片刻,可能使人有身居杜克福斯牧师住宅之感。"感觉太好了。这座花园洋房后来是云南省文联的会址,作家、艺术家们住在里面,挺般配的;但前几年建盖宿舍楼被拆除了,很可惜。

李约瑟在昆明三个多星期,日程很紧。他先后参观访问了西南联大、中央研究院和北平研究院的一些机构,而西南联大是重点。据西南联大校史,3月1日:"梅贻琦常委主持国民月会,请英国剑桥大学李约瑟博士讲演。题为《科学在盟国战争中的地位》。"那一时期西南联大师生对国际问题十分关心。在李约瑟的讲座之后,本校教授也举行了一系列讲座,如:历史系蔡维藩讲《盟国胜利与德日挣扎》,王信忠讲《远东战局之展望》,政治学系王赣愚讲《自由主义之危机》,邵循恪讲《国际和平组织的过去与未来》,经济学系伍启元讲《经济战争与现代战争》,滕茂桐讲《国际计划经济与国家计划经济》,等等。

李约瑟还参观了西南联大物理系,由理学院院长吴有训陪同。参观图书馆时,他在书架上发现了一整套牛津大学赠予的《化学会杂志》及其他杂志，感到十分欣慰。后来李约瑟多次向联大输送图书仪器，西南联大校史有"常委会会议决：函谢李约瑟教授对于本校理学院图书仪器之协助"的记载（1944年8月30日）。

李约瑟还游览了西山，于三清阁给予特别的注意。李氏日后对人说："首先看到的是两座佛寺[①]，第三个是道观，我们对后者更感兴趣。这座道观叫作三清阁，是一座劈岩而成的优美圣祠，建立在一个几乎是绝壁的半山上。"

"三清"是道家的说法，即玉清、太清、上清，为道家神仙居住的天外仙境。西山的三清阁共九层十一阁，上接云霄，下临滇池，是西山风景区的最佳去处。

但李约瑟的兴趣不在于风景，而在于对中国科学技术史的探索。李约瑟发现，中国的科学技术与道家有着非同寻常的关系。这位英国科学家当时正在为他未来那部震惊国际科学界的巨著《中国科学技术史》作准备。

《中国科学技术史》（台湾版中文译名为《中国之科学与文明》）卷帙浩繁，专业性强。据介绍，这部著作不仅仅着眼于史料的发掘和整理，而且将科学史同思想史、社会经济发展史有机地联系起来，并且对中西文化进行比较研究。李约瑟在这部著作中提出的一个尖锐问题是："既然能有这么多早期科技成就，为什么中国人没有发展出近代科学呢？"我不懂自然科学，只大致读过"导论"。我相信，任谁找李约瑟大著中自己感兴趣的一本来读（全书七大卷三十四册，通读的人大概不多），都会受到启迪。

令人感兴趣的是，我国著名彝族学者刘尧汉先生也对道家十分关注，他在1985年出版的《中国文明源头新探》中提出了一个崭新的观点，认为金沙江两岸的彝族文化是中国文明的源头。在这本书中，刘尧汉从不同角度考察论证了彝族文化与道家文化的血缘关系，认为彝族现存的祖灵葫芦和虎宇宙观是远古虎伏羲氏族部落的自然崇拜和

[①] 指华亭寺、太华寺。

图腾信仰，即其原始宗教，也可简称为羲、炎、黄时代的"原始道教"。尔后一直流传于民间，经老子的抽象概括而形成道家哲学体系，再经庄子系统阐发而更加完善。刘氏举出的例证很多，如：中国许多民族都有人从葫芦里出来的神话传说，《诗经》中就有"绵绵瓜瓞，民之初生"（瓜瓞即葫芦）之句。闻一多考定"伏羲是葫芦的化身"（《伏羲考·伏羲与葫芦》），彝族崇拜葫芦，他们把葫芦挂在胸前，并说："葫芦是彝族的祖公。"汉、唐以来，道教及其医药以葫芦为其象征或标记。彝族的虎崇拜和虎宇宙观在云南姚安县的口传史诗《梅葛》里有充分表现，说虎尸解后"左眼做太阳，右眼做月亮"。老子既姓老又姓李，考察彝族语音，其意均为虎，老聃、李耳的彝意均为虎首、母虎。其他如道家尚玄贵左，彝族尚黑尊左，等等。

刘尧汉的观点确实让人耳目为之一新，打开了人们研究中华文明的新思路、新视野。视彝族文化为中国文明之源头，目前还不能说已成为学界共识，但朝这一思路进行的"新探"仍然是很了不起的。一位日本学者指出，李约瑟的功绩在于他最早揭示了老庄思想和科学的联系。读刘尧汉的《中国文明源头新探》，我也得到一个启发，觉得研究中国文化及其起源，应该摆脱儒家文化的本位和汉文化的本位。

回过来还说李约瑟。据这位英国科学家的信件，在昆明的时候他和中国学者常常在早晨"去附近庙中散步，并有幸首次瞻仰道教的庙宇"，可惜语焉不详。西山的三清阁李约瑟是去过了，其他"道教庙宇"近的有真庆观（拓东路与白塔路交叉路口），远一些的有太和宫（金殿公园内）和龙泉观（黑龙潭公园内），李约瑟去过没有不得而知。离李约瑟下榻处最近的是圆通寺，这是佛寺，但崖壁上有道教神仙像，反映出释道合一的特点。李约瑟早晨散步是否散到圆通寺也不得而知。李约瑟一生共访华八次，昆明是他首次访华的第一站，而昆明的道观又是他首次见到的道观。

这么说，李约瑟确实给昆明的道观增添了科学的光彩。

冯至在昆明

一、朝拜诗山杨家山

杨家山是我心仪已久的诗山,远倒不远,就在金殿背后,可总未找到机会去朝拜。六十年前,大诗人冯至在那里创作的诗集《十四行集》,在中国现代文学史上具有非同一般的地位。

早年留学德国、获海德堡大学博士学位的冯至(1905—1993年)1938年底随同济大学来昆,次年任西南联大外文系教授。冯至20世纪20年代就开始写诗,被鲁迅誉为"中国最为杰出的抒情诗人"。刚到昆明住过报国街和节孝巷(均在今"仟村百货"一带,现为苏宁电器商城),后由同济学生吴祥光介绍到吴父经营的杨家山林场去住。那里森林茂密,既是躲避空袭的安全区,也是写诗的好地方。冯至一家在那里住了一年(1940—1941年),也常去那里休息、写作,有时也邀朋友去那里聚会。诗人卞之琳(西南联大外文系副教授)还在那里住过半月,完成了长篇《山山水水》的全部初稿。这种独特的氛围,使冯至的临时寓所不像避难处,倒像一个山野沙龙。

冯至在杨家山写的《十四行集》一改他20世纪20年代的诗风,不再偏重情感的抒发,而是用一种客观的体验方式去感悟个体生命的存在,表达人世间和自然界万物相连、息息相通的哲理(说来也巧,冯至的山居恰在今世博园国际馆背后约一千米处,他那些诗所表达的理念正与六十年后世博会"人与自然和谐共处"的精神相通),体现出冯至诗歌艺术由浪漫主义向现代主义的转变。正如他在日记中写的那样,在杨家山,"对着和风丽日,尤其是对着风中日光中闪烁着的树叶,使人感到——一个人对着一个宇宙"。在冯至、卞之琳及外文系别的几位中外教授的影响下,中国新诗的第二个现代主义浪潮在西南联大兴起,涌现了以外文系学生穆旦(毕业后留校)为代表的新一代诗人。从这个角度看,视产生《十四行集》的杨家山为诗山,当不为过。

冯至在杨家山还译注了俾德曼编的《歌德年谱》,写了以杨家山为题材的两篇散文(均被选入《中国新文学大系》)。夫人姚可崑教授在杨家山译卡罗萨的《引导与同伴》,也帮先生批改从城里带回家的学生作业。"夜晚在一盏菜油灯下,十分寂静,更使人思想缜密入微,好像影子也在进行无声的对话。"夫人这般回忆,更是令人神往。"孤灯暗照双人影,松树频传十里香。此影此香须爱惜,人间万事好商量。"怪不得冯至当年要写下这么一首绝句。

越说越神往。朝山的机会终于来了。暮春三月某日,几位记者邀我结伴前往。怎么个走法呢?据冯至的回忆录,当年从昆明市区去杨家山,是经小坝、波罗村(此线即今穿金路)由云山村"顺着倾斜的山坡上弯弯曲曲的小径,走入山谷"。冯至说的"山谷"其实就是今天的世博园,那"弯弯曲曲的小径",已被改造成今天的花园大道。到国际馆,再往前走一千米就到一个叫"六合实业"的村子(这村名好怪),这就是目的地了。如今进山,此路不通,得从五家村经金殿水库旁的公路,再穿过一片森林,绕到金殿后山方可达。到达六合实业村,举目四望,一片葱茏。当年的林场"管理处"建在后来形成的村旁,用土墙围成一个大院,内有瓦房七八间,茅屋两间位于东北角,那就是冯至的"别墅"。可惜这个大院连房舍带围墙早已被拆除推平,变成一片空地,不免令人怅然。但从遗址西望,不远处不就是今天昆明人引为骄傲的世博园吗?朝山的我们又转而欣慰了。

二、杨家山散文遗韵

吃菌的季节又到了,我又想到诗人冯至,他六十年前在一篇散文里极精彩地描写了昆明人上山采菌(昆明话叫拾菌儿)的风情,读了让人陶醉。

冯至在金殿背后的杨家山林场写了散文若干篇,其中一篇题为《一个消逝了的山村》,内有一段写采菌的内容。

> 雨季是山上最热闹的时节,天天早晨我们都醒在一片山歌里。那是些从五六里外趁早上山采菌子的人。下了一夜的雨,第二天太阳出来一蒸发,草间的菌子,俯拾皆是:有的红如胭脂,青如青苔,褐如牛肝,白如蛋白,还有一种赭色的,放在水里即变成靛蓝的颜色。我们望着对面的山上,人人踏着潮湿,在草丛里、树根处,低头寻找新鲜的菌子。

文中写的这些形形色色的菌子,不就是昆明人每年都要吃的牛肝菌、青头菌、黄盖头、见手青、干巴菌和鸡㙡这些山野美味吗?我实在想不起是否还有哪位作家对昆明人采菌有过如此生动、细致的描写。尤其是"天天早晨我们都醒在一片山歌里"一句,令人陶醉,让人神往。诗人还写道:"这是一种热闹,人们在其中并不忘却自己,各人盯着各人目前的世界。"并说:"这些彩菌,不知点缀过多少民族的童话。"

这真是当年昆明郊区山野间一幅难得的风俗、风情画。谢谢冯至先生为昆明留下了这一笔。

这篇散文不光写了夏日采菌,还写到山林里的野生动物,说在秋后萧疏的树林里,每近夜晚,"风声稍息,是野狗的嗥声";而在比较平静的夜里,"代替野狗的是鹿子的嘶声",并且"据说,前些年,在人迹罕至的树丛里还往往有一只鹿出现"。除开文学价值不说，单就文中储存的生态信息来讲，不是很值得今天的昆明人思索吗？"这些风物，好像至今还在诉说它的命运。"冯至在文中最后这样说。

这就超越了单纯的风情画。李广田评冯至在杨家山写的《十四行集》是"沉思的诗"，据此，我以为冯至的这篇散文也可视为"沉思的文"。那些十四行诗所蕴含的思想比较深邃，不易领会，而这篇散文恰可作为理解那些诗的导读。但又不止于此。读此文，我们还会想到别的。六十年前蛰居杨家山的冯至，天天早晨都"醒在一片山歌里"，六十年后的我们还能听到那种与大自然融为一体的山歌吗？牛肝菌、干巴菌我们还能照样吃，而那山歌（昆明人叫"调子"）怕是难得听见了。又见报上有消息说，"亚洲最大野生动物园"即将在昆明东北郊兴建，而其位置正是金殿和世博园背后的杨家山林区的西北方向三公里处。我希望，冯至赞美过的"彩菌"，还有他听见过嗥声、嘶声的杨家山"土著"野生动物，能与这个亚洲最大的野生动物园为邻，继续获得它们的生存空间。

三、敬节堂巷19号

冯至在杨家山一年多，之后迁回城里，寄寓大西门内钱局街敬节堂巷（后改名钱局巷）19号，时1941年11月。

宅主姓朱，是昆明数得上的大户人家。朱宅分前后两院，兄朱文高住前院，弟朱志高住后院。朱氏昆仲是缪云台的外甥。朱文高当年在光华街（正义路口）开有"老福源金店"，在昆明同行业中首屈一指。小时候我在景星小学读书，常走光华街，"老福源"的深咖啡色门面十分辉煌，至今仍留下很深的印象（其址即今"豪客来"快餐店）。1946年5月西南联大被解散，北大、清华、南开三校北归。省、市商会代表三迤耆宿，书赠三校屏联各一，缕陈西南联大对云南之贡献，盛赞西南联大继承三校之传统，表达省、市各界对西南联大师生之情谊。朱文高作为省、市商会的常务理事参与此一盛举。商人崇文，值得一提。

冯至一家住在后院，主人朱志高也非寻常，曾做过龙云的上校高级副官。云南政变后，龙云被蒋介石弄去做了个有职无权的军事参议院上将院长，实际是被软禁。朱志高也跟着去，安排了个军事参议院的少将高参。1948年12月由缪云台秘密活动，请陈纳德、陈香梅夫妇帮忙，龙云得以逃离南京、流亡香港。朱志高是直接参与策划的少数几个人之一。[①]

离开杨家山回到市区的诗人冯至，思想和生活态度都发生了一些变化。用他自己的话说：1942年以后"和林场茅屋的田园风光日渐疏远"，与社会现实日益贴近，因而"写作的兴趣也就转移"了，开始写一些关于眼前种种现实的杂文。正是由于冯至对社会、政治的关注，加之他住的敬节堂巷19号朱宅又靠近翠湖、大西门（许多西南联大教授都住在这一带），位置适中，他的寓所就一度成为西南联大部分教师论学议政的沙龙了。那是1943年上半年。当时闻一多、潘光旦、曾昭抡等共同支持几位青年教师组织了一个学会，潘光旦不光积极参加，而且热心会务。由于参加者都是知识分子，都是"士"，潘光旦便将这个"士"字拆开，给沙龙取名为"十一学会"。吴宓则因为最早的发起、策划人是当时的青年教师王佐良、丁则良（后来都是著名学者），又将沙龙戏称为"二良学会"。这个"学会"的宗旨为士大夫坐而论道，各抒己见。据冯至、吴征镒两先生的回忆，最初的参加者多为文学院各系的教授、副教授，除闻、潘、曾三位外，还有杨振声、雷海宗、朱自清、闻家驷、冯至、卞之琳、李广田、吴晗、孙毓棠、沈从文、陈铨等。后来，王瑶、何炳棣、吴征镒这一辈青年教师也参加讨论。关心政治这一点是共同的，而见解则难免有分歧。陈铨是外文系德文教授，1940年4月与云大文法学院院长林同济等在昆

[①] 朱志高：《龙云逃离南京之真相》，载《昆明文史资料选辑》第11辑（内刊）。

明创办《战国策》杂志,有名的话剧《野玫瑰》也出其笔下。当时的进步文化工作者对以陈铨、林同济为首的"战国策"派(包括"声音洪亮如雷,学问渊博似海,体系自成一宗"的雷海宗,沈从文也沾点边)及其作品持批判态度。又如孙毓棠,教育学系副教授,喜欢导演话剧,先前还是新月派诗人。孙加入了国民党,据说他曾劝闻一多也加入国民党,说他加入国民党是为了骂国民党不会被怀疑。闻一多拒绝了。可见当时的西南联大教授也是分左中右的,只不过有时界限分明,有时有点模糊罢了。因此,这个坐而论道的"十一学会"活动了还不到一年,也就随着政治上的分化而烟消云散。

沙龙散了,而沙龙的主人冯至在缓步前进着。1945年"一二·一"惨案发生,冯至无比震惊、无比愤慨,脱口说出了《招魂——呈于"一二·一"死难者的灵前》这首独特的"十四行"诗。

> "死者,你们什么时候回来?"
> 我们从来没有离开这里。
> "死者,你们怎么走不出来?"
> 我们在这里,你们不要悲哀,
> 我们在这里,你们抬起头来——
> 哪一个爱正义者的心上没有我们?
> 哪一个爱自由者的脑里忘却我们?
> 哪一个爱光明者的眼前看不见我们?
>
> 你们不要呼唤我们回来,
> 我们从来没有离开你们,
> 咱们合在一起呼唤吧——
>
> "正义,快快地到来!
> 自由,快快地到来!
> 光明,快快地到来!"

这首诗镌刻在云师大校园内烈士墓台后竖起的石壁上（自由女神像下面），今尚存。

至于诗人写下（应该说是诗人脱口说出，然后笔录）这首诗的敬节堂巷19号，它的主人朱志高20世纪50年代初也走了。朱先生前些年任香港云南同乡会主席，女儿朱虹是香港影星，她在影片《屈原》中饰南后，三十年前此片在内地放映，很红了一阵。据后院新住户王老（江浙人）说，20世纪80年代初朱家小姐回来看她家的老房子，拍了些照、录了些像，又走了。房客走了，房东也走了，十五年前，房子也拆了。如今人走房消，再从钱局街走过，只能对原地矗起的烟草楼默默地行注目礼了。

施蛰存《路南游踪》

前文说到在云大任教的施蛰存先生很留心云南、云大的历史和掌故，但这位作家的兴趣不止于此。施蛰存还喜欢实地考察。他那篇《路南游踪》不但是一篇文学价值极高的游记，同时也是一篇极有学术价值的民族学、民俗学报告。

这篇游记共二十四节，约三万字，写于1939年。游览时间是1938年初，除作者本人外还有吴晗弟兄，三人成行。他们先坐火车到狗街过夜，第二天再分别坐滑竿、骑马去路南县城。较之今天的直达火车和汽车，六十年前由昆明去一趟路南也真够麻烦的。

文人旅游一般都特别留意当地的人文资源和人文景观，何况施、吴两位文学家、史学家。一到县城，作家就注意到县府的特别：

> 县政府相当地大。府门在城中大街上，后背便是北城根，所以实际上已占了全城四分之一的地方。当我们走过县政府大堂的时候，觉得它似乎还应该被称为县衙门才对，因为那还是一个旧式衙门的大堂。旁边有一面大鼓，中间是一张公案，公案上是签筒、笔架、朱砚和惊堂木。县长的公座仍然是一张超大的太师椅子。凡是舞台上所看见的县太爷坐堂的威仪，此地居然还存在着。我很想有机会能够亲眼看一次审案子，想必此地的囚犯还是会跪下来磕头的吧。

读这一段文字，立刻想到山西省的洪洞县，据说当年关押苏三的监狱至今尚存（甚至说苏三的档案都还在），成为洪洞的重要景观。其实洪洞县最有名的是"大槐树"，去游洪洞的人十有八九是去"大槐树"寻根。据说从大槐树下出走的移民有一个重要特征是脚的小趾甲分为两瓣,贾平凹那本《高老庄》提到过。在云南,尤其昆明,此一说法亦流传久远,视之为内地汉族后裔的重要特征。

县衙门那一套做派明显是内地汉文化的遗风,施先生说:"凡是舞台所看见的县太爷坐堂的威仪,此地居然还存在着。"这正所谓"礼失而求诸野"了。但这个"礼"当然不是彝族的,要看彝族的"礼",还得离开县城,下去。施先生几位赶上了龙王会。

民国初年修的《路南县志》施先生提前借来看了,其中"岁时纪"一目下有一条记述龙王会的,如下:"正月初八相传为黑龙潭龙诞辰,是日县民咸聚会于此,醵金赛神,制大香高丈余,施以彩饰,植于庙门燃之,十数日不熄。地方官亦亲临致祭,远道来集者颇多。"

从这段文字看,这龙王会大约不是地道的彝族风俗,会是许多村子凑钱办的。赛会的行列逐渐形成,各村的与赛者沿路加入,行列慢慢扩大,至龙王庙而蔚为大观。施先生一行在靠近终点处等着,那里已聚了数千人,热闹非凡。他们带了照相机,十分惹眼,多次有人求照。"有三个夷(今作彝)女,相貌似乎可说是我们所见过的最美丽的,常常有意无意地追随在我们后面,指指点点,唧唧喁喁。"原来是村里"最富有最尊贵的女郎",希望给她们照一个相。刚照好相,"已听见鼓声在很远的村子里咚咚地响着,孩子们起着哄,知道行列快来了"。他们连忙找地方安放三脚架。不一会儿,鼓声已在坝子里响起了。"远远的丘陵背后已经露出了招展的旌旗和巍然高耸的两根大香,在慢慢地近来。不久,全个行列迤逦而过,乐器有锣、鼓、琵琶、月琴、铜丝琴、笛子。"陪游的本地人高君告诉他,锣鼓等称为大乐,琴笛等称为小乐。但很快施先生就看出名堂了:"杂耍有高跷,台阁,装扮蚌女皂隶诸状,大体上都与各地汉人的迎神赛会差不多,想来这种风俗根本不是他们夷族原有的。"

但汉文化在路南也不是简单的移植,否则就谈不上融合。当施先生一行吃罢一顿丰盛的野餐,约莫下午三点钟光景,人渐渐地散了。

"坐在山冈上的县长及其眷属也上了他们的白布篷的滑竿,由几名警察前呼后拥,翻过山头'回衙'去了。"这时陪游的高君告诉他们说,他们要看的龙王会盛况现在才开始呢。"原来在祭祀龙王,买卖物品完了之后,夷人中的青年男女才开始寻觅他们的配偶。所以龙王会最后的一幕乃是最足以使我们这些观光者感兴趣的一幕。"这最后一幕正是彝族原有的风俗,而前边那些移植来的祭祀活动,相比之下倒成了这最后一幕的铺垫,或者说序曲。这一前一后浑然一体,不就是汉文化与彝文化的融合吗?

施蛰存、吴晗一行肯定陶醉了。土阜上的姑娘被一个个领走了,一对对男女"相与携手,从龙王庙背后翻山越岭而去,找一个幽静的地方,情话跳舞去了"。这一行人还注意到"土阜上的姑娘渐渐地少起来",他们还替那些留下来的姑娘担忧,如果今天找不到爱人,那就要等到明年今日了。他们不忍心看这些姑娘的结局,就去树林里找他们的马。

下一段真是美文,不能不将它完整地抄下来:

我们策马登山,已是申末时分。黄澄澄的斜阳,把我们一行四骑的影子照在红色的沙碛上,显出一种宏伟的气象。这时候,我竟忘却了自己的渺小。我们好奇地跟随一群夷男夷女,保持着相当远的距离,让他们不觉得有我们这些闯入者在注意他们的行动。我们遥见他们走到一个平坦的小山顶上,就有四男四女排列出很整齐的一组。四个男的手里都拿着乐器,乐器发出铮琮之声,大家就一齐舞蹈起来。另外还有一对一对的男女,都互相勾着后膀跟着跳。零乱的斜阳遂在这一地方勾勒出一幅瑰丽的图画。我们大家都忍耐不住,嬉笑着把马加上一鞭直冲过去,骇得他们立刻停止了乐舞,呆呆地望着我们。我们觉得很抱歉,再三请他们继续奏乐舞蹈,可是他们无论如何都不肯。坚持了许久,我们表示我们并没有别的用意,我们不过要看看跳舞而已,可是男子们倒

施蛰存《路南游踪》

答应了，姑娘们却非常羞涩地决不答应。我们无可奈何，只得放弃了他们，寻路下山，及至到了山脚下，回头一看，他们又在情致缠绵地舞蹈起来了。

后来这一行人去了离路南县城四十里的尾则村，那里有天主教堂，使这个山村在彝汉文化之外又多出了一种西洋文化。

在尾则，那位姓高的陪游邀客人去他家吃饭，所见却与一般彝族人家不同。"我们到了高家一看堂中方桌上除杯箸外居然每一位上还放了一张揩抹杯箸的纸，及至端出菜来也居然有两三样东西并在一块儿煎炒的肴馔，这显然是一个很汉化而且文明的人所调度出来的。"

施先生连用了两个"居然"，足见很出乎意料。揩抹杯箸的纸，那时昆明的大小餐馆都是有的，即使是专卖米线、饵丝的小吃店也无例外。一般餐馆用的是白纸，质地较绵软；小吃店用的是土纸，较粗也较黄。伙计招呼客人首先是将桌面拂拭一遍，放好碗筷和纸，然后才问请（意同吃，表敬意）点哪样。高家如此讲究（老昆明话叫作"玩格"），确实相当汉化了。

后来天主教堂的两位神学生来请他们去吃晚饭，其惊奇更在"居然"之上，原文说：

> 出于意外的，原来天主堂给我们预备了一顿使我们意料不到的盛宴。一只长桌子，像吃西餐似的布置好了席次。每人一碗一盆，一箸一匙，正中陈列着八大盆菜，迥异乎前几顿所吃的半生不熟的单调的东西，并且还有自酿的果汁酒，味道与法国红酒一样。

这其实不奇怪。早在19世纪末，路南就来了一位法国神父保罗·维亚尔（1855—1917年），他的墓地就在尾则村天主堂后面。施先生文中说："我们虽知道维亚尔曾在路南消度了他大多数的年岁，却想不到我们所到的村子，就是这位西欧的学者孤寂地研究远东一个弱小的原始民族的地方，而且还是他长眠之地。"

墓碑是中国式的，碑额曰"云南传教司铎邓公保禄之墓碑"。碑文不长，施先生觉得"甚妙"，就照抄了。如下：

> 公讳明德，大法人也。生平性喜耽静，乐善好施，真乃仁人君子。先于西历一千八百八十年自法赴滇，为传天主教，遂委任漾壁（漾濞）开教。五年后，委饬路南路美邑。初立教堂。于一千八百九十二年被匪抢劫，公受重伤十四痕，求医无效，只得回国调治。旋得痊愈。公不弃原职，仍然赴滇，建修各属教堂，又新创村名曰保禄村，此法大恩人之功也。兼之博学多能，诲人不倦，著书传经，创造《法夷字典》，特得大法士院优给奖励，迄今奉教者日多。又广设学校，大兴文化，升举司铎。则群贤毕至，少长咸集。非公之功，非公之德欤。

文辞说不上古奥，然简约不俗，字字透出汉文化的雅驯；而这却是路南彝民为一位西洋人立的碑，这不是中外多种文化交融的又一个绝好例证吗？

那两位来请施蛰存、吴晗几位去吃饭的神学生，一位姓郭，一位姓李，也不简单。经交谈，"才知郭君及李君俱是本邑夷族，自幼即在昆明白龙潭神学校读书，精谙法文及拉丁文，可谓夷族中之翘楚"。施先生精通法文，两位彝族青年算是遇上了"知音"。但当几位客人征询他们关于彝族的一些习俗风尚，"却似乎不能详说，甚有讳言之意"。何以故？

我猜想，这里可能存在着心理障碍。施先生此次旅游，主要目的是搜集民族民间文学并做些文化人类学调查，收获颇丰。邓保禄司铎（即保罗·维亚尔）编的那本《法夷字典》（1909年香港拿撒肋出版部印行）里面，已经包括了邓氏在路南、陆良等地搜集整理的一些经典及歌谣，如《民族的创世纪》《一个梦》《地为什么是皱的》《挽歌》等，施先生不满足，还向彝族老人请教以补充材料。有一些富于象征意味的婚歌，其中有一种称为"索额葛里耶"，是燕子及时栖止于乔木之意。又有一种称为"喜微阿欧答"，老人无论如何不肯讲出其意义，"可是旁边几个年轻人终于笑起来告诉我们。原来'喜微'是白花的意思，'阿欧答'是时候到了的意思。这是说白花落掉的时候到了。同时'处女膜'也叫作'喜微'，所以这篇名是双关的"。这种事老人不好意思讲（尤其是当着本村的后生）可以理解。那几个笑着讲出来的年轻人大约无文化或文化不高，讲起来无遮拦并且觉得开心。受过教育的人觉得有些事说出来有伤本民族的颜面，因而躲躲闪闪，天性的率真在不知不觉中被"文"慢慢"化"掉了。那位精谙法文及拉丁文的尾则村彝族青年或许就有着这样的心理障碍吧。

由于施蛰存先生专注于文化人类学考察，对今天赫赫有名的石林反倒涉笔不多。但施先生游罢石林后的一段议论却写得好，说游石林让他想起了苏州天平山，那不过"寥寥几支石笋而已，可是已擅名'万笏朝天'，被推为东吴胜迹，若与这石林比较起来，却是小巫见大巫"。然而，天平山却名气大，因为有文人学士给它誉扬；而石林僻处南荒，似乎连徐霞客都未来游过，所以不大为外人所知，"可知自然界的伟观，亦有遇不遇之慨也"。极是。今天搞旅游推销"产品"（景点及线路），都晓得要加强宣传力度，成了常识。

林徽因对昆明的最后记忆

离开龙泉镇北迁四川李庄五年后,林徽因又回到了昆明。这一回是来养病。

林徽因一家是经贵州毕节去四川的。刚到李庄,林徽因的肺病就复发,卧床不起。第二年3月,三弟林恒(上尉飞行员)在成都上空殉国,更使林徽因痛不欲生。1945年底,林徽因赴重庆出席美国特使马歇尔举行的招待会,并由著名美国胸外科医师里奥·埃娄塞尔博士作病情检查。这位医生悄悄告诉费慰梅(Wilma Canon Fairbank)[1],林徽因短暂而多彩的生活,再过五年就会走到尽头。[2]

朋友们开始为林徽因回昆明养病作准备。暂住重庆的林徽因也对那里感到厌烦,她对费慰梅说:"这可憎的重庆,这可怕的宿舍,还有这灰色的冬天光线。这些真是不可忍受的。"当朋友们将送她回昆明养病的计划告诉她后,她稍事犹豫便同意了。"再次到昆明去,突然间得到阳光、美景和鲜花盛开的花园,以及交织着闪亮的光芒和美丽的影子、急骤的大风和风吹的白云的昆明天空的神秘气氛,我想我会感觉好一些。"[3]

1946年2月,林徽因从重庆乘飞机回到昆明,住北门街唐家花园。这是已故唐继尧的公馆(其址包括今云南省歌舞团和昆三十中两单位的宿舍及圆通山的孔雀园),条件当然是相当好的,是费慰梅、金岳

---

[1] 费慰梅即费正清夫人威尔玛·费尔班克,美驻华使馆文化专员,中国营造学社外籍社员。
[2] 陈学勇:《〈林徽因年表〉补》,《新文学史料》1999年第2期。
[3] 费慰梅:《梁思成与林徽因》,中国文联出版公司1997年版,第175页。

霖、张奚若将她安排在这里的。住定后，林徽因给在重庆的费慰梅写信说："我终于又来到了昆明！"来治病，来看望老朋友，"来看看这个天气晴朗、熏风和畅、遍地鲜花、五光十色的城市"。重回昆明印象之佳、心情之好，溢于言表。也许由于新的住所与龙泉镇和四川李庄反差太大，林徽因将北门街唐园叫作"梦幻别墅"①。她在给费慰梅的信中对所居住的环境，作了充分的诗意描写：

> 所有美丽的东西都在守护着这个花园，如洗的碧空，近处的岩石和远处的山峦。这房间宽敞，窗户很大，使它有一种如戈登·克雷早期舞台设计的效果。甚至午后的阳光也像是听从他的安排，幻觉般地让窗外摇曳的桉树枝丫把它们缓缓移动的影子映洒在天花板上！
> …………
> 昆明永远那样美，不论是晴天还是下雨，我窗外的景色在雷雨前后显得特别动人。在雨中，房间里有一种难以言状的浪漫氛围——天空和大地突然一起暗了下来，一个人在一个外面有个寂静的大花园的冷清的屋子里。这是一个人一生也忘不了的。②

我这里之所以大段摘引林徽因的信件，不仅因为这些文字是窥测这一阶段她心理情绪的窗口，也因为她养病的这个唐园前些年已经消失了，十分可惜。唐园背靠圆通山，林徽因寄寓之处当在今孔雀园的西南角，她写到的山峦、岩石，是从唐园看到的公园景致。文字侧重写情绪、感觉，实笔细描不多，但毕竟是关于这座"梦幻别墅"的珍贵史料。一个多月后，仍在四川李庄的梁思成在给费正清夫妇的信中也说到夫人在昆明养病的状况："尽管昆明的海拔高度对她的呼吸和

---

① 费慰梅：《梁思成与林徽因》，中国文联出版公司1997年版，第176页。
② 《林徽因文集》（文学卷），百花文艺出版社1999年版，第385—386页。

脉搏会有某种不良影响,但她在那里很快活。她周围有好多朋友给她做伴,借给她的书都看不完。老金(指金岳霖)和她待在一起(他真是非常豪爽),她还有一个很好的女仆,因此得到了很好的照顾。我没有什么可担心的。"①

林徽因1946年重返昆明住了三四个月,这几个月的"梦幻别墅"生活,给她留下特别愉快、特别难忘的印象。

不过,情绪好不好是就总的方面而言。毕竟,抗战已经胜利,又一下子从乡下住进了高级的私人园林,又有那么多的友人来关心、照料,情绪基调的确是愉快的。但还有一个,毕竟丈夫和孩子都不在身边,而且林徽因的病情也似乎未见明显的好转,因此可以想见,她的心绪也不会好到哪里去,哀愁与愉悦相伴,或许更接近于真实。有诗为证。

在李庄,林徽因的情绪相当忧郁。她写过这样的诗句:"忧郁自然不是你的朋友,但也不是你的敌人。"(《忧郁》)这种心绪重返昆明后不时又流露出来。试看这首《对残枝》:

> 梅花你这些残了后的枝条,
> 是你无法诉说的哀愁!
> 今晚这一阵雨点落过以后,
> 我关上窗子又要同你分手。
>
> 但我幻想夜色安慰你伤心,
> 下弦月照白了你,最是同情,
> 我睡了,我的诗记下你的温柔,
> 你不妨安心放芽去做成绿荫。

昆明四季如春,林徽因在唐园养病正是自然的春季,可谓春天里

---

① 费慰梅:《梁思成与林徽因》,中国文联出版公司1997年版,第178页。

的春天。春城无处不飞花，何以独独要与冬梅的残枝对话？那残枝，大约就是她自己的心影罢。来日无多，某种预感可能不时袭上心头。林徽因默默面对窗外的残枝，窗外的残枝也温柔地凝视着抱病的她。以前说"忧郁自然不是你的朋友"，不对了，忧郁是林徽因与残枝共同的朋友，面对残枝其实就是面对自己。美国医生预测她只剩下五年的生命，虽然命运让她奇迹般地多延长了五年。

林徽因给昆明留下的另一首诗《对北门街园子》，色调要暖一点，也亮了些。全诗共六行：

> 别说你寂寞；大树拱立，
> 草花烂漫，一个园子永远
> 睡着；没有脚步的走响。
> 你树梢盘着飞鸟，每早云天
> 吻你额前，每晚你留下对话
> 正是西山最好的夕阳。

全诗透出了较多生气。北门街园子（即唐家花园，也叫北门花园）虽然"永远睡着，没有脚步的走响"，但园里毕竟"大树拱立""草花烂漫"，而且"树梢盘着飞鸟"，每天早晨的云天还会"吻你的前额"。也许，林徽因的病略为好些了罢？不过也难说。在几年前的那首《昆明即景·小楼》里，写的虽是"那上七下八的矮楼"，末了一句却是"夕阳染红它，如写下古远的梦"，如今这一首，又以"西山最好的夕阳"做结。林徽因似乎格外钟情于昆明的"夕阳"，这是艺术审美取向使然，还是病魔缠身的心理外化？

在昆明休养了几个月之后，林徽因终于回到了她日夜思念的北平，她不时记起昆明。据梁思成的续弦夫人（也是林徽因的学生）林洙女士回忆，在20世纪40年代末梁家的茶会上，林徽因仍然是中心，不管谈论什么都能引人入胜，语言生动活泼。"她还时常模仿一些朋友说话，学得惟妙惟肖。"有一次，林徽因向当年也在昆明生活的陈岱孙教授介绍林洙,说她弄不清林洙到底是福州姑娘还是上海小姐——

> 接着她学着昆明话说,"严来特是银南人啰(原来她是云南人啰)"。逗得我们大家都笑了。①

几年后,一代才女林徽因带着她对世界和生活的无尽思绪,以及她对昆明的美好回忆,离开了人世。

---

① 林洙:《大匠的困惑》,载《中国现代作家选集·林徽因》,人民文学出版社1992年版,第356页。

夏济安昆明往事

夏济安是西南联大外文系青年教师。他在1946年写了一本日记，时间跨度不足一年（1月至9月），但内容很特别，私密性非同一般，是他逝世后由其弟夏志清在整理遗物时发现的。这日记经夏志清酌加注释后于20世纪70年代中期在台北报纸上连载并出版（大陆版是十年前沈阳出的）。

夏济安（1916—1965年）是江苏苏州人，上海光华大学外文系毕业。后赴昆明东方语文专科学校任教，1945年转西南联大外文系任教员（低于讲师，高于助教）。夏济安的名气不及弟弟夏志清。这位弟弟耶鲁英文系毕业，获博士学位，长期在美国各大学任教，著作甚丰。他那本《中国现代小说史》在欧美甚受推崇，其中文版传到大陆后影响亦大，二十五年前的"重写文学史"论实导源于此。但夏济安亦非寻常人物。20世纪50年代任台湾大学外文系教授，创办《文学杂志》并任主编，在台湾影响极大，日后成为著名作家、学者的白先勇、陈若曦、叶维廉、李欧梵等均出其门下。夏济安后赴美任教于华盛顿大学和柏克莱加州大学，著译甚多，内中以他写于1946年的《夏济安日记》为奇。

1946年的上半年是西南联大在昆明的最后一学期，随后北大、清华、南开三校复员北归。西南联大的最后岁月非比早年，夏济安深感学校的社会政治生态很难适应，他个人的私生活也正经历着艰难的苦恋期，都不好过。夏济安的这本日记记的就是这段特别时期很特别的心路历程。

西南联大知识分子是一个十分特殊的群体。在继承三校优良传统上大家是一致的，但在政治上，尤其在对敏感问题的态度上，毋庸讳言，是有分歧或微妙差别的。当时发生的"东北问题"让许多联大知识分子困惑，夏济安也不例外。

日本投降，伪满瓦解，本不应有什么东北问题。但二战结束前夕的1945年2月，美、英、苏三国背着中国弄了个雅尔塔秘密协定，划分二战后的势力范围，其中有苏联在中国东北利益之条款（此为苏联答应出兵打日本的交换条件之一）。这是国际强权政治的结果，加之二战结束后中国的政治生态环境，使所谓东北问题不但复杂，而且微妙。据史料，1946年2月22日联大教授一百一十人联名发表《东北问题宣言》，要求苏军撤出东北。三天后，联大社团东北社和法学会在校内举行东北问题演讲会，冯友兰等几位名教授讲话。会后数百人游行，要求苏联撤出东北。

夏济安是青年教师，当时默默无闻，表态不表态并不引人注目。像闻一多那样的名教授可不同，当时有人找闻签名，闻比较谨慎，有所警惕。打听了一下，知道签名活动有国民党背景，与吴晗商量后就未签名。夏济安既非教授也非副教授，不需要他签名，但游行参不参加呢？心情很矛盾。当时夏济安住在青云路靛花巷联大教师宿舍。他在日记中这样记："我没有去开会，可是游行过靛花巷的时候，我站在门外看，却没有勇气参加。我曾说过要去参加，临时却又畏缩了。到底怕什么呢，就是怕'清议'。今天这次游行虽不一定是国民党发动，受到国民党的赞助是不成问题的，既然有国民党的份，加入进去就好像不清不白了。爱惜羽毛的人，虽然很赞同这件事，可是没有勇气站出去。"

这可见夏济安是"很赞同"这次游行的，之所以不敢参加，是怕别人说他跟国民党跑，怕"清议"。外文系副教授、著名诗人卞之琳未参加签名。卞是夏济安的好友，夏在日记中对此有所议论，从中能更清楚地看出他对东北问题的态度。他在日记中议论说："联大一百一十位教授为东北问题发表宣言，未签名者尚有多人，如卞即其一。他们因此事为国民党所发起，不愿同流合污。故，心里虽或主张东北应归中国，却不愿公开发一声明，以示不受利用。"

当时"一二·一"惨案刚发生不久,学潮尚未结束,联大的左、右阵线已趋分明。夏济安是一个比较西化的知识分子,政治态度中间偏右,亲国民党,疏进步社团。在联大,这种类型的知识分子占有相当比例。从这个角度看,《夏济安日记》对了解和研究20世纪40年代中后期这一部分知识分子的心态,实在具有独特的史料价值。

《夏济安日记》另可注意的地方是他的苦恋。当时的夏济安三十岁,教大一英文,倾心于班上一位女生。此女生的姓名在日记发表时被夏志清改为R.E.。我据日记中的线索,稽之史料,知其真名为李彦,长沙人,1945年考入联大历史系。夏济安喜欢李彦,可惜是单相思。日记里多处写到他对李彦的观察,如:她"坐在第一排";"她好像知道我有意思,从不敢用眼睛正视我";"她总是不敢看我";"她的座位是在阳光下,我有时站的地位,把阳光遮住,我的头的影子,恰巧和她的面庞接触,她不知觉得不觉得?"诸如此类。更绝的是夏济安居然觉察同班另一女生已发现他的秘密。夏济安在日记中说他对李彦的注意"全班似乎只有一个学生疑心着……她叫杨耆荪"。杨小姐读化工系(大一英文各系混合编班),是系主任杨石先的女儿。有次夏点评李彦的英文作文时对李彦笑了一下,"不料这位杨小姐竟注意了,亦回头向我笑的地方看去。今天她们两位都坐在第一排(第一排就是她们两人),杨在外面,李在里面。我为了避嫌疑,已经尽量把我的目光分布到全班每一人,可是我还发觉,杨向李瞪过一眼,这一眼里充满着不友善的光。李倒只当它没有这回事"。三人间的心理互动记得真细。某日李彦未来上课,可巧下课后却在校园里见到她的背影。说李彦虽然"穿了件旧的青布旗袍,可是这毫不减我的爱"。按说夏可抓住机会上前招呼,却又退了。李彦"同另一个难看的女生在边走边谈,我想叫应她,可是没有勇气,后来她们进康乐室去吃点心,我本可追踪而入,可是还是按捺住"。稍后一次有新动向,也是在校园。这回不是背影,是正面相遇,虽未敢招呼,却有了一点互动。夏济安眼近视,没太看清李彦的面目,但自信她的"秀发"和所穿的"青灰色甲(夹)克"是不会看错的,于是:"我低了头偷看了一下,等到走过后,我还没看畅,回过头去再看一下,不料她竟然也回过头来向我这边一望。——这是我们灵魂的第一次沟通,我虽然看不清楚,猜上去她一定脸红了。"

在大学里,青年教师看上一个女生,很正常。但夏济安对"师生关系"这一层仍多顾虑,他想"先得把师生关系解除后,才可开始另一种关系"。不过有时他又想,"我似乎对于爱情太过谨慎了"。瞻前顾后,苦闷得很,很有些像少年维特。

相比之下,作为学生的李彦倒能应对正常。她主动去靛花巷找过夏老师两次,都由一位女同学陪着,第一次是交作文,第二次是来问书。这让夏很受鼓舞。尤其第二次,讲书之外,"我们还谈了些闲话,我们的眼光也交换了好几次。今天总算饱餐秀色了"。难得这样开心,于是大着胆说后天晚饭后去看她,她点了头,之后又将打了几个月腹稿的信在第二天送出去了。岂知事情却突然逆转,第三天见面竟吵了起来。朋友劝他写信道歉,他也写了连夜送去,仍无好转。事后反省起来,才发觉"信里面那些亲热的话,说得太早"。

夏济安在日记里还爱用弗洛伊德学说作自我心理分析。从研究性心理学的角度看,夏济安是名人(国际公认的研究中国新文学的专家),这本日记作为独特的个案,其价值远非一般社会调查得来的材料可比。

据夏志清在一篇文章中说,哥哥"济安对女性美的感受力"比他强得多,但"济安一直到最后,见了自己所爱的女子,多少还抱着些'恐怖'心理。因为'恐怖'的作祟,终身没有一个以身相托的矢志不移的异性知己"。夏济安早年常在由林语堂任顾问编辑的《西风》杂志上发表一些译述的文章(署名夏楚),这杂志我手边有若干册。1939年正月号上就有一篇《交结男友须知》,是为少女们提供指导的。文章将男子分为健汉型、处男型、世故型等六类,告诉少女们如何用不同的方法与不同类型的男子交际。文中为处男型如此定位:"这种人年纪已经不轻了。见了女子有些难为情,但很有自信力。受过良好的教育,学术有专门的地方。有眼光、善品评。"我读了好笑,觉得夏济安像是在说自己。

夏济安的单恋有三次,第一次上海(1943年),第二次昆明(1946年),第三次台北(1952年),都无结果。李彦是第二次的女主角。西南联大1946年5月被解散,学业未完的学生自由选择北大、清华或南开,李彦选择北大教育学系。夏济安也在北大。当时大约双方都已平静下来,加之夏已不再给李上课,师生关系可算解除,可以更平常也更自然地相处。然而却淡淡的了。其间,李彦有一次曾带了一位女同学一起去找夏济安,是为那女同学的困难去求助的,夏倾囊相助。这可见双方仍有相当的互信基础。可惜此后再无下文。再后夏济安经香港去了台湾,1959年赴美任教,1965年因脑溢血英年早逝,年仅四十九岁。李彦小姐则不知所终,如果健在的话当是八十三四岁的老太太了。遥向老人祝福。

胡淑贞：一个特别的联大女生

抗战时期，西南联大社会学家潘光旦教授在昆明西郊大河埂村（黑林铺以北一公里）住了几年。当时军人常到农民家打狗解馋，说吃了狗肉还可以治湿气。有几个军人找到潘光旦的房东家，潘出来拦住，问："你们的上边是谁？"对方答是龙大少爷。潘知道龙大少爷指的是省主席龙云的长子龙绳武，是滇军的一个师长。潘就说："好了，龙大少爷我们都是熟人，龙大少奶奶还是我们的学生，你们都回去吧。"有个兵插嘴问："你说你跟龙大少爷是熟人，你知道龙大少爷住在什么地方？"潘光旦装作大怒，用手一指，说："你说话小心点！你知道我这条腿是怎么丢的！"那伙人领头的大概以为潘是有战功护身的高级军官，只好悻悻地走了。潘光旦的机智在联大一时传为美谈。

潘光旦一条腿残，平时走路都打着拐子，想不到这倒把当兵的给唬住了。至于说那位龙大少奶奶是联大学生，那可不是靠机智临时编的。她叫胡淑贞，是西南联大外文系1939年毕业的女生。由此可见，胡淑贞在校内已有一定知名度，很特别。

胡淑贞1915年生于天津，祖籍云南省石屏县。她祖父名胡商彝，清末光绪二十九年（1903年）由石屏考取进士，先后出任天津、怀来、遵化等地县令，从此落籍天津。据传，他与袁世凯有所过从，在袁世凯主政时期被委任山东、察哈尔等地方文官职务，此外还做过袁的长子袁克定的老师。

胡商彝进士出身，很注重中国传统教育，同时也很重视西式教育。胡淑贞有多位叔叔留学美国，其中一位由清华大学考取庚子赔款而留美。胡淑贞中学就读于天津中西女中，各科均由美国传教士全英文授课。胡淑贞中学毕业后进入私立南开大学英文系，三年级的时候因全面抗战爆发而中断。次年秋天随丈夫龙绳武自香港到昆明，生于天津长于天津的胡淑贞这才第一次踏上了故乡云南的土地。她后来随丈夫在香港生活了七年，再后迁台湾定居。但胡淑贞仍不忘自己的祖籍。虽然说起话来毫无乡音，但她在接受采访中仍然说"我是石屏人"。

胡淑贞进南开时外文系主任是柳无忌。念到三年级放暑假时发生七七事变，全面抗战开始。她与龙绳武恰巧就是在那一天订婚的。龙绳武是少将师长。她回忆说："七七事变后几天，南开大学就被日军炸毁。我住在天津租界，站在屋顶上看，只有一架飞机来来回回丢炸弹，南开大学就这样毁了。那一年我的学业暂时中断，我没有加入流亡学生跟随学校南迁。冬天到来时我搭船到香港与绳武会合，并于第二年（1938年）结婚，当时西南联大也已经创设了。"

西南联大1938年春迁到昆明，总办事处初设绥靖路（后名长春路）才盛巷2号，那里实际上是威远街龙公馆的一角。胡淑贞同年在西南联大外文系复学，次年毕业。

胡淑贞显然是一个特别的学生。她说在联大读书时自己与同学并没有什么接触，平时去学校只是上课，上完课就回家，偶尔有来往的也是从前就认识的南开老同学。还说大学毕业后自己一直没有外出做事。

胡淑贞讲的肯定是事实。她不需要外出挣钱生活。但据有关资料，她做过私立建国中学的名誉校长。这与当时联大及联大师生热心在昆明办中小学的大背景有关。联大对云南中小学教育的发展，作出了很大的贡献。

首先要提的是今天的云南师大附中和附小。1940年，联大创办了师范学院附属学校，校长由师院黄钰生院长兼任，师资绝大部分为联大毕业生和在校学生。该校起初为中小学合办，两年后才分为附中、附小（习称联大附中、联大附小）。联大结束北归时，附中、附小随师院一起留下，此即今之云南师大附中和附小。

除联大出面办自家的附中、附小外,联大师生也积极投入办学。这与昆明当时的环境条件分不开。一方面内地大量人口涌入昆明,本地原有学校不能满足大量青少年的就学需求;另一方面,由于经济的窘迫,联大师生也要利用自身的优势开源创收,而办学正是首选之途。于是在社会有关方面支持下,一些联大毕业生先后创办了天祥、五华、长城、建设、建国等私立中学,教师基本上都是联大师生。其中声誉最卓著的当推天祥,其师资班底为江西籍的联大学生(校名"天祥"旨在纪念江西先贤文天祥)。

建国中学要多费点笔墨。

建国中学的创办人是李吟秋。李氏早年进入清华学校高等科(清华大学前身),后毕业于伊利诺伊大学铁道工程专业、康奈尔大学水利工程专业,并入普度大学研究院攻读桥梁建筑及结构学,分别获得学士、硕士学位。抗战前历任天津市政府技正兼华北水利委员会委员和天津工务局局长等职务,兼任北洋大学、工商学院等校教授。抗战时期,李吟秋辗转来到大后方的云南,积极投入支援抗战的交通建设。1939年4月,受云南省政府委托负责对个碧石铁路进行调查并积极参与筹建川滇铁路、滇缅铁路;又受云南省主席龙云之托,负责筹备和勘测石屏至车里(今景洪)、佛海(今勐海)的石佛铁路。其间,他还与友人甘济苍、吴融清等在昆明创办"建国中学",聘请西南联大助教、本校教育学系毕业生、云南弥渡人王家璋任校长,胡淑贞为名誉校长。

我大哥余光抗战时期在建国中学读高中,校长王家璋的名字早听他说过。大哥说还有一位女校长但说不上名字。当时我一个小学生能知道什么,如今史料接触多了才知道那"女校长"应该就是名誉校长胡淑贞。至于胡淑贞为什么被请去当名誉校长,推测起来,李吟秋认识龙云,又知道龙云这位大少奶奶联大毕业且与自己一样也来自天津,正好。再说呢,学校也需要一位有背景的人。不过,我见到一张建国中学毕业师生合影,坐头排者十三人,居中的是李吟秋及西南联大闻一多、吴晗两教授,校长王家璋居左起第四,胡淑贞居右起第一——最边上了,由此似可看出胡的行事低调与谦和。

胡淑贞：一个特别的联大女生

建国中学校址在呈贡跑马山桃源新村，距昆明市区十二三公里，通火车。那里新建了一排排平房供若干学校和单位使用，里面除建国中学外，还有一个教会学校恩光小学。村长是地方士绅李沛阶，村里有他的一个酒厂。那里还有一个美军通讯营的营房，他们以此为基地曾开赴滇西及缅甸八莫等地执行军务，学校师生合影也请那通讯营的军官来参加。

当时的呈贡外来文教单位不少，县城一带有清华大学的国情普查研究所、云南大学与燕京大学合作的社会学实地调查工作站（亦称魁阁工作站），斗南村有东方语文专科学校等。吴文藻、陈达、费孝通、孙福熙等学者，冰心、沈从文等作家，查阜西、杨荫浏等音乐家，都在那一带生活和工作，人文环境不错。

建国中学就是在这样的人文环境中办学。该校师资力量不弱，教师中有西南联大中文系的萧涤非副教授。沈从文一家原住呈贡龙街，后来迁居桃源新村，夫人张兆和女士在该校兼课，教英文。学校还邀请闻一多、吴晗、李公朴等知名人士来演讲。桃源新村距呈贡县城不远，几公里的样子。听我大哥讲，他们建国中学常与呈贡县立中学（简称县中）比赛篮球，建国中学技高一筹总占上风。顺便提一下，当时呈贡为了培养师资，开办了呈贡简易师范学校，与呈贡县中合在一起——一套师资两块牌子。校长昌景光利用了战时呈贡外来人才资源的优势，请北平来的学者、教授来当老师，冰心、沈从文、陈达、费孝通、孙福熙、张兆和，都先后在简易师范和县中担任过课程。

1952年，护国中学、粤秀中学（均建校于1924年）及抗战时期建校的建国中学、长城中学、云秀中学、布新中学等八所学校合并为昆明第八中学，校址如安街。

再说建国中学的这位名誉校长胡淑贞。

胡淑贞虽然从小生活于天津英租界，读教会学校，后读南开和西南联大外文系；但人如其名，生活方式比较传统，家德、家学并重，作为媳妇主要是相夫教子。她生有三女一男，孩子都在台湾长大，大学毕业后都到美国留学。他们都能自食其力，有的还考取了公费留学。她教育孩子有方,孩子们也很争气。这种既传统又开明的生活方式,或许与其祖父有相当的关系。其祖父进士出身但认为西洋文化也要学,思想开明。看来,一个女子在娘家所受的家教是很要紧的。

胡淑贞既传统又开明的教养,显示出大宅门长媳应有的风范,这与龙家另一位少奶奶林黛一比更看得明白。林黛原名程月如,是做过"代总统"李宗仁核心幕僚、爱国人士程思远的女儿,20世纪50年代初在香港主演过根据沈从文小说《边城》改编的电影《翠翠》,靠这部处女作一炮而红。之后连拍影片多部,四度成为亚洲影后,创下蝉联四届亚洲影展最佳女主角的纪录。林黛的丈夫是龙云第五子龙绳勋,林黛与胡淑贞是妯娌,但两人差别太大。林黛太现代、个性太强,1964年怀疑先生有女友,先生不承认她就自杀了,结婚才两年。

在联大后期,尤其在抗战胜利后的初期,昆明政局突变。日本投降的次月,即1945年9月底,国民党第五集团军司令官杜聿明奉蒋介石之命发动昆明事变。统治云南近二十年的龙云下台,被送到重庆任军事参议院院长,实际被变相软禁,卢汉就任云南省主席。同年冬以西南联大为主体的学生运动遭镇压而发生"一二·一"惨案。1946年昆明民主运动进一步受到镇压,李公朴、闻一多两先生于7月先后被暗杀,昆明被白色恐怖笼罩着。一向不过问政治的胡淑贞的生活也不能不起变化。

据《"云南王"龙云之子口述历史》,胡淑贞在时局突变之前,胡淑贞偶尔也会露露面,也做点事,甚至对发生的社会政治事件也会以特殊的方式亮亮相。在联大后期她担任过当时新成立的西南联大校友会的理事长。校友会"要求我们捐点经费",她也答应了。校友会还编了一本刊物。她家在翠湖东路10号,离联大也不远。"他们借我家开会,会中来了几位教授,像费孝通、闻一多、潘光旦等都到场说话。"

晚年的胡淑贞在接受采访时谈到昆明事变。当被问到"对于时局的变化、龙主席的官场变动"的感想时,她说:"我是关心这些事。昆明事变时,我们半夜三更就听到枪声,却不晓得发生了什么事,直到有人打电话来,才明了情况。我们和老太爷音信断绝,间接才知道他在五华山省政府住了几天。""事变发生后,家里的男人都到中央去了,只留我和孩子们在昆明。"老太爷指龙云。"家里的男人都到中央去了"是说龙家老爷、少爷都去重庆了,或被变相软禁或行动自由受到限制。

接着就是学生运动受镇压。据胡淑贞自己讲,1945年"一二·一"惨案发生后,"事情闹得很厉害,我代表西南联大(按:指西南联大校友会)前去致祭,在场的学生都很激动,死亡学生的血衣也摆在现场给大家看。当时我的公公龙主席,人在重庆"。代表西南联大校友会前去向牺牲的烈士致祭是胡淑贞人生的一个亮点。1946年,在联大结束前的4月14日,西南联大校友会在龙云新公馆震庄举行话别会欢送母校师长,六十多位教授和两百多位同学参加活动,师生互相赠言,依依不舍。联大剧艺社还表演了文艺节目。毫无疑问,作为校友会理事长和龙云长媳的胡淑贞,肯定为操办这个话别会尽了心力。

在台湾,胡淑贞对母校西南联大还是思念的。台湾那边也有一个西南联大校友会。有个联大学生曾回昆明拍了一些西南联大校舍相片回台北,她去看了,认可"大陆把校舍保留一部分作为样板"来纪念。

胡淑贞确实是一个很特别的西南联大学生。从聚焦胡淑贞这个角度,也可以回望一段历史的侧面和细节。

据闻,胡淑贞女士已于2017年在台北逝世,享年一百零二岁。

浪漫，影随寂寞
——云南第一位女博士施莉侠

五华山省政府背后有条螺峰街，从前那里有所房子叫"悔庐"，主人施莉侠，是一位留法回滇的女诗人。

这名字很生，我是在读西南联大外文系吴宓教授的日记时头一回见到。1941年9月27日，吴宓和同系林文铮及另外几位友人去天南酒家赴宴，当天日记有如下文字："座客中有施莉侠小姐，会泽人，唐继尧之戚等。"在此后三年里，施莉侠是吴宓日记中常常出现的人物。读下去才知道，原来当时施小姐正与林文铮恋爱，而且一波三折。吴宓日记涉笔广泛，林是吴的好友，林的事他也照记不误，只要他知道。

吴宓日记中说施小姐是"会泽人，唐继尧之戚"，这引起我的注意。在云南，谁不知道唐继尧，但这位小姐是唐的什么亲戚？查会泽文史资料，见赵国志、张世雄、茅宝光三先生的文章《纪念施莉侠女士》，于施之生平颇多介绍。此后我又向与唐氏家族有亲戚关系的文史耆宿黄清先生（西南联大历史系毕业）请教，并去省文史研究馆查考有关史实。这样，对施莉侠才逐渐形成一个较为完整的了解，原来这是一位浪漫、寂寞的才女。

施莉侠1911年生于云南会泽县一个官宦人家，五岁时来昆明姨父唐继尧家生活。唐是中国近代史名人，1913年任云南都督，1915年12月与蔡锷等通电讨袁。1918年任川、滇、黔、鄂、豫五省靖国联军（后扩为八省联军）总司令。施莉侠的这一段生活是在她姨父一生最辉煌的时期度过的。施莉侠在唐家初读书时即受到袁嘉谷的指导。袁嘉谷光绪二十九年（1903年）中"经济特元"，人称袁状元。施莉侠得状元为蒙师，终身受益。她于1925年入省立女子中学（1932年改名省立昆华女子中学，今二十八中），次年东渡日本，考入东京高等女子学校，一年后又入东京女子医学专门学校。1928年弃医学文，入东京文化学院文科学习。1931年由日本入巴黎大学文科博士班，攻读世界现代史，于1935年学成归国，时年二十四岁。

  以施莉侠的学历、学识，她应该在事业上有所作为，可惜她没有，这与她在婚恋上屡受挫折以至终身未婚当有相当关系。她从小备受姨父宠爱，被视为掌上明珠，与表兄唐筱蓂①青梅竹马，后来又与唐都在日本求学，未料唐毕业回国后即与别人结婚，这对她当然是一个沉重打击。

  不过，在留法四年中施莉侠的精神状态逐渐调适，她在巴黎经历了一次新的恋爱，其时她二十四岁，在一次社交宴席上认识了中国驻法使馆秘书杨玉清（1906—1993年）。杨年近三十，国内已有妻室。两人头天相识第二天即进入热恋状态。杨玉清晚年出版的日记收录有二人诗词若干。最早是杨的两首诗，有序："二十三年（1934年）秋客巴黎遇莉侠过从甚密某夜绻谈尤甚归而赋此。"其一："侠骨浑如铁，怀情竟似痴。当兹圆月夜，正是独游时。"只是顺风顺水未久即起波澜，杨玉清领教了什么叫"女子的魔力"和"浪漫的生活"，有些吃不消，感到"不必作此盲目之举动，徒损精神，而资烦恼也"，遂萌生退意。但决心未铁，陷反复。"我欲与莉侠断绝往来，鼓起勇气，拒伊一切，殊不知及一日，竟又情焰重燃，男女间关系云不能以理智驾驭也如此。"次年初又有诗云："君是风流堪绝代，我惭本色一书生。平生未解相思苦，偏向相思苦处行。"但既生退意，杨玉清终归会撑不下去的。怎么退？一是"将家眷接来巴黎"做挡风墙，"庶使我灵魂安定，生活有所归宿也"。二是写了绝交书，连同年来施莉侠的信函，一起"亲送至伊处"。内云："自与君遇，十月于

---

① 唐筱蓂：唐继尧之子，留学日本。抗战时期任军委会西南运输处顾问，也是中国青年党（曾加入中国民主政团同盟）的中央委员和民盟云南支部委员。后来当上"国大代表"去了台湾。

兹。自恨不自量力,不能知人,备受摧残,极尽侮辱,君鸣得意,我则寒心。君每谓清傻,实则十年以后,君将知杨某其人为不傻也。兹将君存清处之手迹,均一并璧还,以示吾辈不必再事过从之意。"其时施莉侠亦正作归国之准备,因言:"再君归国在即,船期定后,盼能相告,当亲身送君,以作最后之一晤。可否许我,君自酌之。"还是蛮骑士风度的。

当然,以上文字摘自杨玉清日记,一方之言或有片面,但仍不难看出两人这一段罗曼史的大致轮廓。

其后两人先后回国,但仍藕断丝连。据1942年5月29日日记:"《时事新报》副刊载施莉侠女士戚氏一词,读之不忍释手。编者附记伊将于月初飞渝。是又有聚晤之缘也。"据当天日记录施莉侠词,其所写虽从忆昔游学日本、欧洲的"萍飘"岁月下笔,带着些"梦月多情,吟花遐思,冷雾软闭幽香"之类的小伤感是免不了的,却也不忘一抒战时风雨的家国情怀,试看"归来后,烽火疆场。惭蛰居,倭敌猖狂。暗呜咽,独自只神伤。染霜青鬓,飞尘素脸,未着戎装"。精神已显一定高度,十分可贵,难得。

到了1946年春,杨、施的诗、函交流突然升温。杨记:"接莉侠女士函,满纸凄凉,不忍多读。忆及旧情,伤感不能自已!就灯下写复函,共长七纸。"一月后又得施九页长函,并附赠诗二题,其一为《丙戌春接故人杨玉清君自南京来书赋此寄之》,内云:"一缕诚生翡翠梦,两封书引胭脂鬐。别来十载多知己,尽是恩人少爱人。"杨的和诗有句云:"连理无缘浑似梦,香笺读罢自含颦。倾心十载宁云妄,文采如君有几人";"记取花都共话时,十年如梦亦如痴。……人生长恨寻常事,愿当新知即故知"。虽说情思未了,却也徒唤奈何。

1947年5月施莉侠在上海曾与杨玉清相会,其时杨玉清由南京来沪,日记未详,仅知杨为施的纪念册题诗云:"四海漂流浮水草,孤身鏖战抗寒梅。始知纬地经天业,都自动心忍性来。"又施氏诗词将出版,施嘱再题数语,杨乃书一绝云:"侠骨柔情两并难,匡时无计入诗坛。君诗独并情和骨,读罢君诗几慨叹。"真是藕断丝连。

杨玉清出版的日记止于1949年。估计那以后呢不断也自然会断了。

杨玉清是湖北孝感人，巴黎大学法学博士，1949年初在广州被李宗仁委任为国民政府司法行政部政务次长。新中国成立初期曾任《法学研究》副总编。后回湖北。晚年恢复国务院参事职。他与施莉侠两位都于1993年告别人世，一北一南。

再退回去接着说施莉侠回国以后。

施莉侠1935年留学回滇后，受聘任云南大学外文秘书，但只做了一两年即退职居家。就在这一段时期，施莉侠从情感失落的低谷中走出，在与昆明任职的英国航空军官怀特相恋。这段恋情大约持续了两三年。1941年秋施莉侠又认识了联大外文系教授林文铮①，一见倾心。林太太蔡威廉两年前去世，留下六个孩子。两人相识初期，林对施印象亦佳，两人交往频繁。其时林文铮已从官渡乡下迁回城里，居住在青云街四方井巷二号楼下，距螺峰街施的悔庐八九分钟的路，施邀林每天都去她的寓所吃饭，林也多次邀施去海棠春（一流滇味酒家，位于万钟街西口，即今省美术馆斜对面）和翠湖招待所小聚，还一起去华山南路观看青年画家袁晓岑等举办的谷风画展。

孙福熙是画家兼散文家，抗战前在杭州艺专与林文铮、蔡威廉夫妇同事，抗战爆发后孙氏亦辗转来到昆明，在呈贡县任友仁难童学校校长并东方语文专科学校国文及法文教师兼教务主任。其时林文铮得孙福熙赠画《桃柳双燕图》，施莉侠应林文铮之请题诗，序云："孙福熙先生赠林文铮教授《桃柳双燕图》，上题'直把翠湖作圣湖'，因应林君之嘱，聊题数绝。林教授曾偶蔡元培先生女公子威廉女士（画家），同居西湖十载，蔡女士为杭州人，故以圣湖相比。蔡女士不幸埋香昆明。"共四首，如下：

---

① 林文铮（1903—1989年），广东梅县人，1920年赴法国勤工俭学，入巴黎大学学习美术批评及美术史，获硕士学位。1927年回国后历任中华民国大学院（院长蔡元培）秘书，杭州艺专教授和西南联大外文教授（讲授法国近代文学思潮和法国戏剧史）。战后历任中法大学，中山大学及南京大学外文系教授。1957年错划为"右派"、反革命，判刑劳改，二十二年后改正，终老杭州。

> 春工无故舞琼毫，乱点胭脂上翠梢；
> 惹得离巢双燕子，搔红扰绿闹终朝。
>
> 浓艳一枝出画中，燕双偏喜舞花丛；
> 滇南洒尽孤鸿泪，应似桃花朵朵红。
>
> 圣湖鸳梦太匆匆，心似桃花月似弓；
> 画里垂丝情万里，丝丝牵恨画楼东。
>
> 满纸春光客梦孤，画楼十载作情奴；
> 妒花风卷飞红去，忍把翠湖作圣湖。

这四首诗的写作时间应该在1942年前后，公开发表于1982年（《滇池》文学月刊），保存了整整四十年。

相处一段之后问题也就随影而来。首先是林文铮对施莉侠继续与怀特保持联系表示不满。某日林与吴宓午饭后过翠湖，说及施莉侠，林表示"与怀特氏平分春色，实所不甘"。此次林、施两人曾在圆通公园作长谈一次，施表示"极倾心爱铮"，但与怀特"相爱已二三年，未易脱离，以此懊恨"。数月后林文铮出以"哀的美敦书式之函"，这一招有了效果，林得施复函。据林文铮与吴宓在翠湖喝茶时透露，施函"引录辽萧后两词，以明己意，归于屈服"，并表示"扫榻以待，愿谐婚好"云云。这一结果当然使林文铮十分得意，欣喜。

但问题不仅仅因为有过一个怀特的存在，两人的性格冲突也是构筑障碍的主要因素。据吴宓从旁观察，认为林文铮对待施莉侠，"一面依从浪漫诗人心理，浮游幻灭；一面保持精明世故者之利害手腕，设防斗智"，也未将自己的热情向对方全部奉献；"自己一味狂放恣肆，而对莉（施莉侠）少怜悯崇拜之心"。吴宓乃性情中人，且长期处于失恋的痛苦之中，对友人的弱点看得比较客观。施莉侠那一面呢，吴宓无直接评论，只在日记中记了林文铮对这位施小姐（其时三十一二岁）的看法和将采取之态度："铮述莉持玩世之人生观，专求享乐，漫无计划。虽爱铮而不欲嫁铮。铮怜之而不能拯救之。拟即止步云云。"这当然是一面之词。不可全信亦不可全不信。稍后，林文铮又写了一封哀的美敦式的信函给施莉侠，函稿林让吴宓看过，具体内容是什么吴未记。半月后林收到施的复函，又让吴宓看了，这回吴作了要点记录："铮示莉复铮函，自诩疏狂，以涸世行乐为宗旨。而不答铮之所问……"从吴宓的这段转述来看，倒是与前述林文铮对施莉侠之评论基本相符。施莉侠原名琴仙，又名咏霞，莉侠是她失爱于表兄筱冀之后自己改的名字。自诩疏狂，正好对她那个"侠"字作了注解。

由于双方有这样的性格冲突，分手不过是早晚的事。所以又过数月，虽然施莉侠已与怀特断绝关系，而林文铮仍对施刻意怠慢。一次宴会散席，微雨，吴宓张伞送女友从翠湖东路回文林街天君殿巷女舍，而林文铮却故意不送施莉侠，"盖莉已绝英人以就铮，铮乃故示矜骄，谓莉'服硬不服软'云云"。既要恋爱又要处处玩心计，耍手腕，连友人吴宓先生都渐渐讨厌他的"横肆"了。

到1942年过端午节的时候，两人之事柳暗花明，似有转机。那天恰好是林文铮四十生辰，林特意在金碧路的冠生园梅厅设宴自庆，吴宓和他的女友及若干其他友人应邀赴宴。筵席很上档次，开销七百元，"肴馔美富"，相当丰盛。据吴宓记，林与施其时"已有成言，不殊订结婚契，故铮兴甚豪放"。施小姐呢那天穿着"花瓣拼合之绸衣"，还告诉别人是林文铮陪她去买的，那天是头一回穿。看来情绪也相当好。此后施莉侠日渐升温，半年后为林作《无题》四绝，林得后给吴宓看，吴记"知莉已完全倾情于铮矣"。可叹小姐太过痴情，她不知在冠生园盛宴之后未过两个月，从旁观察的吴宓先生即已发现"铮与莉似将断绝"了。

果不其然。在施小姐赠诗后不到一月，吴宓在陪林文铮吃饭时即"知莉愿嫁铮，今铮复计虑利害关系而拒之。不胜叹息"。这是1942年底。到1943年夏天某日，林文铮告诉吴宓他希望与另一位施小姐结婚。该小姐是昆明人，在联大师院读书即将毕业。又数月，另有人介绍腾冲董小姐。董家极富，据说该小姐拥有父母遗产数百万，兄嫂都愿意将她嫁给林文铮。董小姐先拜师学习法文，林愿帮忙让小姐入中法大学（该校文学院在北门街，与云大会泽院相邻，其址今为昆三十中）试读。至于林文铮与此二位小姐最终结果如何则不得而知，反正与施莉侠是结束了。施这一面呢，随后虽有人将她介绍给罗隆基，而她仍无法调整心态重新开始。

在遭受此次恋爱失败的打击后，施莉侠的精神又一次陷入低谷。抗战胜利后，她离开昆明去重庆、上海和南京等地。之后还去了一趟台湾，在台北工业大学任教。时间不长又回来了。不久社会环境大变，她得去适应新的生活。1950年，云南省人民政府文教厅创办中小学师资培训班，地点在华山东路双塔寺内。施莉侠是1951年报考录取的，属于师训班的第二期。1952年，她被分配到会泽中学任教。以她的学识，教个中学当然不成问题，受学生欢迎也不会让人感到意外。真正麻烦的是那一次又一次的运动，像她那样的家庭背景、社会关系和经历，受到刺激，心力交瘁也是可以想象的。1958年4月，她退职回乡，回到自己的出生地，金沙江东岸的娜姑镇乐里村。其时四十七岁。

娜姑镇是与石羊镇（大姚县）、黑井镇（禄丰县）并列的云南历史文化名镇之一。明清时期，由于东川府（府治会泽）铜矿的开发，地处川滇要冲的娜姑有过自己的辉煌。至清末民初，娜姑已风光不再。1956年因以礼河水电站的兴建，娜姑才重新引起人们的注意。不过这与施莉侠没有什么关系，她的日子很艰辛。1961年，在某中央首长的关怀下①，她又回到昆明，被安排了合适的工作。再往后呢就是

---

① 关于这位首长，有说是周恩来，有说是王光美。据我推测，有留法背景的施莉侠似乎与王光美说不上关系。云南大学中文系教授张若名（1902—1958年）是中国第一位留法女博士，1920年冬与周恩来等一起赴法勤工俭学，1948年来滇。1955年4月周恩来外访路过昆明时曾召见杨堃、张若名夫妇。1958年张若名受迫害自尽。1980年在邓颖超亲自关怀下，云大党委为张若名做出政治结论。在传闻中，人们也许将张若名与施莉侠这两位曾留学法国的女性弄混了。张是河北保定人。

"文革",具体情形未见诸文字,但其处境之困厄当不难想象。

施莉侠天资聪慧,从小喜欢诗词,留学日本攻读文学时兴趣更增。据赵国志等三先生的《纪念》文章说,当时已有诗词在日本报刊发表,受到称赞。留法时又写过一些,并已编为诗集付排,可惜后来因为战乱,托付友人保管的手稿不幸失落,令人遗憾。据《吴宓日记》,施莉侠确曾有过一本诗集。1942年3月28日下午,吴宓陪林文铮"访施莉侠于螺峰街103悔庐。进cocoa(引注:可可饮料)。翻读悔庐主人《诗集》。"从文意看,未说"诗稿"而称"《诗集》",并且让人"翻读",据此可见施莉侠印过一本《诗集》无疑。还可进一步推测,这本《诗集》(或许连同手稿一起)是施莉侠在抗战胜利后离开昆明时托友人保管才不幸失落的。

因与林文铮恋爱,施莉侠与林的密友吴宓也有交往,并向吴求教。在那次冠生园的庆宴上,"诸人方传观新作诗词。铮之《金缕曲》,莉之《唐多令》"。均不佳。吴宓的标准是很高的,可惜未录原文,不知究竟如何。好在《吴宓日记》录有另一首诗作,题为《应嘱,题吴雨僧教授所藏横笛醉柳图,并步原韵》,诗云:

垂丝千丈似柔情,
一对幽人待明月。
雅恨闲情凭笛诉,
惊山醉柳一声声。

吴所藏横笛醉柳图是旅滇女画家邵芳所赠旧画。就诗而论,施作纤柔清丽,读他人画而将自己也读了进去,"恨"而又"雅","一声声"呼唤在焉。

吴宓全文照录,可见是喜欢的。可惜只录了这一首。

其实施莉侠的题吴藏邵画诗是两首而非一首,另一首吴宓日记未录,诗云:"溪流月杳许多情,尽付悠悠玉笛声。柳态山容一样醉,催诗引梦更题名。"也还是不错的。

施莉侠还有一首诗,那是1943年写的,其时她与林文铮已经分手(恋爱谈了两年),林却写了题为《绝莉》的两首诗给吴宓看,稍后还登在昆明的报纸上。施莉侠想必也看到了林诗,乃作《骄凤》以应。诗云:

两年频示百年心,
弹破相如绿绮琴。
合是无缘缘太浅,
幽篁一笑凤骄吟。

吴宓在施诗下加按,谓"诗中幽篁施女士自指,骄凤指林文铮"。一句"幽篁一笑"又将她的"侠"气示人,堂而皇之。

在这一段罗曼史中,施莉侠显然是一个失败者。限于资料我们不能再对她多说什么。一代人有一代人的生活方式,他们的长处和短处,都不能不带上那个时代的印记。两人都有留法背景,都有较高的学历和学养,按说该有更多的共同语言和沟通。但仍困难。据吴宓所记林对施的看法,"铮谓莉个性强,必以更强之力量方可战胜攻取","又莉性如恶虎,非先以武松景阳冈之威力,使之永久驯服,则后来必多祸患云云"。施莉侠个性极强是可以肯定的,是否"性如恶虎"则或有夸张。吴宓的看法是,"铮果有情而爱莉,则可热烈娶之",不然的话"则可婉言以谢却之,何必争强逞霸?岂今之男女皆非行此受此不可者耶?""然而今世在爱情婚姻与政治事业中,无往不以霸道成功,亦可悲矣。"讲得极是。吴宓还将林文铮对施莉侠和腾冲富家小姐之态度作了比较。某日吴陪林进城,到"华山西路方上坡时,遇莉迎面而来,黑衣,若有忧思。宓觉其似拉辛剧中之安德洛玛圭,而铮竟视之若不相识,不肯为礼。一心欲取富室女,反归罪于莉,所行纯属霸道"。很为施莉侠抱不平了。而且林文铮虽身为教授,其言谈口吻时露鄙相,殊不可取。有一回吴宓与女友张小姐去螺峰街赴施莉侠宴,"席间诸人言颇粗俗,如铮言小姐们腋毛可电烫曲"，女主人不便说什么，张小姐则深感不悦。其时林、施两人相识仅半年。两人分手后，林文铮居然对别人说"我识莉二载，未曾揩油"，施莉侠闻之深感受到侮辱。

20世纪70年代末历史进入新的时期，施莉侠终得安详地靠近了人生旅途的终点站。1981年，她被礼聘为云南省文史研究馆馆员（居华山东路省府宿舍），诗词创作也随之进入最后的旺盛期。歌颂新时代为其主调，如1983年春节所写《虞美人》："迎春欲创鸿谋舞，善政皆歌谱；从今不再怨东风，'四化'鲜花不谢万年红。神州舒锦展雄略，心共江山乐。畅怀万众撞诗钟，但觉乾坤忽起笑颜宫。"后来省里有诗词学会成立，施莉侠被聘为顾问。她献词祝贺学会成立："'四化'春风动管城，红娇绿翠绘昆明。骚坛放彩诗星灿，金碧交辉赋韵铿。挥秃笔，谱新声，华笺栩栩驻春晴；唾珠漱玉苍生悦，纸上莺歌带笑听。"确实换了笔墨，变了声腔。

施莉侠另有两诗也不能忽视，由于紧扣个人命运轨迹，对研究诗人生平当更有参考价值。一首是她在过生日时对昔日留学生涯的追忆：

> 年年此日叹飘蓬，
> 菊艳桂馨月似弓。
> 忆昔衣绯留异国，
> 人夸天下第一红。

说昔日留学"异国"，而"此日"又成"飘蓬"，据此推断，此诗当写于施莉侠归国之后第二次离开云南之时，即20世纪40年代后期。我的老师黄清先生年少时见过施莉侠，说记得这位唐家亲戚喜跳舞，善修饰。证之"衣绯""人夸"二句，倒也相符。

另一首写于20世纪80年代。诗云：

> 十载鹑衣浩劫深,
> 不知春至月离心。
> 崇文敬老歌新政,
> 万朵花开翰墨林。

由留学时的"衣绯"到"文革"十年的"鹑衣",不仅时间跨度大,精神落差更大。但毕竟物换星移("崇文敬老"为文史馆宗旨),年逾古稀的施莉侠终于见到了"万朵花开"。

1993年3月28日清晨,施莉侠在昆明"红会"医院辞世,享年八十三岁。

2002年秋,会泽县举办旅游文化节,我得机会探访施莉侠的故里娜姑镇乐里村,其地东距县城三十公里,西距金沙江约十公里。一问施莉侠,村里人差不多都知道。找到她的故居,与一般农舍无异。还找到乐里小学旧址,极破旧,她在那里做过民办教师。施莉侠终身未婚,无后。在村里见到一个八九岁的男孩,叫施永文,一问,说他爹喊施莉侠姑奶奶。一位五十七岁的妇女当年与施莉侠为邻居,说施大姐了不起,去过法国、英国、德国,"会说五国英(外)语呢"。

我感到欣慰。毕竟还有人记得云南这位最后的闺秀,最后的贵族。

忆念闻黎明先生

两周前龙美光先生电邮告我闻黎明先生1月3日在北京不幸逝世，甚为惊诧，因为前些天我还收到他从邮箱传来的新一期《闻一多研究动态》，活生生一个正处于工作状态的人，怎么说走了就走了，说没了就没了。同一天，著名诗人、诗学家郑敏教授走了，也在北京。忽然想起三四十年前在兰州《当代文艺思潮》杂志社工作时，郑敏先生的创刊号特约稿《庞德，现代派诗歌的爆破手》，就是我与本刊主力编管卫中先生经手编发的。如今先生走了，未感突然，那一辈联大学子一个个飘然落叶，仍健在的已极少。郑敏先生享寿一百零二岁，闻黎明是闻一多先生的嫡孙，是晚辈，年仅七十一岁。更想不到的是他父亲闻立雕先生2020年4月刚刚走（享寿九十二岁），父子相继离世隔了不到一年半。虽不好说是英年早逝，但确实是早逝，让我们失去了一位西南联大及闻一多研究的重量级学者，失去了一位难以忘怀的学界之友。

我与闻黎明无私交。他常来昆明参加学术活动，更多的是来跑图书馆、档案馆查寻和搜集史料和线索。这是做学问的硬功夫。他与夫人侯菊坤编著的《闻一多年谱长编》，以史料的丰满、扎实、可信而广受学界赞誉。20世纪90年代初我即邮购一部作为案头读物，受益良多。

闻黎明来昆大多住联大校内宾馆，只要得了消息我定去拜望。有时在校园里碰到，就站在路边聊一会儿，或一阵。闲话不多，多的是从他那里了解西南联大及闻一多研究动态。这些他都了如指掌。交流使我知道，闻黎明不仅专注于史料的搜求与积累，并且善于使用史料，不断写出视角别致、独具只眼的理论作品。他的论文《西南联大国民党籍教授对一二·一惨案的态度——读华罗庚的一封信》让我钦服。事实上我是先听他闲聊,知他去了一趟台北看历史语言研究所档案资料,而听出他的思路,论文是发表后才见到的。关于联大知识分子问题的交流也不少,我受益良多。后来读到他的专著《抗日战争与中国知识分子:西南联合大学的抗战轨迹》(社会科学文献出版社,2009年),钦服亦然。偶闻一种说法,谓一本年谱(指《闻一多年谱长编》)可带出一批博士。这自然是褒语,赞其史料功夫之深厚。我却以为此说或多少对闻黎明的学术理论造诣有所遮蔽。

  闻黎明先生多年来常跑昆明,除搜集史料外,还要寻访相关旧址遗迹。闻立雕先生亦然,他主要是怀旧,回念昆明难忘的昆明岁月。大概十来年前吧,立雕先生多次回昆明。"回昆明"是他的原话。一个"回"字,多深的感情,他一家老小几代人都这样。闻一多一家在昆搬家八九次,迁昆华中学(今昆一中)之前住北郊司家营,昆华中学之后为西仓坡。有一次老闻先生(某些情况下我称闻黎明为小闻先生)要去昆一中找住过的老房子。陪行者中有我。我初中考进的就是昆华中学。老闻先生记得旧址是在水池旁校医室里的两间房。我说水池叫茭瓜塘,两层小楼的校医室早拆了,我指了指旧址具体位置。老闻先生环视周围环境,再看了看茭瓜塘,然后才点了点头。老闻先生还要找平政街节孝巷13号旧居(闻一多与胞弟闻家驷两家同住)。那里我寻访过,具体位置即今昆明牙膏厂(原12、13号)。老闻先生去看了看,面目全非,显得若有所失。其间老闻先生说起他记得那时在相邻诊所曾请德国医生看过病。我告诉老闻先生,那位医生名魏述征,是我同学魏群智的父亲,上海同济大学医学院毕业,该校原系德国人所办,故同济医学院毕业生可称"德医"。魏氏诊所在节孝巷11号,挂牌"德医魏述征医师诊所",非德国人,后来是省中医院院长(老闻先生寻访旧居时魏老仍健在,高寿一百零二岁)。老闻先生笑笑,说他正想写篇回忆涉及于此,未想"德医"的事竟这么弄清爽坐实了。我看出老闻先生找到了感觉,一脸欣慰。

闻立雕、闻黎明父子都走了。我怀念他们,老闻先生和小闻先生。

顺记:

闻黎明的大伯闻立鹤先生1981年春病逝,年仅五十四岁。家人依照闻立鹤生前的嘱咐,将他的骨灰撒在昆明的滇池之中。昆明是他父亲闻一多洒尽热血的地方。

时间开始了
——昆明，1949年前后的一段回忆

1949年夏我从昆明景星小学毕业，随后考入昆华中学读初中。那年，我十三岁。回望那一年的情形，有些事想不起来了，有些事却记得清清楚楚。

昆华中学创办于1905年，是云南省历史最悠久的省立中学，能考上是不容易的。有校歌，其词云：

> 滇南首郡，桃李成荫；一堂师友，亲爱精诚。有昆水在旁，有华山坐镇。学和养，要真纯。练好我们的心，练好我们的身。此心此身，成己成人；复兴民族，猛进群伦。有昆水在旁，有华山坐镇。学和养，真且纯，我们昆华中学生。

这歌写得好。歌中反复两遍的"有昆水在旁，有华山坐镇"两句，是校名"昆华"由来的注释。昆水指昆明湖，即滇池。华山即五华山，说不上巍峨，比滇池水面只高出六十来米。但山不在高，这不算高的五华山可是云南历史文化的象征。

昆华中学校徽（有些地方叫校章）为三角形，蓝底白字，上书"昆中"，戴在胸前还是很体面的。

刚入学算新生，所知有限。听老生讲，昆中老师都很了得，大多是西南联大和云南大学毕业的。我在的是初六十三班，教我们班国文的马运达老师上海光华大学（今华东师大）毕业，教代数的昌景祺老师西南联大毕业；教英文的李佩秀老师金发碧眼，德国柏林大学毕业；教历史的刘澍德老师是北京中国大学毕业的作家，教美术的袁晓

岑老师是云南大学毕业的画家、雕塑家。教体育的王昌锡、杨学元两位老师均上海东亚体专（民国时期中国唯一的体育高校）毕业。李佩秀、刘澍德、袁晓岑三位晚几年都调到昆明师范学院了，我们班能赶上这些老师的末班车，很幸运。

不过，初一上学期好像老有事。1949年秋，以卢汉为首的云南地方当局与中共建立联系，其事被国民党军统特务所侦知。9月9日晚，也就是我们刚开学没几天，许多特务倾巢出动，开始全市范围地突然大搜捕。一夜之间，许多中共地下党员、进步师生、民主人士被捕入狱。后来的史书称之为"九九整肃"。

大约一两个月之后吧，李宗仁以"代总统"的身份突然来昆明"视察"，大概是要稳定后方吧。在李宗仁飞抵昆明的那一天，省里下令动员数万群众上街欢迎。大中学生自然是少不了的。昆华中学欢迎队伍所在位置是哪条街想不起来了。稍后某天李宗仁在抗战胜利堂演讲，昆华中学又被派去垫场。我们学生没资格进礼堂，是坐在礼堂前面的广场地板上听喇叭。演讲开始前，喇叭里传出了"国歌"的声音，很低沉。第一句"三民主义"书上有，似懂非懂；第二句"吾党所宗"干脆就听不懂是什么意思。其时已入初冬，寒意有了，这一点倒是记得。

再后个把月动静就大了。有一天学校突然宣布提前"放假"。昆华中学高中、初中都兴住校，学校让大家把铺盖打包放到指定的房间统一保管，何时开学等候通知。我们昆明本地学生好办，回家就得啦。其时城里已经戒严，街道路口都有持枪的滇军士兵把守、巡逻。但把守不算严，说是学生回家也就放行了。昆华中学来自州县上的学生不少，约占四分之一吧，似乎滇南的比滇西的要多些。他们是怎么回家的我们不知道，也顾不上问。

原来是省主席卢汉宣布云南起义了。这一天是1949年12月9日。

虽说戒严尚未解除，但新气象已经有了，街道上已经悬挂了好些五星红旗。是谁挂的？是起义的省政府还是地下党？当时刚上初中哪里晓得这些事。后来读文史资料才知道是中华小学校长司徒怀她们做的。中华小学在兴隆街,这条街二十年前拆除,学校旧址在光华街今省中医院背后。该校1943年创办,许多教师都是中共地下党外围组织成员。1949年前后任校长的司徒怀是位不平凡的女士,原籍广东开平,是鲁迅先生《看司徒乔君的画》一文所说的那位著名画家司徒乔先生的胞妹,是昆明早期有数的钢琴教育家之一。卢汉先生宣布起义,五华山及正义路、南屏街等主要街道当天就挂起了新中国国旗,这些五星红旗就是司徒怀校长组织动员本校和全市小学教师中的"民青""妇协"成员,秘密筹款买布缝制的。我家离中华小学不过百米,说起来也算街坊,但这位老街坊的故事我几乎是在她走到生命终点的前不久才知道的。1995年这位老太太走了,我闻讯赶去油管桥殡仪馆,冒昧地加入鞠躬者的行列,并走近灵柩瞻仰老人的遗容。这是后话。

  虽说新气象出现了,但局面还不稳定。没过几天,蒋介石下令驻扎在昆明附近的国民党第八军、第二十六军(本地人习惯叫"中央军",以示与滇军的区别),向昆明进攻,起义部队和"边纵"奋起迎敌。"边纵"的全称是中国人民解放军滇桂黔边区纵队。其时滇军主力早被调到东北,昆明的起义部队只是若干保安团,"边纵"人数也不多,而敌方两个军四五万人,敌强我弱,形势十分危急。城里大体还算平安,东南部近郊巫家坝机场、南窑、纺纱厂(今云纺)一带就不一样了,交火很激烈,在城里都可以听见那边的枪炮声和爆炸声。记得国民党还派飞机来轰炸昆明,主要是炸五华山、炸马街发电厂,后来听说是从海南岛那边飞过来的。五华山上有座瞭望台(铁塔),是昆明的制高点,也是五华山天际线的特有标志。听说那里架有重机枪,敌机飞临五华山近空时即开始扫射,老城里都能听见"哒—哒—哒—哒"的子弹声。许多老百姓为躲避轰炸就往城外跑。记得我家也跑,是从今五一路经瓦仓庄往西坝跑,躲在西坝桥附近的树下。那时西坝河还在,河两边的堤岸就是路,不很宽。

  黑云压城城欲摧。形势越来越危险,听说"中央军"一度占领了巫家坝机场，起义部队在五里多那一带挖了好些城防工事，继续抵抗。谣言多起来了，如说省政府准备西迁大理，等等，人心惶惶。但时间不长即听说"中央军"开始往呈贡方向撤退，传说是卢汉向共产党方面求救搬兵，解放军快赶到了。事后大家才知道真相，说是刘伯承、邓小平从重庆给卢汉回电，谓已命贵阳杨勇兵团派得力部队星夜兼程，驰援昆明，其先头部队（12月）23日可到达曲靖附近。"中央军"闻风丧胆，第二十六军从21日拂晓开始撤退，第八军哪敢恋战，也跟着撤退，两军都向滇南、西双版纳方向逃跑。中国人民解放军乘胜追击，"中央军"主力被歼，其残部流窜至缅甸、泰国、老挝交界的"金三角"，占山为"王"，沦落为靠武装贩运并种植鸦片谋生的没有国籍的流民。

历时六天六夜的昆明保卫战胜利结束，昆明转危为安。家家都可以出门上街买菜了。此前整整一星期基本上都困在家里，顿顿靠腌菜、卤腐、豆豉下饭，都吃怕了。稍后几天，"边纵"入城。入城那天我在正义路三牌坊第一次见着"边纵"的队伍，留下的印象是人数不是很多，千把人吧。穿着灰布衣服，头戴红星八角帽，肩上扛着步枪，没有重武器，像游击队。后来才听说，那天率队入城的是"边纵"副司令员朱家璧。

接着就是1950年元旦，解放的欢乐气氛渐起。这才知道现在是新中国了，国名叫中华人民共和国，已于三个月前的10月1日正式宣告成立，首都是北京。我们云南晚了两三个月。但毕竟，新的纪元，新的生活开始了。

想不起来我们昆华中学是什么时候通知学生返校的，如今推测起来应该在1950年的2月上旬，其时春节已过，大家都想回校听听消息，看看动静。记得当时的"学联"非常活跃。"学联"是昆明市学生联合会的简称，当时我才读初一，茅塞未开，什么也不懂，反正是些高年级同学管事，集合呀游行呀什么都管，还教唱新歌。后来才晓得"学联"是地下党的外围组织，在学校的分支机构叫学生会，骨干是"民青"，全称民主青年同盟。我们返校说不定就是学生会通知的，记不准了。

返校后最大的事莫过于欢迎解放军进城。那天是1950年2月20日，陈赓、宋任穷率领的二野四兵团举行入城式。昆明真是万人空巷，从菊花村到拓东体育场的公路上人山人海，水泄不通。先头部队终于从拓东体育场出发了，队伍沿拓东路、金碧路转三市街到近日楼，此一地段是昆明的市中心。首先是几十面红旗的旗帜队，接着是腰鼓队和秧歌队。紧随其后，军乐队吹奏着威武雄壮的《中国人民解放军进行曲》走过来了。接着是两辆敞篷吉普车，陈赓、宋任穷两位首长站在车上微笑着不断向群众挥手致意。后面跟着十几部大卡车，再后面还有警卫部队和炮兵、步兵的队伍。站在路两边的群众举着鲜花，摇着红旗，敲锣打鼓，唱着、跳着，真是万众欢腾！后来知道有位部队文工团画家画了一幅大油画《进驻昆明》，背景就是金马坊。这幅画定格了一段永恒的历史。画家叫梅肖青，夫人是女作家刘绮，昆明师范学院（今云南师大）外语系毕业，撒尼民间叙事长诗《阿诗玛》的搜集整理者之一。

那天，我们昆华中学的队伍在近日楼东侧，靠近南屏街西口，我的位置靠近正义路一点，记得背后就是旧政府的昆明市警察局。应该说位置还是不错的，吉普车走过我们那里时也看见首长招手了，但当时还不知道陈赓、宋任穷这两个名字。

这样的场面没见过呀，一辈子忘不了。没想到四十多年后认识部队老作家苏策，他做过昆明军区文化部副部长兼创作组组长。有次聚会闲聊，说起1950年春的四兵团入城式，我说苏老肯定参加了。苏老说岂止参加，我还参与策划呢。苏老说，那个入城式今天来看有点简单，在当时已经觉得不得了啦。我说自己当时就在近日楼东侧的队伍里，没见过这么大的阵仗，感觉轰轰烈烈，特别震撼。苏老看着我笑笑，流露出一点自豪。原来他当时是文工团政委，入城后任昆明军管会文艺科科长。他的著作很多，包括长篇传记文学《陈赓传》和《名将之鹰》。

回想那一段日子，真是越来越火红，热烈，欢乐，好像天天都在唱新歌。好些歌还记得，印象最深的是《解放区的天是明朗的天》("解放区的天是明朗的天,解放区的人民好喜欢……"),还有《你是灯塔》("你是灯塔,照耀着黎明前的海洋。你是舵手,掌握着前进的方向。年轻的中国共产党,你就是核心,你就是方向。……")、《胜利的旗帜哗啦啦的飘》("胜利的旗帜哗啦啦的飘,千万人的呼声地动山摇,毛泽东,斯大林,毛泽东,斯大林,像太阳在天空照!……")。同学们也爱唱。《中国人民解放军进行曲》可奏可唱,后来我们学唱,歌词好记:"向前,向前,向前!我们的队伍向太阳,脚踏着祖国的大地。背负着民族的希望,我们是一支不可战胜的力量。……"还有一首歌叫《唱出一个春天来》,一看歌名就觉得充满朝气,极富诗意。歌词里唱:"西边的太阳下山啦,东边月亮爬上来。从黑夜看到天明,欢乐歌声唱不完。"欢迎解放军入城那天,我头回见扭秧歌和打腰鼓。这种民间歌舞看着听着新鲜得不得了。稍后,还在劝业场(今五一路最北端)大众电影院看了部队文工团演出的新歌剧《刘胡兰》,选曲《数九寒天下大雪》特别好听。"数九那个寒天下大雪,天气那个虽冷我心里热。……哎咳哎咳哟嗬嗬嗬,胜利的消息要传开。……"这是头一回听用北方话唱歌,有些词语像"数九寒天"的那个"数九"就听不大懂是什么意思,猜想"九"是个大数,象征程度深,好像是形容天气非常之冷吧。后来才知道"数九"是中国民间节气的一种说法,并不专指天冷。"九九艳阳天"已经是暖春了。"哎咳哎咳哟嗬嗬嗬"就更听不懂了,反正就是好听。后来才晓得"哎咳哎咳哟嗬嗬嗬"是"衬词",并无实质意义,它是用来突出歌曲的民族风格和地方特色,渲染气氛。

记不得是哪天开学了,反正大家又回到学校了。学校的主楼上升起了五星红旗,清晨举行升旗仪式,下午体育活动后晚饭前举行降旗仪式。这是学校变化最大也最鲜明的标志。另外,同学们开始议论学校应该改个新校名,觉得"昆华中学"这个名字太旧。当时已经开始出现标有"人民"二字的报刊如《人民日报》和《人民文学》(机关单位标"人民"二字的要晚一些,如人民银行、人民医院),所以我们学校应该叫"人民中学",有的说叫"云南省第一人民中学"更好。后来由上面统一命名,昆华中学改称云南省昆明第一中学,没见"人民"但有"第一"也不错。后来,好像是"文革"以后吧,改称昆明市第一中学。简称一直是昆明一中,口头称昆一中。班级也变了,按新的序列,我们班由初六十三班改称初七班。

进入初一下学期了。这学期不同上学期,上学期还是旧中国,这学期是新中国了。开学以后最重要的事,是中共地下党支部转到地上和全校师生正式见面。对我一个十三岁的初一学生来讲,什么叫"地下",什么叫"地上"还似懂非懂,只觉得新鲜,也有点好奇。那天开会地点在学校礼堂,场面隆重、庄严,一位老师宣布开会,大家热烈鼓掌,很兴奋。我留心里面有没有教我们班的老师,结果没有。老师大约四五位都认不得,有一两位工友有些面熟但叫不上名字。主持人老师讲了话,具体内容想不起来了,只记得逐个介绍各位党员时,称"这是某某某同志""这是某某同志"。这是我第一次听到革命队伍里互称"同志",印象极深。散会后有两三位高中同学趋前与几位党员老师热烈握手。同班有的同学晓得事情多,说那几个上前与党员老师握手的都是"民青",学生会干部,"思想前进"。"思想前进"是当时的用语,后来说"思想进步"。

学校的环境变了,气氛变了,没见过的新事物越来越多。比如办了墙报(以前叫壁报),还建了腰鼓队、合唱队。昆一中是男校,没有女生,腰鼓队、合唱队不免有些逊色,但还是红火得很,想报名参加的人很多。还记得当时常书记、校长做报告,有时也有上级领导干部来讲话。做报告、听报告即自带小凳坐在露天广场听首长讲时事政治,是那时对学生进行思想政治教育的重要形式。有些领导做报告神采飞扬滔滔不绝让人爱听,信息也多些。另外,国文改称语文,语文、历史教材内容都很新。我们开始接触新文艺作品了。最早读到的是小说《小二黑结婚》,还有《新儿女英雄传》和《吕梁英雄传》,同学们抢着看。校图书馆阅览室有许多新报刊,除《云南日报》外还有北京的《人民日报》《人民文学》等,琳琅满目,美不胜收。记得

《人民日报》上登了一首很长的诗,占了整整一大版,是写开国大典,歌颂人民、歌颂党、歌颂领袖、歌颂新中国的杰作。详细内容记不得了,但题目一直记得,叫《时间开始了》。问老师,说这叫政治抒情诗。诗名确实好,思想深,有哲学味、文学味,也好记。

是的,时间开始了。

六七十年师生情
——记我的两位西南联大毕业的老师

前两三年得了一册云南师大校刊，见有一张西南联大文学院历史系1946届毕业的师生合影。我有几位老师是这一届的，就仔细辨认。终于认出第一排左起的头两位，正是六七十年前我在昆一中读书时终生难忘的两位老师。一位是傅发聪先生，三八式老革命；一位是黄清先生，民国军政上层家庭出身的知识分子。两位既是同班同学，也一度是同事。当时我好兴奋，关于两位老师和母校的记忆、思绪一下子被激活了。

其实我早就想过要写写这两位老师了。西南联大的毕业生绝大多数都很平凡，我的这两位老师亦如此。但这两位平凡的老师永远都是我的老师。

（一）

我在昆华中学/昆一中读了六年（1949—1955年）。在那六年里，教过我们班的老师不少，印象深的老师起码有七八位吧，但傅发聪、黄清两位我要特别说一说。原因有二：一呢他二位都对我有影响；二呢自（20世纪）80年代末我从兰州回昆明后，与傅、黄两师都有一些联系，二位的经历和家世都是后来才有所了解。

先说傅发聪老师。他是云南昭通人，祖籍镇雄，1920年出生。据傅老师讲，舅父费炳对他的影响和帮助都很大。他1938年参加抗日民族先锋队，1939年加入中国共产党，1942年入读西南联大历史系，其间一度返回镇雄开展工作。1945年8月，中共云南省工委通知他回西南联大复学，1946年毕业。

我考进昆华中学读初中是1949年秋。三个月后卢汉宣布云南起义，蒋介石下令驻扎在昆明附近的国民党"中央军"向昆明进攻，幸得中国人民解放军日夜兼程驰援昆明，"中央军"闻风丧胆，边打边退，经滇南、西双版纳逃往境外"金三角"占山为"王"，靠种植鸦片贩毒谋生。1950年2月20日，陈赓、宋任穷率领的中国人民解放军二野四兵团举行入城式。云南从此翻开了新的一页。

1950年春下学期开学。上学期是旧中国，这学期是新中国了，学校改名云南省昆明第一中学。好像那时傅老师还未来校，来校应该是我初中毕业又考进昆一中读高中（1952—1955年）的事。开初他是教导主任，同学们喊傅主任，后来升副校长。

但高中三年我与傅主任并无直接接触。后来讲的"思想进步"当时叫"思想前进"，我当时属比较不前进的学生，换一种讲法叫光读书而思想不太开展，哪里有机会接触傅校长，够不着。

虽无近距离的直接接触，但我对傅主任的印象很好。一是喜欢听他做报告。做报告、听报告即自带小凳坐在露天广场听首长讲时事政治，是那时代对学生进行思想政治教育的重要形式。傅老师做报告神采飞扬、滔滔不绝，让人爱听，信息也多些。当时中苏关系特别友好，《莫斯科—北京》的歌声到处回荡。当时就那样一种大环境、大氛围，所以，有一回听傅主任做报告讲到"以苏联和中华人民共和国为首的社会主义阵营"这句话，他特别解释说，以前我们讲的是"以苏联为首"，现在苏联讲"以苏联和中华人民共和国为首"，提法变了，说明我国的国际地位已经大大提高了。听了傅校长的报告实在兴奋得很。那时下午两节课后为班会或读报时间，我是班里的读报员，有资格先"瞟"一遍班里订的《云南日报》或《中国青年报》，以选择适当内容诵读。回想起来，我之所以喜欢读报，知道"提法"这个词，并留意报纸上一些"提法"的变化，确实和那段时间所受的教育，包括傅主任讲话、报告的熏陶，是有很大关系的。

傅主任的思想肯定比我们这种学生前进,但他的前进,我这个学生当时也会偶感迷茫。

我的语文不如同学周钧。他是课代表,爱写诗。读高二时有一次班级出墙报,居然由我主编。他在回忆录《生命的载玻片》里说我曾用一个整版的篇幅刊登了他写的一首歌颂新时代、新生活的长诗。我们班的语文老师是诗人赵櫓,笔名土弩(三十年后才知道是诗人晓雪的舅舅),20世纪40年代后期在昆明文坛十分活跃。编墙报的细节记不得了,应该是在赵櫓老师指导下编的,刊头配发伊萨科夫斯基的语录不会是我的聪明,因为此前我根本不晓得苏联这位爱情诗人,多少年后才知道《喀秋莎》《红莓花儿开》《灯光》那几首风靡一时的苏联歌曲,歌词就是这位伊萨科夫斯基写的。记得那天中午墙报刚编完傅主任就来看了,好像说了几句肯定周钧诗的话,却又补上一句"怎么又是伊萨科夫斯基",听着茫然又好像有些意味深长。如今回想起来,赵老师可能以为抄点苏联作家的话合乎潮流,哪里晓得傅校长对爱情诗不感冒呢。校长怕是早就对赵老师有看法了,他不会怪学生,学生知道什么。若干年后才听说赵老师与胡风有点牵连,离开了学校。

傅主任虽不喜欢伊萨科夫斯基却热心体育、善抓体育。昆一中体育风很盛与他有相当大的关系。当然,昆一中的体育运动原本就有很好的传统。早在1948年,昆华中学(昆一中前身)足球队就与球王李惠堂的球队比赛过,虽败犹荣。20世纪50年代前期,昆一中的体育进入巅峰状态,这一段就与傅主任直接相关。此期可谓人才辈出,杨伯镛(中国男篮主力,中国女篮主教练)就是我们那一级的。还有个马克坚(中国足球队守门员,中国足协秘书长)和蓝海(西南男篮主力),都是球星。马、蓝两位好像比我们高一两级。那时昆一中的足球场有两个,篮球场十一二个,排球场两个,垒球场一个,老足球场还带一圈铺煤渣的400米跑道。我们毕业以后还兴建了游泳池。这么好的体育设施没有领导抓怎么会有。傅主任抓体育抓得好是完全可以肯定的,尽管作为一个学生不可能知道他怎么抓的细节。

数十年后傅校长离休了,我从兰州回昆明了,不时登门请安。校长说对我还有点印象。我说自己不太"前进",校长笑笑,说你喜欢文科。又问问毕业以来的情形。从此与老校长才真正有了直接的近距离的接触,也才真正有了交流。老校长爱谈西南联大地下党和学生运动以及"边纵"往事。那一时期他历任"边纵"六支队团政委、宣威县委副书记和镇雄县委书记。傅校长一谈起激情燃烧的这一段岁月,总是神采飞扬,滔滔不绝。他说北大出的一本党史书上有他的名字。我问书名?他就找出那本书来,一看,叫《战斗在北大的共产党人——1920—1949北大地下党概况》,是北大党史校史研究室几位专家编撰,北大出版社1991年出的,六百多页近六十万字。我表示想借了仔细读一下,老师有点犹豫,勉强说你尽快看了还给我。我大喜,忙说我会抓紧看,十天左右一定送回。那天再未多谈,回了家就读。一读大有收获,此前对西南联大地下党了解不多。

20世纪90年代以来我每次去向傅校长探视请安,他除了一般性地讲些地下党情形,有时也会讲到西南联大生活,但绕来绕去总离不开地下党这个主题,还不止一次讲到舅舅费炳,尤其是讲这位舅舅对自己的影响。第一次讲的时候还找出昭通党史资料给我看,其崇敬和自豪溢于言表。

据相关党史资料,傅校长这位舅舅确实不简单,早在1928年昭通历史上第一个共产党组织——中共昭通支部建立时,费炳就是最早的四名党员之一。后来云南地下党遭到破坏,中共中央特科指派李浩然来到昆明(1935年),与费炳接上了头,两人随即展开恢复重建云南党组织工作,成立了以李浩然任书记的中共云南临时工委,费炳任委员,负责组织兼军运工作,为云南第二次建党作出了重大贡献。1937年6月李浩然调回上海,费炳接任中共云南临时工委书记。1941年1月费炳到重庆红岩村中共南方局向叶剑英和周恩来汇报云南地下党工作,周恩来传达了党中央在国民党统治区"隐蔽精干、长期埋伏、积蓄力量、以待时机"的工作方针。1949年1月费炳参加策反卢汉起义工作。解放后在云南军区司令部工作,晚年任省政协常委。很明显,傅发聪校长的人生道路深受舅舅费炳的影响。

(二)

下面说说黄清老师。

黄老师与傅校长读西南联大历史系时虽为同班同学,不过恐怕不熟。傅是地下党,不一定住校,并一度休学回昭通潜伏工作。黄是昆明大宅门子弟,不住校是可以肯定的。两位同学情形如此,上课之外恐怕见面机会也不多。至于后来在昆一中同事,身份不同,私交恐怕谈不上。

读高中时黄老师教我们年级三个班的历史课大受欢迎。西南联大历史系正宗科班出身不用讲,父亲黄毓成(斐章)又是云南近代史名人,所以黄老师讲起辛亥革命、重九起义、护国运动、云南抗战等,都能娓娓道来,如叙家常。我是班里的课代表,与黄老师接触更多。不过,做学生的不可能对老师的家庭背景知道什么,直到20世纪80年代末我回昆明工作与老师有了进一步的接触,知道的才多了些。原来黄家原籍云南镇沅,父黄斐章日本陆军士官学校毕业,留日时即参加了同盟会。回国后任云南陆军讲武堂教官。1911年武昌起义爆发,与唐继尧等策划云南重九起义。1915年护国运动爆发,黄毓成任护国第四军军长。倒袁胜利后晋升上将。后来还任云南驻广州护法军政府的军事代表和孙中山大元帅府高级军事顾问。论家世背景,黄、傅两师确实差异很大,据此也就不难揣想黄、傅两师联大毕业后数十年来人生轨迹的差异了。

由于与黄老师接触多,也就较早知道一点西南联大的人和事。闻一多、朱自清自然少不了,连从未听说过的联大历史系教授雷海宗也知道了。黄老师说这位先生给他们班上过课,十分了得,"雷海宗"三字被学生编成顺口溜:"声音洪亮如雷,学问渊博似海,思想自成一宗。"真有意思,一听就记住了。又说历史系有个陈寅恪更是了得，人称"教授的教授"。还告诉我那个"恪"字不读"客"要读"确"。黄老师说话诙谐，时不时来点幽默。记不得是课堂上还是课外了，有一回说文言文不难学，也有浅显的，如"屁者五谷之气也，人闻之捏鼻而去，狗闻之摇尾而来"就是，令人捧腹。与傅校长不同，黄老师喜欢与学生一起打打篮球，说说笑笑的，技术虽非上乘，亲和力却强。他常在篮底下等学生给球来"秀"，球进了喜笑颜开，用今天的话讲可谓十分阳光。傅校长虽然抓体育有办法，却看不出他喜欢运动，至少我未留下他与学生一起打过球的印象。

我与黄老师确实比较亲近。

学校为教师在初中部寝室专设了几个单间，黄老师有一间，他是单身（后来才晓得他终身未婚）。记得有段时间黄老师叫我去他那里一起吃早点，我去食堂打一口缸稀饭就去，老师那里有饼干。有个星期天还叫我一起进城，绕了一阵在护国路的护国饭店吃了顿午饭。我真是受宠若惊，铭记在心。如今回想起来，虽然与黄老师比较亲近，但听黄老师讲的都是些课外知识，从不提及家事，更不议论领导和同事，可以说是相当地谨言慎行。数十年后我回到昆明才知道，黄老师其实很不阳光。前些年见了一本私人回忆录，里面有些篇幅涉及黄家，读过之后我才算对黄家和黄老师的另一面真正有所了解。他身上拖着"民国"的阴影，影子很长。

那本书叫《家在云之南——忆双亲，记往事》，是人民文学出版社2010年出的。作者熊景明是一位女作家，家住昆明老城区昆安巷，作者的父亲名熊蕴石。书里讲，"黄湛是父亲最好的朋友"，她是黄湛的"干女儿"。黄湛何许人？是黄清老师的大哥。熊、黄两家关系很不一般。书里讲，她上小学前（按，即1949年前后那几年）"我家住在圆通街忠烈祠后黄家大宅里，花园里有石山、秋千，有网球场"。忠烈祠是旧名，今为省政府连云宾馆，黄家大宅即今连云巷圆通幼儿园。作者说，黄湛和她父亲都参与了昆明自来水厂（就是供人参观的翠湖九龙池那个文物）的创办，黄是厂长，但因"曾经担任国民党三青团昆明市委书记，被判刑送北大荒劳改"。

这位黄湛先生,说起来我也"见"过一回。黄清老师原住昆一中校内教师宿舍,后来迁居北市区金星园丁小区。有一年过中秋节我去看望黄老师,客厅旁一个单间的门开着,见里面有位老人在伏案写作。我一边与老师轻声说话,同时也有点纳闷,待我告辞下楼走到单元门口才探问那位写东西的老人是谁?黄老师只说是他大哥,香港那边要他写篇科技方面的东西。我也未再多问。又过了些年等我读到熊女士的《家在云之南——忆双亲,记往事》,里面讲到黄湛先生出了一本回忆录叫《永远的北大荒》,这才恍然想起,前些年见的那位伏案写作的老人写的原来是这个。此时黄清老师已过世,想再问问已无可能。

黄老师弟兄身后虽然拖着"民国"的阴影,他们家其实与共产党多少还是有点关系的,尽管不太直接。据省、市文史资料讲,黄斐章任云南陆军讲武堂教官时,教过的学生里就有朱德,昆明解放后,陈赓、周保中两将军受朱德之托亲往探视。再后朱德来云南视察时又与几位讲武堂老师在震庄宾馆欢聚,其中就有黄斐章。黄湛说,朱德拉着父亲的手说:"斐老,吾师……"(《护国起义时的黄斐章将军》,《昆明文史资料选辑》第9辑)著名军事家杨杰早年曾任护国第四军参谋长(军长黄斐章),之后又做过国防大学校长和驻苏大使;抗战时期在重庆与周恩来、董必武来往频繁日益倾向共产党。20世纪40年代末积极策动国民党军政人员起义。中共中央关心杨杰的安全通知他迅速撤离香港北上解放区,而杨杰考虑策动工作已有一定成效,又回到云南。1949年秋,国民党在云南进行"九九整肃",杨杰被列为黑名单第一号,在特务准备动手杀害他的当天秘密飞往香港。据《家在云之南——忆双亲,记往事》披露,那天开车将杨杰送到巫家坝机场的就是黄湛。在机场将杨杰送上飞机的是黄湛的弟弟黄治,他是机场警卫连连长。可叹杨杰刚到香港即被国民党特务杀害于寓所。黄清老师呢也参与了卢汉起义,他晚年告诉我,卢汉起义后在五华山审讯大特务沈醉(保密局云南站少将站长)时他就在现场。其时黄在省府秘书处上班,此事他已写成文史资料发表(《关于卢汉提讯沈醉见闻》,《昆明文史资料选辑》第23辑,1994年出版)。三十年后黄湛、黄清两先生属卢汉起义人员身份被承认,终获平反。

黄清老师离开昆一中的时间我不清楚,应该是在我毕业之后吧。1988年秋,我回昆明工作参加同学聚会,才知道黄老师已在昆一中恢复工作但退休了,忙去拜望请安。黄老师还记得我,大略问问我在省外做什么,回来在何单位,对过往的事则未见提及,我试探性地问一点,老师也仅用很概括的短句漫应,自己也就不再问什么。但话题一转,问起西南联大旧事,老师的话才慢慢多了点,显出了些谈兴。自此以后,我与黄老师的话题范围变化不大,有几次我干脆是带着问题去请教的。

抗战时期昆明有两位姓施的女性。一位是滇籍女诗人施莉侠。施系会泽县人,幼时在姨父唐继尧家(昆明)生活,初读书时即获末代状元袁嘉谷指导。后留学日、法,是云南第一位女博士,回国后做过云南大学外文秘书。黄家与唐家有姻亲关系,我写《浪漫寂寞施莉侠》一文时几次向黄老师请教。施氏有首诗写她过生日时对昔日留学生涯的追忆:"年年此日叹飘篷,菊艳桂馨月似弓。忆昔衣绯留异国,人夸天下第一红。"黄老师说他少时见过施莉侠,记得唐家这位亲戚喜跳舞(唐家花园不时有舞会),善修饰。证之"衣绯""人夸"二句,倒也相符。另一位是安徽桐城奇女施剑翘,她为父报仇,1935年在天津连开三枪击毙大军阀孙传芳,自首后被天津地方法院判刑七年。由于此时孙传芳已与日本大特务头子土肥原暗中勾结,想做日伪"华北王",所以施的行为既替父报仇,也为国锄奸,深得朝野人士同情与敬佩,受到舆论支持,吁请特赦。当局迫于舆论,于次年秋下令特赦。之后施剑翘辗转来滇在西南联大做旁听生,读大一国文,风雨无阻。有一回我问及此事。黄老师说此女联大人都知道,且视之为女侠,年龄三十出头,有点胖,当时就在他家附近圆通街租房子住。又讲施想求见龙云,龙云对施有些看法,不想见。

20世纪90年代以来黄老师渐趋活络,陆续写了些回忆性文章,我读到的多是在西南联大校友刊物及文史类书刊上发表的。除卢汉审讯沈醉那篇较早外,还有《我所知道的闻、李案》《解放前的云南体育概况》《西南联合大学对昆明人的影响》等,另有旧体诗若干,都很珍贵。无论是交谈还是从这些文章显示的信息都可约略看出,在平反十多年后黄老师的思想才稍有松动,愿意说一点、写一点过往旧事了,口气、笔调淡淡的。《我所知道的闻、李案》要深一些,有一段说李公朴被暗杀,他大舅事先可能知情。文云:"父亲喜打台球,大舅朱丽东来昆明任云南省政府秘书长,初来暂住我家,他也喜爱台球,因此常过来打台球。那晚他过来打台球。恰好李公朴先生来找他,另外还有一位客人,朱介绍了我们见了面。客人走后大舅对我说:'我也是刚才那位客人介绍才认识李先生的,不过我总觉得李先生的气色十分难看,且带有死像。'"黄老师说自己当时听了也不当回事,可第二天李公朴先生就被暗杀了。他因此怀疑大舅对李之死"是知情的,至少有所见(耳)闻"。

当然,更多的文章属于一般文史类。黄老师家网球场有两个,有条件年少即打网球,七十多岁还在打,迁金星园丁小区后仍旧骑单车回昆一中打,路不短。

(三)

有几次同学聚会请了老师参加,记得最清楚的有三次。

第一次是在昆一中图书馆楼上会议室,聚会比较隆重,请了的老师来了七八位,除傅、黄两位外,记得还有胡肃秋老师。她与傅、黄两师也是联大历史系同班同学,后来又是同事,巧得很。会上先请老师讲话,傅校长当仁不让站起来说了好些,其中扯到昆一中的几次"运动",说自己常被批"右倾",未想被坐在旁边的黄老师反诘了一两句,好像是说"你还'右倾'?"原话记不准了,反正意思大致不差吧。傅校长说明、解释了几句,有些无奈。黄老师不理解他的无奈,赵櫆老师如果在的话或也这样吧,他们之间总有些难沟通的地方。傅校长说自己常被批"右倾",我这个做学生的倒不怀疑。黄、赵两师可能不很清楚,地下党时期就做过县委书记,解放后又长期做中学校长的傅发聪先生,1982年从省体校副校长的岗位上离休,又过了些年才获副省级单项待遇。路不顺、不平坦是明显的。

至于那天的会,后来几位同学怕影响聚会气氛忙插言"向前看"才止住。接着同学们争相发言表示对母校、对老师培养的感恩之情。

第二次是在顺城街一家餐馆楼上的婚宴厅,只请了傅校长,夫人陪同,气氛相当好。傅校长早年即养成站着讲话习惯,热情洋溢地讲了不少,还提到好些同学的名字,大家赞老校长记性好。同学们也说了不少,尽欢而散。

第三次是翠湖北路一家餐馆(今袁嘉谷旧居北楼),时1999年冬。这次与同学周钧有关。周钧功课不错,尤喜文学,无论是课堂作文还是语文考试都是第一个交卷,一心想当记者做"无冕之王"。1955年高考前夕突得通知被选派去军干校,他二话不说服从国家需要,从(20世纪)90年代初起任中国科学院空间科学与应用研究中心党委书记。这次周钧回昆明探亲,串门访友中说还要去看望黄清老师,几位同学说干脆请黄老师来一起聚一聚。其时黄老师已迁金星园丁小区,路较远,我头天登门去请,说第二天来接。黄老师说不用,叫我在农展馆门口等他即可。黄老师还是骑单车来的,而且准时。黄老师历来都与学生处得好,今日有弟子自远方来看望,自然感到格外欣慰。那天周钧作了深情的回忆,表达对老师的感恩之情。同学们的话也不少。黄老师倒未多说什么,多半静静的,带着些微笑,不时有几句应答。那天我与赵元良同学陪黄老师、周钧夫妇合影。赵君与周钧夫人是昆师附小同学。散席后我再送老师,路上又说说周钧。老师说搞卫星、导弹不容易,你们那几班人才多。我说是出了些,最有名的当然是杨伯镛。老师说球星嘛当然,又笑了。到农展馆前面分手,黄老师骑上车走了,蹬得很慢。我望着老师的背影在路口转弯处消失。

再后呢,傅、黄两师都年事已高,同学聚会一般也就不再去惊动了。

我与两师仍时不时有联系。2005年是昆一中百年校庆，隆重，热闹。学校最著名的校友是数学家熊庆来、哲学家艾思奇和物理学家杨振宁。前两位已作古，听说校方已定请仍健在的杨振宁先生为百年纪念碑题写"百年昆华桃李天下"八个大字。我抽空去黄老师处请安自然说到此事。黄老师笑着说，这八个字是比你们低几级的几个同学拟的，来征求过我的意见，我说意思好是好，是不是夸张了些，那些名牌大学怎么摆？我听了也笑了，说纪念嘛一般都难免夸张一点。黄老师爽朗地笑了笑，说天下二字原义所指与九州略同，并非指地球全世界。如今交通极便，人口流动非比往昔，九州之内何处无昆一中学生之足迹？不说小"州"说大"洲"，洲洲有昆一中学生足迹亦不足为奇啦！我连连称是。心里想，黄老师除了那段崎岖小路外，一辈子都献给昆一中了，如今逢百年之庆能不为"百年昆华"高兴吗，能不为"桃李天下"自豪一下吗？该。"民国"的阴影在老师身上罩得太久了，如今能听到老师爽朗的笑声，我打心眼儿里感到欣慰、高兴。

百年大庆那天傅校长更高兴。他20世纪50年代已做过昆一中副校长，之后做了一段昆八中校长后于1977年又重返昆一中任校长，是地地道道的昆一中资深校长。在中心会场主席台上，傅校长的位置很显眼，第二天见报形象更抢眼。是应该这样。之后一两年，可能是纪念西南联大成立70周年吧，我向媒体推荐采访傅校长。报纸出来后我见了，专访做得不错，配有图片，虽带几分沧桑却风采难掩。我欣慰。

2015年，傅校长获以中共中央、国务院、中央军委名义颁发的中国人民抗日战争胜利70周年纪念章。仲冬某日我去请安，时值上午，坐北朝南的小客厅满屋阳光，老人正在看书，见我来了很高兴。稍事寒暄后傅校长即回书房取来纪念章让我看。纪念章除原有庄重、精致的盒式包装外，老校长又包了两层。我一边观赏一边说祝贺的话。

百年校庆之后，2007或2008年吧，我曾去园丁小区向黄老师请安，就是"见"黄老师大哥黄湛那次，之后想不起来是瞎忙什么，连电话也忘了打。有次昆一中一位老师来电话要我去学校问个什么事，谈完事问起黄老师近况才知老师前不久（2009年）已经驾鹤归西，享年八十八岁。唉，那个中秋请安竟成了与老师见的最后一面，十年前与老师及同学周钧等的翠湖餐馆合影成了最后的纪念。

　　回想傅发聪、黄清两位老师对我的教育和影响，在母校的，在他们都离开工作岗位以后的，我都没齿难忘。他们都出身于西南联大，但他们的作风、他们的理念都有所差异，或许分处于时代思潮光谱的不同位置吧。他们的哀或乐，或许也不尽相同，冷暖自知吧。但对我而言，他们都是老师，永远的老师。我或许仍未读懂他们，但我毕竟走近了他们，走近了那一辈人。为此我深感有幸。

附记：

　　2018年春某日，我打算去向老校长傅发聪先生请安，并呈上拙文请老师过目。次日晨先打电话预约，未想"话务员"以"停机"相告，当即产生不祥之感，毕竟是年近百岁的老人了，风烛残年，什么都有可能。忙赶赴省体育馆傅校长住宅探个究竟。轻轻叩门，三次无应。无奈，转身叩邻家门。门开，问对门傅校长在吗？告以老人半年前走了。不祥果然。询之，未得其详。乃将一本与西南联大有关的刊物奉上托转交傅校长家人，邻居诺。怅然退。今附记如上，时2019年7月13日。

从天上回到人间
——追思昆一中老同学周钧先生

周钧先生是我读昆一中的老同学，2009年10月走了，才七十三岁，走得太突然，谁也没想到。

我们是1949年入学的，算起来相识相交整整六十年了，然而往来并不多，主要是中学六年，毕业后各奔东西，而且差别太大：我一直做文艺、教育工作，他在空军，转业后一直在中国科学院任职，先在原子能所，20世纪90年代初做空间科学与应用研究中心党委书记，直到退休。大家各忙各的，书信也不多，直到去年夏天收到他的回忆录《生命的载玻片》，我一口气读完写读后感才得有一次真正一对一的深度交流。遗憾的是，我再未等到新一轮的交流，他就走了。

周钧不平常。与我相比，他的一生是有几分传奇色彩的。他父亲讲武堂毕业，哥哥是"边纵"，他做过空军飞行员教官，后来又是"原子弹"，又是"太空"，离我实在太远，人家传奇，我平凡。不过，在他那本书里，透过他的"载玻片"却看不到多少传奇性的东西，说的都是平常的人生，读他的书，觉得等于听他敞开心扉谈话。比如1949年李宗仁"代总统"到昆明视察，市里在胜利堂开欢迎会，学生要去捧场。"全校清一色的童子军制服，唯有我一人买不起制服，在队伍里十分扎眼。试想，一个少年此刻心中的委屈、难堪到了什么程度。此事像一个烙印，它伴随、影响了我的一生。"

周钧出身革命家庭，思想进步是自然的事。他那种进步让人觉得进步得自然，看不出特别积极的那种样子。我呢说不上进步（刚解放时叫前进），他倒不嫌弃，还比较亲近。也说不上什么原因，回想起来，或许与文学有点关系吧，文学我们都喜欢。我上高中才读过

《约翰·克利斯朵夫》，周钧读这类书早多了，而且他还读诗。他说何其芳的《夜歌和白天的歌》如何如何，听得我摸不着头脑。但他可能更喜欢艾青的诗，常听他讲起《大堰河》《向太阳》《他死在第二次》，真是津津乐道。周钧不单读诗而且写诗。回忆录里说他的诗"从不给人看。只有三次公之于世。一次是入团，组织要审查我偷偷写的诗是否健康。第二次是班级出庆祝专刊，由我们班余斌主编。他用一个整版的篇幅刊登了我写的一首长诗（歌颂性质的）。从此我有了一个外号'盲诗人'（因为我们课本中有一个盲诗人爱罗先珂）。"

人的记忆有差别。周钧说我"主编"专刊的事我一点也想不起来，他却印象那么深。他说他的诗从不给人看，其实我是看过一些的，我还记得他用的笔名叫"野艾"（这也说明他喜欢艾青）。这个细节他可能又忘了。当然，记忆重合的事也不少。闻一多刻图章的事在昆明广为人知，因闻一多曾在昆华中学（今昆一中）教书，学生受闻一多影响学刻图章成风且代代相传。周钧也学，象牙的、寿山石的都刻过，用篆字。周钧为我刻过两个，数十年后昆明相会我告诉他，我取稿费就是用他送我的图章。

周钧兴趣广泛，京剧也喜欢得很，我们都迷关肃霜，按新话讲也算关的"粉丝"了。他可以哼唱，京胡也能拉一点。他写作文特快，都是一气呵成，总是头一个交卷，潇洒得很。他想当记者，做"无冕之王"，除喜欢文学这个因素外，与他笔头快也有关系。但最终，这些文艺爱好周钧都放弃了，他服从了国家的需要。

周钧之于我，并不限于共同的文艺爱好。他回忆录里讲有一年过端午节，母亲交代他"中午放学请着余斌回来吃饭"。这事我记得清楚，不止一次，而是两次，时间是1953年、1954年。周伯母待人和蔼可亲，对儿子的同学也呵护备至。我在成都读书时周钧在北京，他几乎每年都要给我寄赠新的日记本。1956年周伯母还给我寄来一件灰布干部制服，稍大一点，估计是已当县委书记的周钧他哥穿过的。这件衣服对我太重要了，我在成都一直穿到大学毕业。这事周钧可能不知道，我写信告诉他的。周钧在回忆录里说，他和他哥都为一件事情感激母亲，那就是母亲对儿子的好同学、好朋友态度非常好，发自内心的热情。只要这些同学、朋友来家，她都极力款待。母亲告诉他："人在社会上要有朋友，朋友、同学相处好不容易。"话听着平常，却富于人情味，而且大气。在那以阶级斗争为纲的岁月，那样说那样做不容易。我说周钧进步得自然，那精神、那风貌明显受周伯母的影响。他与我亲近，我既感受到他友谊的温热，同时也隐隐觉得有碍于他。团支部似乎对他与思想不太积极的我接近有所批评或提示，我的感觉他似乎不很在意。这一点我们当时从未谈过，只在读了他的回忆录后，我才深感周伯母对他影响之深。周伯母在洪化桥做了好些年的居委会主任，但她的行事风范和气质不是一般妇女积极分子所能达到的。

周钧的《生命的载玻片》自然也会说到与"天上"有关的事。他说他们参加载人航天工程压力很大，时时提心吊胆。发射他们所研制的"实践四号科学卫星"时，周钧和所长都到了西昌发射中心。发射当晚在基地，科工委设了庆功宴，所有任务单位的领导都出席。吃饭尚未开始就听到消息说末节火箭的什么东西未打开，卫星尚未释放！"我一听，吓了一跳，不由自主地跌坐在凳子上。"庆功宴当然吃不出什么滋味。直到晚上十一时所长打来电话说"打开了！"他才"一颗石头落了地！"但周钧这本回忆录讲"天上"的事并不多。退休之后他又回到了人间，想的都是平常人的平常事，亲情、友情、爱情，如何做人、为人。他说"生活原则"是他的"宗教"。退休后所里同志公认"周书记是好人"，他就知足了。他回顾自己一生的心路历程，也对党史、国史的许多问题作有深度的思考。我们那一辈人都背过保尔·柯察金的名言："没有因虚度年华而悔恨，没有因碌碌无为而羞耻。"周钧做了。做到了就走了，留下一本有生命热度的文字。

周钧走得体面，走得有尊严。虽然昆明他再也回不来了，但昆明的老同学、老朋友会记得他，会想念他。想念他的还有翠湖，他从小就在翠湖边长大，长大了就走了。这回是永远走了。

背影,留在了不很远的远方
——我那三十年

耄耋之年,难免回头看,回头想。我1955年十九岁入蜀读书,四年后至陇上工作,1988年回滇已五十二岁,细算三十三年。

一、高考·北上四川

1955年夏高中毕业,参加高考。

我自己决定考文科。因为我喜欢文科,成绩也比较突出。我的数学也不错,考试都在九十分以上。但物理、化学要弱些,多半考八十五六分,上九十分少。

单讲文科,我算甲上;文理科综合,我属甲下。听数学课代表讲,教数学的任云龙老师(西南联大毕业)听说我报文科感到意外,很惋惜。还有一位同学对我讲,文学容易出事,你还敢报文科?这可见我当时还是很幼稚,不懂这些。

我的考场在云大。头场有些紧张,之后就比较放松。等了半个多月收到四川大学的录取通知书,是中文系,信封里还附有川大团委、川大学生会的贺信。

当时的昆明学生多想去外省读。外省路远,且交通不便。去四川及陕甘的走北线,经沾益、贵州毕节、古蔺到泸州、隆昌,再上成渝铁路,去成都、重庆、西安、兰州都走这条线。去内地的走东线,坐火车经沾益改乘汽车经贵阳南行至黔、桂交界的金城江,改乘火车可到广州、武汉、上海、北京、哈尔滨等地。

路费由公家包了，而且有专人负责送到目的地，不管有多远。这太好了。

出发之前先去招委报到。去外省的统一编队，我在的队都是去川大的，约20人，每人发一个"西南地区赴校证"，布做的，别在胸前。招委派专人护送。

火车上午走，下午到沾益，晚上领队安排大家看省歌舞团晚会。第二天一大早起床改乘大卡车，边上两队背靠车厢，中间两行背靠背，座位即自己的行李背包。

经宣威、黑石头、贵州毕节，赶到威宁住鸡毛店。第三天赶到川黔边界的古蔺，第四天下午到泸州，住军分区招待所。第五天轮渡过沱江，赶到隆昌坐上了成渝铁路的火车。第六天早晨到达成都火车站，终于被川大的大轿车接到九眼桥外、望江楼旁的川大校园，时1955年8月底。

二、四川大学（1955—1959年）

四川大学为西南地区最高学府。在川大读书是幸运的。

我们中文系1955级共九十人，男八十二人，女八人，分三个班。我在甲班，简称中一甲。全级云南籍学生三名，昆明二名，文山一名。绝大部分为川籍同学。我发现不少四川同学的底子相当扎实，自己要抓紧。

先说学生待遇。如前所知，助学金的覆盖面很大，基本全包了。不用交伙食费和学杂费。另有生活补助，调干生每月二十多元，普通生每月三元。据个别交伙食费的同学讲，伙食费为每月九元。我的感觉是伙食太好了，每桌四菜，一纯荤一串荤两素。早餐馒头一个，稀饭随便吃，全桌一盘油炸剥皮花生米、一盘榨菜。

伙食比昆一中好到天上了。

成都冬天比昆明冷。无棉衣的学生可以提出申请。我得票一张，去市中心春熙路百货公司领到一套棉衣，蓝色，制服式。

成都蚊子多。无蚊帐的可到校总务处借用，毕业交还。

三元的生活补助自己要精打细算。日常洗漱用品，理发，文具，每年买一点衬衫和内衣裤，都没问题。沐浴每周一次，免费。周末学校礼堂有电影，一张票五分。有事进城买票乘公交车也可以。校医室看病免费。

学生嘛这样也就过得去了，认真读书就是。当然不能比调干生了，他们一般比普通学生大三五岁，穿戴整齐，仪表堂堂，都有手表。他们进入社会早，见多识广，高谈阔论。

我们大学四年，由于1957—1958年基本上都在搞大大小小的运动，实际上课的时间不超过两年半，耽误的时间至少有一年半。

1958年夏参加大炼钢铁。离成都二十公里的金堂县要建成都钢铁厂，我们年级被派去赶修公路的路基。某晚遇暴雨袭击，路基被冲塌，情况危急。一声令下，连夜奋战抢险，尽管水深过腰部，大家都奋不顾身，干到下半夜才收工回工棚休整睡觉。第二天十点起床吃饭，边吃边听年级党支部书记（入学前即当过副区长的调干生）讲话，先表扬全体同学，然后重点表彰了几位骨干积极分子。

再后要求大家人人写诗，表现在"大跃进"运动中的战斗豪情。油印刊物叫《战斗在成钢》，第二天即人手一份。

一个多月后又被派往华阳县中和场（村）砍树拉柴。拉柴用鸡公车，即四川特有的独轮车，一人拉一人推，两人一组。我与一个女同学是一组，明摆着是我拉、她推，我成了主力。各组还要竞赛，有专人过磅验收登记。这种重活我从未干过。

交心（运动）过后人人都表决心，鼓足干劲，力争上游，一个比一个拼命积极，谁敢落后。

再后是回校参加大炼钢铁。川大有那么多的专家学者，但无人敢站出来说土炉不可能炼钢。众人在热火朝天地忙，反正食堂一天二十四小时供应流水席，热饭热菜。

钢炼不出来接着搞教育改革，以种种名目批判教师，口号叫"拔白旗、插红旗"。再不细说。

等这一系列运动搞过，好不容易师生们终于回到教室上课，其时已是1958年将近岁末，最后一段学习时间已不足一年。要弥补这一年半的损失得靠自己。

文科靠读书。川大图书馆藏书极为丰富，看你能读多少。在班里，我是跑图书馆借书、还书最勤快的人之一。

终于过完四年，毕业了。

毕业典礼比较简单，要紧的是颁发了毕业证书。最珍贵的是中文系1955级同学与系领导及授课教师合影，我坐在第一排最靠右。可惜的是已划"右"的老师和同学均未能参加。我们甲班另有一位同学也未能参加。入学前他是成都郊区小学教师，并有妻子、儿女。这位兄长因偷窃同寝室同学的粮票被开除学籍。

二十年后"右派"改正补发了毕业证书，这位兄长也补发了毕业证书。据参加过二十年后首次同学聚会（成都，我未去）的同学讲，那位兄长首先作了检讨并道歉，然后说明公社分的粮食不够吃，孩子嗷嗷待哺，他实在无路可走才这么做了见不得人的事。我听了不禁慨叹。此事发生于1959年，我住在学校极少出校门，对社会一无所知，根本不知道成都郊区的粮食已经很紧了。

入川大四年，年年都有寒暑假，多数同学都回家了，特别是成都、重庆的。来自贵州、云南的大多不能年年回，四川偏远县份的也大体如此。要路费，往返又费时间。每间寝室八人，放假一走，一般会剩两三人。来自云南的两人与我一样，都没路费。怎么办？学生会能组织些活动，比如去青城山玩三天。此外就是看书与闲聊，有时打打球。食堂照常，人另行编桌，每日仍三餐，星期天两餐。

读书四年到1959年毕业了才回了一次昆明。因毕业分配前景不明，在昆六七天即匆匆赶回川大。大约是八月下旬，分配的事仍不见动静，不时传出有的同学已经开始活动了，多是想留成都、重庆，或照顾婚恋关系。那段等分配的时间，真是又焦急又百无聊赖。图书馆不想去了就去川大隔壁锦江边的望江楼吃茶，都是班级一些比较靠边站的同学在那里穷聊，互相取暖，偶尔也交换点与分配有关的马路消息。总的讲不过是无奈，干等。

毕业分配名单终于宣布了。我是"甘肃"。

附：在川大与同学斗嘴

六十多年前在川大读书时偶与四川同学斗嘴。一日，某同学说，你们昆明不就是气候好一点嘛。我说对头，云南比不得天府之国，昆明比不得锦官城，叫春城嘛也就是气候还过得去。不像四川，老是灰蒙蒙的，晴天少，偶有晴天，太阳露脸，狗都很兴奋，鬼喊鬼叫，热闹得很，此所谓"蜀犬吠日"也。不光狗在欢叫，人更安逸，故蜀人爱唱四川民歌《太阳出来喜洋洋》，人犬同欢。川人无对，默然，众笑。吾亦快哉。

人老喜忆旧，六十多年后戏作于昆明地坛

三、宝鸡是个分水岭

我是"甘肃"，相当懊丧。同寝室的盛家理有个女友在兰州大学，1957年夏天以前常听他星星点点地讲到兰州，印象深的有两点，一是说兰州有个"小西湖"；二是说到兰州只有一棵树，那棵树在公园里，星期天大家都去公园看那棵树。当时听了觉得好笑，一个城市怎么才有一棵树？鲁迅的后园墙外还有两棵树呢，一棵是枣树，还有一棵也是枣树。盛家理说话夸张，一棵树不一定是真，而树少则是肯定的了。当"甘肃"和我一挂钩，马上就想起那"一棵树"。盛家理1957年出了事，最终去了哪里记不得，他只在我印象里留下了"一棵树"。

各奔前程的时间是1959年9月上旬，五六号左右吧。心灰意冷，谁东谁西记不大清，只粗线条地记得去向有三：一部分去北京（这太令人羡慕了,首都呀),一部分留在四川(这我倒没想过),一部分去西北(这可摊上了我),三个去向约略各占三分之一。"两北"是一起走的,坐火车北上,宝鸡分手。那是九月上旬的一个夜晚,去北京的继续东行;去西北的下来换车西行,好像是十几个不到二十个的样子,都打不起精神。这时我才意识到,宝鸡是个"分水岭"。

四、走上"一只船"

从宝鸡西行到兰州不算远,黄绍忠、张时雨和我到站下车。别的继续西行,西宁、银川算近的,远的是新疆。在邸家庄人事局招待所待了几天,他两位被分去陇东的泾川县,我被留下,单位是中国作家协会兰州分会。今天来看这不算啥,而在当时、当地,作家协会是块金字招牌,许多中文系学生都羡慕得不得了。事后得知,甚感欣慰。

接着说1959年的中国作家协会兰州分会。

作协兰州分会地址在"一只船"。"一只船"是地名,头回听到我误解为"一字川",闹了笑话。作协房舍也很不错,俄式小楼带后花园,在"一只船"鹤立鸡群,独一无二。抗战胜利后张治中任西北行营主任兼新疆省主席,此花园洋房即张的公馆。1958年中国作家协会兰州分会成立,主席李季,副主席闻捷、李秀峰,张公馆拨归作协使用,算是对文学的重视。我到作协上班后听说甘肃省委开会,著名诗人李季(代表作《王贵与李香香》)有资格列席。这些背景资料加在一起,使我的"分水岭"感觉稀释、淡化了许多。当时来兰州工作的外地人极多,尤其是上海人(代称江浙人)、东北人和四川人。他们都爱说兰州是中国的地理中心,也有人说几何中心的。反正都是"中心",边缘感被稀释了不少。

我的具体工作是做编辑,为《红旗手》文艺月刊效力。这刊名听起来不像文艺杂志,当年高举三面红旗"大跃进",有的叫《文艺红旗》,有的叫《延河》,有的叫《星火》,有的叫《火花》,都这样。

做编辑是很辛苦的,坐班制,星期天上午大多要加班。编发别人的稿子,别人出名而自己默默无闻,美其名叫无名英雄。自己心有不甘,只有靠晚上拼命读书写作了。

当时二十三四岁毕竟年轻,干劲也慢慢起来了。1960年冬在广州《羊城晚报》发表了第一篇文章《托尔斯泰与"镜子"中的美学》,两三千字的随笔而已。当时还不敢写论文发表,写随笔算练手艺,倒也顺手,接连写了几篇登在《上海文学》《人民日报》《解放军文艺》上,信心大增。我发觉张公馆里的人开始显出异样的眼神,当然照例总是默默地,但我很享受。那时流行用笔名,我也用了个"余南飞",一来呢过过作家瘾,二来呢表示着迟早归乡之意。

我渐渐有了起色,其实单位领导早知道了,比一般同事早。当时的规矩,报纸杂志,更不用说出版社,凡决定要刊用一篇文章或出版一部书稿,都要经作者单位的认可才能发表。我的文章能在北京、上海、广州发表,当然也要经过此一流程,这让我放了心。事实上领导也找我谈过话,说了些肯定、鼓励的话,并提醒我要多读马列主义文艺理论方面的书。

20世纪60年代初在"一只船"的那几年,是我从精神低谷逐渐走出的几年。然而也显出幼稚,干文学就以为文学是社会生活的中心,而作协则是中心的中心,不知不觉间,似乎自己已经离开边缘进入主流,于是有些飘飘然。但飘飘然归飘飘然,总的说是显出朝气了。我记得1961年文艺界讨论题材、风格多样化,1962年5月《人民日报》为纪念延安文艺座谈会讲话二十周年发表《为最广大的人民群众服务》的社论。被文坛遗忘多年的老作家沈从文,也被《人民文学》约稿露脸,写了篇乡风民俗散文,其中一则叫《记忆中的云南跑马节》,内称呈贡的跑马(赛马)为"情绪跑马",读后印象甚深。在当时的大背景下,气氛算是比较宽松的。个人的小命运离不开历史的大背景。

精神是慢慢起来了,物质上的困难仍大。冬天甚冷,黄河冰封。好在有工资买棉大衣,问题不大。吃可是个问题,虽说干部吃皇粮有保障,但脂肪太少,饥饿感总摆脱不了。

进入1962年,由于农业政策调整,经济渐显生机,社会渐入常轨。文艺政策也有调整,提出"为最广大的人民群众服务",路宽了,干文艺的,包括像我这种做文艺杂志编辑的,都面露喜色,精神振奋。

我效力的刊物也不再叫《红旗手》了,换了个名字叫《甘肃文艺》。还开展文艺讨论,百家争鸣。在此宽松条件下,我的工作也比较顺手,领导满意。还安排我第一次出差远行,顺便回昆明探亲。我喜出望外。

五、第二次回昆(1962年9月)

这次出差的任务,一是了解外省兄弟刊物的办刊情况,同时约请外省著名作家为《甘肃文艺》写稿。出发时间大约是9月上旬底吧,10月初返回,历时三个星期左右。出差点为西安、武汉、贵阳、昆明、桂林、广州、北京。在昆明五六天,国庆前夕到达北京。

这次回昆为公私兼顾,住旅店。首先去云南省文联《边疆文艺》了解办刊情况,之后找云南作家写稿。返程中经过桂林、广州、北京回到兰州。在北京顺便看望老同学、老朋友周钧,他是军官了,单位在南苑机场。我们一起去天安门,他为我照了张相。

六、日子又紧张起来了

1962年过得比较轻松,也愉快,难忘。未想新一轮的紧张正在酝酿,即将开始。起先大家只知道在这年9月发出了"千万不要忘记阶级斗争"的号召。又过了半年多才知道批判小说《刘志丹》,说有人"利用小说反党"。到1964年又听到传达最新的批示，说"文艺界各协会和他们所掌握的刊物的大多数"，不执行党的政策，"最近几年竟然跌到了修正主义的边缘"。还说，文联、作家协会这些团体，"如不认真改造，势必在将来的某一天，要变成像匈牙利裴多菲俱乐部那样的团体"。调子越来越高，吓得中国文艺界的各级领导人胆战心惊。我们这些在边地文联、作家协会工作的年轻干部也跟着害怕，做事谨小慎微，生怕出什么事落到自己头上。运动一个接着一个来了。

正在此时，主要针对农村干部的社会主义教育运动开始。此运动简称"社教"，也叫"四清"。六月，我被省文联派去省委有关部门报到，作为工作组的成员下农村参加社教运动，地点是离兰州两百多公里的临夏回族自治州临夏县（今名积石山县，黄河对岸即青海省）。下乡参加运动必须住贫下中农的家里，与农民同吃同住同劳动。一边访贫问苦，一边清查生产队收支账目。换了好几个村子。

年底完成任务，春节前回单位。过完春节，轮换别的人员下乡。

形势是一天紧似一天。一方面是在报刊上开展文艺批判，另一方面是大搞革命现代戏，叫作不破不立。革命现代戏即"文革"中革命样板戏的前奏。我们编文艺刊物的自然要紧跟形势，生怕哪一步跟不上要出问题。其实，单位领导比我们这些平头百姓更紧张。

但是，再紧张也不能不过日子。

我与省歌舞团的钢琴演奏员李梅香1963年春相识，次年秋下乡参加"社教"，1964年年底李梅香从甘南藏区回到兰州。

李梅香的家庭条件好。父亲李国智先生抗战时从兰州来昆明读书，西南联大历史系毕业。曾应征入伍，西南联大纪念碑《国立西南联合大学抗战以来从军学生题名》上刻有她父亲的名字，解放后在西安的西北大学外文系任教授。她伯父李满天是革命作家，晚年任河北省文联副主席兼河北省作家协会主席。母亲1962年去世。父母双亡，她得靠自己奋发图强，于1962年在兰州艺术学院音乐系钢琴专业毕业。1965年，我二十九岁，该结婚了。其时李梅香二十四岁半，据说文化系统所属剧团有内部规定,女性满二十八岁才能结婚。为此又拖到1966年初,好说歹说,上级才同意结婚。

限于当时的条件,我利用甘肃省文联除夕聚餐举行婚礼,我只提供烟酒及糖果。到时候由省文联派单位的小卧车去市中心的姨妈家(代表娘家)接送到省文联的聚餐大厅,随即依单位规矩举行婚礼。就这么简单。

七、在"文革"中

就在我结婚的一个多月前,即1965年底,官方刊出姚文元的重磅文章《评新编历史剧〈海瑞罢官〉》,拉开了"文化大革命"的序幕。但大家当时只看出此文来头很大,非比寻常,直到半年后的"五一六通知"来了,才知道一个很大很大的政治运动降临,时1966年夏。

正常生活被打乱了,似乎一切都停止了,我们的《甘肃文艺》也自动停刊了,谁也不知道会发生什么。

起先是贴大字报,揭走资派,也互相贴,互相揭。工作组来了,又走了。

但也没多久,工宣队来了,时间大约是1968年秋。

这里得插说一下儿子晓夕的出生,时1969年2月12日。

1969年2月上旬产期临近,梅香入住省妇产科医院(院址七里河)。时值单位斗争进入高潮,没法请假陪护。头天晚上我到产院看望,说看样子快了,可也没法,还得回家赶写检查。第二天天未亮赶去产院,已经平安生下。护士将婴儿抱来我看,心喜,却也忧,与梅香交谈几句即匆匆赶回单位。临产未能陪侍梅香,我一直感到对梅香有愧。

工宣队进驻的日子比较长,其中一位师傅我忘不了,叫任益臣,陇西一一三厂的,山东人,但个子不高,岁数也不大。印象中的任师傅似乎不大说力度大的话，说得较多的是"要相信群众、相信党"，让人听着宽心、温暖，觉得其中似隐含有某种暗示。天天读，就这一句最受用。

任师傅来过我家一次。那时的我虽未被"揪出"，但有些群众会已经不能参加，"同志"的称呼也只能极偶尔地才听到了（多重的分量）。那晚忽听有人轻轻敲门，这种不期而至的敲门声好久没听见了，赶忙去开。开门见是任师傅，我未及请他就径自入内，关上门转身，见他已落座。递上烟，任师傅自己点着抽了一口，然后叹了口气对我说，情况是有点严重，这几份材料你看看。我忙接了看，见是两位诗人写的十来条揭发材料。那时大字报满天飞，见多了，虽也怕，却也不是很怕了，怕的就是暗中送上的黑材料，深浅难测。两诗人中的一位已被"揪出"，立功心切，他的反戈一击几乎人人难免，更何况此人一向跟我过不去。材料匆匆看过，心倒平静了一点，虽说材料是新的，但杀伤力不算很大，总的说未超出他们公开贴出的大字报。其中一句说我爱看《参考消息》，而且看得细，质问我"到底想干什么？"诸如此类。另一位诗人思路奇特，匪夷所思，揭的是我只用过一次的笔名"司徒子南"。1962年我写过一篇文艺评论，是参加讨论话剧《"八二六"前夜》的，属争鸣性质，题为《试探惊险剧的人物、结构和容量》。我本人在编辑部（《甘肃文艺》）工作，觉得署名"余南飞"有所不便，临时换成"司徒子南"，谐音"思图之南"（之，意为去往），意思未变。哪想到这位诗人揭发说，毛泽东思想才是我们的指南针，而余斌竟敢"试图指南"，是可忍，孰不可忍！

面对诸如此类的揭发，我也只能对任师傅叹口气，未作辩解。任师傅也未多说什么，他将材料重新装入棉外套的内袋，只是说要好好学习，要相信群众、相信党，然后摁灭烟，走了。

那一夜我一直没睡着。

工宣队又走了。接着是到兰州铁路学校集中学习。这是根据省革委会统一部署，许多省级机关干部集中在一起，按系统、单位编班学习，一边学习毛选和语录，一边写检查，历时不到半年。后来才知道,这次集中学习,意味着各原单位已不复存在,为将这些干部安置到省级五七干校进行过渡和准备。

我被分配到九公里五七干校学习,限1969年12月31日前报到,不得有误。名单宣布前户口和粮食关系(我属集体户口)已被转走。其时我三十四岁,孩子余晓夕尚周岁未满。此一段经历我另有专文,此不重复。

在干校学习、劳动八九个月总算毕业了,1970年国庆前后回到兰州等待分配工作。回兰州可不容易,我是因妻子在兰州工作(甘肃省歌舞团)被照顾关系才得回兰州的。一边休息一边等待分配工作。等了三个月到1971年元旦过后,才得省革委会干部组的调令,新单位是兰州综合电机厂,地址在西郊龚家湾。我忙去厂人事科报到,被安排去厂子弟学校任教。到校一看,没有一点学校的样子,校舍远不及我读过的昆明景星小学,心又一凉。

子弟学校分小学部和初中部,后来有高中,初中部改为中学。课文很简单,从初中教到高中不费力,学生及家长的反映都很正面,对我的教学评价尤其高。

工厂习惯见人称师傅,厂里职工有的喊我余老师,喊我余师傅的我也笑着点头答应。厂里还依例给老师们发工作服(工装),蓝色劳动布。当时宣传"工人阶级领导一切",穿上这件工人阶级外衣,由"臭老九"变为工人阶级的"一部分"。

我为五一节墙报还写了一篇《我爱我的工作服》,师生们读了看我一眼,笑笑。

麻烦的是每天挤公共汽车来回跑,大清早六点出发,赶到学校已七点半,匆匆吃点馒头喝点水即上课。中午吃过自带饭即跑家访,我是班主任。有时要排练节目参加比赛争第一,领着学生一起唱《我爱北京天安门》《打靶归来》和《我们走在大路上》之类革命歌曲;教学生诗朗诵,如高尔基的《海燕》,等等。还帮着学校工会编排、张贴节庆墙报,成"多面手"了。下午回到家已近黄昏,精疲力竭。

八、重回甘肃省文联（1978—1988年）

"文革"结束后我又回到省文联，仍做编辑。先为《甘肃文艺》（后改名《飞天》）效力。1981年底参与筹备并创办《当代文艺思潮》杂志，任负责人（省文联一位党组副书记为总负责人）。刊物1982年4月问世，创刊号"一脚踢响"，算在全国露了脸。首都评论界有言，说《当代文艺思潮》是省队打出了国家队水平（此语似乎出自著名文学评论家阎纲）。编辑部同仁闻之自是极为兴奋，乃至亢奋。我呢，作为刊物的主事者之一，深感责任重大，粗心不得。那情形，说一心扑在工作上是一点不带夸张的。可以说，自己半辈子从事文艺编辑工作，经手《当代文艺思潮》的这一段最有价值，也最辉煌。

不过呢，也就热闹了那么一两年就渐渐步履维艰，终于在1987年底终刊，共出了33期。关于这，外界一般都以为是受累于徐敬亚那篇论文《崛起的诗群》。

应该说，与这篇"崛起"是有关系，但其实关系并不特别大，或者说并不关键，那是外因。说到底是内部折腾。终于散了。

这倒也好，回昆的机会终于来了，获准调离，工作单位自己联系。经过努力，两人的接收单位基本确定。1986年夏，一家三口回了一趟昆明。此行目的有二：一是将单位进一步落实，二是梅香来昆明实地看看生活上能不能适应。两条都落实了。晓夕也打算在兰州高中毕业后回昆明参加高考。返回兰州后，边工作边准备。

《当代文艺思潮》终于在1987年底停办。我该走了。

1988年9月，我离开工作、生活了三十年的兰州。

临别兰州，我去"一只船"寻访张公馆，虽然作家协会和编辑部早就不在那里了。

张公馆十多年前已划归隔壁一家工厂，改门换径，景象颓败，举目环视，几难辨认。这是我走向工作、走向生活的起点。我默默注视小楼，将它存入记忆。

九、少小离家老大回

我的户口又迁回昆明了。从1955年高中毕业算起，时隔三十三年。不同的是当年离乡仅一人，如今增二为三，有妻李梅香和子余晓夕。

以前的日子总是紧巴。紧巴的当然不止我一人，我缺的是紧巴条件下的盘算。1969年底大疏散，唯一值点钱的自行车卖了（真是甩卖），而不会像有的人乘机买进，两百元就买一架钢琴。李梅香弹了半辈子琴却一直未拥有一架属于自己的钢琴（我倒还有一些属于自己的书，虽然说不上坐拥书城），直到1982年底才买了一架珠江琴，实现了这一最起码的愿望。太委屈她了。

与我相比，李梅香算个强人。1986年她写了一篇论文，题目挺大，叫《西部音乐：它的历史及其在音乐文化发展战略中的地位》，发表在陕西的《社会科学评论》杂志上。以前只会弹琴的她居然突发宏论，在国内首先提出"西部音乐"的概念，搞了半辈子评论而一事无成的我不能不对她刮目相看。而且中国音乐家协会主办的《人民音乐》摘载了她的论文，并在兰州召开西部音乐研讨会，请她作主题发言。登台演出对她来说不算个事儿，参加这等规格的学术研讨会却是头一遭。我替她捏了一把汗，怕她怯场，那天特意蹭进会场去助阵（也算补上未去产院助阵那一回）。又是一个想不到，她居然在众多音乐学家面前侃侃而谈，一讲就是一个多小时。她的兰州同行也没想到她有这等能耐，说她拿得起放得下，捎带着还夸我包了家务支持她搞科研，算个"贤内助"。

这其实有些误会。跑腿去买菜、买粮、拉煤气罐我是做得多些，说是"包"就过了。别看李梅香那双手是弹琴的，入冬安装炉子、烟筒靠她（她会泥炉子），平常电灯、电线出了小毛病也得靠她来收拾。我说中学那点电学我算白学了，你倒还有点小智慧。她说你把你的"大智慧"拿出来看看？我只好嘿嘿干笑两下，末了还得让她白上一眼。

我们就这么过着。

如今要离开兰州入滇,这可是有去无回的事(毕竟岁数摆在那儿,折腾不起),得跟她好好商量。我说我在兰州陪了你小半辈子,下半辈子去昆明陪我如何?她倒未反对,只说先去看看能不能适应。1986年夏我们回昆明走了一趟,她说印象还好,我心中一颗石头落了地。

谢天谢地,调动顺利。她去云南艺术学院教琴(又居然做了几年附中校长),我去云南教育学院教书,住在大西门外地坛,与当年的西南联大仅一路之隔。说来又是缘分,她的父亲1946年毕业于西南联大历史系,与我的几位中学老师还是同班同学。这么一扯,距离更近了,她是回到了她父亲早年求学的地方,呼吸她父亲呼吸过的空气呢。

李梅香适应了,连多年的膝关节炎也好了。

我倒不存在适应不适应的问题,昆明是我的故乡。我要适应的是与文学越来越远的生活。自1995年发了那篇《论中国女性文学纵深意识的演进》之后,我就不那么留意于文学了。我喜欢去老街老巷散步,在那些老房子间徘徊,在那些石板路上流连,寻找昆明的过去,寻找我的童年。

[原刊四川大学中文系1955级集体回忆录《那年那月》,北岳文艺出版社,2005年。2022年夏略改。]

远去的九公里
——我的两位特殊同学

我有两位特殊的同学,缘分是四十多年前结下的,在九公里。

九公里是个地名,在甘肃省张掖县,距县城九公里,因此得名。九公里有个农场,"文革"中期改为"甘肃省革命委员会九公里五七干校",简称"九公里干校"。那时节我在的单位甘肃文联、甘肃作家协会解散,我被分去九公里学习,限1969年12月31日前报到,不得有误。名单宣布前户口和粮食关系已被转走。其时我三十四岁,孩子尚周岁未满。

张掖亦称甘州,位于河西走廊,水土不错,古诗上讲的"不望祁连山上雪,错将甘州当江南",指此。只是其时思想不很开展,即今之所谓纠结。不纠结不行。此前十年川大毕业分配,一听兰州心就下沉,谁想到十年河东,十年河西,而今兰州倒成了众望所归,求之不得。这下好,再往西走,都快到春风不度的玉门关了,西域在望。

我们四连孤置于远离大本营之外的荒滩上,那地方叫沙井子,与九公里校部相距甚远,中间隔着县城。南靠祁连,山连山的背后是青海。东望大漠,极目望不到边的远方当是内蒙古。初到正值隆冬,天玄地黄,特感孤单。

正是在沙井子,我认识了常景春、朱德炘,成了我的两位特殊同学。

一、乐天的常景春

有天听连长说咱连要来十来位新学员，都是省电台的。问都是谁，正好有几位我认识，很兴奋，主动请缨去接。当然不是去兰州接，是跟拖拉机去张掖火车站接。熟人见面等于相互取暖，那欣慰不用讲。几位熟人向我介绍初会的，指着一位首长模样、年近五十的人说："不认识吧？你们昆明的老朱。"一听是昆明的，忙与老朱热烈握手，自然都高兴。另八九位也逐一介绍认识，其中名气最大的是省台首席播音员常景春，但凡省作协搞的什么文艺晚会，只要有诗歌朗诵，景春几乎是不二之选，如是朗诵专场，压轴的也多半是他。

干校说是学习，其实干农活是主要的。活一般倒不怎么重，除个别时候有突击任务需通宵达旦外。面对那贫瘠的土地，广种薄收，谁管他收多收少，从上到下都是临时思想。周末照样休息，洗洗衣物，然后三五成群地去逛逛附近农村的供销社。记得离沙井子不远处有个鸭暖公社，并分大鸭、小鸭，名字挺好，"春江水暖鸭先知"。有时也逛县城。我在四连一排，新闻出版界的学友多些，一路走一路说说戈壁风光。你说"天苍苍，野茫茫"，他说风吹草低怎么不见羊。你说"大漠孤烟直"，他说怎么直？看不出来嘛。似在索解又似乎无所谓随便溜溜嘴，反正不说嘴也闲着。有时也自嘲，于自嘲中发点淡淡的牢骚而又不出格。当地农民呼干校学员为"广大"，也有叫"老广"的，据说典出"广大干部下放劳动，这对干部是一种重新学习的极好机会"。一日某君说他听来一条新谚，叫作"广大广大，见啥买啥"，意谓学员购买力强，不但香烟、肥皂之类，连鸡蛋、白糖、小枣（张掖特产，质优）等奢侈品也是见了就买，令人瞠目。众人闻之大笑，内中一位以"谁叫咱们是高价劳力呀"作结，算是自嘲兼自慰。

常景春是河南人，声音浑厚而富有煽动性，打派仗时以播读檄文式的批判稿和本派司令部的"通告"闻名兰州，声震全省。对立派对常君恨之入骨，传说他在省博物馆战斗中被俘，让人割了舌头。这传说倒像二战中希特勒对莫斯科播音员利维坦的痛恨，发誓抓住要割他的三寸舌。景春如今却在干校露面，不认识的见了都说原来你还活着。景春伸出舌头，一笑。

偶尔也夹点"荤"。

景春也在四连一排，与我同舍邻床，比较稔熟。一日数人同游，景春兴致好，出谜语让众人猜，谜面是"洞房花烛夜"，打一城市名，并加注说此城绝不生僻，小学以上文化皆知。在场诸君皆是编辑、记者，文思来得，竞相破谜。有二位先后给出"民乐"（甘肃）、"怀柔"（北京），景春摇头。另一位信心十足，先抛"张掖"（掖通腋。汉武帝取"张国臂掖，以通西域"，即张中国之掖，断匈奴之臂之意而得名），后打"武进"（江苏旧县名，今属常州），众人连连喝彩，而景春仅微微颔首，说是约略近之。最后我试打"开封"（景春老家），不期一箭中鹄，景春伸出拇指，众人叫绝，唯一女同志故意瞪他一眼，说我就知道你嘴不吐象牙。景春笑而不辩，众人游兴更增。

景春家口多，性乐天而日子艰难。1970年夏某日他满四十，挨到周末我请他去张掖县城喝两杯，要的几样菜中有他爱吃的粉肠，为他祝寿。那天他很高兴，特地借了别人一件较新的涤卡灰制服换上。他块头大，穿我的不行。那会儿我们四连已从沙井子迁回校部，景春与我有说有笑来回走了两个九公里。干校毕业后他回了电台，但嗓音渐显苍老，重操旧业不久即转到课堂讲授演播知识与技巧。据说景春讲课特别生动、有味，课堂上时传爆笑声，至有前仰后合者。再后我已离开兰州归乡，只听说他在编广播电视节目报，效益上佳，可惜不几年即撒手西归，离七十还差好几岁。原想等他"古稀"大寿邀来昆明玩玩，尝尝云腿，那可比他最爱的粉肠强到天上去了。可惜没等到那一天。

九公里离我很远了，但我忘不了那年月景春在茫茫荒原给大伙营造的欢乐。

二、不怎么乐天的朱德炘

那天在张掖火车站与老朱热烈握手，只是当时既热烈也乱哄哄的，未及多谈，何况又是初会。但老朱河南口音明显，我当时就有几分纳闷，那口音不像嘛。后来才晓得老朱籍贯与昆明无关，是南下干部，20世纪50年代在昆明工作过一段时间，历任国防文工团副团长和十四军文化处长。这么说当然算乡亲了，真的亲得不行。其时地冻天寒，离翻地、播种还早，整天都是开会学习，饭后聊天的时间有的是。话题总是昆明。我说五〇年初我读初一，四兵团进昆明的入城式我就站在近日楼东侧的欢迎队伍里。老朱笑说原来二十年前就见过面了，只差点头打个招呼。老朱挺幽默的。往后更多的是谈云南文艺，老朱与公刘、白桦、与苏策、冯牧、黄铁都熟，我听得津津有味。老朱也说昆明小吃，尤赞端仕街的卤饵丝，说吃过后个把小时那味道还在嘴里。听得我又是津津有味。

后来我们都干校毕业回了兰州，见面机会就更多了，对老朱的了解也渐多渐深。老朱是河南叶县人，叶公好龙那典故就出在叶县。他十六岁参加革命，正牌三八式。他对云南对昆明情感很深，其实他20世纪50年代在昆明工作那一段算起来也不过六七年。1956年总政调人组建解放军三十年征文编辑部，老朱是其成员。由此形成的《红旗飘飘》和《星火燎原》系列，开1949年后红色经典之滥觞。老朱参与此一盛举，与有荣焉。

之后老朱调海政任文艺处长，再后转业地方赴兰州任甘肃电台负责编辑部，仕途似不顺。其时已临近"文革"，不久即赴九公里干校。再后呢做了甘肃电视台台长再未升过，直到离休。之后即潜心于书法并进入自己的艺术高峰期。老朱自幼酷爱书法艺术，勤于临习古代名家碑帖，功力日深，以行草见长，兼工真草隶篆。书风酣畅流利，端庄凝重。20世纪末以来已参加大型展览数十次，并先后在深圳、昆明、兰州等地以及北京中国美术馆举办个人书法展览，1996年

9月应邀赴法国巴黎举办个人书展一个月。有数百幅作品被日、美、法、意等国及港台地区人士收藏。出版有《朱德炘书法选》，冯牧为之序。如果说20世纪50年代参与红色经典编辑是老朱的第一次文化闪亮，那么他晚年的书法成就该当是人生的再次辉煌了。仕途不顺别途顺，得了平衡。

老朱的贡献当然还有。国防文工团人才济济，单美术方面的就不少。他恋旧，20世纪90年代从兰州迁回昆明，居翠湖之北。我从兰州回昆明比老朱早些，老友重逢自是愉快。但渐渐老朱真老了，我改口称朱老。后逢朱老八十五大寿，我忝陪末座，得机会认识了好些朱老的老战友和老同事，其中就有李伟卿、梅肖青两位"国防"出来的美术家。作家白桦也记得老朱。那不是一般的记得。2005年秋，昆明开会纪念冯牧逝世十周年，白桦自沪来昆参会，说在文学道路上，冯牧是他的领路人。他还有一个领路人。白桦讲到1947年一段往事，说自己是一个刚刚入伍的中学生，对几乎每天都是夜行军很难适应。部队为了迷惑敌人，一个单兵跟着一个单兵，既不能有火光，又不能有响声。而且领队指挥员的口令一律要由每一个单兵向后传达，如果一个单兵跟不上，就会让后续部队迷失方向，传递口令的信息链就要中断。白桦常常因为看不见而跟不上队，甚至要喊叫前面的人，前面的人就是他的队长，队长怕他喊出声来，就在他自己身后的皮带上塞了一条毛巾。那条白毛巾发出一束模糊的微光在白桦面前晃动，这才使他渐渐适应了夜行军，渐渐适应了战争。将近六十年，白桦都无法忘记那段他走过的最初的战争之路。那位带着他走过征途的领路人就是画家、书法家朱德炘。白桦的话朱老未听到，他当时偏偏有事回兰州去处理，不在昆明。后来我转述了，他静静地听，听过沉默了一会儿，然后点了点头。

2013年秋，做过领路人的朱德炘，自己走完了自己的路，终于离开翠湖离开昆明，寿九十有二。

（本文前半写于2003年，2014年初补写后半，以成完篇。）

云南现当代文学札记
——关于西南联大文学

一、西南联大文学算不算云南文学？

先提一个问题：西南联大作家众多，作品丰富，还有相应的种种文学现象，这些是否可以用"西南联大文学"来加以概括和研究？接着又派生出另一个题：这些发生于云南的西南联大文学算不算云南文学的一部分？这是问题。

我不清楚云南是否出过一本云南现代文学史类的书，也许没有，至少我未见过。我只读过蒙树宏先生的《云南抗战时期文学史》（云南教育出版社1998年第1版），虽然述评的时段限定于抗战时期，抗战前、抗战后加起来还有二三十年未能涉及，但就所涉及的作家、作品而言，覆盖面还是相当大的，现代云南作家差不多都涉及了。尤为可贵的是其中对西南联大的诗歌、小说已有专节论述，两节的标题分别为《冯至等西南联大诗作者群》和《西南联大小说作者群》。另有作家专论五节，分别为李广田、陈铨、沈从文、王了一及费孝通。内容相当丰富而全面，开风气之先，十分难得。

蒙树宏先生已经使用了"西南联大作者群"的提法，很有积极意义。而我想，我们是不是也可以进一步用"西南联大文学"的提法，来概括抗日战争时期发生于西南联大的此一文学现象。西南联大不但作家多、作品多，且水准高、上档次。而且作品门类相当齐全，诗歌、小说、散文、戏剧、文艺批评都有，特全。当然，这些是否就可以称之为"西南联大文学"，是不是可以视为云南文学的一部分，至少视为抗战时期云南文学的重要组成部分？我想，树宏先生的《云南抗战时期文学史》实际上已经将"西南联大作者群"视为抗战时期云南文学的一部分了。至于"西南联大文学"的提法，则尚需讨论。不过我在这里不打算就此进行讨论。我这里要说的是，随着相关史料的不断发掘和积累，以及相关探讨的逐渐深入，关于西南联大文学的研究空间还是相当大的。应该说，这是云南乃至整个中国现代文学研究的一个学术增长点。

西南联大作家可分教师和学生两类。教师如闻一多、朱自清、沈从文、陈梦家、李广田、冯至、卞之琳、钱锺书、叶公超、陈铨、孙毓棠、川岛、王了一、罗常培、费孝通，等等。名家不少，但大多忙于教学和研究，文艺创作不大顾得上了，虽然也还参加文艺活动，是著名作家但不是一线作家了。一线作家主要是沈从文、冯至、陈铨三位，叶公超、卞之琳、钱锺书、王了一、罗常培、费孝通等的作品也不能忽视。学生主要有汪曾祺、马识途、穆旦、杜运燮、郑敏、袁可嘉、王佐良、罗寄一、马逢华、鹿桥、赵瑞蕻，等等。但是，仅就特定的西南联大时段而言，学生刚刚起步，其创作成绩尚有待将来。而诗歌要特别一点，"昆明现代派"已经崭露头角。

下面按文体分开讲。

二、西南联大的小说（以沈从文为例）

西南联大写小说的教授并非沈从文一位。外文系教授陈铨也写，早在抗战以前就在上海、天津出版过《恋爱之冲突》等五部长篇，战后又出版了《归鸿》等三部。但联大时期陈铨剧本写得多，而且影响很大。外文系卞之琳以诗闻名，抗战时期却也写过小说，除写八路军游击队打鬼子的短篇《红裤子》引人注目外，在昆明还写过一部据说有七十万字的长篇小说《山山水水》，可惜原稿被自己毁弃，只剩下一些片段在桂林、重庆、上海、香港等地的若干家刊物上发表，1983年由香港山边社将这些片段汇编成册出版，书名仍为《山山水水》。

中国现代文学馆《中国现代文学百家》丛书之一《卞之琳代表作》（1998年）选有《山山水水》的片段《海与泡沫》，还选有1941年发表于《大公报》文艺副刊的《一元银币》等，都是短篇。汪曾祺是学生，联大时期已起步写短篇，成绩尚未显著。这两师一生都暂且放下，这里只说沈从文。

　　沈从文一生有四部代表作，即《边城》《湘行散记》《湘西》和《长河》，前两部写于抗战前，后两部写于昆明时期。除《湘西》和《长河》外，他在昆明创作的小说集《看虹摘星录》近十来年也受到学界的关注。（此小说集的成书过程及版本笼罩着一层神秘色彩，《沈从文全集》将《看虹摘星录》列为"有待证实的作品"）清华女博士裴春芳长期研究张充和对姐夫沈从文的创作，尤其是对沈从文昆明时期创作的影响，考证出张充和与三姐夫沈从文非同一般的情感关系。长篇考证文字题为《虹影星光或可证——沈从文四十年代的爱欲内涵发微》，刊于《十月》2009年第2期。《新华文摘》2009年第20期亦刊有相关资料。北大中文系教授商金林发文对裴文进行反驳。此小说比较隐晦、暧昧，或可称之为朦胧小说。另据裴春芳2017年新文透露：1937年，上海时尚休闲杂志《莎乐美》第2卷第7期首页刊出张充和女士的照片，但照片上标出的名字不是张充和小姐，却是"上官碧小姐"。专家都知道"上官碧"是沈从文的常用笔名之一。裴氏认为："这幅照片，为我们在沈从文的笔名上官碧与张充和女士之间建立了令人惊异却真确可靠的关联。"（《论沈从文创作中"四小姐"张充和的隐现问题》）涉及的问题已经不限于一部《看虹摘星录》了。

三、西南联大的诗歌（以冯至和昆明现代派为例）

　　冯至人们都很熟悉。早在1935年，鲁迅就在《〈中国新文学大系〉小说二集序》中赞誉冯至为"中国最为杰出的抒情诗人"。这顶桂冠几乎成为对诗人冯至的定评。但据说冯至私下并不认同鲁迅的看法，这方面的访谈不是一篇两篇。据这方面的专家称，在20世纪20年代，冯至确实写过一些抒情诗，而且也的确是以情感取胜。但后来，他在学习德语现代诗歌的时候，就已经敏感到抒情中心主义的缺陷。他20世纪30年代初的诗歌抱负已经超越了浪漫主义，开始出现了以沉思为主要特征的现代主义的萌芽。他在昆明金殿后山（1940—1941年）写的《十四行集》，是中国现代主义诗歌的重要的、标志性的收获。到昆明后先在城里住了一两年，后为躲避日机空袭迁居东郊杨家山林场（今世博园背后一两里）。那里森林茂密，环境极佳，在那里创作出了《十四行集》。此集一改他20世纪20年代的诗风，不再偏重情感的抒发，而是用了一种客观的体验方式去感悟个体生命的存在，表达人世间和自然界万物相连、息息相通的哲理，呈现出冯至诗歌艺术由浪漫主义向现代主义的转变。冯至的《十四行集》对西南联大诗人群的影响是不言而喻的。

卞之琳也广为人知。在《西南联大现代诗钞》（中国文学出版社，1997年）这个选本中，选入卞诗十八首，不少。此略。

下面只就在西南联大出现的，以学生诗人为主体的昆明现代派略作评述。

西南联大诗人群人数众多，主要有：穆旦（外）、杜运燮（外）、郑敏（哲）、袁可嘉（外）、王佐良（外）、罗寄一（经）、马逢华（经）、赵瑞蕻（外），等等。有必要指出的是，联大学生爱写诗的并非都在现代主义旗帜下。比如缪弘，外文系学生，1944年冬从军。抗战胜利前夜，在随军反攻桂林时，他随士兵一道冲锋，壮烈牺牲，还不满19岁。1945年，联大文艺社编辑、出版了《缪弘遗诗》，其中有一首《血的灌溉》，是在"联大五次输血后一日"写的，共两节："没有足够的粮食，/且拿我们的鲜血去；/没有热情的安慰，/且拿我们的热血去；/热血，/是我们惟一的剩余。//你们的血已经浇遍了大地，/也该让我们的血，/来注入你们的身体；/自由的大地是该用血来灌溉的。/你，我，/谁都不曾忘记。"联大这样的优秀诗作不少，但不能都归到现代主义旗下。我们只是强调，从文学史的角度看，一种新的思潮、流派更需要留意。

我比较留意的是下面两点。

第一点，我已说过，20世纪40年代的中国诗歌有两个中心，一个是延安的工农兵诗歌，以学民歌为主流，比较接地气；一个是昆明的现代派诗歌，视西方现代派为圭臬，人文色彩浓。我认为这一点很重要。诗歌的两个中心实际上代表着两个流派。这两个流派虽然在社会影响力上并不对称，却也历史地存在着此消彼长的循环。昆明现代派战后东迁，以内地风格相近的诗人交融，1948年正式形成以上海为中心的九叶诗派，穆旦、杜运燮、袁可嘉、郑敏都是重要成员。九叶派诗人并非只有九位，那九位是核心，包括辛笛、唐祈、唐湜、陈敬容、杭约赫，他们五位不是联大的。九叶诗派形成后影响力有所提升。但进入20世纪50年代后，九叶诗派逐渐式微。

第二点，二十年后现代主义诗歌重新抬头，并在诗学上有所谓"三个崛起"。其间，昆明现代派的几位重要成员可谓老树开花，或敲边鼓或吹风，起到了不小的作用。杜运燮1979年写的一首题为《秋》的诗，发表后被一位部队作家在《令人气闷的朦胧》一文中批评。当时正在崛起的一个以舒婷、顾城为代表的诗歌群体，因之而被称为朦胧诗派。早被边缘化的郑敏以一首《有你在我身边——诗呵，我又找到了你》重新露面，欣喜地投入中国诗歌新浪潮，并深度介入现代诗的论争。《诗刊》1980年8月号上那篇《诗的深浅与读诗的难易》（署名晓鸣）就是她对《令人气闷的朦胧》的回应。1982年她在《当代文艺思潮》杂志创刊号发表评介西方现代主义的文章《庞德，现代派诗歌的爆破手》，力度加大，锋芒更露。袁可嘉集作诗、译诗、评诗和选诗于一身，在诗学理论上建树尤隆。在20世纪80年代的新诗潮中，袁可嘉更是一位现代主义的启蒙者，他的专著《西方现代派文学概论》和多卷本《外国现代派作品选》（与董衡巽、郑克鲁合作），成为那一时期青年学子和青年诗人、作家趋之若鹜的启蒙读物。

进入20世纪90年代以后，诗歌的现代主义逐渐退热。近些年，郑敏对中国现代主义诗歌的发展历程作了系统的回顾，对新诗现状的观察更宏观，也更历史，提出要重新认识汉语的审美功能与诗意价值，主张借鉴古典诗词，使民族传统与西方诗歌的现代意识相交融。这位当年的联大女生，如今已是九十九岁高寿，借此向诗坛老寿星祝福。

我之所以特别关注联大诗歌，主要着眼于那些诗人已经形成流派，其影响延续到20世纪80年代，乃至今天。从文学史的角度看很值得研究。

四、西南联大的戏剧（以陈铨、闻一多为例）

在现代文学史上，所谓戏剧通常主要指话剧，包括剧作家和剧本，一般也涉及戏剧运动。南开大学演话剧有传统。西南联大文艺社团相当多，很活跃。剧团至少有四个，一个叫西南联大话剧团（简称联大剧团），一个叫青年剧社，一个叫国民剧社，还有一个叫联大戏剧研究社（实为剧团）。他们不但在校内，也积极投身社会，为抗战时期昆明戏剧运动的辉煌作出了重要贡献。

陈铨（1903—1969年）四川富顺县人，清华毕业，留美、欧，获德国基尔大学博士学位。抗战时期任西南联大外文系教授，后赴重庆中央政治学校任教，并被聘为中正书局总编辑。著有《天问》《革命的前一幕》等长篇小说八部，《黄鹤楼》《野玫瑰》《蓝蝴蝶》《金指环》《无情女》等多幕话剧五部。他的剧本多以抗日锄奸为主题，有"抗日锄奸剧作家"之称。其中尤以《野玫瑰》最为著名，1941年8月上旬在昆明大戏院（今新昆明影城）一亮相即引起轰动，连演五天。且联大剧团与国民剧社争夺上演权，后者成功，成为联大和春城剧坛之花絮（重庆上演后，联大的青年剧社又在昆明演了三天）。1942年在重庆演出更是演员阵容豪华连演十六场之多。据说白杨与秦怡两位当红影星争当女一号，秦怡获胜。1941年获教育部该年度文学类三等奖。该年度文学类无一、二等奖，三等奖共四名，剧本占二，与曹禺的《北京人》并列。战后改编为电影《天字第一号》（陈天国、欧阳莎菲主演）更产生了全国性影响。这部电影应该算日后中国谍战片的鼻祖。

但陈铨也是一个长期受争议和批判的作家和学者。这与《战国策》这份半月刊也有相当大的关系，那是陈铨与云大教授林同济等人于1940年4月创办的，所谓"战国策派"即由此而来。

批判之声始于1942年3月5日《野玫瑰》在重庆上演之后半月，《新华日报》发表署名文章《读〈野玫瑰〉》，认为剧本将"卖身投靠的奴才"王立民美化成"英雄豪杰"，整个剧本"隐藏着'战国策'思想的毒素"。接着别的地方也有报刊发表类似批判文章。之后，重庆戏剧界两百多人联名致函陈立夫提出抗议，要求撤销奖励，禁止演出。昆明戏剧界五十余人也响应重庆反对《野玫瑰》得奖，联大校内的左派同学也作出反应。联大的青年剧社之所以在昆明只演了三场，缘此。

七八十年后的今天回头来看，当年的批判未免过于上纲上线了。说剧本有些美化那个汉奸头目，大致不差。但有的文章说剧本"歌颂国民党特工人员"则值得商榷。抗战时期国共合作，共同对敌（日伪）。国民党特工人员去敌占区潜伏卧底，抗日锄奸，也要给予肯定。1990年编辑出版的《中国新文学大系（1937—1949）》戏剧卷已将《野玫瑰》选入。2008年，中国作家协会中国现代文学馆编选《中国现代文学百家》丛书，出版108位作家的代表作选本。陈铨入选，内收小说二、戏剧二（包括《野玫瑰》）、文艺理论一（节录），书名就叫《野玫瑰》。

关于西南联大戏剧，闻一多也有自己独特的贡献。第一点，1939年夏天，他与曹禺联手将话剧《原野》推上昆明舞台，这在昆明话剧运动史上有着里程碑的意义。闻一多认为，"现在应该是演《原野》的时候了"，并说演出《原野》就是要斗争，要反抗。他亲自担任该剧的舞台美术设计（闻一多留美本来就是学美术的）。这个戏特请曹禺由重庆来昆导演。花金子一角由著名女演员凤子担任,她是史学家、诗人、联大副教授孙毓棠的夫人,本人也是作家,多才多艺。孙毓棠本人也是在昆明很活跃的导演,他在《原野》演出中还演了一个配角常五爷。整个演出由国防剧社出面,实际以联大剧团为班底,演出地点在新滇大戏院(今名云南艺术剧院)。演出十分火爆,连演九天,天天满座,加演五天。

另一点是闻一多希望将楚辞《九歌》搬上舞台,并付诸实践。那是1946年5月路南圭山区彝族乐舞在华山南路省党部礼堂的正式公演。公演及公演前的一系列准备是在地下党及外围组织的领导和支持下进行的。还聘请闻一多、楚图南、费孝通、赵沨等专家学者担任顾问和编导。演出获极大成功,开彝族原生态歌舞登上舞台之先河。闻一多长期研究《九歌》,一直想将其搬上舞台,但总未找到相宜的舞台艺术形式,如今圭山彝族歌舞登台大获成功,诗人从中受到启发,很快写出改编剧本《〈九歌〉古歌舞剧悬解》,并在手稿的"附注"中写了关于道具、布景、效果的若干想法。

这是1946年6月初的事。想不到过了一个多月,闻一多先生不幸遇难。他是革命斗士,同时也是学者和诗人。他的学术、艺术生涯几乎延续到他生命的最后一息。

五、西南联大的散文(以钱锺书、冯至、罗常培等为例)

西南联大最著名的散文作家当然是朱自清。冰心当然也很有名,但与西南联大没关系,就不议了。朱自清虽然名气大,在昆明七八年时间也不算短,却极少动笔写散文,好像只写过两篇,一篇叫《蒙自杂记》。到底是正牌的散文家,文章里有句"蒙自小得好,人少得好",读了印象深,好记。另一篇叫《我是扬州人》,讲人的籍贯问题和故乡观念,说他祖籍或原籍是绍兴,如今满嘴扬州口音,应该算扬州人了,虽然扬州人属于"江北佬",被上海人视为低下。不过西南联大教员名册上确实写的是浙江绍兴。有意思。这两篇散文都入选《中国新文学大系（1937—1949）》。

朱自清该多写却基本不写，让人遗憾。好在有不少教授动笔写散文，而且成绩不错。就我所知，主要有：

钱锺书　名著《写在人生边上》收散文十篇，其中一半写于昆明。

冯　至　昆明写的散文不算多，内有以昆明杨家山为题材的三篇散文《一棵老树》《一个消逝了的山村》《人的高歌》入选《中国新文学大系（1937—1949）》。

卞之琳　《沧桑集（1936—1946）》，散文集，江苏人民出版社，1982年出版。

罗常培　《苍洱之间》和《蜀道难》，两本都是旅行记。

王了一　即王力。有杂文集《龙虫并雕斋琐语》，写战时生活百态。《闲》《灯》两篇入选《中国新文学大系（1937—1949）》。

李广田　《圈外》《两个念头》入选《中国新文学大系（1937—1949）》。《日边随笔（一）》亦选入，该文发表于1948年，此未计入。

费孝通　《鸡足朝山记》，是一本大理游记。

有论者称钱锺书、梁实秋和王了一为抗战时期"学者散文"三大家。此为一家之言可参考，但何为"学者散文"，概念欠清晰。如果凡学者写的散文均属"学者散文"的话，梁实秋当为首席无疑。钱锺书散文虽时见幽默精句，但有时也显得过于尖刻，欠着点敦厚。另外，照施蛰存的讲法叫"过于炫才"（黄裳《忆施蛰存》）。至于王了一，虽写白话却喜掉书袋，以致新时期出新版时有人帮作注释，作者"特此致谢"。注释少则两三条，多则五六条甚至十条。

沈从文也写了不少散文，但在他的昆明作品中并不特别重要。其中有些属文学批评，另议。顺便一提，沈从文的得意弟子汪曾祺的《花园》（1945年）、《牙疼》（1947年）两篇散文入选《中国新文学大系（1937—1949）》，都是发表在正式报刊上的，不容易。沈从文在1941年给作家施蛰存的信中说："新作家联大方面出了不少，很有几个好的。有个汪曾祺，将来必大有成就。"果不其然，汪曾祺日后成为中国文坛极享盛誉的文学大家。

联大中文系有个学生叫刘北汜，入学填表说自己喜欢新文学，讨厌旧文学老古董，在一次师生座谈会上被系主任罗常培不指名批评。后来他转到历史系，但仍爱新文学，写散文在报刊上发表，有五篇被入选《中国新文学大系（1937—1949）》，一篇叫《山路》，一篇叫《曙前》，另三篇发表于联大结束后不计入。

六、西南联大的文学批评（以叶公超、沈从文为例）

在联大做文学批评的不止两位，陈铨就出版过这方面的专著《文学批评的新动向》，1943年重庆正中书局出版。此书出版前，部分章节已在昆明《战国策》上连载。从《中国新文学大系（1937—1949）》选入的那部分看，该书虽在书名中标有"文学批评"的字样，实际上与一般文学评论不同，理论性相当强。有资料显示，他在德国读博士学位时，博士论文为《中德文学研究》（商务印书馆，1936年）。据此揣测，这是一本比较文学专著。本人无缘读到此书，过多揣测无益。

除陈铨联大时期出版过理论批评专著外，李广田和闻一多的两篇作品评论也值得注意。

李广田的《沉思的诗——论冯至的〈十四行集〉》发表于1943年10月，这是一篇有相当思辨色彩和深度的文学批评。他指出，冯至"是第一个把里尔克（Rainer Maria Rilke，1875—1926）介绍到中国来的",又讲冯至"不但向我们介绍了里尔克,在某些点上,实在也等于向我们说明了他自己"。这话很关键。里尔克是有影响的德国现代主义诗,指出了这一点,等于给读者一把理解冯至《十四行集》的"钥匙"。《十四行集》1942年5月由桂林明日社出版,次年10月李广田就写出这样一篇评论,考虑到当年信息交流之缓慢,我猜测,李广田此文有可能是文学界对冯至《十四行集》最早的评论了。

闻一多的文章题为《时代的鼓手——读田间的诗》,发表于1943年11月13日昆明的《生活导报周年纪念文集》。大家都知道闻一多喜欢田间的诗,欣赏田间的诗,而这篇诗评却不长,但充满诗人的热和学者的智。一开头就说:"鼓——这种韵律的乐品,是一切乐器的祖宗,也是一切乐器之王。""鼓象征了音乐的生命。""鼓是男性的,原始男性的,它隐藏着整个原始男性的神秘。它是最原始的乐器,也是最原始的生命情调的喘息。"最后一段是:"当这民族历史行程的大拐弯中,我们得一鼓作气来渡过危机,完成大业。这是一个需要鼓手的时代,让我们期待着更多'时代的鼓手'出现。至于琴师,乃是第二步的需要,而且目前我们有的是绝妙的琴师。"非诗人、学者、斗士三位一体,写不出这么精彩、准确、到位的诗评。

卞之琳也写了不少评论,重点是评介外国文学,如《福尔的〈亨利第三和里尔克的旗手〉》和《安德雷·纪德的〈新的粮食〉》等。评中国作家的也有,他评过沙汀的《淘金记》。

下面只讲叶公超、沈从文两位。先是叶公超,他在文学理论素养上要厚实一些。

在民国时期,尤其20世纪40年代,叶公超主要以外交官形象为公众所熟知。关于他与文学的关系,与文学批评的关系,了解的人相对较少。他是西南联大外文系主任。他在外文系开的是"文学批评""十八世纪英国文学""十九世纪英国文学"等专业课。除了教书,偶尔也写点文章,量虽不多见解却不俗。属于西南联大时期的仅有两篇,均发表于1939年。

一篇是《谈白话散文》,题浅意深。他不是泛谈散文印象,而是用比较的方法批评新文学运动以来的诗与散文，认为"散文的成绩，在量与质方面，似乎都比诗的成绩较为丰富"。关于原因，叶公超认为，二十年来新诗的成就主要在"抒情短歌"方面。在那里，"青年心境中的眷恋、祈求、苦闷总算有了相当的表现，但是生活中别方面的情绪却还只在生活中等待诗人的探索"。这就是说，新诗的书写面还比较狭窄，偏于自我（或数十年后所说的"小我"），在社会面的表现上还相当欠缺。更难得的是，叶公超还从文学传统和比较文化的角度作进一步的申述。他指出，中国的新诗，至少是近期的作品，"是从一个文化背景全然不同的西洋诗里脱胎出来的"，而且"多数的新诗人是比较接近英法浪漫派的，所以新诗里19世纪初期浪漫派的色彩来得特别显著"。至于解决这问题的"根本"是否全在于"国化"（类似于后来常说的"民族化"），叶公超表示自己"不敢笼统地说"，但强调"在诗人的情绪与经验上确应当多多的增加本色或土色的表现"；在移种外来影响（他强调"不是采花而是移种"）的同时，更应当"多接触中国的东西，多认识中国的事情"。

1939年联大教授办了一个以时评为主的周刊叫《今日评论》，主编是政治学系的钱端升教授，创刊号上就有叶公超的《文艺与经验》。文章的主旨为文艺与现实的关系（文中"经验"指作家对现实的体验与感悟），是对抗战初期文艺现状的评论。他还借别人的话进一步申述："代表一个时代的知觉与灵感的，就是那时代的文艺：文艺无须故意跟着时代跑，时代却自然会在伟大的作品中流露出来。"他反对"文学是宣传的武器"这样的口号，但并不笼统地反对必要的文艺宣传。他将卞之琳写八路军游击队打日本鬼子的小说《红裤子》译为英文在英国杂志发表即是证明。显然，叶公超是很看重卞之琳这篇小说的抗日宣传价值的，他并不绝对排斥文艺的宣传功能，他反对的只是将文艺与宣传画上等号。

《文艺与经验》还指出，"最近百年来西洋文学里最重要的趋势就是扩大了文学里的社会性……我们的文艺似乎也向着这个方向走，不过从各方面看，我们作家的经验实在太单调，太狭隘了"。他说抗战前许多作家都住在沿海几个都市里,如今大多来到内地,抗战的经过,内地情况的刺激,民族性的优点与弱点,都会使作家产生不少感悟,意识得到扩大,灵感也比从前丰富。他冷静地抱着希望:

> 我们当然不能希望马上就有作品出来,一个大时代的表现往往是要等数十年的,不过,我们只希望一般作者要在这个时期里把他们知觉的天线竖起来,接收着这全民抗战中的一切。

叶公超讲得多好。这两篇文章是叶公超在昆明写的,偏偏这两篇文章又不为一般文学史家所留意。而我以为,这两篇叶文无论对研究中国抗战时期文学史,还是对研究西南联大知识分子群体,都有不容忽视的意义。

下面谈沈从文的文学批评。

昆明时期的沈从文在文学批评方面的影响也很大。当时写的评论文章大多被收入1939年上海初版、1941年桂林再版的《昆明冬景》和1943年重庆出版的《云南看云集》这两本文论集中。那一时期沈从文关注的问题是文学与抗战的关系和作家的操守。1939年1月,他在西南联大几位教授办的《今日评论》上发表《一般或特殊》,强调文学的特殊性,认为文学比一般关于抗战的通俗宣传对社会的真正进步更重要。在此之前,友人梁实秋在重庆发表过一篇短文反对空洞的"抗战八股",被左翼作家定为"与抗战无关"论进行批判。沈从文在昆明的言论被批为比梁实秋的言论"更狠毒""更阴险"。这是无限上纲了。关于作家操守,沈从文特别反对作家迎合市场,反对文学与商业结缘。他认为自1926年以后文学运动"和上海商业资本结了缘",致使"新文学作品成为大老板商品之一种",是"商业竞卖",是一种"写作态度"的"堕落倾向"(《文学运动的重造》)。今天回头来看,沈从文的文艺观总体而言还是应该肯定的,他对文学对作家提出了更高的要求。对于宣传的功能,在特定的历史条件下过于否定自然也是这位大师的局限。至于作家迎合市场与商业结缘的问题,即使在讲经济效益的今天来看也不失其警世的积极意义。

学生辈的王佐良(毕业留校做过助教)也值得注意。他在联大结束前一月写过一篇《一个中国新诗人》(次年发表于很有影响的《文学杂志》)。这是全国第一篇关于穆旦的评论。开头一句就非同寻常:"对于战时中国诗歌的正确评价,大概要等中国政治局面更好的一日。"后面说"穆旦对于中国新写作的最大贡献,照我看,还是在他的创造了一个上帝"。"他一方面最善于表达中国知识分子的受折磨而又折磨人的心情,另一方面他的最好的品质却全然是非中国的。"王佐良认为这是"穆旦的真正的谜"。还针对整个文坛指出,"现代中国作家所遭遇的困难主要是表达方式的选择"。不难看出,这位青年批评家已经有着不同于当时一般批评家的视野、思路和话语,极为难得。再一点可贵的是,他不止关注穆旦一个人,而且注意到与穆旦相近,"多少与国立西南联大有关"的"那年轻的昆明的一群"。他已经注意到一个流派或近乎流派的群体了。数十年后他的思路更为清晰、明朗,在《谈穆旦的诗》一文中,称此一群体为"四十年代在昆明西南联大出现的中国现代主义",或称"四十年代昆明现代派"。

七、后缀

以上是自己近一段时间以来,阅读与查寻西南联大时期部分师生(主要是教师)的一些相关文学作品及相关资料以后,所作的一些梳理与思考。当然,此前已有一些积累。为显资料上的完整,关于"昆明现代派"及杜运燮、郑敏、袁可嘉三位在20世纪80年代介入"三个崛起"浪潮的资料,原见《西南联大诗歌小说散论》(《边疆文学·文艺评论》2016年第3期),这次也使用了一些,并不新鲜。特此说明。至于对西南联大文学总的看法和脉络的梳理,究竟做得如何,或是否有参考价值,自己也不知道。一份读书札记而已。

云南现当代文学札记（续篇）

近些年，重视地域文化的整体研究，史的研究，其中当然包括地方文学艺术，风气是渐渐浓起来了。北方，尤其西北，风更盛。据我所知，20世纪初已有《中国西部现代文学史》（人民文学出版社，2004年）。时过十多年又出修订版，书名改为《中国西部新文学史》（人民文学出版社，2018年）。书里讲的文化、文学意义上的"西部"是不包含云、贵、川的。还听说有一本叫《陕西古代文学史》，从史前的陕西文学一直写到清末的陕西文学，浩浩荡荡，极为宏富。东北那边也很了得，更早就出了一本《哈尔滨西洋音乐史》（人民音乐出版社，2002年），内容包括交响乐、室内乐、歌剧、芭蕾舞以及音乐学校，相当可观。我从这得了一个启示，觉得我们这边是不是也可以在这方面做点事？当然，我是没这个能力的，不过想想而已。而且想的范围小，只限于云南现当代文学的若干位作家，也牵涉一些作家背景资料，作了些札记。

一、马子华的位置

纵观云南上百年的现当代文学，或称20世纪云南文学也未尝不可，阅读范围有限的我有这么一个印象，觉得就诗歌、小说这两大门类而言，比较起来，似乎诗歌的成绩和势头总是强些。就国内获大奖、重奖的情况讲吧，云南小说好像总差着那要命的最后一公里。长篇小说茅盾奖，我省范稳接连三次入围进入决赛圈，多么不容易，也多么遗憾！此一遗憾加重了我的印象，云南的诗比云南的小说是要强一点，说强一些也行。

我当然知道云南有过李乔，有过刘澍德。两位作家在小说创作上都有受人尊崇的建树。研究中国少数民族文学，研究云南当代文学，李乔是一个巨大的存在，他的《欢笑的金沙江》已经载入史册。刘澍德的《桥》和《归家》在文艺界早享盛誉，《归家》被改编为电影《两家人》，深受好评。张长的代表作《空谷兰》获全国短篇小说奖也是不该被遗忘的。

20世纪30年代是中国现代文学发展的重要时期，硕果累累。这段历史的时限具体为抗战前十年，即1927年至1937年，也称之为新文学的第二个十年。一般印象，云南作家在这个十年里有些身影模糊、影影绰绰，不好意思了，我自己长期以来即印象如此，直到三十年前回归故里从头学习云南文学，随着阅读量的增加才慢慢改变了极片面的印象，晓得原来云南还有马子华这样一位了不起的、不该被遗忘的20世纪30年代作家。

马子华的文学史身影是清晰的。

马子华（1912—1996年），洱源人，白族，1931年赴沪。1937年光华大学（今华东师大两个前身之一）中文系毕业。他在大学时期与同学组织轨迹文学社并主编刊物《轨迹》。参加中国左翼作家联盟，与王元亨共同主编左联大型文艺月刊《文学丛报》，童天鉴（田间）任发行人，周而复、聂绀弩（重要稿件多由他约来）等也参加编刊工作。鲁迅在该刊发表了《白莽遗诗序》（即《白莽著〈孩儿塔〉序》）、《关于"白莽遗诗序"的声明》、《我要骗人》和《答托洛斯基派的信》；郭沫若的历史小说《中国的勇士》（即《齐勇士比武》），欧阳予倩的剧本《桃花扇》，胡风在鲁迅、冯雪峰授意下写的论文《人民大众向文学要求什么》（提出了代表鲁迅思想的口号"民族革命战争的大众文学"，从而引发了关于"两个口号"的论争，影响巨大），均发表于该刊。抗战爆发后，马子华经香港、越南返滇参加昆明文协活动，并主编昆明多家报纸副刊。1938年底，茅盾从香港取道兰州去新疆，路过昆明住了一周，受到昆明文化界的热情欢迎。茅盾到的时候（12月28日上午），除昆明文协负责人楚图南外，穆木天、施蛰存、马子华等也都去火车站迎接。后三位都是茅盾早就认识的老朋友。

马子华1932年开始发表作品，以散文、小说反映20世纪三四十年代云南边疆少数民族生活为其强项，他在这方面作出的拓荒性贡献得到茅盾充分肯定。茅盾在1936年3月10日专门写了一篇文章评论马子华的《他的子民们》，题为《关于乡土文学》。茅盾将马子华这篇小说与萧红的《生死场》相提并论，说《生死场》有鲁迅的序和胡风的读后记，读者可以去看，他这篇文章只讲《他的子民们》。茅盾指出："描写边远地方的人生的作品，近来渐渐多起来了；《他的子民们》在这一方面的作品中，无疑的是一部佳作。"这是从当时全国文学发展的态势来评论的，视点相当高。同时又指出作品的独特之处，认为此小说虽如作者所言多少染上些"灰色气氛"，"然而就全体而观，这部小说的故事，仍然不失为'悲壮'！"茅盾认为："作者似乎并不注意在描写特殊的风土人情，可是特殊的'地方色彩'依然在这部小说里到处流露，在悲壮的背景上加了美丽。"

数十年后，马子华登上了中国现代文学史教科书。在1982年修订重版（初版于1954年）的那本影响极大的《中国新文学史稿》（王瑶著）里，马子华与魏金枝、彭家煌、骞先艾、沙汀、艾芜、吴组缃、蒋牧良、芦焚、叶紫、罗淑、周文、王鲁彦、王统照共十四位作家并列论述，马子华序十。那是第二编第八章《多样的小说》里题为《农村破产的影像》的一节。王瑶首先对马子华及其作品作了这样的概括："一九三六年马子华出了中篇《他的子民们》和短篇《路线》，又在《文学丛报》上写了一些短篇，如《勾结》《南溪河检查长》等。他的小说大都是以云南南部做背景的。""他的短篇也都有很浓重的地方色彩，显示了云南虽然边远，到底也是整个中国社会的一部分，那里的农村也一样地处在动乱衰破的变化中。"王瑶特别强调了《他的子民们》这篇小说的价值，认为这篇写土司及其子民的故事"本身是悲壮的"，但"作者的情绪并没有使它太灰色了，倒是如实地写出了一向不大为人注意的西南的一角"。从这里面不难看出，对于马子华的小说《他的子民们》，茅盾与王瑶的评价有着明显的不同，茅盾是从乡土文学的角度表示肯定和赞赏，王瑶看重的是作品反映的农民反抗土司的自发的斗争。见仁见智，都有道理。但总的来讲，王瑶的评语不如茅盾的那么充分、准确、到位，但王瑶能将马子华小说摆在那样的历史位置则大致不差。总之，两人从不同的角度和不同的审美取向都能对马子华作品作出肯定，这正好说明马子华小说《他的子民们》的文学史价值。

经过半世纪的沉淀和筛选，马子华的中篇小说《他的子民们》、短篇小说《沉重的脚》均先后入选《中国新文学大系1927—1937》（下简称《大系》）小说集（巴金序，上海文艺出版社，1984年）的中篇卷和短篇卷，这虽不好说等于获得大奖，其在文学史上的价值和位置则是无疑的。代表作《他的子民们》入选《大系》尤为不易。1927至1937年，这十年间入选中篇十八部，作者大多为茅盾、丁玲一辈的名家。《他的子民们》所在的小说集五（中篇卷之二）共收十一个中篇，内含沈从文的《边城》、巴金的《电》、老舍的《我这一辈子》、张天翼的《清明时节》、郑振铎的《桂公塘》、萧红的《生死场》、叶紫的《丰收》，等等，马子华跻身于此十分引人注目。

马子华的散文集《滇南散记》也有相当的文学价值，那是他1944年冬赴西双版纳（今名）一带少数民族地区作历时半年多的旅行考察的成果。该书1946年由新云南丛书社出版，被列为侯曙苍主编的"新云南丛书"之二，时隔四十年，云南人民出版社于1983年2月再版。

马子华还是一位诗人和学者。新诗《台城上》入选《中国新文学大系1927—1937·诗集》（艾青序，上海文艺出版社，1985年），此作选自马子华1934年上海春光书局出版的诗集《坍塌的古城》。此外，马子华还著有论文集《云南文史论述》、旧体诗集《晚翠楼诗词集》和工具书《读古指南》等二十多种著作。历任昆明五华文理学院教授、北京政法学院讲师、云南大学中文系教授、云南省文史研究馆馆员等。1956年加入中国作家协会。

应该说，像马子华这样创作成就突出、在20世纪30年代中国文坛即已崭露头角的作家，在吾滇老一辈作家中恐怕应该是数一数二的。我们应该多加研究和宣传，恢复他应有的文学史位置。

虽然现代文学史上有过马子华这样的亮点，但毕竟是个案。总体上讲，小说比诗还是显得弱一些，尤其是在文学的影响力上，气场不足。

二、不能忘记的抗战诗人罗铁鹰

罗铁鹰（1917—1985年），原名罗树蕃，曾用的笔名有骆驼英、华莱士等；云南省洱源县人，白族。先后就读于上海的大同大学物理系（1936年）和云南大学土木工程系（1939年）。1936年秋参加了鲁迅先生的追悼会。抗战时期在昆明参加中华全国文艺界抗敌协会云南分会的工作，先后任理事、常务理事。解放战争初期，曾在昆明主编《真理周报》和《金碧旬刊》。1947年辗转至香港、台湾，以笔为武器，发表长篇论文《论"台湾文学"问题诸论争》《阿Q正传新论》等。1949年2月罗铁鹰从台湾回到上海，先后在上海警备司令部政治处文工团和夏衍、于伶主持的上海军管会文艺处工作。1950年调上海文化局文艺处研究室，做文艺理论研究工作。1950年底，罗铁鹰与陆万美（曾任新四军文工团团长、上海军管会文艺处副处长）一起调回云南。陆万美任云南省文化局局长，罗铁鹰任云南省文联编辑部主任。1957年1月调到昆明师范学院中文系任教，讲授文艺学和现代文学。

早在1936年，罗铁鹰的处女作《雨》即在天津邵冠祥主编的《南风》诗刊上发表。1937年夏参加中国诗歌作者协会。抗战开始后，在《中国诗坛》上发表诗作和诗评。1938年8月与徐嘉瑞等共同创办大型诗刊《战歌》，并负责编辑出版工作。1939年参加中华全国文艺界抗敌协会，任云南分会理事，出版诗集《原野之歌》（1939年）、

《火之歌》（1943年）、《滨海夜歌》（1944年），另有《诗论集》（1944年）出版，被誉为抗战诗人。

罗铁鹰诗《他埋下一粒种子》，发表于1940年3月21日重庆《新华日报》。具体如下："他抱着/被炸弹炸飞肚肠的/血淋淋的独子/悲哀地走上后山//乱葬岗上/挖一个坑/眼泪像黄梅时节疏懒的檐溜/一点一点滴进土坑//他埋下了他的独子——一粒复仇的种子/长啸一声/举起粗大的拳头/对着青天发誓……"这首诗被选入《中国新文学大系1937—1949·诗卷》（臧克家序，上海文艺出版社，1990年）。

罗铁鹰的文学生涯有两大亮点：一是抗战时期在昆明主编有全国影响力的诗歌刊物《战歌》；二是在台北参加关于"台湾文学"的论争引起震动。

◎ 罗铁鹰主编《战歌》

1938年8月，罗铁鹰主编的《战歌》诗刊出版了两期后，茅盾即在他主编的《文艺阵地》第2卷第3期（1938年11月16日出版）上说《战歌》是"闪耀在西南天角的诗星"。继后，《文艺阵地》（1939年3月16日出版）第2卷第11期袁水拍发表了《战歌月刊》一文，具体介绍了第一至第四期《战歌》。袁水拍说："这是一份难得的诗与诗论的定期刊物，如果不说它是七七以后唯一的纯诗歌刊物的话。"接着他又说："我们在各地的文艺杂志报章副刊上可以看到多量的抗战诗歌，告诉我们：一种卓越的、新的、歌咏着反映着大时代的谣曲，正在长足的进步中。但是由于这些诗作大多数陪坐在别的文艺创作的背后，作为附庸一样点缀其间。我们感觉到能够具体地显示着蓬勃的诗歌运动的刊物，像《战歌》月刊那样有着充实丰美的内容的专门的期刊，是非常可贵的了。"在《战歌》第2卷第1期出版以后，《文艺阵地》第4卷第7期（1940年7月16日出版）的"书报述评"栏又刊载了束胥的文章《诗刊一束》，以过半的篇幅来介绍《战歌》。作者说："全国的诗歌工作，需要有一个很好的集中。现在让我们看到的，则很自然地，在昆明的《战歌》，确已部分地担负起这个任务。也许因为人的集中,也许因为地理的适合,《战歌》是现在我们的一个非常充实的诗刊。"

罗铁鹰晚年写的长篇回忆录《回首话〈战歌〉》发表于人民文学出版社主办的《新文学史料》1983年第1期。该刊在海内外学术界影响广泛。

罗铁鹰主编的诗刊《战歌》已经载入史册,功不可没。

◎ 1948年在台北参加关于"台湾文学"的论争

1947年,罗铁鹰因不容于国民党反动派而被通缉,遂远避香港、台湾。他是在共产党的地下组织和文艺界左派的帮助下,才辗转抵港,受到文化界知名人士夏衍、周而复、邵荃麟的热烈欢迎。1948年转赴台湾,在台北的名牌学校"建国中学"任教。不久旧病复发,在养病期间,罗铁鹰十分关注台湾文艺界正在展开的"台湾文学向何处去?"的辩论。他毅然加入了这场论战,撰写了长篇论文《台湾文学诸问题的论争》,在台北的《新生日报》上连载。文章鲜明地提出了社会主义现实主义的创作原则,尖锐地批驳了形形色色的谬论,在台湾引起震动。

周良沛先生是在全国有影响的诗人和诗评家,并热心研究民国时期的云南作家和作品,其中就包括罗铁鹰。他在《"'台湾文学'论争"中的滇人罗铁鹰——在台湾"台湾新文学思潮(1947—1949)研讨会"上的发言》(原载《文艺理论与批评》双月刊第86期,2001年11月24日)中指出:"台湾文学论争"的笔战,它对台湾文学中的许多理论是非的澄清与发展,其积极的影响,不可低估。参加论争并遭国民党追捕、镇压的杨逵、孙达人、张光直等是本土作家,而歌雷、罗铁鹰(骆驼英)、雷石榆等则是为同一目的,参加同一战斗的大陆作家。"罗铁鹰将矛盾统一的法则与认识论的辩证法,成功地校正了'论争'中的偏激与错误。罗铁鹰特别强调'特殊'与'一般'同艺术创作的典型化的关系,他认为若不能'从矛盾的统一中摄取题材,铸造典型'","便是歪曲现实,失去教育意义的、虚伪的艺术"。

周良沛认为，罗铁鹰用马克思主义的观点、矛盾的对立统一的观点，纠正了"台湾文学论争"，在台湾文坛引起巨大反响。的确，一位云南作家的言论能在台湾的"台湾文学论争"中起这么大的作用，真是难能可贵。

让罗铁鹰始料未及的是，他的台湾之行留下了隐患。他后来被怀疑为敌特分子。加上他与"胡风分子"阿垅、梅林关系密切，被云南省文联隔离审查。最后组织对他的结论是："是个好人，并非反革命。"1957年1月调到昆明师范学院中文系任教，讲授文艺学和现代文学。未想在反右中又被错划师右派，一拖又是二十年方得改正。之后回昆明师院，1983年离休。1985年8月逝世，享年六十八岁。之后由三弟罗湘藩将他的骨灰携回故乡洱源安葬。墓碑为著名诗人吕剑所书，文曰："人民诗人罗铁鹰之墓"。吕剑抗战时期曾任昆明文协常务理事，昆明《扫荡报》副刊主编，解放后做过《人民文学》编辑部主任、诗歌组长，《诗刊》《中国文学》编委。

抗战时期昆明文协理事，著名翻译家、作家，北大俄语系教授魏荒弩撰文《罗铁鹰同志五年祭》以示对罗铁鹰的敬意与怀念。该文刊于《新文学史料》1990年第4期。

三、蔡希陶与方龄贵：文学挽留不住的人

植物学家蔡希陶和考古学家裴文中（中国猿人"北京人"头盖骨的发现者）两位科学家都富有文学才华，业余创作引人关注。但他们后来都未"弃科从文"而全心投入了科学事业，故被称为"文学挽留不住的人"。这里只说蔡希陶（1911—1981年），他一生大半辈子都在云南工作和生活。

1932年1月，蔡希陶受北平静生生物调查所的派遣，以练习员的身份赴四川、云南少数民族地区考察。1938年蔡希陶受派再次来到云南，与省教育厅合办云南农林植物研究所（黑龙潭），从此扎根云

南。他走遍了云南的山山水水、历尽艰辛,深入边远山区开展植物调查和采集,揭开了云南"植物王国"的面纱,为云南植物学研究作出了奠基性的贡献。考察期间,蔡希陶同时关注边疆少数民族的风土人情,顺便采风,写出多篇被鲁迅先生赞誉的文学作品。据作家、鲁迅研究家唐弢(1932年开始与鲁迅通信)的文章《文学挽留不住的人》讲,从1932年起,蔡希陶通过陈望道(上海共产主义小组成员,《共产党宣言》的最早翻译者)的介绍,向郑振铎、傅东华主编的《文学》投稿,短篇小说《普姬——一个花苗姑娘》《四十头牛的悲剧》和《爬梯——一个赶马人的日记》先后发表。《文学》杂志是在上海办的,影响非同一般。唐弢认为,"他(蔡)的语言精练,独创,充满着边疆民族粗犷的气息"。鲁迅是这两个刊物的编委,对新作者一向比较留意。他读过蔡希陶的《普姬——一个花苗姑娘》《四十头牛的悲剧》和《爬梯——一个赶马人的日记》,尤其是后一篇,"小说以粗鲁的生活语言表现边疆底层人民的善良和不幸,使鲁迅深深感动。……对作者大胆的、熟练的、深入赶马人内心的描写,表示无限的激赏与赞许"。

1935年某日,蔡希陶陪姐夫陈望道(《共产党宣言》的首译者)请鲁迅吃饭,陈望道向鲁迅介绍了蔡希陶。鲁迅说:"你的小说很有气派,我还以为作者是个关东大汉呢,原来这么年轻!"

蔡希陶发表于《文学》1937年4月1日第八卷第4号的小说《蒲公英》,以植物生态和生存竞争为主题,表现出作者的专业素养和特有的艺术感受力,文学界反映甚佳。其时鲁迅已逝世,未能看到。该作入选《中国新文学大系1927—1937·小说集三》。

茅盾对蔡希陶也很注意。《普姬》是蔡希陶的处女作,刊于《文学》创刊号(1933年7月),茅盾在同一期上发表短评《新作家与处女作》,称赞《普姬——一个花苗姑娘》"给读者一个生动活泼的印象,苗人生活的一部分像图画似的展开在我们眼前了"。

蔡希陶另有《天下第一关》和《减价》两篇速写及一组风俗志《四川的巴布凉山人》在上海的《太白》半月刊发表。

被鲁迅、茅盾两位看好的作家并不是很多,但文学未能挽留住蔡希陶。

云南师大历史系教授方龄贵先生(1918—2011年)的文学经历与蔡希陶颇相似。他是吉林省前郭尔罗斯蒙古族自治县人,蒙古族。1938年至1942年,在西南联大历史系学习,其间选修姚从吾教授讲授的"辽金元史"和邵循正教授讲授的"元史",引起研究蒙古史的兴趣。毕业后考入北京大学文科研究所史学部,在姚从吾和邵循正教授指导下,专攻蒙古史和元史。1946年研究院毕业。历任云南大学文史系讲师、昆明师范学院/云南师范大学历史系教授兼系主任等职,侧重蒙古史、元史文献学和史料学,特别是对《元朝秘史》、元曲以及元代云南碑刻的研究。他是国内史学界著名学者,但早年喜好文学,在国内各大报刊发表散文、短篇小说数十篇,受到文学界注目。方龄贵散文题材广,主要写与几位同学一起由湘入川(长沙—重庆)的见闻,少数写昆明写东北。如《旅伴》《酒仙》《投宿》《蜀小景》《高原散记》《雨天的记忆》《长城》,等等。小说相对较少,但主题集中,突出九一八事变以后东北民众的反抗精神,如《九月的风》《无题》《孩子们的悲哀》《八年》等。他在西南联大还参加了文学社团南荒社。他与沈从文常有交往,沈觉得他是一个很认真的人,就对他说,可以经常到他家坐一坐。方龄贵就拜沈从文为师。他晚年对广东记者讲,当年他在上海《大公报》、香港《大公报》写的文章,都是先经沈从文过目修改,由他寄出去发表的。

从20世纪40年代后期起方龄贵放弃文学,也像蔡希陶一样,是"文学挽留不住的人"。

在昆明生活了六十多年,方龄贵觉得云南实际上已是他的第一故乡了。(李怀宇:《西南联大是我一生的精神家园》,《南方都市报》2007年4月4日)

四、云南何来"新边塞诗"派？

虽然云南诗歌相对于小说而言一向都势头较强，但认真讲，自20世纪50年代以来并未形成什么流派，直到现在。

20世纪50年代的云南诗歌，特别是军旅诗，队列整齐，战果累累，在全国异军突起，成为云南当代文学的华彩乐章，应当充分肯定。至于这个诗歌群体是否已经形成流派，可以研究、讨论。而要说这个以公刘、白桦、周良沛为代表的诗群已经"树起一面色彩鲜艳的'新边塞诗'的大旗"（李霁宇：《以昆明为中心的云南文学地图》），不但有"群体"，而且"树起大旗"，自然是"派"了。这可以研究。李霁宇先生是我尊敬的作家，但他的此一说法未免与文学史实际出入过大，难以认同。

中国当代文坛确实出现过一个"新边塞诗派"，那是20世纪80年代在大西北，主要是在新疆，以及青海、甘肃出现的，代表人物是昌耀、杨牧、周涛、章德益。他们的摇篮是新疆石河子的诗刊《绿风》。昌耀在青海，与《绿风》关系不大，但成就却更大，也更突出。他是一位在茫茫雪原凌空独舞的天才诗人。

偏巧公刘曾就新边塞诗发表过意见。公刘视写新边塞诗的那一群体为"他们"而非"我们"。公刘这样讲，"他们的诗发展了唐代的边塞诗风，不仅仅是苍凉、慷慨、淳厚，而且明朗、刚健、朴实。在他们身上，继承了《诗经》《楚辞》以来的遗传基因，同时活跃着与外来品种嫁接、杂交的勃发的新鲜激素"。公刘此语见之于他为杨牧诗集《野玫瑰》写的序。这里不仅仅是用"他们"的称谓，而且从公刘对新边塞诗的风格特色的辨析与界定来看，云南军旅诗与西北那边的新边塞诗，在风貌上显然也有不致让人走眼的差异，且不说两者在时间上还隔了二三十年。再，前些时读一篇关于"新中国七十年军旅文学回溯"的评论，里面也有对"上（20）世纪80年代初崛起于西北边陲的'新边塞诗'"的评述。作者朱向前是军旅文学著名评论家，它的论断应该是有参考价值的（朱文见2019年7月31日《文艺报》）。不过，朱向前只讲了20世纪80年代初崛起于西北边陲的"新边塞诗"的"粗放豪迈雄浑的大气"，而公刘则不仅指出它既继承了《诗经》《楚辞》以来的遗传基因，发展了唐代的边塞诗风，更慧眼独具地注意到它"与外来品种嫁接、杂交的勃发的新鲜激素"，十分难得。

不是说流派才值得重视、研究。我是说不是流派也要重视、研究，在某些情况下，或许非流派更值得重视、研究。

不知李霁宇先生以为然否？

关于新边塞诗派，本人在早年著作《中国西部文学纵观》中已有论述，兹不赘言。

附：

可能由于不同的原因，有些作家、翻译家未被留意，甚或被遗忘了。如翻译家罗稷南，云南凤庆人，长期在省外工作和生活，家乡云南关注的人似乎不多。女诗人林子早年在昆明生活、读书，云大毕业后在省外才开始文学创作，在海内外产生一定影响。我觉得，罗稷南、林子两位可以考虑以某种方式（比如，收入云南现当代文学史的"附录"），占有一个位置。类似的人物可能还有。

◎ 罗稷南：影响整整一代人的文学翻译家

人所共知，欧美文学对中国现代文学的影响，深而且广，功不可没。

罗稷南是一位很有影响的翻译家。

罗稷南（1898—1971年），原名陈强华，又名陈小航，云南顺宁（今凤庆）县凤山镇新城人。1923年毕业于北京大学哲学系。曾任厦门大学校长。回滇后曾在省立一中（今昆明一中）教国文。20世纪20年代第一次国共合作时期曾在国民革命军第四军、第三军做过文职人员。20世纪30年代初十九路军派两位代表前往江西苏区谈判，签订

《反日反蒋的初步协定》，其中一位就是罗稷南——时任中华苏维埃共和国政府主席的毛泽东与他相会。罗稷南是中国民主促进会的创始人之一，新中国建立后长期担任中国作家协会上海分会书记处书记。

罗稷南精通英语、俄语，译过不少英、俄名家的作品。主要译作有：狄更斯的《双城记》（这是《双城记》的第一个译本）、梅林的《马克思传》、高尔基的《克里姆·萨木金的一生》和《没落》、英国高尔斯华绥的《有产者》（《福赛蒂世家》三部曲之一）和苏联作家爱伦堡的《暴风雨》等长短篇小说、传记二十余部，共计八百多万字。罗稷南翻译的这些世界名著，在20世纪四五十年代风行一时，影响了整整一代人。

早已过世多年的翻译家罗稷南重新引起舆论的注意，是因为周海婴在其回忆录《我与鲁迅七十年》里提到1957年的上海座谈会。周海婴披露的"罗毛对话"引起思想文化界对罗稷南这位云南作家的重新打量与关注。

◎ 林子："中国的白朗宁夫人"

林子，本名赵秉筠，原籍江苏泰安，1935年生于昆明。昆明师范学院附中（前身为西南联大附中）毕业后考入云大中文系，1956年毕业分到天津作协任《新港》诗歌编辑。丈夫为多年恋人，东北林学院毕业后留在哈尔滨工作。两人长期两地（天津/哈尔滨）分居，这孕育了她的一系列的爱情诗歌，《给他——爱情诗十一首》是她的代表作。后迁哈尔滨，历任哈尔滨市文联《哈尔滨文艺》诗歌编辑和专业作家。1990年退休。1993年移居香港。

林子的《给他——爱情诗十一首》写于1958年，一直压在箱底。到了"文革"结束，文化气候渐变。偏巧1978年秋大诗人艾青到哈尔滨。在一次座谈会上，有人问："爱情诗可以写吗？"艾青幽默地回答："为什么不可以呢？没有爱情，人类还能延续吗？"在场的林子受到鼓舞，这才大着胆子把压在箱底的组诗《给他——爱情诗十一首》翻了出来。

林子的组诗《给他——爱情诗十一首》（手抄本），一如闪电划过禁忌荒芜的爱情天空，开始在哈尔滨的大学生中流传，林子也成了当地校园诗人们的核心。影响传到北京，《诗刊》主编严辰索稿，刊发于该刊1980年第1期，反响强烈，可谓惊艳。

十四行体爱情诗《给他——爱情诗十一首》，专注于表现女性内心隐秘的情爱世界，放得开、收得拢，笔入"文学禁地"而不失度。

试摘两节来看："所有羞涩和胆怯的诗篇，/对他，都不适合；/他掠夺去了我的爱情，/像一个天生的主人，一把烈火！/从我们相识的那天起，/他的眼睛就笔直地望着我，/那样深深地留在我的心里，/宣告了他永久的占领。""只要你要，我爱，我就全给，/给你，我的灵魂，我的身体。/常春藤般柔软的手臂，/百合花般纯洁的嘴唇，/都在等待着你……/爱，膨胀了它的主人的心；/温柔的渴望，像海潮寻找着沙滩，/要把你淹没……"

在20世纪80年代初，林子的《给他——爱情诗十一首》曾与刚刚崛起的朦胧诗人舒婷的《致橡树》齐名，一时洛阳纸贵。《给他——爱情诗十一首》后译为多种外文，林子被誉为"中国的白朗宁夫人"。1981年，《给他——爱情诗十一首》获全国中青年诗人优秀作品奖。

林子的《给他》1985年出版（上海文艺出版社），共九十首，包括改革开放以后的新作。诗集发行5万册，被上海《文学报》列为当年的畅销书。另有列入"中国当代女诗人抒情诗丛"（未凡主编）的诗集《诗心不了情》出版（沈阳出版社，1992年）。该丛书的作者包括傅天琳、李小雨、翟永明、唐亚平等。

林子是中国作家协会会员，迁港后任香港文学促进会副会长。2018年获香港"两岸四地华语诗歌高峰论坛"颁予的"爱情诗歌终身成就奖"。

附笔：

1995年，为迎接第四次世界妇女大会在北京举行，笔者写了篇论文《论中国女性文学纵深意识的演进》（原刊于《云南教育学院学报》1995年第6期，《新华文摘》1996年第3期全文转载），里面有对林子的简略评介。

◎ 冯牧的父亲冯承钧（作家背景资料）

2018年中华书局出版的《郑天挺西南联大日记》，内有关于学者冯承钧的资料，他是冯牧的父亲。冯牧（1919—1995年）1935年参加一二·九运动，1938年到延安。曾在鲁艺学习和工作。后任《解放日报》文艺部编辑、第二野战军第四兵团新华社前线记者。新中国成立后，曾任昆明军区政治部文化部副部长。在冯牧具体的组织、领导下，以公刘、白桦为代表的云南军旅作家写出一系列优秀的作品。

正如中国作家协会副主席高洪波所言，"云南是冯牧精神的文化的感情的故乡"（据吴然《说不完的冯牧》），冯牧也是早期（20世纪50年代）"文学滇军总司令"（据吴然《记"冯牧文学之路座谈会"》）。2005年云南文艺界开会纪念冯牧逝世十周年，应邀赴会的白桦深情怀念老首长，说冯牧是他的文学引路人（《白桦文集·怀念冯牧》）。被冯牧引路的当然不止白桦一位。那支军旅作家队伍终于成为中国人民解放军文艺队伍中的一支劲旅，同时也为20世纪50年代的云南文学带来巨大的荣誉。

冯牧在云南文学界影响大，关注的人多，而与冯牧相关的史料（尤其家世方面的）却不多见。笔者据《郑天挺西南联大日记》和昆明1946年《文讯月刊》西南联大向达教授的回忆文章及其他相关信息，整理出一份简略的作家背景资料，这或有助于读者对冯牧这样一位作家、这样一位文艺组织工作大师的了解。现将这份资料附在下面，以供参考。

冯承钧（1887—1946年），字子衡，湖北汉口人。早年留学比利时，后赴法国巴黎大学主修法律，获法学士学位。归国后在北洋政府教育部任职（与鲁迅同事）。1920年开始在北大历史系、北师大历史系任教授。1929年突患中风,家庭生活陷入困顿。1937年北平被日军占据以后,冯承钧因病滞留,生活靠在辅仁大学历史系任教的长子冯先恕维持。冯先恕于1943年猝然离世,冯承钧不得不以抱病之躯再度出任教职。

据《郑天挺西南联大日记》1946年2月11日记:"子衡先生名承钧,战前中风,以故不能南下,赖中华基金会接济,从事译述。自珍珠港袭击,美对日宣战,接济中断,又一年始入伪北大任教。……然以入伪北大之故,不与忠贞之列,政府馈遗皆不及,贫病交迫。余承之第二班事,请其继续任教,已不能到校上课,学生皆就其居听讲……"此处提到因为冯承钧在伪北大任教,被北归学者苛责,归于摒弃不用之列,幸亏有郑天挺(历史学家,西南联大总务长。1946年初以北大秘书长身份返北平为北京大学复校作准备)伸出援手,请他继续任教。据西南联大历史学家、敦煌学家向达教授1946年春在昆明写的回忆文章《悼冯承钧先生》讲,"先生一家生活实在已到山穷水尽的地步,始得主持华北地下工作的机关允许,准予先生教书,乃勉强执教于伪北京大学"。据此,作为北大秘书长的郑天挺,之所以请冯承钧在北大即将复校前的北平大学临时补习班"继续任教",应该是会了解此一背景的。

冯承钧精通中国史籍,通晓法文、英文、梵文、蒙古文、阿拉伯文、波斯文等多种语文,在历史学、历史地理学、历史语言学和考古学等方面都有相当深的造诣,出版史地学术著译超过四十种。其中有《西域史地释名》《西域南海史地考证译丛》(共三卷)和《马可波罗行记》(此书汉译本计五种,内有林纾、魏易合译的《马可波罗游记》。冯氏译本为当时最完备的译本,流传甚广),是民国时期研究中西交通史和中国边疆史的重要开拓者之一。

冯承钧1946年2月在贫病中逝世于北平，享年六十岁。向达教授的回忆文章《悼冯承钧先生》（刊于昆明《文讯月刊》1946年新4期），长七千余字，除表示敬意和怀念外，还对冯氏的学术贡献作了评述，认为西方汉学家伯希和（1945年11月病故）与中国学者冯承钧的先后逝世，"是中法两国学术界巨大的损失，也是中法文化交流中的巨大损失"。

　　冯承钧有五子五女。三子冯牧（原名冯先植）是著名作家和文学评论家，著有评论集《繁花与草叶》《耕耘文集》和散文集《滇云揽胜记》等多种。曾任中国作家协会副主席和书记处常务书记。

说明：

　　其一，本文作者曾有《云南现当代文学札记——关于西南联大文学》发表于《边疆文学·文艺评论》2019年第12期。此为续篇。其二，作者在写作过程中，在资料查询上先后得到云南师大王浩禹、祝牧、龙美光三位青年学者的帮助。修订时，云南师大图书馆杨雨涵女士为我查寻并复制延安《解放日报》若干原版资料。特此一并说明，并致谢忱。

沈从文、汪曾祺与一首民歌及其他

汪曾祺短篇小说《受戒》里写到一个叫仁渡的和尚比较风流，他平常可是很规矩，看到姑娘媳妇总是老老实实的，连一句玩笑话都不说、一句小调山歌都不唱。但有一回在打谷场上乘凉的时候，一伙人把仁渡围起来非叫他唱两个不可。"他却情不过，说：'好，唱一个。不唱家乡的。家乡的你们都熟。唱个安徽的。'"实际唱了两首，先一首以"姐和小郎打大麦"起头，四句，比较素，算是引子。"唱完了，大家还嫌不够，他就又唱了一个"，如下：

姐儿生得漂漂的，
两个奶子翘翘的。
有心上去摸一把，
心里有点跳跳的。

小说《受戒》20世纪80年代刚发表时我就读过（还有《大淖记事》），记得当时很轰动。我也觉得好，好久未读过这种小说了，唯那首"安徽"民歌似乎有点眼熟，但未特别留意深究。我后来改行教书，也留心西南联大文学，重读沈从文、汪曾祺师徒的一些作品，内有沈从文早年写过的一首诗叫《乡间的夏（镇筸土话）》。里面就有汪曾祺《受戒》用过的那首"安徽"民歌，仅字词略有变动。《乡间的夏（镇筸土话）》比较长，用第一人称，从"北京的夏天热得难过"写起，引出"我心里想：/只有我乡里那种夏天"才如何如何有意思。下面依次写到小孩子在河里泡澡、摸鱼；看热闹的狗在树下摇尾巴；河岸边的水车也正在那里唱歌；还有一两个在

大树下乘凉的"苗老庚",以及在树下卖甜酒的,等等。下面才是要紧的部分:

> (倘若是)一个生得乖生乖生了的
> 代帕,阿玡过道,
> 你也我也就油皮滑脸的起来捋毛。
> 轻轻地唱个山歌给她听,
> (歌儿不轻也不行!)
> ——大姐走路笑笑底,
> 　一对奶子俏俏底;
> 　我想用手摸一摸,
> 　心里总是跳跳底。——
> 只看到那个代帕脸红怕丑,
> 只看到那个代帕匆脚忙手。

这里略加注释。镇筸,即今凤凰县。苗语代帕即姑娘,阿玡即妇人。"捋毛"意为开玩笑。又,现代文学早期行文习惯将"的""底""地"分用;后"底"的用法渐废,改用"的","笑笑底"即"笑笑的"。

一对照,汪曾祺《受戒》里的那四句山歌,与沈从文《乡间的夏(镇筸土话)》中山歌里的那四句相同无疑。

又想起了联大学生刘兆吉编的那本《西南采风录》,里面也有一首贵州民歌,与沈从文、汪曾祺用过的那民歌基本相同。如下:

> 远望娘子笑笑的,
> 两个乳乳吊吊的;
> 要想伸手摸一把,
> 心中有些跳跳的。

此民歌见《西南采风录》"情歌"类第十七，采风地为"黔黄平"，即贵州省黄平县。

这里引出一个问题：这三个"四句头山歌"的不同版本，谁先谁后？三者间什么关系？一查，很清楚：沈从文的最早（1925年），刘兆吉的采风录次之（1946年），汪曾祺的最晚（1980年）。下面分述。

先说沈从文。他是1922年离开家乡去北京闯荡的。其时北京学术界正掀起一场歌谣搜集运动。时年二十，自称"乡下人"的沈从文正赶上此一热潮。他热爱民间文学，与"民间"渊源极深，很自然地投入了此一文化思潮，搜集了几十首湘西苗族民歌（确切讲，是托在湖南当兵的表弟搜集了寄北京，沈从文整理），然后以《筸人谣曲》及《筸人谣曲选》为名，陆陆续续在北京的《晨报副刊》上刊出。其中就有"大姐走路笑笑底，/一对奶子翘翘底；/我想用手摩一摩，/心里只是跳跳底"这一首。不仅移用于诗作《乡间的夏（镇筸土话）》中，小说《雨后》也用了。《雨后》写于1928年，1935年修改后发表。这可见沈从文特别喜欢这首民歌。他还说过"这一首实为最好"的话（见沈对《谣曲选录》的点评）。《乡间的夏（镇筸土话）》是沈的一首民歌体诗，全诗（七十多行）似乎是围绕着那首筸人谣曲而展开、编织的，可谓全篇之眼。不仅诗，沈从文的小说也爱嵌入民歌（不仅那一首）。《雨后》不说，如《萧萧》《代狗》等均如此，《边城》更不用提。

再说《西南采风录》。这本书是抗战时期西南联大部分师生组成"湘黔滇旅行团"，从长沙徒步走到昆明此一"文人长征"的产物。编者刘兆吉是教育学系学生，他在闻一多的指导下一路采集湘、黔、滇三省民歌两千多首（以贵州的为多），从中选出七百多首编为《西南采风录》于1946年12月上海商务印书馆出版。朱自清、黄钰生（联大师范学院院长，任旅行团指导委员会主席）和闻一多三教授为这本现代版的"三百篇"各作序一篇，都是1939年写的。

比较着读三篇序很有意思。

民歌民谣自古以来就以情歌为多。这本采风录也不例外，情歌约占全书的百分之九十。朱自清讲本书所收歌谣分为六类，"其中七言四句的'情歌'最多，这就是西南各省流行的山歌"。未多议论，比较平稳。但朱自清指出："刘先生采集的歌谣，也有猥亵的，因不适于一般读者，都已删去。"这点很重要，说明编者和序者均认为，这本采风录所收录的歌谣均非猥亵。

黄钰生则对"情歌"之说提出异议。他认为"情歌"之名"从辞意上看，诚然如此。不过，这种说法容易引起误会"。他举实例（黄走得慢，落在后面常与同行的挑夫边走边交谈）说他在贵州至云南的路上，亲见同行的挑夫或挑棉纱或挑铁锅，山路难行，一步一喘——非常劳累，但他们还断断续续唱着"郎"呀、"姜"呀、"妹"呀一类的情歌。黄说："这些人是在调情么？是在讴歌恋爱么？肩上的担子太重了，唱一唱，似乎可以减轻筋骨的痛苦。……他们所唱的歌，与其说是情歌，毋宁说是劳苦的呼声。"

黄院长的话有一定道理，但唱山歌的场合很多，并非都是为了抒发"劳苦的呼声"。

闻一多另有解读。他强调民歌所显示的乡下人、庄稼汉的野性力量。他从采风录摘出五例，如："斯文滔滔讨人厌，庄稼粗汉爱死人，郎是庄稼老粗汉，不是白脸假斯文"（贵阳），"吃菜要吃大菜头，跟哥要跟大贼头，睡到半夜钢刀响，妹穿绫罗哥穿绸"（贵州盘县），"马摆高山高又高，打把火钳插在腰，那［哪］家姑娘不嫁我，关起四门放火烧"（盘县）。闻一多的议论是：

你说这是原始，是野蛮。对了，我们需要的正是它。我们文明得太久了，如今人家逼得我们没路走，我们该拿出人性中最后最神圣的一张牌来，让我们那在人性角落里蛰伏了数千年的兽性跳出来反噬他一口。打仗本不是一种文明姿态，当不起什么"正义感""自尊心""为国家争人格"一类的奉承。干脆的是人家要我们的命，我们是豁出去了，是困兽犹斗。

写序的1939年,抗战正处于艰困关头。闻一多的解读显示出一种大眼光和大气。但正如黄序所讲,采风录是"有用的文献",其文化价值是多方面的:社会学者"可以研究文化","文学家可以研究民歌的格局和情调",还有"教育的用意"。就占全书百分之九十的情歌而言,内容并不单一。那种有刀光剑影的歌谣并不多,也就七八首。涉及婚恋观和性心理的相当多。比如,有的山妹子并不喜欢"老粗汉"和"大贼头",她们唱:"骑马要骑四脚青,跟郎要跟洋学生,穿衣戴帽都好看,读起书来又好听。"(云南平彝,今富源)男的想法也类似:"月亮出来月亮清,妹是那[哪]家小观音;擦点胭脂擦点粉,赛过上海女学生。"(云南嵩明县杨林镇,离昆明二三十公里。)似乎有些时髦。涉及婚外情的也不少,如:"大路平平石板镶,又栽萝蔔又栽姜;萝蔔不比姜辣口,家花不如野花香。"(贵阳)《西南采风录》收抗战歌谣二十首,其中一首很另类,如下:"要想老婆快杀敌,东京姑娘更美丽。……努力杀到东京去,抢个回来做夫人。"(贵州黄平)

由此可见,民歌的文化、文献价值是很高的,尤其在"观风俗"这一方面。

下面说汪曾祺小说《受戒》中那首民歌的来源。

应该说这很明显,汪曾祺小说里那首民歌源于沈从文搜集整理的湘西谣曲(1926年)或沈从文的诗作《乡间的夏(镇筸土话)》(1925年)或小说《雨后》(1935年),因为它们见之于报刊的时间都比《受戒》(1980年)的发表早了几十年。而且,汪曾祺在1988年发表的《自报家门》里讲,他在家乡小庙准备考大学的时候除了高中教科书外只带了两本书,一本《沈从文小说选》、一本屠格涅夫的《猎人笔记》。并坦陈,说"这两本书定了我的终身。这使我对文学形成比较稳定的兴趣,并且对我的风格产生深远的影响"。屠格涅夫且不论,沈从文对汪曾祺的影响则确定无疑,虽然我不知道这本《沈从文小说选》是否收有《雨后》这一篇。至于联大同学采编的《西南采风录》,汪曾祺很可能也看过。他讲过,"不读一点民歌和民间故事,是不能成为一个好小说家的"(《两栖杂述》)。而且,《受戒》文末注有一句"写四十三年前的一个梦"也可参考。1980年之前的四十三年,即1937年前他就孕育、构思过这篇小说了(其时《西南采风录》尚未问世)。这且不管。几个版本对照起来,汪借用或采用沈从文老师的相关民歌,可能性要大些。试将《筸人谣曲》("大姐走路笑笑底")、沈从文的诗《乡间的夏(镇筸土话)》与小说《雨后》,刘兆吉《西南采风录》,汪曾祺小说《受戒》里面那首民歌五个版本(分别简称谣、乡、雨、刘、汪)对照如下:

[谣]大姐走路笑笑底,一对奶子翘翘底,我想用手摩一摩,心里只是跳跳底。

[乡]大姐走路笑笑底,一对奶子俏俏底;我想用手摸一摸,心里总是跳跳底。

[雨]大姐走路笑笑底,一对奶子翘翘底,心想用手摸一摸,心子①只是跳跳底。

[刘]远望娘子笑笑的,两个乳乳吊吊的;要想伸手摸一把,心中有些跳跳的。

[汪]姐儿生得漂漂的,两个奶子翘翘的。有心上去摸一把,心里有点跳跳的。

小说插用民歌很常见,或显人物,或示民俗,都有用。《受戒》里,和尚不光可娶妻,有的干脆住庙里单间夫妻一起过日子不以为忤。风俗如此,和尚唱那样的民歌倒也自然。但《受戒》里这民歌毕竟是沈老师首先搜集整理发表的(其次为刘兆吉),又几次移用过,诗作里、小说里还说过"这一首实为最好"的话,确实非常喜欢。美国学者金介甫在《沈从文传》里讲沈从文乡土文学的根源,引用了

---

① 心子是湘黔方言,即心。

沈从文"用镇筸土活写的凤凰民歌",其中就有《乡间的夏(镇筸土话)》里嵌入"大姐走路笑笑底"的核心段落。

既如此,汪曾祺再借用或采用,我总觉着有点那个,学术、写作上欠着点规范吧。当然,博士的论文里也常有导师的东西,不足为奇,但那是导师认可的。汪曾祺这么弄,沈老师认可过吗?不知道。

不妨留意"安徽"二字。沈从文说那民歌是湘西的筸人谣曲,刘兆吉(后来是重庆西南师范大学教授,著名教育心理学家)书中标明采集地黔黄平(今贵州黔东南苗族侗族自治州黄平县)。显然,这是流传于湘黔苗族地区的一首民歌,与江苏高邮相距甚远,说成安徽的,距离也未缩短多少。江苏、安徽属文化上的江淮,与湘黔苗区在文化上的差异是明显的。改为"安徽",改了也未妥,但不难看出汪曾祺是用了点心的。

汪曾祺常讲沈从文是他老师,他是学生,以及追随多年受益良多的话。但讲多了也会有副作用,人说汪曾祺是冲着沈从文才去考西南联大的。此一说法或多或少会让沈从文身影对汪曾祺有所遮蔽。可能有鉴于此,汪曾祺才说了这样的话:"不能说我在投考志愿书上填了西南联大中国文学系是冲着沈从文去的,我当时有点恍恍惚惚,缺乏任何强烈的意志。但是'沈从文'是对我很有吸引力的,我在填表前是想到过的。"(《自报家门》,1988年)

沈、汪两位均以小说及散文名世,并喜欢民歌,其实也都写过新诗,且不乡土。沈写得早且多,陈梦家主编、1931年出版的那本《新月诗选》就收了沈的诗作七首,不算最多却也不少(徐志摩八首,陈梦家七首,闻一多六首,卞之琳四首,林徽因四首)。陈梦家说沈的新诗(指非民歌体的)"极近于法兰西的风趣,朴质无华的辞藻写出最动人的情调"(《新月诗选·序言》)。内有一首《颂》还写了"我"的性心理,笔涉女体,蛮大胆的。照施蛰存的说法,"这是一个苗汉混血青年的某种潜在意识的偶然奔放"(《滇云浦雨话从文》)。精妙。汪曾祺的诗少些,却一鸣惊人。1957年初,汪曾祺写了《早春(五首)》,投给《诗刊》就发了,了得。"当风的彩旗,

/像一片被缚住的波浪。"(《彩旗》)"(新绿是朦胧的,飘浮在树杪,完全不像是叶子……)//远树的绿色的呼吸。"(《早春》)"青灰色的黄昏,/下班的时候。/暗绿的道旁的柏树,/银红的骑车女郎的帽子,橘黄色的电车灯。/忽然路灯亮了,/(像是轻轻地拍了拍手……)/空气里扩散着早春的湿润。"(《黄昏》)都挺现代的,未想这一组《早春》却成了汪曾祺命运的一个节点——题外话了。

响当当的大家徐嘉瑞

徐嘉瑞先生（1895—1977年）是我国著名的文史学家，也是20世纪云南文学的标志性作家和诗人，是云南民族文化史研究的开拓者和奠基人。他耕耘广泛，包括古今中外，这在全云南，恐无第二人。如果没有徐嘉瑞的贡献，20世纪的云南学术文化史和文学史，将会失去许多闪光的内容。适逢五四运动九十周年，今天的《徐嘉瑞全集》首发式暨研讨会实际也是纪念会，纪念这位投身五四新文化运动，并在时代风云中代表云南文学界第一次发声的作家。我们纪念徐嘉瑞这位先贤和乡贤，很有意义。

徐嘉瑞先生的学术文化成就，我认为有四个特点。

第一，文学创作与文学研究相结合。

第二，文学研究与艺术研究（尤其是音乐与戏曲）相结合。

第三，上层文化研究与下层（民间）文化研究相结合。

第四，中原文化研究与边疆民族文化和云南地方文化研究相结合。

徐先生的一生，丰富多彩，他既是学者、作家和教育家，也是党在文化教育战线的领导人和战士。抗战时期担任过中华全国文艺界抗敌协会昆明分会主席，20世纪40年代末任地下文联主席，解放后任省文联主席、省文教厅厅长和省教育厅厅长，还被选为昆明师范学院管委会主任委员。徐嘉瑞1927年就加入中国共产党，在全国最有影响的云南老一辈作家、学者中，他是最早参加中国共产党的先行者之一。

所以，徐嘉瑞的一生又有这样的特点。

第一，他的文艺生涯与他的学术生涯和教育生涯是紧紧地联系在一起的。

第二,他的整个文化生涯与他的革命生涯也是紧紧地联系在一起的。

下面,再具体谈四点看法。

第一点,徐嘉瑞在五四新文化运动中的贡献。

徐嘉瑞在云南首倡白话新诗,很了不起。但作为学者,他在思想理论上、学术上的贡献更大。陈独秀发表《文学革命论》,认为贵族文学、古典文学和山林文学都应该排斥。周作人发表题为《平民文学》的论文,提倡平民文学。这都是五四运动发难期的文学观念,比较激进。徐嘉瑞1923年出版《中古文学概论》,鲜明提出贵族文学与平民文学的命题。这是徐嘉瑞对五四新文化思潮的响应,而且是用扎扎实实的学术成果来响应,用文学史来论证新观念,所以胡适肯定这本书的价值,主动为它作序,说它是"一部开路的书",是"指出大趋势和大运动的书"。所以书一面世就反响强烈。应该说,这是云南文学界在五四新文化运动中的第一次响亮的发声,写20世纪云南文学史,这应该是华丽的一笔。

当然,在激情燃烧的岁月,文学观念难免激进;但徐嘉瑞与时俱进,1924年、1925年两年,他在中国现代文学史上第一个规模最大、影响最广的刊物《小说月报》上,先后发表《李太白研究》和《岑参研究》两篇论文。在1936年出版的《近古文学概论》中,他对文学史的看法和提法,明显有所调整,将文学分为贵族文学、文人文学和平民文学三种,同时又将文人文学细分为贵族化的和平民化的两类,显示出更加科学的、辩证的思维。但他依然向下层文化,向民间文艺倾斜,不改初衷。他后来研究云南花灯,研究云南民族民间文学,以民间文学为养料、为素材创作长诗、歌剧和电影剧本,说明他的观念是一贯的、一脉相承的。

第二点,徐嘉瑞在云南民族文化研究史上的卓越贡献。

徐嘉瑞具有中国五四那一辈学人和作家的特点:兼擅中外(他翻译过莎士比亚的《恺撒大将》和《仲夏夜之梦》、狄更斯的《二城故事》即《双城记》),博古通今,视野非常开阔。他研究古代文学,写旧体诗词;他也从事新文学创作,不但写新诗,还写话剧、歌剧、花灯剧和电影剧本,包括配合形势需要的遵命文学;他翻译外国文学,也搜集、整理、研究乡土的民族民间文学。但徐嘉瑞不是一般意义上的两者兼顾,他是有主攻方向的,是有学术倾斜的。

他既研究中原文化,但更注重研究边疆民族文化。在他的五部学术专著中,《中古文学概论》《近古文学概论》及《金元戏曲方言考》三部研究中原文学与文化,《大理古代文化史》和《云南农村戏曲史》两部研究云南边疆民族文化和地方文化。其中,最重要的、最能代表他学术成就的是《大理古代文化史》。这是一部传世之作,是学界公认的关于云南文化史研究的奠基的、里程碑式的著作。罗庸、徐中舒两位一流学者都对此书给了很高的评价。

罗庸是先秦文学专家,二十七岁就去日本东京帝国大学讲学,同年应鲁迅邀请赴广州任中山大学教授。抗战时期任西南联大中文系代主任。罗庸认为,《大理古代文化史》是"滇乘的《华阳国志》"。《华阳国志》是东晋时成书的一部古代西南地区的方志,也是我国现存最早也最完整的地方志,历来备受学界推崇。罗庸将两者比拟,说《大理古代文化史》是云南史书中的《华阳国志》,评价相当高。不过,两书也有不同:《华阳国志》虽然开创了编年史、地理志和人物传相结合的写法,很了不起,但它毕竟是地方志;而《大理古代文化史》是民族学、文化学与历史学相结合的专门著作,其学术性、理论性与地方志毕竟是很不一样的。这个区别,我认为是很了不起的。

徐中舒称赞《大理古代文化史》是"研究云南文化史、西南文化史乃至中国文化史之经典",评价更高。徐中舒是我国著名的先秦史专家和甲骨学家,中科院学部委员,中国先秦史学会理事长,国务院古籍整理领导小组顾问,川大历史系教授。他讲徐嘉瑞这部书是研究云南文化史、西南文化史乃至中国文化史的"经典",这个评价不是轻易给出的。

《大理古代文化史》问世后,一直是人们学习云南文化史的入门书,是研究云南文化史的必读书,是谁也绕不过去的。它是经典。

第三点,徐嘉瑞在国内学术界的地位。

徐嘉瑞在国内学术界的地位是很高的。但究竟高到什么程度,不妨以一个编委会的人员构成作为参照系来作观测。1957年初,《文学研究》(一年后改名《文学评论》)乘1956年百花齐放、百家争鸣的东风在北京创刊。该刊设编委会,由全国研究古代文学、现代文学、民族民间文学、外国文学和文艺理论的三十五位顶级专家组成,徐嘉瑞先生名列其中。编委中首都专家二十一人,他们是:俞平伯、郑振铎、钱锺书、何其芳、冯雪峰、杨晦、唐弢、游国恩、余冠英、戈宝权、罗大冈、冯至、卞之琳、季羡林、蔡仪、毛星、钟敬文、黄药眠、孙楷第、陈翔鹤、陈涌。另有各地专家十四人,大多在沿海高校,他们是:南京大学陈中凡、罗根泽、范存忠、复旦大学刘大杰、郭绍虞、山东大学陆侃如、冯沅君、杭州大学夏承焘、中山大学王季思、武汉大学程千帆、刘永济、四川大学林如稷、云南大学刘文典、云南文联徐嘉瑞。

由于徐嘉瑞年谱漏了这条资料,特作如上补充。

第四点,《望夫云》是响当当的云南文艺品牌。

徐嘉瑞的文学创作丰富多彩,影响最大的要数《望夫云》系列作品。长诗《望夫云》1957年由中国青年出版社出版,电影剧本《望夫云》1959年由北京《电影创作》发表,歌剧剧本《望夫云》由《诗刊》发表(非常破例!),同年又由天津百花文艺出版社出版。1962年春,歌剧《望夫云》由中央实验歌剧院首演,周恩来等中央首长观看。随后又赴天津、上海演出。1963年,带简谱的歌剧剧本《望夫云》由中国戏剧出版社出版。在我的印象中,在20世纪五六十年代,以如此高规格的、多样的方式来"包装"推出一位作家一部作品,是极其罕见的!

歌剧《望夫云》影响深广。1983年香港举行亚洲艺术节,在开幕式晚会上演出了歌剧《望夫云》的清唱。2006年北京举行作曲家郑律成作品音乐会,《望夫云》的歌剧选段占了半场。2007年韩国纪念作曲家郑律成,在专场音乐会上又表演了歌剧《望夫云》的片段。这些演出都受到热烈欢迎,在国内外扩大了云南艺术的文化影响力。

　　我们要感谢徐嘉瑞先生给云南文艺带来的荣誉。我建议在适当的时候,在云南本土隆重推出徐嘉瑞先生的歌剧《望夫云》,以纪念这位响当当的大家。

怀念刘澍德老师

刘澍德先生是我在昆一中读初中时的老师,时1950年。

昆一中的师资阵容历来都很强,上海光华大学毕业的马运达老师教我们班的语文,云大毕业的袁晓岑老师教美术,教英文的是柏林大学毕业的德国老师李佩秀(这位李老师后来回德国任高尔基纪念馆副馆长),上海东亚体专毕业的王昌锡老师教我们体育,刘澍德老师教我们历史。当时尚未推广普通话,讲普通话的老师只有两三位,刘老师讲带东北口音的普通话,这一点很突出。更突出的是他的讲课内容,讲从猿到人、讲旧石器时代和新石器时代、讲唯物史观,内容都很新鲜。如今回忆起来,我不敢说刘澍德先生是昆一中第一位讲马克思主义唯物史观的老师(当时是1950年),我只能说作为一个学生,我是在刘老师的课堂上第一次听到马克思主义唯物史观。这一点比刘老师讲的东北口音普通话,我印象更深。

说来惭愧得很,当时的我并不知道刘老师是一位作家,知道刘老师是作家是在我大学毕业在兰州做文艺编辑工作以后的事了。

刘澍德(1906—1970年),吉林省永吉县人。1931年九一八事变以后即从东北流亡北平,先后就读于民国大学中文系和中国大学国学系。他积极参加一二·九运动。1937年大学毕业,正逢卢沟桥事变全面抗战爆发。他辗转来到昆明。先后任教于兴隆街的昆华商校(与李广田同事)、昆华师范学校(起先曾赴滇西镇南师范及大姚中学任教。镇南今名南华)。抗战胜利后回了一趟老家,并在长春大学、东北大学任副教授。1950年夏返回云南后在昆一中教历史课。1951年调昆明师范学院中文系任副教授,讲授中国现代文学。从1927年做小学教师到1954年调离昆明师范学院,刘澍德从事教育工作达二十七年之久，占了他的大半生。1954年起调任云南省文联编辑室主任，中国科学院云南分院文学研究所研究员、副所长；中国作家协会第二届理事，1956年加入中国作家协会。曾任中国作家协会昆明分会副主席、云南省第三届政协委员、亚非友好协会理事。著有长篇小说《归家》（上部），短篇小说集《寒冬集》《造春集》《卖梨》，中篇小说《桥》《小蛉村的阴阳社》等。

我虽然人在大西北，对家乡的文艺动态还是留意的。1960年中国作协召开第三次理事会扩大会议，茅盾发表讲话，纵论中国文学现状，谈到农村题材短篇小说，将刘澍德的《老牛筋》与马烽的《太阳刚刚出山》、赵树理的《老定额》、王汶石的《严重的时刻》，还有李准的《李双双小传》等，并列为"优秀之作"。我这才知道我们的历史老师原来是一位作家，而且是可与赵树理、马烽那些著名作家并列的作家。过了几年又看了根据刘老师的以昆明滇池农村为背景的中篇小说《桥》改编的电影《两家人》，十分亲切。记得大概就在那前后（当时我二十五六岁），我给刘老师写了一封信，大意说自己当年读书不用功很惭愧，如今却也做文艺工作，希望得到老师的教导。刘老师立即回了信，大意讲知道你也在文艺战线工作，感到欣慰；还说甘肃作协有李季、闻捷两位诗人，条件很好，鼓励我做出成绩，等等。这封信我原来珍藏着，经过"文革"动乱，怎么找也找不见了。

刘澍德有国学背景，"小学"（文字、训诂、音韵）功底扎实，却也喜欢白话。1935年开始发表短篇小说，《幽燕行》为其处女作。短篇小说《篱》发表于《文艺复兴》1947年3月1日（第3卷第1期），数十年后入选《中国新文学大系1937—1949·短篇小说卷三》第五集。他的代表作是短篇小说《老牛筋》、中篇小说《桥》、长篇小说《归家》。

1954年云南人民出版社推出的《桥》，是刘老师长期深入农村生活的第一个硕果，也是他解放后创作的第一个中篇小说。之后由作家出版社再版。1959年作为国庆十周年献礼，由人民文学出版社推出第3版。1981年该社又出第4版。

长期从教的刘澍德先生是一位学者型作家。与一般学者型作家不同的是，刘澍德先生长期扎根农村，深入生活，在晋宁县上蒜乡一蹲就是七八年，十分难得。他以极大的热情关注农村变化，书写农村变化。那些作品虽然难免留下时代特有的印记，今天来读仍有很高的文学价值，而不仅仅是文学史意义上的文献价值。比如他小说人物嘴里的昆明方言，用得适度，用得巧妙，不但有助于人物性格刻画，也给作品增添了滇池地区农村的乡土风情。当年我在兰州读刘澍德老师的小说，尤其被里面的方言所吸引，觉得格外亲切，思乡之情也不免油然而生。那些方言原先在昆明城里也用的，数十年后的今天我发现，那些方言不但中青年不会说，上年岁的老者也很少用了。城市发展快，语言变化也快。农村变化慢些，那些方言词语有些可能农村还在用，有些可能也淘汰了。在这个意义上说，刘澍德先生的小说无意中为我们留下了昆明方言的一些活化石。有意思的是，这些方言活化石不是由本土作家为我们留下的。当然，说刘老师是"外省作家"也不对。从1939年来昆明算起到1970年逝世，刘老师在昆明已经整整三十年（虽然20世纪40年代末曾回东北两三年），而他的一生才不过短短的六十四年。事实上，刘澍德先生早就视云南为自己的第二故乡了。他已经是一位云南作家，而且是标志性的云南作家，他以自己的作品为云南文学地位的提升作出了重要贡献，并且为云南这个第二故乡奉献了自己的一切。

刘澍德先生的长篇小说《归家》（上部）值得特别说一下。这部小说先由《边疆文艺》连载，1963年由上海文艺出版社出版。作品写一位女青年农校毕业"归家"的生活际遇，以她与生产队长的爱情纠葛为主线，展现了那一时期的农村生活风貌。由于与爱情相关的笔墨较多而在全国产生广泛、热烈的讨论，社会各界争论不休。据统计，全国各地报刊如《文汇报》《光明日报》《文学评论》《工人日报》《解放军文艺》《北京日报》《大公报》《中国青年报》《边疆文艺》《湖北日报》等十多种报刊纷纷发表讨论文章。就云南而言，一部作品在全国引起如此之大的反响，即非空前，也属罕见。

如果说围绕小说《归家》而展开的正反两方的争鸣，可作为云南风光一时的"文学现象"来看的话，那么两三年后开始的"文革"，就让刘澍德掉入了深渊。作品都变成了"反党反社会主义大毒草"，写作品的作家刘澍德也变成了"反革命分子""反动文人""黑作家"，并且"永远开除出党，不准重新入党"。这些都不必细说。

有一点却可以细说。当年上海有位女作家叫戴厚英，后来以长篇小说《人啊，人！》《诗人之死》而走进20世纪80年代的中国文坛。她参加过对刘澍德小说《归家》的批判，20世纪90年代初为此公开表示忏悔。她在一本回忆性的书里说，"我忘不了一笔债务，完全应由我自己负责，那就是对刘澍德的小说《归家》的批判"。她说"在一次批判高潮中"，自己和几位青年朋友读到《归家》，"用马克思主义去衡量"，觉得此书宣传了"人性论"和"人道主义"，"便提出了'战斗'的要求"，经"上头批准，我们三个人便合写了一篇批判文章发表在《文汇报》上"。要紧的话是："现在，我已经找不到这篇文章，记不得当时都写了什么。但是，这件事我确是始终没有忘记。因为这件事是我向'左'飞跑的一个新标志，说明我努力变被动为主动，想在所谓革命的大旗下为自己谋一个位置。我不认识刘澍德先生，但我伤害了他。以后，我听说他的处境很糟，心里有一种强烈的负罪感。如果刘先生尚有后代，请接受我的谢罪。"（以上摘自戴厚英《性格——命运——我的故事》，太白文艺出版社，1994年）

1970年8月6日，刘澍德在肉体和精神双重压迫的痛苦中含冤离世，终年六十四岁。1978年9月补行追悼仪式，平反昭雪，恢复党籍，恢复名誉。2006年10月14日，云南省作家协会在昆明隆重举行作家李广田、刘澍德诞辰一百周年纪念大会（两人同年生）。中国作协副主席、云南省委副书记丹增及云南省的部分作家出席大会。李广田、刘澍德都是受"五四"新思潮、新文学影响，在20世纪30年代崛起于中国文坛的著名作家，又都担任过云南省文联和省作家协会的领导。大会缅怀李广田、刘澍德两位作家和教育家，充分肯定他们为中国、为云南的文学和教育事业所作的贡献。

在2006年的纪念会上，我与刘老师的公子刘景役先生相识，之后又认识了他大哥刘景行先生，近二十年我们一直保持联系。2021年刘老师的短篇小说集《红云》入选百部红色经典（北京联合出版公司，2021年），景行先生赠我一册，以作纪念。

我怀念刘澍德老师。

附笔：

戴厚英1960年华东师大毕业后在上海作协工作，新时期任复旦大学副教授。她以影射自己与诗人闻捷在"文革"中不幸婚恋的长篇小说《人啊，人！》《诗人之死》而轰动一时。1996年，她和侄女在上海寓所死于一个得她长期资助求学的歹徒之手，年仅五十八岁，令人唏嘘。另，1958年中国作家协会兰州分会成立，著名诗人李季（代表作《王贵与李香香》）、闻捷（代表作《天山牧歌》）分任主席、副主席。1961年闻捷调中国作协上海分会任专业作家。其时我在中国作协兰州分会工作，闻捷调上海后我又住了几年闻捷原住的房间。我比较留意闻捷在上海那边的情形，略有所知。

战时东部高校西迁格局中的西南联大与西北联大

一、华北、华东高校西迁的基本格局

教育是国家最重要的文化命脉，它对一个民族、一个国家文化的延续、繁殖和传播，占有极关键的位置。因此，在战争威胁条件下，如何转移和保护国家的文化命脉，如何让这些文化命脉实体，继续发挥它精神的和物质的作用，就不能不是战略决策的一个十分重大的问题。

1937年7月7日卢沟桥事变，日本侵略军发动全面侵华战争。7月底，北平、天津相继沦陷，一些著名的大学遭到空前的浩劫。至1938年8月的一年内，全国一百零八所高校中有九十四所遭日军破坏，其中二十五所因损失惨重被迫停办，继续维持的仅有八十三所。这八十三所大学就是国家仅有的文化教育资源的家底、家当、命根子，极为珍贵。在国破家亡的民族生死关头，为了存留住中国教育的骨架、精髓和命根子，让中国教育文脉得以延续，为了坚持民族教育，并使无校可归的学生不致失学，以中央研究院院长蔡元培、北京大学校长蒋梦麟、清华大学校长梅贻琦、南开大学校长张伯苓、中央大学校长罗家伦、北平大学校长徐诵明、北师大校长李蒸、北洋工学院院长李书田等为代表的一百零二位文化教育界著名人士，联合发表声明，揭露日本侵略军破坏我国高等学校的罪行，提出了"教育为民族复兴之本"的口号，要求政府采取果断措施，将一些高校迁往内地继续办学。

抗战前的中国，高等教育还比较落后，且教育资源大多分布在面临战争威胁第一线的北平、上海、天津、南京、广州等东部发达地区，教育资源分布极不合理。据统计，高校最集中的是上海，二十七所；北平次之，十六所；其他大城市都在十所以下，如广州八所，天津七所，南京五所。如今面临战争，在舆论的引导下，华北、华东高校西迁（亦称内迁）势在必行。

华北、华东高校西迁的主要目的地是大西南，其次为大西北。所谓西迁，不包括本地学校短期、短途的搬迁，如四川大学一度迁峨眉山（以报国寺、伏虎寺等寺庙为校舍），云南大学理学院迁嵩明、工学院迁会泽、农学院原本就建在呈贡，这些不算。据史料，内迁大西南的高等学校为五十六所，去四川的最多——约四十二所，如迁重庆的中央大学、交通大学、复旦大学、光华大学、山东大学。重庆是高校最集中的地方，连本地学校在内一度高达三十九校之多。昆明次之。迁来高校为十所，除合为西南联大的北大、清华、南开三校外，还有中法、同济、上海医学院、北平艺专、杭州艺专（两校合并为国立艺专）、中央体专、江西中正医学院，加上本省的云南大学和新建的东方语专、省立英专，共十三所。迁成都的燕京、金陵、齐鲁等几所教会大学，即所谓"华西坝五校"（含本省的华西大学），以及中央大学的医学院和农学院的畜牧兽医系，共九所，居第三位；连同川大共十所。其他还有零散分布在四川乐山的武汉大学，四川三台的东北大学，等等。其中，由南京迁重庆的中央大学规模最大，计七个学院、三十七个系、二十六个研究所。教师六百人，其中教授、副教授二百九十人。在1948年世界大学排名中，中央大学超过日本东京帝国大学，名列亚洲第一。中央大学的后身为南京大学和东南大学，现在均为双一流高校。

内迁贵阳的主要是上海大夏大学（20世纪50年代初与光华大学合组为华东师范大学）和原在长沙的湘雅医学院（中央大学的实验中学亦设贵阳）。此外，还有迁遵义、湄潭的浙江大学。迁大理喜洲的是武昌的华中大学，以及先在云南澄江、1940年迁回广东，校部设韶关的中山大学，等等。

高校内迁最早的是沈阳的东北大学，1931年九一八事变后即入关迁北平，1937年1月迁河南开封，同年6月迁西安，1938年5月再迁四川在三台县落脚，迁徙过程前后历时七年。但迁徙最坎坷的要数浙江大学。1937年8月淞沪抗战后即在本省天目山设分校安置新生和重要图书、仪器。11月初杭州告急奉命西迁本省建德县，后又迁江西吉安。之后赣北、粤南战事吃紧再迁广西宜山，至1940年2月才在贵州遵义止步。前前后后被战争追着屁股跑，历时三年半，是在西南落脚安身最晚的学校。

华北、华东高校内迁的基本格局是，北平、天津地区高校分别迁入云南和陕西，南京、上海一带的高校绝大多数迁入四川。中国东部高校如此大规模的西迁，这在世界战争史和教育史上都是极其罕见的。

顺便一说，东部高校西迁如此布局，不排除有蒋介石个人的私心与歧见。人所共知，大后方以四川的办学条件为最好，南京、上海、杭州一带的高校，基本上都迁往四川，以及离重庆比较近而交通又相对便利的黔北。东北大学则惨，九一八事变后即流亡北平，后迁开封、西安，高校西迁潮中教育部让该校迁往青海西宁。东北大学当局头疼，只好派人去西宁考察。其实不用考察也晓得，当时的西宁根本不具备高校办学最起码的条件。最后通过种种关系才得在川西的三台县落下了脚。

二、联合大学不止一个

抗战时期的联合大学其实不止一个，广为人知的是西南联大，另外还有西北联大、东南联大及华东联大。

东南联大由上海美术专科学校等上海地区若干规模较小的大专院校于1942年组成，依附华侨最高学府国立暨南大学办学，校址先浙江金华后福建建阳，边筹备边办学，并未正式挂牌，且终于停止筹备，于流徙中仅存在了一年半——等于流产，时1943年夏。

华东联合大学（又称上海基督教联合大学）于1938年夏在上海公共租界正式组建，其成员为东吴、圣约翰、沪江和之江四所教会大学。1941年底珍珠港事件后，该联合大学解散，历时三年半。次年初，其中三所西迁重庆，组成东吴、沪江、之江法商工学院。

还有两个学校群体，虽未有过联合大学之名，却也多多少少具有联合大学之实。

一个由北平艺专和杭州艺专两校在湖南沅陵合组而成，定名国立艺术专科学校，简称国立艺专，先迁昆明，再迁重庆。抗战胜利后复员仍为北平艺专和杭州艺专，即今之中央美术学院和中国美术学院。

再一个是成都华西坝教会学校群体。尽地主之谊的是华西协和大学（1952年全国院系调整并入四川大学，留下医学院改称四川医学院）。陆续从华东、华北迁入的有金陵大学（20世纪50年代初并入南京大学）和金陵女子文理学院（20世纪50年代初并入南京师范大学）、齐鲁大学（20世纪50年代初并入山东大学）、燕京大学（20世纪50年代初并入北京大学）。这些学校并未合并，只是在同一个校园里各自独立办学；但毕竟是在同一个大屋顶下，又都是教会学校，同舟共济，在教育资源上互通有无再正常不过。

在这一系列有"联合大学"之名或无"联合大学"之名的学校群体中，最可注意的自然是身在云南的西南联大，还有几近被遗忘的，身在陕西的西北联大。这两个在抗战烽烟中成立的联合大学，是中国抗战文化教育史上极其重要的文化篇章。其中的西北联大，虽然从表面看，挂牌办学仅两年，但由西北联大进行资源整合、重新组建而成的"西北五校"（即陕西的西北大学、西北工学院、西北农学院、西北医学院和兰州的西北师范学院），实际是西北联大存在的延续，应该作为一个完整的历史存在来研究，特别是与西南联大进行比较研究。

三、关于西南联大

在内迁西部的高校中,论贡献之大,论影响之大,当然首推西南联大。

第一点,西南联大的近三百名师生从长沙步行到昆明,历时六十八天,足跨三省(全程一千六百七十一公里,纯步行一千三百公里),如此长时间、长距离的文人长征,实为旷古未有之壮举。

第二点,西南联大学生先后从军人数一千一百多名,占联大历届入学学生总数的七分之一。大学生如此大规模的投笔从戎,史无前例。有的随中国远征军历经九死一生,经缅甸北部原始森林到达印度,可谓惊天地、泣鬼神,此亦旷古未有。

第三点,由西南联大主导的一二·一运动,是继五四运动和一二·九运动之后的爱国民主运动的新篇章,使西南联大成为影响全国的"民主堡垒",在中国新民主主义革命史上,写下了光辉的一页。

第四点,正如蔡元培先生讲过的,"救国不忘读书,读书不忘救国"。西南联大以"刚毅坚卓"(校训)的精神和学术自由之环境,短短八九年,就为国家培养了一大批栋梁之材,如邓稼先、朱光亚、陈芳允、黄昆,等等。据校史,西南联大师生中的中央研究院院士(1948年)、中国科学院院士和中国工程院院士共一百七十二人,其中联大学生九十人(包括两位诺贝尔奖得主李政道和杨振宁),联大教师八十二人。据统计,2000年以来获国家最高科技奖的科学家中,有五位是联大学生。在两弹一星的二十三位功臣中,有八位出自西南联大,其中有六位是联大学生。

西南联大不仅理工科强,文科亦人才辈出,老师一辈的陈寅恪、钱锺书等大师级学者广为人知,学生辈也出了许多杰出的专家、学者:中文系的汪曾祺(作家)、王瑶(文学史家,中国中古文学研究的开拓者、现代文学研究的奠基人之一)、周法高(语言文字学家，台湾最高学术机构院士）、张琨（语言学家，台湾最高学术机构院士）。外文系的查良铮（即穆旦，诗人、翻译家）、许渊冲（国际翻译界最高奖项"北极光"杰出文学翻译奖的得主，亚洲首位获此殊荣的翻译家）、吴讷孙（即鹿桥，东方艺术史学者、作家，以西南联大和昆明为背景的长篇小说《未央歌》的作者）。吴其昱是国际知名汉学家、敦煌学家，1971年获法国级别最高的国家博士学位，吴的全部敦煌学著作已被日本买断。历史系的何炳棣（史学家，台湾最高学术机构院士、美国文理科学院院士）、刘广京（史学家，台湾最高学术机构院士），哲学系的任继愈（哲学家、宗教学家，国际欧亚科学院院士）、王浩（数理逻辑学家，美国文理科学院院士、英国大不列颠科学院院士）、熊秉明（艺术家、哲学家，获法国教育部棕榈骑士勋章），政治学系的邹谠（芝加哥大学教授，第一位在美国政治学界获得巨大声誉的中国学者）、端木正（国际法学家，曾被中国任命为联合国常设仲裁法院四位仲裁员之一），经济学系的许乃炯（曾任联合国发展管理司司长、世界银行中国执行董事）、张自存（曾任联合国发展管理司司长、国际贸易基金组织中国执行董事），法律系的尹铁瓯（经济法学家，曾任联合国国际贸易法委员会中国首席代表），以及曾就读于南开和长沙临时大学电机系的历史学家黄仁宇，等等。顺便一提，1977年全美华人协会成立，物理学家杨振宁、历史学家何炳棣被推举为正、副会长，两位均为西南联大校友。

  联大师生中还有九位曾担任党和国家领导人。其中四位是教师：费孝通、周培源、华罗庚、钱伟长（1939年在西南联大任教），都分别担任过全国人大常委会副委员长或全国政协副主席。其余五位是学生：曾就读于长沙临时大学化学系的宋平（担任过中共中央政治局常委）、西南联大历史系毕业的王汉斌（曾任中共中央政治局候补委员，全国人大常委会副委员长）、曾就读于西南联大社会学系的彭珮云、西南联大物理系毕业的朱光亚、曾就读于西南联大数学系的孙孚凌。

一个学校在人才培养上有如此卓越的贡献,这在中国教育史上前所未有,在世界教育史上也是非常罕见的奇迹。

除以上四点外,西南联大对云南的贡献和影响也很大。就具体方面而言,西南联大为云南办了许多实事,贡献很大。其中最重要的贡献是将西南联大的师范学院留在昆明,这就是今天的云南师范大学。八十年来,云南师大为云南培养了教师和各类人才二十余万人。没有西南联大当年为云南所作的这项战略性贡献,这是不可能的。

当然,我们也要看到:一方面,西南联大为云南作出了巨大贡献,而且北大、清华作为大家公认的中国超一流大学,以两校为主体的西南联大存在于昆明,已经作为昆明的文化名片而大大提高了昆明作为大后方重要文化中心的地位。这一点是要充分肯定的。但另一方面,昆明,乃至云南,也为西南联大的存在和发展提供了较好的环境和条件。昆明毕竟是大后方,环境相对安定(尤其是飞虎队驻昆以后),这为西南联大教学和科研的正常进行,提供了环境相对安定的必要条件。不像有的学校被战争追着屁股跑,三番五次一再搬迁。另一点是云南的政治环境。云南地方当局政治态度比较开明,为联大师生的爱国民主运动,提供了比较宽松的政治环境,这个因素也是不可忽视的。

总之,西南联大无论是对国家还是对云南,都作出了许许多多的历史性贡献,这些贡献已经载入史册。

四、关于西北联大

讲西南联大,一般都会联想到西北联大,认为这两个联合大学是抗战时期大后方高校的两大堡垒,两个学校有一定的可比性。

西北联大对国家的贡献也很大,但具体的环境条件和实施方略则有所不同。包括西南联大在内的、内迁大西南的东部高等院校(以及少数中部学校,如武汉大学),抗战胜利以后,都先先后后回到了自己的故园（当时称复员），谱写自己的新篇章。而内迁大西北的西北联大却不同，它在相当程度上已经扎根大西北了，为开发西北、建设西北，特别是为发展西北高等教育，打造了基本的骨架、奠定了扎实的基础。

1937年日本侵华战争爆发后两月，当时的教育部决定：以北平大学、北平师范大学和天津的北洋工学院以及北平研究院为基干，设立西安临时大学。随后，平津三院校奉命迁往西安，组建"西安临时大学"，其目的，一是收容北方学生，二是为建立西北高等教育奠定良好的基础。

北平大学是在1928年合并了北平的七所大学而组成的、合作办学的联合体，其主体是北京工学院、北京农学院、北京医学院和北京女子文理学院（即原北京女子师范大学）。由北平大学、北师大和北洋工学院等合组而成的西安临时大学，分为工、农、医、法、教育和文理六个学院，实力和规模均为全国一流。这个临时大学云集了全国大批著名学者、教授，如：语言文字学家黎锦熙，文学家许寿裳、罗根泽，翻译家曹靖华，戏剧家焦菊隐，体育教育家袁敦礼、董守义，中国马克思主义哲学家李达，政治活动家许德珩，历史学家侯外庐，数学家傅仲孙，病理学家徐诵明，以及早期共产党人、政治经济学家和翻译家罗章龙，等等。初期教职工约三百二十人，学生近一千六百人。

但这个临时大学在西安不足半年又得搬迁。太原沦陷之后，日寇兵锋直指陕西门户潼关，形势危急。为此，西安临时大学不得不再迁往陕南的汉中。广大师生先乘火车到宝鸡，随后，学生和年轻的教职员工一千余人徒步前往。师生们历尽艰难困苦，行军四百多公里（其中步行一百三十公里），历经半月，到达汉中。（校址很分散：校部及文科设城固县，城固县古路坝设工学院，勉县设农学院，汉中黄家塘设医学院。）

西安临大师生从西安南迁汉中，时间与空间距离均较西南联大从长沙迁昆明为短，但人数超过千人，规模要大得多，他们的"长征"也很了不起。学校师生南迁汉中后不久（1938年4月），教育部即通知国立西安临时大学改名为国立西北联合大学,并明示,为发展西北高等教育,提高边省文化起见,西北联大各校院应逐渐向陕甘一带转移部署。

当时作这样安排,目的明确,就是要西北联大立足西北,开发西北,服务西北。很明显,对西北联大作这样的政策性部署,与对迁往西南各省的高校(包括西南联大),是有很大不同的。政策性安排不同,结果不同。

其实,当时对西北联大的这种安排,是早在全面抗战爆发之前几年,就已经在酝酿、研究之中。1930年,当时的国民政府建设委员会就制定了《西北建设计划》。1931年九一八事变之后,民族危机加剧,朝野上下,纷纷要求国民政府积极备战,把开发西北与备战抗日联系起来进行部署。受各界舆论的影响,国民政府的一批政要也发表言论,宣传开发西北的重要性。1934年,《开发西北》杂志创刊,蒋介石亲笔题写了"开发西北"四字。全面抗战开始后,蒋介石在视察西南、西北之后,更明确地提出了"西南是抗战的根据地,西北是建国的根据地"的主张,使开发西北的重要性在舆论上更加引人注目。

开发西北,教育先行。陕西地方当局对此也十分重视。早在1924年,陕西就建立过一所西北大学,未料1931年却被改为一所高级中学。1936年初,新任陕西省政府主席的邵力子致函行政院,建议将北平大学和天津的北洋工学院一并迁陕,重新组建"西北大学",以为陕西及西北高等教育奠定基础。

邵力子是中国近代著名政治家、教育家。复旦毕业后留学日本,并加入同盟会。曾与柳亚子发起组织南社,也是早期共产党人。做过上海《民国日报》总编辑,中国公学校长,黄埔军校秘书长,国民革命军总司令部秘书长,甘肃省政府主席和陕西省政府主席等要职;也做过国民党中央宣传部部长和驻苏大使。1949年出席新中国开国大典,晚年任第一、二、三届全国人大常委会委员。

邵力子视野开阔,目光远大。他不是陕西人(籍贯浙江绍兴),但对西北、对教育均有深度认识。教育部、行政院接到邵力子请求将北平大学、北洋工学院迁入陕西，重建西北大学的报告后，从"开发西北"考虑，从邵力子个人的地位及影响考虑，估计会认真对待。但将平、津两大学校内迁陕西，可谓兹事体大，未能立即提上议事日程，遑论付诸实施。

未料七七事变突发，平津高校内迁势在必行，教育部顺势将北平研究院、北平大学、北平师范大学、北洋工学院等院校迁往西安，陕西省主席邵力子的请求也就自然而然落到了实处。（顺便一提，北平研究院实际上并未迁陕而是迁昆，时1938年初。总办事处初设黑龙潭附近的落索坡，后迁翠湖附近的黄公东街10号。所属物理、化学、生理、动物、植物、地质、历史等研究所亦陆续迁昆。）

西北联大在汉中挂牌不久即着手改组。1938年7月，教育部指令西北联大改组为五所各自独立的高校，且一律以"国立西北"某校冠名，即国立西北大学设西安，国立西北工学院设宝鸡（后迁咸阳），国立西北农学院设武功，国立西北医学院设甘肃省平凉（后因故改设西安），国立西北师范学院设甘肃省兰州。但实际上，除西北师范学院迁甘肃兰州外，西北大学等四校仍在汉中一带办学，直到1946年5月才复员迁回西安、宝鸡等地。

据统计，从1937年到1946年间，西北联大及其后身国立西北五校，共培养学生九千二百五十七人，其毕业人数之多，为抗战期间大后方数十所高校之冠（中央大学约四千人，西南联大三千七百三十人）。

有一种看法，说西北联大之所以改组为国立西北五校，当局或有"防共"的政治考虑。笔者认为，当局在决策过程中，此一政治因素也可能起到了某种作用，但应该不会是主导因素，主导因素是"开发西北"的布局。因为从抗战前即有重建西北大学之创意，到西北联大之分为国立西北五校，"开发西北"的主流舆论一直在起着主导作用。

西北联大从一开始成立，就担负着的"发展整个西北教育之责任"。西北联大改组为国立西北五校后，仍秉持这一办学宗旨，力求做到"学成致用，各尽所长，经营西北，固我边疆"。

1945年8月15日,日本侵略者宣布无条件投降,中国人民抗日战争终于取得伟大胜利。从1946年夏季开始,内迁西南的东部高校,先先后后,陆陆续续都回到自己的故园。这正如歌词写于1938年10月的西南联大校歌所唱的:八年前,师生们"万里长征,辞却了五朝宫阙";八年之后,师生们终于迎来了"驱除仇寇复神京,还燕碣"的胜利时刻。

而西北联大呢?虽然西北联大挂牌办学历时不长,但改组而成的国立西北五校,从1939年分开办学,到抗战胜利的1945年,各自独立建校办学已经整整六个年头。他们已经在西北,在陕甘,扎下了深深的根子。1946年复员的时候,当年的北平大学已不复存在,作为北平大学主体的四所高校:北京工学院、北京农学院、北京医学院和北京女子文理学院,基本上是整体性地留在西北了。另两个学校——北师大和北洋工学院,虽然基本上复员回了北平、天津,但两校也都有少数教师留在国立西北五校继续服务,与原北平四所大学的同事们、同行们一起,共同谱写西北高等教育的新篇章。

新中国成立以后,在党的社会主义教育路线指引下,西北高等教育得到空前的发展。在20世纪50年代,由于交通大学一部分从上海西迁而成立西安交通大学,以及中央对兰州大学的大力支持、投入和强化,加之已有的原国立西北五校的发展,以陕、甘两省为基础的西北高等教育的骨架,终于建立起来了。其中的原国立西北五校,即抗战时期的北平四校和稍晚加盟的东北大学工学院、河南焦作工学院以及陕西原有的西北农林专科学校,经过整合、磨合,打造成今天的西北大学、西北工业大学、西北农林科技大学、西安医科大学(原名西北医学院,今西安交通大学医学部)和兰州的西北师范大学。这是西北联大除留下扎根西北、服务西北的精神遗产之外,还为大西北留下的一份极为丰厚的实体遗产。陕西原希望借助北平、天津的教育资源重建一所西北大学,未想到由西北联大改组而成的国立西北五校如今全部留在陕、甘两省了,而不仅仅是一所西北大学。从这个意义上可以说,西北联大是整个地、永远地留在西北不走了。这,十分难得。

经过战后七十多年广大师生的奋发图强，埋头苦干，作为西北联大的后裔，陕西的四校都已进入国家的"211工程"或"985工程"（其中的西北工业大学、西北农林科技大学和如今名为西安交大医学部的西安医科大学，都已经进入全国四十二所双一流高校的行列），实力、地位今非昔比。兰州的西北师范大学也实力不凡，属于"211工程"学校，共拥有七个一级学科博士学位授权、五十五个二级学科博士学位授权，在西部高等师范院校排名中，多年来都仅次于西南师大（今西南大学）和陕西师大，位列西部高师第三位。

笔者因长期在兰州工作，对西北师大多少有些了解。以该校中文系为例，早年即拥有黎锦熙、焦菊隐（戏剧理论家和翻译家，后为北京人艺总导演）这等重量级学者。进入20世纪60年代更有著名马克思主义文艺理论家和鲁迅研究权威陈涌来系执教。与此同时，新一代学者孙克恒、支克坚成长起来并于20世纪80年代形成气候。孙克恒在20世纪50年代北大毕业，擅新诗研究，与20世纪80年代来系授课的九叶派老诗人唐祈（西北联大毕业）一起，在西北师大掀起一股朦胧诗潮及西部诗潮，红红火火。同辈的支克坚兰大毕业，以研究鲁迅及胡风、周扬、冯雪峰的思想理论问题为强项，成果累累，被誉为西北鲁研之泰斗。可惜唐祈、孙克恒、支克坚三位均已谢世（唐、支两位晚年分别任职于西北民院和甘肃社科院）。

当然，西北师大中文系之强并非仅仅系身于几位突出的学者，举出前几位仅仅因为我也做现当代文学研究，且20世纪80年代初我曾短期在该系为本科生讲授新时期文学专题，与前几位多少有些接触罢了。至于别的学科，我了解有限。但近些年，主要是我离开兰州以后该系的情形，我也大致有些了解。据相关资讯，该系（今西北师大文学院）早在1996年就建立了第一个博士点（古典文学），2010年获一级博士学位授予权，下设8个二级学科博士授权点，两个博士后流动站（古典文献、语言文学）。此种情形在一般省属高等师范院校中大约是相当少见的，不说西部如此，全国来看或许也这样吧。

西北师大文学院不一定是该校最强的学院。一院如此，一校如何,当可揣量。西北师大一校如此,由西北联大衍生出的国立西北五校总体如何,当也不难揣量。所以说,西北联大为陕甘、为西北留下的这份实体遗产,确实够沉的。西北联大之于西北,于国家,功不可没。

是的,西南联大和西北联大各有各的特色,各有各的贡献,它们在抗战文化教育史上各有各的位置。

除了西南联大和西北联大这两所大学值得认真研究以外,其他如:先在上海租界、后西迁重庆的华东联大(部分学校)和从九一八事变后就开始搬家、搬家过程长达七年的东北大学及搬家过程长达三年半的浙江大学等,都可歌可泣,值得研究。对整个抗战时期东部高校西迁的这一段独特的教育史和丰富的精神资源,目前在学术界尚未引起足够的重视。

1990年,著名社会学家、原西南联大教授费孝通先生,在一次祝贺他八十寿辰的演讲中,提出了处理不同文化关系的新观点:认为世界各国、各民族的文化各有所长,各个国家、民族都应当既肯定、继承和发扬自己的文化,同时也要肯定其他国家、其他民族的文化,这样就能天下大同。费孝通先生总结的十六字"箴言"是:"各美其美,美人之美,美美与共,天下大同。"费孝通先生的此一观点,对我们如何看抗战时期东部高校西迁这一段特殊的教育史,当有参考价值。

西南联大时期的北大与清华

西南联大是中国文化教育史上的一个奇迹。全面抗战爆发，北大、清华、南开三校由平、津迁长沙组成国立长沙临时大学；1938年初再迁昆明，改称国立西南联合大学。其中部分师生由长沙行军至昆明，全程六十八天一千六百七十一公里（纯步行一千三百公里）。文人长征，旷古未有，联大校歌首句"万里长征"即指此。此其一。西南联大共有一千一百多人参军（其数为大后方高校之最），占联大历届入学学生总数的七分之一。大学生如此大规模的投笔从戎，史无前例。此其二。由西南联大主导的一二·一运动，是继五四运动和一二·九运动之后的爱国民主运动的新篇章，使西南联大成为影响全国的"民主堡垒"，在中国新民主主义革命史上写下了光辉的一页。此其三。"救国不忘读书，读书不忘救国。"（蔡元培语）西南联大以"刚毅坚卓"（校训）的精神和学术自由之环境，短短九年就为国家培养了一大批栋梁之材。在中国教育史上也是前所未有。此其四。就凭这四点，从任何一个高度来评价西南联大都不为过。

一、同舟共济、精诚团结、共赴国难是联合办学的基础

抗战时期，日本侵略军对我国高等学校的破坏极为严重。仅从1937年卢沟桥事变全面抗战开始至1938年8月的一年内，全国一百零八所高校中就有九十四所遭日军破坏，其中二十五所因损失惨重被迫停办，继续维持的仅有八十三所。为了保存国家的文化命脉，近七十所高等学校由内地迁往西南和西北。鉴于形势，国家决定整合教育资

源，合办几所联合大学。除西南联大外，还有西北联大和东南联大。此外尚有上海基督教联合大学，亦称华东联合大学。

四所联合大学中，在抗战中始终坚持联合办学，而且成绩突出的，首先是西南联大。要联合就要团结，而且要团结得好，否则将一事无成。在联大九年（1937—1946年）的艰难岁月里，北大、清华、南开三校关系总的讲是和谐的，团结的，正如西南联大纪念碑碑文所讲："三校有不同之历史，各异之学风"，但是，"八年之久，合作无间"。这是主流，这是首先要充分肯定的。没有这一条必将一事无成，创造历史的辉煌更无从谈起。

除国难当头的大环境这个主要因素外，三校联合办学也有共同的思想基础。北大、清华、南开三校虽有不同的学风和校风，但都有一个共同的传统，那就是爱国、民主与科学的传统。三校都有一个共同的目标，就是为了抗战建国事业，要培养出一批创业之才。加之三校都有民主治校的精神，教授治校的机制，所有这些，都为三校的联合与团结奠定了坚实的基础。这些都是我们要充分肯定和继承的精神财富。

但是，从另一方面看，从研究的角度看，只讲主流，不讲支流，不讲细节，历史会显得不够完整和丰满。事实上，三校的联合也不是风平浪静，一帆风顺的，实际上还是有摩擦、有矛盾的。观察、分析当年的矛盾，更能看出各方（主要是北大、清华两方）维护联合、团结，是多么的不容易。事实上，团结就是在不断缓和矛盾、克服矛盾，顾全大局，互相包容中实现的。

二、三校不同的历史文化背景及矛盾的特点

◎ 北京大学

初名京师大学堂。1898年6月，光绪皇帝宣布变法，并下诏筹办京师大学堂，命梁启超为大学堂起草章程，其办学方针为"中学为体，

西学为用，中西并用，观其会通"。三个月后（同年9月）变法失败，新政几乎全部取消，但办大学堂的事仍继续进行。同年12月正式开学（学生不足百人）。辛亥革命后的1912年改名为北京大学。

以上背景决定了北大的特点。①

a. 重学术而不轻政治。北大是戊戌变法的产物。北大学生有关心政治，关心国家命运的传统。1903年4月30日，为反对沙俄占据东北、拒不撤兵，京师大学堂师生参加拒俄运动（1902年清政府与沙俄订约，规定在镇压义和团时占据东北的沙俄军队，限期分批撤兵，但沙俄不撤，引起国人愤怒），此为北大学生运动的开端。北大首先发起五四运动，是五四的策源地，早已载入史册，广为人知。

b. 有相当开放、自由的思想学术环境。梁启超早已提出"中西并用，观其会通"，后来蔡元培又提出："思想自由，兼容并包"的方针（这八个字很能代表北大的校风，但似未正式定为北大校训）。马克思主义在中国传播的源头在北大，中国早期共产党人多集中于北大，绝非偶然。

c. 北大校长的政治地位高、社会声望高，其校长一开始即为大臣级：光绪任命的京师大学堂首任管学大臣为吏部尚书孙家鼐，慈禧任命的京师大学堂第二任管学大臣为张百熙，既管京师大学堂，也管全国的大学堂（云南叫高等学堂，地址在五华山）。北大长期处于中国高校的龙头地位，与此有关。民国时期的北大校长蔡元培（后任大学院院长）、蒋梦麟（之前即为教育部部长）和胡适（之前为驻美大使），都是部长级人物。首任北大校长严复（留学英国学海军），虽非部长级或准部长级人物，但他是我国近代著名的启蒙思想家、教育家和翻译家，影响极大。在民国时期，北大校长的政治地位和社会声望，都明显高于其他名牌大学。情况类似的只有南京的中央大学，历任校长中有罗家伦（曾任国民革命军总司令部编辑委员会主任和清华

---

① 关于三校的历史背景及特点，主要依据冯友兰先生的看法，笔者不过稍加细化。见冯友兰《三松堂自序》，生活·读书·物知三联书店1984年版。

大学首任校长)、朱家骅(教育部部长)、李四光(中央研究院院士)、顾毓琇(教育部次长)、吴有训(著名物理学家,清华及西南联大理学院院长),地位都很显赫;1943年蒋介石任中央大学永久名誉校长,并兼了一年校长。

d. 北大起点高,一起步即为大学,而且规模大,早期即有较为完善的学科结构。这均非一般大学可比。北大长期处于中国高校龙头地位,此亦为一因素。

◎ 清华大学

前身为留美预备学校性质的清华学堂,创办于1911年。这是清政府用美国"退还"的一部分庚子赔款办的学校。(庚子赔款总共45000万两,美国从中分得3200万两。美国又从中拿出约40%帮助中国办学,其数额约相当于当时的1100万美元。)1912年改名清华学校,1925年设大学部,1928年正式命名为国立清华大学。

这样的历史背景决定了清华的特点。

a. 早期的清华游离于国家教育系统之外,很特殊。该校开初由外交部与学部(后来叫教育部)共管,事实上学部只挂个名。到民国初期,教育部连名都不挂,清华成为外交部的附属学校;从1911年至1928年,校长一直由外交部任命。当时的教会学校尚属于教育部系统以内,清华却是例外。另外,由于清华直属外交部,学校的职员有不少是外交部官员——来头大,有背景,所以清华职员的地位普遍高于教员。清华1928年正式升格为国立清华大学,首任校长罗家伦也是外交部派去的(蒋介石亲自指定的)。1929年才改属教育部管辖。

b. 美国色彩浓厚。美国"退还"部分庚款让清政府办留美预备性质的清华学堂,这是美国基于自己国家利益的战略性政治投资。[①]清华设校董会管理学校。美国驻华公使名义上是董事之一,但实际上是董事长,地位在校长之上,等于太上校长。与此相关,清华的学生普遍

---

① 参见《费正清对华回忆录》,知识出版社1991年版,第223页。

有留美的要求，他们的英文水准也普遍较高。在民国时期，考上公费留学的以交大和清华的为最多。

c. 清华以偏重理工为传统（清华学生留美多，与此有关），对文科、对中国传统文化不是很重视。1925年清华成立国学研究院，聘梁启超、王国维、赵元任和陈寅恪四位大学者为导师，局面有所变化。但国学研究院只办了三四年。总的讲，北大文科强，清华工科强（北大在抗战胜利后才又恢复了工学院），理科方面两校大致相当、平分秋色。

d. 清华人也关心国家和民族的命运，也关心政治，但介入政治的程度一般讲没有北大那么深。他们中一般多主张科学救国和教育救国，介入政治的方式有所不同。这是一般而言，但情况也会变，1935年的一二·九运动，清华起了主导作用。

◎ 南开大学

南开的校史可追溯到1898年天津的一个私立学校（当时名严氏家馆），1907年改名南开中学堂，1912年改名南开学校。1919年办大学部招生。

南开是私立大学，专业设置和学生培养目标向实用倾斜，所以到抗战前夕学科仍不齐全，文科偏重经济，无中文系（1946年才开始组建）；理科数理化生都有，数学、化学较为突出；工科设在理学院，有电机工程系和化工系。

抗战前的南开是技术性和职业性色彩比较鲜明的高校，自称"土货"，说自己是"以解决中国问题为目标的大学"。这与校长张伯苓的教育思想分不开。张虽曾赴美研究教育，后来获哥伦比亚大学荣誉博士学位，但基本上讲，张氏属于实干型人才。一方面受美国实用教育模式的影响，另一方面鉴于民族危机日益严重，他倾向于相对功利化的教育模式，所以历来就重理工，轻文史；加之私立大学（后改为国立）经费有限，务实不务虚也就难免。对于南开，北大的校长无论是蔡元培还是胡适，都不太欣赏。

南开规模较小,1937年的学生仅四百二十九人。北大1918年的学生已高达一千九百八十人,是当时全国规模最大的高等学府。

三校的问题主要是北大、清华两家的矛盾。南开规模较小,与清华历来又比较亲近(南开中学毕业的多半想考清华,清华校长梅贻琦是南开校长张伯苓的学生),在北大、清华矛盾中相对超脱一点,也可以说南开无足轻重。

三校的联合是临时性的,是联合办学,并非合并。从一开始,三校就是既联合又相对独立。具体表现:一、编制分开;二、教职员工三校各自聘任,三校分别支付薪金;三、三校在昆各有自己的办事处;四、各有各的研究所,研究生各招各的;五、原三校的学生在昆毕业后,毕业证各发各的,在昆明新招的学生才发联大毕业证书,如此等等。

尽管有相对的独立,但毕竟挤在一个屋顶下,挤在一起就难免发生问题。北大校长蒋梦麟对此有清醒的认识。他在回忆录里讲,在战争条件下主持大学校务非常困难,"尤其是要三个个性不同、历史各异的大学共同生活,而且三校各有思想不同的教授们,各人有各人的意见"[1]。叶公超讲得更具体,认为早在长沙时期三校就"同床异梦","非常微妙"[2]。从史料看,两校摩擦虽然不时发生,但表现并不鲜明,常态是大家都客客气气,有君子之风。就具体方面讲,矛盾也不外乎人事安排与经费分配两个方面。

先看人事问题。1938年初联大文、法两院迁蒙自后,蒋梦麟曾由昆明去看望大家。在北大的集会上,若干教授对联大有些人事安排表示不满。联大文学院院长原定胡适(北大),因胡已任驻美大使,

---

[1] 蒋梦麟:《蒋梦麟自传:西潮与新潮》,团结出版社2004年版,第290页。
[2] 叶公超:《孟邻先生的性格》,载西南联合大学北京校友会编《筇吹弦诵情弥切——国立西南联合大学五十周年纪念文集》,中国文史出版社1988年版,第20页。

改由清华的冯友兰担任（其实冯系北大哲学系1918年毕业，但留美后长期在清华），北大部分教授不服，说北大的汤用彤为什么不能当文学院院长？一时间北大师生纷纷表示分校独立，钱穆表示异议，说现在是什么时候？等抗战胜利了，各校仍然是独立的，而今在蒙自争独立，蒋校长去重庆怎么交代？蒋梦麟校长马上讲，钱先生讲的已是定论，不要再争论了。①

经费问题也举一例。据联大总务长（也是北大秘书长）郑天挺讲，联大经费中三校所占成数本无明确规定。1942年7月，郑天挺提议"应作一规定，以清华五、北大四、南开一为律"。北大同人"以为然"，"而月涵先生语孟邻师难之，日前南开亦表示反对"。月涵即清华校长梅贻琦，孟邻即北大校长蒋梦麟，两位都是联大常委而意见不一。②其实此一问题早在1942年以前就存在了，并在1941年一次清华校务会议上讨论过。据梅贻琦日记，校务会决定："倘北大同人果愿另起炉灶，则可三校预算分开，清华对于联大负全责。"③姿态高，很大气。此事稍后梅贻琦曾向教育部部长陈立夫提过，陈表示反对经费分开，称"物质上（指预算）如分开则精神上自将趋于分散，久之必将分裂，反为可惜"④。陈立夫虽为一官僚，但毕竟总揽全局，问题倒看得明白。

类似的问题当然还有，比如薪俸。据《郑日记》1940年7月29日："日前清华大学少壮教授以待遇不平为言，请学校加薪，遂各加四十或五十，全校皆然，而北大、南开亦继之，于是少壮教授复以各校皆加其不平仍在，于是又加于薪俸较低者三十或四十。"⑤看来钱的问题难以回避。

---

① 钱穆：《八十忆双亲·师友杂忆》，岳麓书社1986年版，第187页。
② 郑天挺：《郑天挺西南联大日记》，中华书局2018年版，第577页。后文简称《郑日记》。
③ 梅贻琦：《梅贻琦西南联大日记》，中华书局2018年版，第27页。后文简称《梅日记》。
④ 《梅日记》第38—39页。
⑤ 《郑日记》第284页。

当然不仅仅是钱的问题，分不分家才是大事。如前所述，早在1938年蒙自时期，北大部分教授即有分校之声，幸被蒋梦麟、钱穆压下去。1940年底至1941年夏，由于日军侵入越南，昆明形势紧张，重庆方面有意让联大迁到川南泸州、宜宾一带，于是分校之声又起。校方的想法是不到万不得已就不迁川。策略是先在四川叙永设立分校，安排新生入学。校方（代表清华思路。梅校长幽默地说，只考虑安全还不如迁到喜马拉雅去！）的主导意向是不想再大动，在叙永设分校，意在万一形势再紧，迁入四川可以叙永为大本营；同时在昆明附近也想想办法，想将理科迁到晋宁，文科迁到澄江（原中山大学校舍），昆明西郊大普吉也是一个目标（工学院）。岂料在此迁川不迁川的形势下分校之声又起，部分北大教授想借迁川分校。舆论源似乎是北大中文系的魏建功和北大外文系的潘家洵（介泉），身为联大总务长的郑天挺听到风声很不放心就去试探。"今日以言试之建功，果有主北大单独移川之意"，忙做工作，"为之剖解万不可能之情形，万不宜分家之原因"①。不单文科，理科亦然。稍后郑天挺又从教育学系主任陈雪屏处听说"理学院同人将提议与联大分离"，自己"心甚忧之"②。后来美国飞虎队参战，形势好转，北大分校之声才得止息。叙永分校办了半年（1941年1至8月）也迁回昆明。

　　据我读史料的印象，虽然具体问题不能回避，但北大与清华的矛盾，更主要地表现于心理、意气这一层面。再举一例。联大初期总务长为教育学系沈履教授（清华），1940年初改由北大秘书长郑天挺担任。按说北大增加一位上层干部当有利于三校校际关系的平衡。但在酝酿阶段当事人郑天挺与北大哲学系教授汤用彤交换意见时汤却说："吾亦不以就新职为然。今日校中学术首长皆之他人，而行政首长北大均任之。外人将以北大不足与谈学术也，且行政首长招怨而学术首

---

① 《郑日记》第276页。
② 《郑日记》第295页。

长归誉,且怨归北大而誉归他人,将来学术地位不堪设想矣。"这讲的是总务长、教务长两位"行政首长"均由北大担任,而文学院、理学院、工学院的三位"学术首长"(指各学院的院长)均由清华担任(法商学院、师范学院两院院长均由南开担任),则北大"将来学术地位不堪设想"。如此一想不免心理负担过重,而郑表示"此语确有远见,佩服之至"①。

为什么部分北大教授总感到气不顺?原因或许不止一条,但是,从根本上讲,北大部分人士的不满主要是感到自己在联大里面不再是龙头,有边缘化的感觉。

三、联合格局中北大、清华分处不同的位置

三校联合后形成一个格局,在里面,清华的教授、副教授明显多于北大(更不用说南开)。笔者据联大史料作了统计,联大初期人事情况如下:

文科:北大三十八人,清华三十五人,南开八人。

理科:北大二十人,清华二十八人,南开六人。

工科:清华二十人,南开六人,北大零人。

三科合计,联大教授、副教授总人数(不含新入联大者)为一百六十一人。其中,清华八十三人 北大五十八人 南开二十人。

北大比清华少二十五人,是清华的百分之七十。

应该说,就文理两科讲,北大、清华人数大致相当(北大五十八人,清华六十三人),差别在于清华有工学院(基本上等于联大工学院)而北大无。

在各上层部门负责人中,清华也占有优势。

---

① 《郑日记》第231页。

秘书长杨振声（清华。北大毕业，留美回国长期任教清华。有资料将其归入北大，似不确）

总务长　沈　履（清华）

教务长　樊际昌（北大）

训导长　查良钊（早年清华毕业，原河南大学校长，新入联大）

图书馆主任　严文郁（南开）

文学院院长　冯友兰（清华）

法商学院院长　陈序经（南开）

理学院院长　吴有训（清华）

工学院院长　施嘉炀（清华）

师范学院院长　黄钰生（南开）

在这十个上层部门负责人中，北大一人，清华五人，南开三人，新来联大的一人（清华毕业）。①

以上据联大初期资料。此后虽有个别变更，但基本格局未变。

在经费上，清华也占优势。它有美国庚款经费这一特殊来源，比较财大气粗，北大、南开均无。又，联大的集体创收主要靠清华的工学院出力，北大算是沾光。

明摆着，当时三校的联合就是这样一种格局。

有必要指出，北大在联大未能占据主导地位，也有历史原因：清华历史上院系变动不大，相对稳定，清华迁昆是整体搬迁，实力完整。从中可看出，清华人的团队精神较强。北大却不同。北大在1917年以前就有工、农、医的学科和院系，但后来与北大几次时分时合。蔡元培上台后三院先后离开，后归入北平大学。抗战爆发后，原属北大的工、农、医三学院迁陕西，与北师大和北洋大学合组为西北联大。三学院滞留北平的，与北大未来滇而滞留北平的（如先做伪北大文学院院长、后任伪华北教育督办的周作人），由日伪整合为伪北京

---

① 以上资料据北京大学、清华大学、南开大学、云南师范大学编《国立西南联合大学史料》教职员卷，云南教育出版社1998年版。

大学。（清华也有滞留北平未来昆明的如钱稻孙。）抗战胜利后，昆明的北大回北平。此时的北大很快恢复了工、农、医三个学院，实力大增（1952年全国高校院系调整，三学院又与北大脱钩）。明白此一背景，才明白北大在西南联大中为何不能居于主导地位。

  清华梅校长说过，好比一个戏班要有一个班底子，联大的"班底子是清华、北大、南开派出些名角共同演出"①。在这样的局面下，北大人感到被边缘化了。

  北大蒋梦麟校长对此很无奈。论当时的政治地位和社会地位，蒋梦麟都在梅贻琦之上（蒋做过教育部部长，梅做过教育部高教司司长），年龄也稍长。但蒋很克制，很低调，尽量顾全大局，显得超脱，除不得不管的联大外事，其他基本不管。用他的话讲即"在联大我不管就是管"②。清华居于主导地位已是客观现实，蒋梦麟如果再去管恐怕容易添乱。北大部分教授的不满始终能控制在一定的安全系数内，与蒋梦麟如此这般的良苦用心是分不开的。

  从根子上讲，开初胡适、王世杰、傅斯年等提意三校合办联合大学时蒋梦麟就不积极，只是迫于形势，顾全大局才勉强同意。几年下来面对联大现实，管也不是，不管也不是，十分矛盾、苦恼而又不便公开言说。这种心情在1943年1月2日给胡适的信中终于有相当的表露。他在简述"联大苦撑五载，一切缘轨而行"，之后说："弟则欲求联大之成功，故不惜牺牲一切，但精神上之不痛快总觉难免，有时不免痛则责兄与雪艇（指王世杰）、孟真（指傅斯年）之创联大之意。"他实在没法子管，可又得不到理解："数月前在渝，孟真责我不管联大事。我说，不管者所以管也。"③蒋的不管，实际上更加重了北大人的边缘感，不满之声时起时落，到1945年前后更甚。

---

① 冯友兰：《三松堂自序》第346页。
② 郑天挺：《梅贻琦先生和西南联大》，载西南联合大学北京校友会校史编辑委员会编《笳吹弦诵在春城——回忆西南联大》，云南人民出版社、北京大学出版社1986年版，第67页。
③ 马勇：《蒋梦麟传》，红旗出版社2009年版，第328页。以下简称《蒋传》。

中文系主任罗常培:"过去几年,北大简直没办法发展,不单比不上清华,连浙大、武大都抵不住。"①

北大文科研究所所长傅斯年:"我们这些年与清华合作,清华得到安定,我们得到鄙视……大家心中的心理是'北大没希望'。"②

蒋梦麟自己也认为没办法。他不止一次讲:在联大格局下,北大没有办法大有作为,一切只能留待将来。③

北大教授们对北大现状的不满,事实上在相当程度上也就是对校长蒋梦麟的不满,对他撒手不管,不为北大争地位的不满。换言之,同人们对蒋校长说的"我的不管就是管"并不认同。蒋为此尝到了苦果,最终不得不离开北大。

1945年6月间(胜利前夕),重庆方面任命蒋梦麟为行政院秘书长。蒋当然愿意,但仍想同时兼任北大校长,毕竟自己在北大主持校务将近二十年,舍不得。想不到这却遭到北大大多数教授的反对。

同月底,北大教授在才盛巷北大办事处开会,讨论蒋梦麟就任行政院秘书长并仍兼北大校长事。政治学系的吴之椿首先发言,"谓行政与教育不应混而为一,原则上校长不应由行政官兼任,传统上北大无此先例,且反对此种办法最久,表示坚决反对"。吴的意见事实上代表了大多数。虽然也有人认为蒋梦麟事实上"已被迫就职"行政院秘书长"无法挽回,且就学校亦非绝对无利",或言"北大校务未单独进行,故校长无多事,今虽兼职,于事无碍",但声音较弱。这次会议几天后被青年助教传为"北大开会大骂蒋校长"④。后来的书一般称为"倒蒋风波"。

北大教授已经有了选择,他们欢迎胡适从美国回来当校长。不接受蒋梦麟兼任北大校长,理由也冠冕堂皇。他们搬出《大学组织

---

① 转引自王学斌《蒋梦麟教育生涯中的三次风波》,载《文史天地》2012年第5期。
② 《蒋梦麟教育生涯中的三次风波》。
③ 《蒋传》第331页。
④ 《郑日记》第1053—1057页。

法》来，里面有"大学校长不得兼为官吏"的条款，而这个《大学组织法》正是1929年蒋梦麟做教育部部长时期制定的。以子之矛攻子之盾，道理硬硬的。

蒋梦麟以前做教育部部长时曾兼任过浙江大学校长。但北大无此先例。

既然舆论如此，上面（蒋介石和行政院院长宋子文）决定由傅斯年接任北大校长。傅斯年坚辞，并上书蒋介石竭力推荐胡适，里面说："北京大学之教授全体及一切有关之人，几皆盼胡适之先生为校长，为日有年矣。"① "为日有年"这话很妙，说北大人早就盼着胡适回北大做校长了。

1945年8月7日（日本宣布投降前一周），蒋梦麟从重庆回昆明在才盛巷召集北大教授茶话会，正式宣布，"依大学组织法，校长不能兼任法系在教育部时所自定，不能自毁，故决定辞职"②。这么一讲，很坦荡，也诚恳。之后也参与讨论北大复校的计划，帮着出些主意。茶话会气氛很融洽，体体面面，大大方方，大家都有了面子，算是圆满收场。

重庆决定任命胡适为北大校长，在胡适回国之前，由傅斯年代理北大校长，并任西南联大常委。

傅斯年在抗战时期和战后，先后将孔祥熙和宋子文两任行政院院长赶下台，震动朝野。如此敢说敢干的傅斯年代理北大校长后自然比较活跃，行事高调，与"我不管就是管"的蒋梦麟大不相同，北大在联大的气势有所回升。但毕竟已到联大的最后一年，联大进入它的尾声。

---

① 桑逢康：《胡适人际关系》，文汇出版社2010年版，第106页。
② 《郑日记》第1076页。据传，倒蒋风波的发生与身为北大第一夫人的陶曾谷女士也有些关系。陶氏与北大教授不太合得来，人脉不谐。此不赘言。

四、余论

北大、清华返回北平后,两校也还有过某些合作,比如合办过《北大清华联合报》,但总的说是各奔前程了。

回到北平的北大新增了工、农、医三个学院,实力增强。

在1948年中央研究院选举产生的首届八十一位院士中,中研院各研究所二十一人,北大十人,清华九人,中央大学、浙江大学各四人。从这可以看出,北大、清华两校可谓旗鼓相当,平分秋色。与联大时期相比,北大的地位有了明显的回升,并略占上风。

到20世纪50年代初,国家对全国高校进行大规模的院系调整,北大的工学院并入清华,清华的文科、理科并入北大。北大的医、农两学院独立(燕京大学被撤销,人员并入北大)。这样一来,北大成为实力最强的综合大学,清华则成为综合性工科大学,地位有所下降。《2008中国两院院士调查报告》(中国校友会网大学评价课题组编著)[①]显示,1952年以来大学毕业的院士(院士校友)中,北大毕业的一百三十一人,清华(含协和)毕业的一百一十八人,复旦毕业的七十九人,南京大学毕业的五十六人,哈工大毕业的四十四人。从培养人才的角度看,可以说北大又恢复了中国高校的龙头地位。

这里应当指出,20世纪50年代初的中国高校院系调整,从非行政的角度看,是一次文化上的混血。缩小到清华、北大两校来看,清华的文科、理科并入北大,极大地增强了北大的实力。反之,北大工学院并入清华,对清华的贡献则相对较小。可以说,院系调整后的北大,已有一半清华血统。这是不能否认的。

看来,北大、清华两雄之争,还将一代一代地传下去。

应该看到,在西南联大时期,北大、清华不管发生过多少摩擦,发生过多少不愉快的事,但大家毕竟是在同一个屋檐下作近距离的接

---

① http://www.cuaa.net/cur/lyysdc/10.shtml。

触和互相观察；经过碰撞，必然也会发现对方的优点和长处，相互取长补短，这是有积极意义的。更为重要的一点是，两校在西南联大时期都能以国家民族利益为重，顾全大局，总能把摩擦控制在一定的安全系数内，在团结中有摩擦，在摩擦中求团结。所以说，同舟共济，精诚团结，共赴国难，才是西南联大留下的宝贵精神财富。矗立于云南师大校园的西南联大纪念碑，是这一段辉煌历史的见证。前些年，北大、清华都将复制的西南联大纪念碑，庄严地立在自己的校园（南开亦然）。这说明北大、清华都珍视在昆明的那一段难忘岁月，都希望西南联大精神成为自己的精神。我们希望，清华、北大两校的竞争应该具有国家民族的、世界性的战略眼光。中国尚无世界一流大学已成国内外的共识。前些年美国某大学校长讲，中国要产生世界一流大学，至少还需要二十年的时间。我想，中国的高校都应该为实现这样的突破作出贡献。但毫无疑问，国人会对清华、北大两校，抱有更多、更大的希望。

后　记

依例要写几句。

编这本书很偶然，算是偶得。那是2022年初夏，我与李梅香闲居昆明西北郊。不远处有大乐居村，住有六七位作家、记者，一个文化部落。他们是朱霄华、张玮、鲁布革、王宁、温酒的丫头、艾傈木偌。王革也常去。

有晚朱霄华、王革两位来访，四人闲聊，海阔天空，意惬。其间朱霄华突问，已发表文章而未入书的能否编一本？我说怕不够。王革说五万字也可出书。这么说倒有了底。

回昆明后即整理旧稿，未想居然有十五万字。与朱霄华交流，他说再整七万字也就差不多了，不必太厚。一算，二十二万字，行。我的第一本书《中国西部文学纵观》才十七万字，前几年的《西南联大的背影》三十四万字。可多可少，不求一律。

人老爱忆旧。本书多述及昆明旧时光，偏于文化。也有两篇专讲西南联大的。早年写的《西南联大：昆明天上永远的云》（初版名《西南联大：昆明记忆》）及《西南联大的背影》，西南联大与昆明并重；这本《昆明地坛记》有些不同，以昆明旧时光为主，远的至抗战时期，近的也不很近——多为1949年前后。笔涉老昆明市井风情，那与自己的童年、少年相关联。有些是对著名作家、学者旧居的寻访，想还原自己年幼时晓不得的人与事，算补充记忆吧。不很远的也有，不多。

后 记

当然，西南联大少不了，不能少。著名学者李书磊称昆明为"战时中国的文化首都"（《1942走向民间》），就因为西南联大存在于昆明。联大那些人是我的偶像，那些事似我的梦幻，但那并非虚构。我不想虚构，也不会。

昆明与西南联大，互为背景，不违和。

有两篇笔涉四川及大西北，那是我人生经历的一部分。

关于中国现当代文学的内容也有些，尤其是那些发生于昆明的事。抗战时期旅居昆明的大作家、名作家不少，沈从文、曹禺、闻一多、朱自清、施蛰存、冰心、林徽因……以及当时尚年轻的穆旦、鹿桥、光未然、汪曾祺、夏济安，等等，我都写过。限于篇幅，不能都收入。

著名作家朱霄华先生对此书的形成甚为挂心，并为本书作序；"民国书刊上的西南联大记忆"丛书（九卷本）编者龙美光君对本书进行了审订；云南人民出版社文艺部主任马非先生及责任编辑吴磊女士对此书的编辑与出版认真、负责。在此一并表示诚挚之谢。

余 斌
2023年夏 昆明地坛